ROJIN / DAITOA SENSO TO WARERA NO KETSUI / "CHUGOKU BUNGAKU" NO HAIKAN TO WATASHI / CHUGOKU NO KINDAI TO NIHON NO KINDAI / KUTSUJOKU NO JIKEN / SENSO TAIKEN NO IPPANKA NI TSUITE / AJIA NI OKERU SHINPO TO HANDO / WAKAI TOMO ENO TEGAMI REKISHIKA ENO CHUMON / KUNI NO DOKURITSU TO RISO / WATASHITACHI NO KENPO KANKAKU / KINDAI NO CHOKOKU

All written by Yoshimi Takeuchi

Copyright © 1944,1973,1973,1948,1954,1966,1957,1952,1952,1961,1959

By Teruko Takeuchi

All rights reserved.

Original Japanese edition published by Chikuma Shobo Publishing Co., Ltd.

Chinese translation rights arranged with Chikuma Shobo Publishing Co., Ltd.

through Japan Foreign-Rights Centre.

**学术前沿**

THE FRONTIERS OF ACADEMIA

# 近代的超克

[日] 竹内好 著

孙歌 编

李冬木 赵京华 孙歌 译

\*

生活·讀書·新知三联书店

Simplified Chinese Copyright © 2016 by SDX Joint Publishing Company.
All Rights Reserved.
本作品简体中文版权由生活·读书·新知三联书店所有。
未经许可,不得翻印。

**图书在版编目(CIP)数据**

近代的超克/(日)竹内好著;李冬木等译.—2版.—北京:生活·
读书·新知三联书店,2016.10 (2023.6重印)
(学术前沿)
ISBN 978-7-108-05738-9

Ⅰ.①近… Ⅱ.①竹…②李… Ⅲ.①鲁迅(1881—1936)-思想研究
②政治-研究-日本-现代-文集 Ⅳ.① I210.96 ② D731.3

中国版本图书馆 CIP 数据核字(2016)第 134068 号

| | |
|---|---|
| 责任编辑 | 冯金红 |
| 装帧设计 | 罗 洪 蔡立国 |
| 责任印制 | 卢 岳 |
| 出版发行 | 生活·讀書·新知 三联书店 |
| | (北京市东城区美术馆东街22号 100010) |
| 网 址 | www.sdxjpc.com |
| 图 字 | 01-2003-3074 |
| 经 销 | 新华书店 |
| 印 刷 | 河北松源印刷有限公司 |
| 版 次 | 2005年3月北京第1版 |
| | 2016年10月北京第2版 |
| | 2023年6月北京第5次印刷 |
| 开 本 | 880毫米×1230毫米 1/32 印张 13.75 |
| 字 数 | 320千字 |
| 印 数 | 19,001-22,000册 |
| 定 价 | 58.00元 |

(印装查询:01064002715;邮购查询:01084010542)

# 学术前沿
## 总　序

生活·读书·新知三联书店素来重视国外学术思想的引介工作,以为颇有助于中国自身思想文化的发展。自80年代中期以来,幸赖著译界和读书界朋友鼎力襄助,我店陆续刊行综合性文库及专题性译丛若干套,在广大读者中产生了良好影响。

第二次世界大战结束后,随着世界格局的急速变化,学术思想的处境日趋复杂,各种既有的学术范式正遭受严重挑战,而学术研究与社会——文化变迁的相关性则日益凸显。中国社会自70年代末期起,进入了全面转型的急速变迁过程,中国的学术既是对这一变迁的体现,也参与了这一变迁。迄今为止,这一体现和参与都还有待拓宽和深化。由此,为丰富汉语学术思想资源,我们在整理近现代学术成就、大力推动国内学人新创性著述的同时,积极筹划绍介反映最新学术进展的国外著作。"学术前沿"丛书,旨在译介二战结束以来,尤其是本世纪60年代之后国外学术界的前沿性著作(亦含少量二战前即问世,但在战后才引起普遍重视的作品),以期促进中国的学科建设和学术反思,并回应当代学术前沿中的重大难题。

"学术前沿"丛书启动之时,正值世纪交替之际。而现代中国的思想文化历经百余年艰难曲折,正迎来一个有望获得创造性大发展的历史时期。我们愿一如既往,为推动中国学术文化的建设竭尽绵薄。谨序。

生活·读书·新知三联书店<br>1997年11月

# 目　录

在零和一百之间（代译序）　孙歌 ...... 1

## 第 一 部

鲁　迅

　　序章——关于死与生 ...... 77

　　关于传记的疑问 ...... 89

　　思想的形成 ...... 119

　　关于作品 ...... 145

　　政治与文学 ...... 180

　　结束语——启蒙者鲁迅 ...... 217

　　附录

　　　　作为思想家的鲁迅 ...... 220

　　　　简略年谱 ...... 226

　　　　创元文库版后记 ...... 230

　　　　未来社版后记 ...... 233

## 第二部

大东亚战争与吾等的决意 ...... 239
《中国文学》的废刊与我 ...... 243
何谓近代——以日本与中国为例 ...... 255

## 第三部

屈辱的事件 ...... 299
关于战争体验的一般化 ...... 308
亚洲的进步与反动——参照日本的思想状况 ...... 319
给年轻朋友的信——对历史学家的要求 ...... 342
国家的独立和理想 ...... 346

## 第四部

我们的宪法感觉 ...... 359
近代的超克 ...... 366

译后记 ...... 432

# 在零和一百之间（代译序）

孙　歌

　　本书是从日文十七卷本的《竹内好全集》（筑摩书房，一九八〇——一九八二）中遴选出来的文字。在众多著述中选择出如此有限的文章，并且把它重新集结为一本具有有机关联性的著作，进而再通过这种内在的有机关联传达竹内好这个日本现代思想家的思想特质，对于编选者而言，并不是一件轻松的工作。我不得不审慎地追问这样一个问题：竹内好这位对中国现代思想与文学有着深刻理解力、对于日本现代思想的形成有着潜在影响力的独特思想家，他的思想特质究竟是什么？

　　竹内好诞生于一九一〇年，逝世于一九七七年。他在一九三四年毕业于当时的东京帝国大学文学部支那文学科，除掉短期造访中国的经历以外，在卢沟桥事变之后曾经留学北京两年，并在一九四三年底被迫入伍作为侵略军的文化兵被派遣到中国的湖北；而在日本战败之后，他从未踏上过中国的土地。他虽然在战后先后执教于东京的多所著名学府，并在东京都立大学人文学部任教授八年（一九五三——一九六〇）

之久，但是他一生的主要精力却倾注于学院之外的著述、翻译、编辑工作，而非学院体制内部的教学工作。在这个意义上，竹内好说他不是学者，是准确的。而他没有嫡传弟子的那份身后寂寞，也因而具有了与学院派知识分子相对的文化品格。也是在这个意义上，竹内好以自身的生活方式和知识生产方式接近了鲁迅，并以此为原点使他的思想活动与日本的社会生活紧密结合，以思想的方式参与了同时代日本的重大现实课题。

竹内好从事思想活动的主要时期是在二十世纪三十年代到六十年代末期这一段时间，而他创造力的高峰期也正与一个动荡不安的历史时期相重合。一九三〇——一九四〇年代前期，是日本发动侵华战争并把它从局部扩展到整个中国大陆的时期（对于同时代中国人而言，太平洋战争的爆发并未改变侵华战争的性质）；在这个时期里，竹内好和他大学时代的朋友们组织了中国文学研究会，并于一九三五年创刊了《中国文学月报》；在这个刊物上，当时并不具有区别于旧汉学和支那学的独立学术能量的新生中国学，与汉学和支那学三足鼎立地推进了当时的中国研究。也正是在这个刊物上，竹内好与当时处于学术巅峰的优秀支那学家展开了不妥协的论战。在激烈的论战当中，如何接近中国这个研究对象，如何确定"外国文学研究"与母语文化的关系，构成了核心的问题。竹内好关心的是主体在充满张力的世界格局中真实的存在样态，翻译作为凸显主体存在问题的场域，被竹内好定位为不可以纯客观理解的思想课题；而遗憾的是，高度"技术化"地处理知识的支那学家并不具有理解这个问题的兴趣与能力，他们在回应竹内好的时候，仅仅肯在技巧的层面作出反应。因此，这场断断续续持续了将近两年的论争始终未能摆脱它错位的性格,其结果,当然只能是不了了之。①

由于论战文字对于具体上下文的高度依赖性及其文体的相对封闭性,本书没有选择这部分内容,但是作为一个潜在的轴线,早年的论战经历却规定了此后竹内好思想发展的方向,并且锤炼了竹内好对于学院派操作方式的高度警觉。竹内好直到晚年都没有认可现实中的学院体制和这个体制所保护的知识生产方式,甚至断言日本根本不存在真正意义上的"学院派学术",存在的仅仅是官僚化的伪学术。可以说,这种激烈的态度与他早年的论争经验不无关系。更重要的是,这种对于学院知识生产体制的根本性质疑,使得竹内好的知识立场彻底地非体制化,并且因而得以追究被体制规定了"起点"的那些问题的真实性。

本书选择的所有篇目,都与竹内好的这个知识立场息息相关。竹内好与他所热爱的鲁迅一样,并不是直观意义上的"战士",也就是说,他并不是直接从事社会现实斗争的活动家;他的社会关怀与战斗精神表现为彻底颠覆知识领域内部的权力政治结构,并通过这种颠覆揭示现实社会权力关系的所在,促成精神层面的反思。由于这种工作方式的非直观性格,竹内好与他在《鲁迅》中描写的鲁迅同样的孤独,因为他所面对的理解障碍并不仅仅来自恶意的攻讦,更来自善意的误解。竹内好并没有如同鲁迅那样为信守这份孤独而"一个也不宽恕",也因此并没

---

① 竹内好写作第一篇论战文字《目加田的文章》、对支那学家目加田诚提出批评是在一九四〇年一月,而中经与吉川幸次郎的论战,到他一九四一年十月发表《关于支那语教科书》的时候,他已经意识到自己无法推翻支那学日益强大的知识生产方式。有关这场论战的过程和意义,请参照笔者《竹内好的悖论》(将由北京大学出版社出版)第一章中的相关部分。

有把写作嬉笑怒骂的杂文作为自己的主要工作方式,但是在一个根本点上,他却与鲁迅相通:那就是打碎被知识和权力不断强化的"常识",并在打碎这些常识之后,告诉善良的人们,如果你认同了这些约定俗成的前提,那么在你自认为是为正义而战的时候,或许很可能却正在与邪恶同谋。

一

让我们先从一篇短小的文章入手。《给年轻朋友的信——对历史学家的要求》是竹内好写于一九五二年的一篇短文,发表当时的标题为《无国籍的问题意识》。顾名思义,这是一篇讨论"国籍"与"国际"悖论关系的文章。竹内好敏锐地抓住了一个在知识领域里普遍存在的误区:国际性的学术就是超越了民族意识的学术。竹内好以相当尖锐的批判撕破了把"世界"置于民族国家之上的"常识",坚持说"学问的国际性并非意味着学问没有国籍,无国籍的学问对于世界性的学问而言,也是一种累赘"。这是因为,"从终极结果上说来,与生活不相联系的学问根本不存在,任何学问都是从我们应该怎样生存这一追问出发的。"

这篇短文的核心就是上述这短短的两句话。它不仅指出了一个易于被忽略的事实:"世界"存在于不同"国籍"的相互关系之中,而不是以某种普遍性的形态存在于不同的国籍之上,因此脱离了自己的民族性只能意味着你附着于别人的民族性,也意味着你无法进入不同国籍间的相互关系,亦即脱离了"世界",这便是"累赘"之所在;而且还指出了另一个同样易于被忽略的问题:学问尽管不能等同于民众的生活,却无法脱离它而独立存在,在终极意义上,任何学问都无法逃避人如何生存的问题。而把这两个论点结合起来,可以推论竹内好的一个基本思想:只有从生活的角度进入学术,才能取得学术的国籍;而知识生产本身与生活的联系,恰恰体现为它的非观念性格;这种非观念性格不是取消观念操作,而是取消观念的实体化和绝对化。换言之,与生活建立了互动关系的观念,才具有知识生产的能动性。

竹内好在这里重复了他在一九四一年就翻译问题与吉川幸次郎论战时的基本观点。那就是没有主体存在的"客观学术精神"只能导致知识的虚伪与僵化。但是如果仅仅在这个意义上理解竹内好在一九五二年的论述,并且把它单纯理解为知识论,那将会误解竹内好的意图。因为有一些没有浮现在这篇短文文面的时代课题,才是竹内好写作的真正动力,它们构成了竹内好对于知识生产的基本态度。

五十年代初期,是亚洲经历真正的民族觉醒的时期。由于冷战格局的形成,特别是美国通过占领日本、发动朝鲜战争等手段介入了亚洲的内部事务,这一切已然昭示了"国际"其实仅仅是大国称霸小国、强国操控弱国的一个口实而已。日本在战后被美国占领,并充当了朝鲜战争中美国的帮凶,这是一个不争的事实;在一九五一年围绕着是否签订日美旧金山和约的问题,日本的知识分子产生了分歧。构成这个分歧的时代背景非常复杂:日本在战后虽然接受了东亚和东南亚被侵略国的军事审判,但把握了战争核心权力的A级战犯却是在东京的远东军事法庭被审理的,由于美国的操纵,在这个法庭上,太平洋战争构成起诉的核心问题。战后日本的和谈问题延续了这个思路,日本与以美国为代表的协约国和谈被视为结束战争的标志,而日本与中国等亚洲受害国之间的和谈问题被束之高阁。这就是所谓单独和谈与全面和谈的分歧点。当时朝鲜战争已经爆发，美国拒不承认大陆共产党政权的合法性，而台湾的国民党政权又不具有代表大陆的现实性，因此日本面对的首先不是和谈问题，而是承认大陆政权合法性的问题。当时英国承认了中国北京政府的合法性，在英美之间产生了分歧，但是日本并没有抓住这个机会进行"全面和谈"，而是追随美国进行"单独和谈"。一九五一年九月，参战的协约国与日本在旧金山签署和平条约，其后日本与台湾、印度、缅甸等先后签署和平条约，但是拒绝与中国大陆签署同样的条约。这也是竹内好一直强调的"战争并未结束"的原因所在。在签署旧金山和约的时候，日美安全保障条约一并被签署，该条约以苏联和中国为假想敌，规定了美国军队在日本军事基地的合法性。因此，对于日本良识者而言，旧金山和约的签署并不意味着真正的独立，反而把日本更紧密地绑在了美国的战车上。当时，在日本的主要综合性杂志上，进行了一系列有关和谈的争论，而反对"单独和谈"的人占据多数。但是，支持单独和谈的人，并非全部出于反共动机，因为对于"国家独立"的理解在这个时期呈现了最为复杂的样态。

本书所收的《国家的独立和理想》一文，传达了这个分歧：以津田左右吉为代表的"明治教养人"，由于头脑中刻印着中日甲午战争和日俄战争的印记（这两场战争的胜利对于当时的日本社会而言，是造就"日本无敌"幻觉的媒介），不能接受日本受到美国操控的现实，他们认为，只要在形式上美国放弃了对日本政治的直接管理，就完成了日本的国家独立；而战争中和战后成长的一代人却无法认可这个现实，他们认为，即使签订了旧金山和约，美国也依旧对日本掌握着操控权，更何况日本政府的独立是否真的可以保障日本人民生活在一个和平与民主的环境中，这事情本身是一个疑问。所以竹内好说:"假如独立意味着恐怖政治,那么我们恐怕是不会选择这种独立的。"但是,反过来说,日本附着在美国的卵翼之下,也不会产生真正的民主政治,尽管美国占领军在进驻日本之后的确引进了美国式民主制度,而这个并非植根于日本社会本身状况的制度,尽管在形式上保障了日本民众的各种自由,但是却在为日本固有的社会结构与精神风土所消解的过程中,被改造为与二战时期日本社会结构并无根本性矛盾的东西。显然,无论是美国在形式上退出日本,还是日本仍然甘于依附在美国的权势之下,都不能通向真正意义上的国家独立。

竹内好要处理的正是这个基本问题。经历了"二战",亲眼目睹了日本在中国战场的野蛮行径,竹内好和他的同时代人多数意识到了日本政府所代表的"国家"的危险性;那么,在同样意识到美国占领并不能带来国家新生的状况下,如何为日本民族寻找出路?这正是困扰着竹内好那代人的"生活实感",也正是竹内好追究知识生产的"国籍"问题的基点。

在此意义上,《国家的独立和理想》是一篇富有启发性的论文。在这篇论文中,竹内好戳破了"国家独立"这样一个常识性的表象,引出了"什么样的独立才是真正的独立"这样一个深层问题。而在真正的独立这个层面上,问题发生了倒转,那就是形式上不具有独立表象的中国却可以在实质上具有独立的品格,而形式上将要获得独立的日本,却很有可能在实质上仍然无法独立。因为核心问题不在于表面上的国家主权,而在于这个主权是否被用来实现国家的理想。竹内好承认,把个人和国家类推为同一类对象,以个人的理想类推国家的理想,就学术而言难免过于粗暴;但是他表示说,他决心把这个不严密的推论坚持到底。因为,"国家独立不单是学术上的问题,也是国民实践上的课题。"

关于这个决心的来由,竹内好并没有加以解释。不过对于我来说,这个把个人与国家置于同样层面来讨论国家理想与独立关系的做法,却具有挑战学院派方法论以上的重要意义(关于这个挑战,他在论文开篇处批评专家的形式主义时就已做了简洁的交代);因此,我无法摆脱这样一个知性好奇心:当竹内好决心与现行学院的操作规则势不两立的时候,他的内在动力是否仅仅来自对于专家式操作的不满?他究竟面对着什么样的基本课题?他所面对的那些思想课题如果不能用学院化的专家式操作解决,那么,他又能够以什么方式面对这些问题?

竹内好对于学院派专家的恶感可能和他早年与支那学家论战的经历有关。在那场论战中,竹内好遇到以"科学"之名排斥流动状况中思想课题的强大思维惰性。在学院派知识生产过程中,最致命的缺陷是缺少对知识内在张力的敏感,所有的知识都在再生产过程中被转化为确定不变的实体。当年的支那学家们确信知识不但有解,而且有确定不变的解,假如找不到这个正确的解,问题仅仅在于学者的功力,而不在于知识的流动性和紧张度;支那学家对流动和紧张的"知识"不感兴趣,因为只有排除了流动和紧张,知识才能是"科学的"定论而非"善变"的精神;而竹内好却坚持,所有的知识都不会是固定的,它们因主体的存在方式而存在,没有什么"客观的"可以无限接近的知识。因此,"考证"作为一个孤立的原则,根本不具有意义。相反,知识的状况性与普适性之间的悖论关系,才是它的真实存在根据。

假如把竹内好的这些论战态度回收到西方现代理论基本问题(比如现象学哲学或者存在主义的基本立场)中去,或者相反,把它归结为对抗西方现代性的"本土立场",那么一切问题就到此为止了。我宁可拒绝这个通俗易懂的知识模式对我的诱惑,因为那正是竹内好所拒绝的——所有的问题其实都在这个拒绝中悄然地展开,在这个拒绝中艰难地推进,也在这个拒绝中找到了它们存在的理由。这个拒绝,用竹内好的语言加以表达,就是拒绝成为专家,拒绝进入学院派主流,拒绝那些虚假的"理性主义"。

在《国家的独立和理想》一文中,竹内好提出了这样的问题:"现实上世界政府是不存在的,文化的问题亦然。只有不同民族的文化来参与,通过交流而创立世界文化,除了这一应有的世界文化形态之外,实体性的世界文化是不存在的。"

实体性的世界文化是不存在的,同理,实体性的世界政治也是不存在的。"世界"并非存在于各个国家之上,而是存在于各个国家间的力学关系之中,因此,假如国家尚可以用直观的方式加以确认(其实,直观地理解国家和它的机能同样不正确)的话,世界却不能够直观地理解为"就在那里"的存在物。至于那种认为否定了民族国家就可以打破封闭性从而国际化的思维方式,其实仅仅是无视现实状况的一厢情愿——因为它依靠的逻辑是"世界"存在于国家之上,"国际"存在于国家之外。竹内好紧紧抓住这个要害问题,指出了这样一个基本事实:当今世界政治格局迫使任何一个国家都无法孤立地行事,但是这并不意味着各个国家无法保持自身的自主性,相反,丧失了自主性也就是丧失了在国际舞台上参与国际事务的能力,也就是丧失了国际性。正是由于学院式的"世界论述"把世界置于国家之上并把它实体化,对于国家自主性的理解才会被置于对立于世界立场的位置。也正是在这个意义上,《给年轻朋友的信——对历史学家的要求》中才会提出"无国籍的学问对于世界性的学问而言,也是一种累赘"的看法。

但是,上述这些思想在日本战败、美国占领、东亚政治局势动荡的五十年代初期,并不仅仅意味着知识生产的方式问题。竹内好几乎在大部分文章中都强调"民众的生活实感"的重要性,不能按照字面意思理解为"倡导知识分子与民众结合"或者"知识分子传达民众的声音"。竹内好非常了解知识分子特别是左翼知识分子"代表民众"的迫切心情与现实状况之间的反差,这就是他借助于一九五一年日美和谈之际推出的思想课题:假如国家在形式上的独立仅仅是知识分子的一厢情愿,假如民众的独立理想并不表现为形式上的独立而表现为实质上的独立,假如民众并非像知识分子那样敏感于是否和谈的问题,那么,追求国家独立的动力何在?

对于竹内好而言,一个国家法律和政治上的独立不是根本性的独立。只有那些超越了形式因而也能够包含这些形式的"实质性的独立"才是真正意义上的独立。竹内好把这种独立称之为"文化的独立"。这当然是个含混的概念,它和"实质"这个语词一样地充满了歧义。但是为了确保问题不被转移,我希望读者在此不要去追究关于文化这个概念本身的定义;我们不妨在它的使用方向上去把握它:竹内好认为明治国家取得的独立仅仅是形式上的而不是文化上的,因为它满足于使日本跻身于列强之中却无视在国际政治中坚持自己的判断和意志;事实上,福泽谕吉的审时度势也正体现了这种"明治特性";而中国与印度尽管一度在形式上没有获得国家的独立,在理念上却拥有文化独立的资源。竹内好正是在这个意义上断言,日本战后的被占领状态,是明治以来日本国家政治缺乏理念性的必然结果,而不仅仅是战败导致的结局。

我相信,这就是竹内好坚持国家和个体一样也必须要有理想的原因。他使用相当直白的表现传达的这个看似简单的原理,却植根于深厚的难于简化的历史逻辑:明治国家由于缺乏这种"文化上的独立",换言之,由于它从一开始就把自己定位在跻身于世界列强的位置,甚至为了这种定位不惜牺牲日本对抗西方列强的实际可能性,这就导致了日本的现代化从一开始就具有内在的依附性。假如说现实政治迫使日本不得不选择这种"韬晦之计",那么至少,在文化理念的层面,也还是应该并且能够保留主体的意志。竹内好是以孙中山的大亚洲主义作为范本来思考这个问题的。在孙中山的政治理念中,"王道"与"霸道"的对立始终是一个基本的底线;即使在他落魄时不得不求助于日本之际,这个底线也是他希图固守的。竹内好在这位中国政治家身上看到的不是现实政治策略,而是具有强烈浪漫色彩的政治理念,他把这种政治理念投射到国家的理想这一课题中去,遂产生了对于日本近代以来国家政治的反思,而他的痛切感受是,日本这个过于现实的国家,需要的不仅仅是形式上的独立,而是能够支撑独立的理想。

竹内好的这种政治态度,与他在战争时期的经历有关。本书特意选择了他在太平洋战争爆发之际写作的一篇支持日本对美宣战的宣言,就是为了呈现他的思想历程。在这里,我们遇到的不是先知先觉的英雄,而是在现实中苦恼和摸索的思想者。因此,一个有违阅读习惯的前提必须在此事先提示,那就是,竹内好关于国家独立的思考起源于他在战时的一系列思考和实践,其中重要的一环就是这篇政治不正确的宣言。在战后,这篇代表当时中国文学研究会写作的宣言一直被视为竹内好行状上的一个污点,连他自己也含糊其辞地把这次"失足"解释为当时的政治压力所致;但是我宁可把它看做是竹内好围绕国家理想的存在可能性进行的一次不成功的思想实践。《大东亚战争与吾等的决意》①表达了竹内好对于日本作为一个小国敢于挑战强大的美国这一行动本身的无保留支持,字里行间充溢着浪漫的激情。竹内好写道:"我们日本不是惧怕强者的懦夫! 当战刀向强敌扬起的时候,一切都得到了证明。"而为了这个不当懦夫的理想,他甚至放弃了对于日本侵略中国行径曾经发生过的那个疑问——"我们日本是否是在东亚建设的美名之下而欺凌弱小呢?"甚至,竹内好还进一步把太平洋战争和日本的侵华战争连起来,宣布说前者使得后者获得了历史的正当性:"大东亚战争成功地完成了支那事变,使它在世界史中获得了生命!"为此,支那事变(即日本侵华战争)变成了一个"不是无法忍受"的牺牲。

竹内好以他自己的方式理解了孙中山对于王道的界定,这就是日本代表东亚对抗英美帝国主义的扩张。但是他显然回避了一个现实问题,那就是日本的侵华不仅不具有孙中山意义上的王道性格,甚至在战争陷入胶着阶段的时刻呈现出足以使英美帝国主义都自惭形秽的野蛮特性。在写作《大东亚战争与吾等的决意》的时候,由于日本国内的高度舆论一律,竹内好对于中国战场上的实际状况缺乏了解是可以想象的,但问题的关键不在这里。竹内好支持太平洋战争的鲜明姿态,显然具有明显的非现实性格,他所作出的不是一个现实政治的判断,而是一个文化政治的判断:他关心的是日本作为一个国家,是否有独立的

---

① 《竹内好全集》十四卷,筑摩书房一九八一,二九四——二九八页。

理念?在战争状态下,假如这个独立的理念只能表现为与强者对抗,那么这个对抗是否出现,又是否能够持续?

不言而喻,《大东亚战争与吾等的决意》是一次失败的文化政治实践。它的失败不在于它支持了太平洋战争这一以卵击石的自杀性行动,而在于它没能有效处理现实政治中"日本"与军国主义政府的关系。在太平洋战争发动的特定时刻,当竹内好在这篇宣言中把自己的独立理念投射到日本对美宣战的现实事件中去的时候,他无可避免地要面对这样的现实问题:日本的军国主义政府是否代表了竹内好理念中的"日本"?竹内好理念中的国家独立是否真的可以由日本偷袭珍珠港导致太平洋战争爆发来实现?

显而易见,在写作这篇宣言的时候,竹内好并没有余裕来思考这样的问题。当他自身也不得不被迫走上战场的时候,或许他已经感觉到了这个宣言的理念与现实之间的巨大反差,但是他并没有给我们留下足以使他变得完美高大的文字。在现实选择的意义上,我们只能说竹内好犯了一个严重的错误。在今天这个时刻,从结果反向上溯历史,进而裁决竹内好当年的失败是容易的,但是这样做并不具有思想史的生产性——把这一切都归结为竹内好的"错误",有可能使刚刚开始呈现的问题被消解掉。作为编选者,我希望读者愿意和我一起思考和面对这样一个棘手的问题,那就是"投身于历史进程"这个对于每个人都存在的选择,究竟包含了什么样的思想可能性?进而,在历史进程中不可避免的"时代错误",对于每一个个体而言,究竟具有什么样的思想意义?

并不是每一个活着的人都能够介入他所处的那一段同时代史,同样,并不是每个人都能有效地进入自己来到这个世界之前的那个漫长的历史过程。因为，进入"同时代的历史"与进入"过去的历史"需要同样的基本程序，那就是和历史一起摸索着行进，而不是在历史之外指手画脚。而这恰恰意味着不可避免地承担历史性的错误，并且力争从错误中寻找再生的可能。杰出的历史人物之所以杰出，并不是因为他们一贯正确或者总是深谋远虑，而是因为他们有能力不断地把历史的演进过程（当然也包括历史性的错误）转变为思想营养，并把这份营养以思想的形态留给后人。

对于竹内好而言，他所处的那个时代可能比他的上代人，亦即津田左右吉那一代人曾经拥有的时代远为严峻。这是一个让所有的理想和理性都变质和堕落的时代，是一个因此使得一切冠冕堂皇都变得似是而非的时代。但是，就当事者而言，辨别这一切必须借助于具体的实践，因为除此而外，昭和前期的日本人没有可以直接挪用的思想资源。事实证明，明治以来日本的亚洲主义传统，在昭和时期完全转向了法西斯军国主义，而曾经存在于明治初期知识分子之间的振兴东亚的理想，在昭和时期被充当东亚霸主这一实际利益所取代，尽管仍然打着解放被西方殖民者占领的东亚这一招牌，但是在具体实践中，昭和知识分子已经没有如同冈仓天心诗意地描述"亚洲是一体"时的那种余裕了。在一切事过境迁之后，指责当事者如何没有反战自然是容易的和正确的；但是在昭和前期亦即一九三〇——一九四〇年代之间，辨别当时的战争是否具有"解放东亚"的作用，并不是一件轻而易举的事情。直到太平洋战争爆发之前，竹内好都对日本的侵华战争保持了低调的态度，尽管他和日本政府保持了距离，但不能否认的是，竹内好即使在这种低调态度中仍然保持了他对于战争与"东亚解放"关系的复杂期待。尽管这种期待不断地落空,他仍然在与日本军国主义保持距离的前提下密切关注着现实的进展。① 竹内好并没有高出他所在的时代,急于投身于历史旋涡中心的愿望,使得他甘冒火中取栗的风险。竹内好和他同时代的很多知识分子一样,把自己浪漫的文化政治理想投射到国家这个抽象的对象上去,而同时,日本在侵华战争开始之后直到太平洋战争爆发之际的所作所为,又不能不让他感受到作为日本人的困惑:这个国家真的是在实践明治以来日本亚洲主义传统中优秀的一面吗?在留学北平之际竹内好体验到的被中国知识界拒绝的尴尬,对于一个熟知中国知识状况的日本知识分子而言,是无法摆脱的耻辱。作为一个个体,他无法对抗时局,作为一个连选择的自由都没有的日本国民,他也无力质疑日本军国主义的倒行逆施,在战争时期,他所取的基本态度,正是他留学北平两年之间的态度,那就是在表面上的冷漠之下参与现实。这种参与的特征在于对时局的关注和与时局的不重合:中国文学研究会几乎所有的抉择都表现了竹内好与时局之间的距离。在政治不自由的情况下,保持距离本身构成了一种政治态度,但是仍然需要区别与时局不相重合的现实参与和单纯的逃避现实。竹内好一直选择了前者。他参与现实的方式

---

① 有关太平洋战争爆发之前竹内好思想活动的具体分析,请参照笔者《竹内好的悖论》第三章。在这个时期里,竹内好主要的关注在于如何身处历史旋涡的中心,如何能够成为历史的见证人。为此,他在一九三七年"七七事变"之后来到北平留学,试图能够找到进入历史的感觉,但是当他发现北平不过是被中国的爱国知识分子暂时放弃的"文化空城"的时候,他产生了强烈的被历史拒绝的失望感;值得注意的是,竹内好对于他所尊重的周作人的态度,在这个时期发生了变化,周作人在日本军队占领北平时期出任伪教育部长,成为文化汉奸,竹内好因此而和他保持了距离;而竹内好本人,最终与其说是充当了历史的见证,不如说是体验了在那个特殊的历史阶段里知识分子复杂的内心纠葛;当他试图面对这种无可选择却又无可回避的严酷现实之时,他产生了强烈的"虚脱"感觉。

是编辑《中国文学月报》、以这个杂志为阵地展开关于主体性问题的论战、向日本社会介绍现代中国同时代思想文化状况;在这些工作里,竹内好不仅没有配合官方的意识形态,而且向尊重中国古典却蔑视同时代中国文化的日本汉学和支那学发起了挑战。在充满偏见和歧视的日本知识氛围中,把同时代中国的思想文化作为研究对象,特别是把五四以来的中国新文化运动介绍到日本来,这一行为本身就已经构成了与时局的反差。① 竹内好这个不配合现实意识形态的基本立场,使得《大东亚战争与吾等的决意》显得更加突兀,可以说,这几乎是竹内好在他一生中唯一的一次与政治时局相重合的文化选择。这个选择的逻辑,当然可以用竹内好所说的"在文学中实现十二月八日"来加

---

① 一九四二年十月,由日本文学报国会组织的"大东亚文学家大会"在东京策划召开之际,作为当时唯一的代表性中国文学研究团体,中国文学研究会被邀请参与筹备工作。竹内好代表中国文学研究会拒绝了这个邀请,并在同年十一月发行的《中国文学》第八九号上发表了《关于大东亚文学家大会》一文,阐明了中国文学研究会拒绝介入这个带有官方色彩的御用文人集会的理由:"做该做的,不做不该做的。在昭和九年周作人氏欢迎会上起步的中国文学研究会,在昭和十六年周氏来日的时候,只是在杂志的《编辑后记》中写下了这一句话,至少没有召开正式的欢迎会;而在日本的市侩文学家为支那的三流文学家暴死而大张旗鼓地追悼之际拒绝加入闹剧的《中国文学》,却为在日本无人追悼的蔡元培逝世献出整整一期的篇幅;这也是出于同样的态度。这是中国文学研究会的传统、精神、命运。我个人又当别论,至少作为具有公共立场的中国文学研究会,它的传统不允许它为衙门式的欢迎鸣锣开道。""这次的会议,其他国家的情况我不了解,至少就日本和支那而言,无论就日本文学的荣誉而论,还是就支那文学的荣誉而论,它都无法让我承认是日本文学的代表和支那文学的代表之间的聚会。无法让我承认,是因为我确信这种代表性的聚会要等待将来,就是说,因为我自信能够在文学中实现十二月八日。"(《竹内好全集》第十四卷,四三四——四三五页)这篇文章最值得斟酌的是最后的这句话,它意味着竹内好所坚持的中国文学研究会的公共性立场并不是建立在对抗体制这样一个单纯的意义上,而是建立在竹内好对于时局的文化政治理解之上。"在文学中实现十二月八日",是关键之点。在现实中,这是日本军队偷袭珍珠港的日子,在竹内好的理解里,它被抽象为向西方强大的"近代"霸权宣战的符号。在文学中实现十二月八日,是竹内好对这个宣战姿态的表述,也是他终其一生坚持的思想立场。

以解释,但是这个解释仍然是不够的。在这个理解方向上,竹内好对日本偷袭珍珠港事件表现出来的高度热情,只能解释为他对抗西方的意愿,可以说,昭和时期日本历届政权所作的决策里,这个以卵击石的决断是唯一的一次明快的对抗西方之举。不能否认,对抗西方的愿望,是竹内好作出这个与政治时局重合的文化选择的基本动因,但是仅仅如此解释竹内好的这篇宣言,我们仍然会遗漏某些重要的历史信息。因此,把上述这些易于理解的解释作为一个基本的前提,还有一些分析要在更为历史化的脉络里展开。

有关这个宣言与同时期其他支持太平洋战争宣言之间的差别,以及关于这篇宣言的阅读要点,笔者已经在《竹内好的悖论》中进行了分析,在此不再重复;本文所要强调的是另一个问题,那就是这个与政治时局相重合的文化选择,究竟应该如何被历史化。

## 二

把本书第一部分的文章结合起来考虑,可以找到一些阅读的线索。就时间而言,这些文章的写作顺序如下:一,《大东亚战争与吾等的决意》(一九四一年十二月);二,《〈中国文学〉的废刊与我》(一九四三年三月);三,《鲁迅》(一九四三年十二月);四,《何谓近代》(一九四八年十一月)。

贯穿这四个文本的历史事件是在卢沟桥事变四年之后发生的太平洋战争。太平洋战争并没有把战场简单地转移到太平洋上去,但是它使得日本在大陆陷入泥沼状态的战事发生了结构性的变化,使战争性质通过对美宣战而变得更加复杂化了。和同时代多数知识分子一样,竹内好在时局判断上也并不高出当时的时代，在他写作《大东亚战争与吾等的决意》的时候，他并没有看出太平洋战争导致的战事进一步扩大化不仅不能实现对抗西方的理想（当然，这个理想恐怕仅仅是意识形态宣传和部分日本知识分子的幻觉，并不是当时政客的政治目标），反而更加剧了日本的灭顶之灾。但是，在两年之后，当竹内好决定解散由他所主持的中国文学研究会、废止会刊《中国文学》的时候，他已经意识到了这一点。

中国文学研究会可以说是日本现代中国文学研究的创始者。它的主要成员是在三十年代中期毕业于当时的东京帝国大学文学部支那学科的学生，这个学科在当时仍然是以教授中国古典文学和典籍为己任，同时代中国文学很少被作为研究对象。不过，当时一些杰出的支那学家并非完全不关心同时代中国，比如青木正儿、吉川幸次郎等人也都进行了五四以来中国文学的翻译介绍工作。中国文学研究会在形式上并没有能力把自己完全区别于日本的旧汉学和支那学，《中国文学月报》一直同时刊登支那学家以及汉学家的来稿。但是这个研究会在竹内好近乎"独裁"的强力坚持之下，一直按照不同于支那学和汉学的方向自我发展。这个不同的方向，就是在知识生产过程中坚持主体性，并因为这个原因而拒绝纯粹的知识观照态度。这个研究会在严酷的战争环境下起步，而以研究被侵略对象国同时代文学为己任，在这一知识生产过程中寻找主体性自我确立的可能，并且力图在日本侵华战争导致的中日两国文学家断绝交往的情况下寻找交往的途径，应该说这实在是一个艰巨的任务。这个研究会的主要成员中，还有后来成为著名文学家的武田泰淳、中国现代文学研究家松枝茂夫、冈崎俊夫、增田涉等，他们的写作和翻译支撑了会刊的基本框架。《中国文学月报》（后来改名为

《中国文学》)用大量的篇幅翻译介绍同时代中国的文化状况,应该说,比起具体的研究来,这个杂志最大的贡献恐怕是它的翻译。而在大量的翻译当中,竹内好的主体意愿是通过翻译的选择性表现出来的。这中间,他特别关注的中国文化人有三位:王国维、蔡元培、鲁迅。杂志也只为这三位对中国现代文化产生了重要影响的人物先后出版了专号,竹内好并且分别为王国维和蔡元培专号写了导读性的文章。值得注意的是,在这些文章里,竹内好透露了他基本的文化立场,那就是他认为文化正是在"无用"的意义上才能获得自我确立的价值,在他所关注的这些中国现代文化巨人身上,他发现的是用以抵抗通行的现代价值观念(准确地说,竹内好要抵抗的不是这些价值观念本身,而是它们被抽象化和空洞化的使用方式)的另一种"现代性格",这就是体现在这些巨人身上的相对于现代式悲剧精神的"古风的忧郁"和美学理念。[1] 理解竹内好这样一种表达需要相当细致的文学史和思想史分析,在此,为了不转移讨论的中心问题,我们只能在一个非常有限的范围内理解竹内好的这一文化立场:在中国文学研究会诸种活动和《中国文学月报》的编辑工作中,

---

[1] 这是竹内好在《读王国维特辑号——关于谬误的倾向·兼致同人》一文中的说法。这篇解读相当难懂,因为它针对的问题是,同人中依靠当时通行的观念把王国维解释成先驱者或者悲剧性人物,以及为了分析他的"内在矛盾"而追究他受到尼采什么影响等分析模式,但是却并没有另行提出其他的分析模式或者观念;竹内好在此质疑的是无条件依靠所谓"现代"的观念框架来使中国现代史上这些"大于现代"的人物受到切割的思维定式,因此,他提出了很多根本性的质疑:"(王国维)出于诗人的诚实,他被语言所阻。……毫无挂碍地使用语言的你自然是巧妙地驱使着语言。但是那语言却也在巧妙地驱使着你。看看现实吧! 所谓语言的傀儡正是你这样的人。/为语言所阻的王国维却决不会如同你一样被观念所阻。他的精神如此卓越地在虚与实之间把握住了随时会发生崩溃的现实平衡!"(《竹内好全集》十四卷,九六页)

竹内好始终对于文化立场相对于现实政治的独立性格持有自己的见解,这就是他后来在《鲁迅》中使用"象征主义"来表述的与功利主义对立却同时也与消闲对立的非功利、非消闲的立场,也就是他借助于鲁迅传达的"无用之用"这一文化政治功能,而就现代中国而言,这种"无用之用"却恰恰是与五四时期明确的现代性叙事形成反差的:在这个意义上,竹内好有意识地强调这些文化巨人的"非先驱"性格。有意无意之间,《中国文学》也在它十几年的历史中保持了某种非先驱的性质。就忠实于自己的主体意志而不随顺时流这一点而言,中国文学研究会也确曾发挥了它开创新的文化风气的作用。

但是,值得注意的是,竹内好与这个研究会和这份杂志始终保持了某种不太和谐的关系。尽管就个人性格而言,竹内好具有某种"卡里斯玛"性质,他周围的人对他总怀有某种敬畏;同时,竹内好几乎把全部精力和财力都投入到这个研究会和这份杂志中来,他付出的超出他人的辛劳也足以使他能够获得代表这个团体的资格。但是即使如此,竹内好却无法左右他人,哪怕是他亲密朋友的思考方式。这个团体仍然不可能按照他的意志行动,这份杂志也不可能仅仅发出他希望发出的声音。于是,我们可以观察到一个有趣的现象,那就是竹内好不止一次地使用"……与我"这样的语式作为文章的标题。把这理解为竹内好的自我炫耀或者霸气似乎缺少根据,因为就当时的中国文学研究状况看,竹内好的自我强调并非因为他感到缺少权威性,而就文章的内容而言,这种强调的目的恰恰相反,竹内好显然不得不时时把自己从他心爱的研究会和杂志中区别出来。

一九三七年二月的《中国文学月报》发表了竹内好题为《我

与周围与中国文学》的论文,清楚地表明了他把自己从他安身立命的这个团体中区别出来的理由。这篇文章刊载于该号的《中国文学研究方法问题特辑》中,从该特辑的编辑后记推断,这个特辑该是按照其他人的意愿组织的。① 竹内好开篇就写道:"理论上形式上的方法论那种东西,对于现在的我而言,其实是无所谓的。说起来,所谓方法能够作为具有普遍适用性的东西提供给我们么?……说到底,我不由得产生了这样的疑问:那种使用他人语言谈论的体系,于我到底有何意义?它与我的欢乐和悲哀到底有何种程度的关联?"②

竹内好的这个疑问与他创建中国文学研究会的初衷有关。他曾经使用"丑恶"、"凡俗"一类字眼形容他对于昭和前期学院学术特别是支那学世界的感觉,③他几乎是本能地对抗着以知识的多寡来确定学院内地位的运营机制。而这个判断后来发展为他对于日本整个学院学术的评价。可想而知,当竹内好面对自己的刊物组织的方法论特辑时,他不能不警惕这种方法论讨论是否有着与学院学术同流合污的嫌疑。

竹内好接着说:"我从我所居住的世界中感受到奇妙的东西。这是一个权威说话的世界,是一个权威降伏人的世界,在这个世界里,不问对知识倾倒的深度,而首先关心的是知识的多寡,这也是通用的衡量标准。看上去,知识自身具有价值,或者

---

① 除掉不在东京的时期之外,《中国文学月报》的编辑后记几乎都是由竹内好执笔的。该期的编辑后记表明,这一期的编辑组稿工作是他人负责的,从竹内好对于这期"作为尝试的失败"所作的相当安慰性的表态看来,他自己显然没有真正介入这一期的编辑工作。但是,他却提供了一篇对于方法论讨论而言具有反讽意味的论文。
② 《竹内好全集》十四卷,六七——六八页。
③ 参见竹内好简述中国文学研究会历史的短文《关于中国文学研究会》,《竹内好全集》十四卷,一五六页。

在零和一百之间(代译序)

是被相信有价值。……杜甫的诗,李后主的词,《红楼梦》,这一切被称为中国文学的时候,我可以无条件地承认它们么?我必须承认它们么?它们就那样以原初状态、超越于与我的交流之上而作为中国文学存在么?难道我没有把那种用文献取代文学的狡猾的权威语言误认为是我自己的语言么?"①

竹内好所说的这个"奇妙的世界",显然也包括他所在的中国文学研究会内部状况。在一九三七年这个研究会刚刚起步三年的时候,他已经开始意识到他与"周围的世界"的分歧。这也正是促使他在不久之后利用《中国文学月报》展开与支那学家论争的动力。这个分歧,用竹内好的语言来说,就是"文献"与"文学"的对立。竹内好不肯无条件承认的那些中国古典名著,在他眼里,是作为文献而不是作为文学独立存在的;只有当这些文献经由主体生的苦恼而被转化成"自己的语言"的时候,它才是文学。在这个意义上,竹内好对于当时优秀的支那学家青木正儿的《支那文学思想》表示了不满,因为后者在知识沿革的意义上处理了"什么是文学"的问题,亦即考索文学这个概念在中国历史上的具体所指,却避开了这个生存的问题,因此,"说到底不过是拿着概念置换概念罢了。"而竹内好耿耿于怀的,其实不仅仅是这种"把关于事物的概念朴素地界定为离开认识主体的实在之物的低调的学风",②亦即他所批评的丧失了清朝考据学批判精神的日本汉学式的文献考证态度,而是掩藏在这种知识态度后面的霸权问题。因为在竹内好面对的同时代学术中,这种霸权关系已经呈现得十分明显了。

---

① 《竹内好全集》十四卷,六八——六九页。
② 同上,七十页。

《我与周围与中国文学》提供了一个很连贯的认识结构,这就是主体——学术现状——作为思想资源的文学。理解这个结构需要很多注解,由于它依赖的是几个一向被似是而非地使用的概念,所以必须进行简单的梳理才能看出它的含义。首先,就主体而言,竹内好在使用这个概念的时候很注意强调它的非观念性,强调它不是一个形而上的抽象自我,而是一个活生生的有着生存欲望,因而才试图通过中国文学研究反过来为自我的生存寻找可能性的现实的个体。但是这个个体,由于它在生存意义上规定了知识的价值(这是竹内好反复强调的只有当主体介入的时候研究对象才存在的意思),对它来说,纯粹客观的知识是没有意义的。同时,由于它的主体性介入,换言之,由于它不断通过获得知识来建构自身和反思自身,知识也才通过不断变化而获得自身存在的可能。竹内好关于主体和对象之间关系的界定很接近存在主义的基本立场,但是这种归类或者联想却没有什么意义。因为竹内好恰恰是在拒绝这一类联想的前提下建构他的知识论的。① 不仅如此,特别需要指出的是,竹内好反复强调的主体"我"绝不是作为形而上的观念范畴,而是具体的因

---

① 竹内好在不同的场合多次提到过学院学术中通行的"知识归类"问题。当一个概念被提出的时候,引起的反应通常是对这个概念的出处以及该概念与相关概念之间关系的兴趣,这使得知识问题可以在一个与主体生存不相关的层面得到讨论;这也正是学院学术远离社会现实生活的写照;竹内好并不笼统地反对这种操作方式,他认为这种知识生产方式有其相对必要性;但是,他激烈地抨击以这种知识处理方式作为安身立命之本甚至以此建立知识霸权的做法,在《我与周围与中国文学》中,他这样写道:"我一定要追问的,并不是有关文学这个语词所包含的各种各样观念的类别,而是那种隐藏在那些观念的权威背后、委身于考索语词典故而坦然地忘却自我话语的无耻行径。"(《竹内好全集》十四卷,七六页) 这个基本的态度是竹内好后来对日本学院派学术极度失望的原因,因为绝大多数学者都满足于把遇到的问题凭借自己的知识积累进行归类分析,却无法使眼前的问题在与知识积累发生关联的状况下转变成新的问题意识。

而也是有缺陷的多侧面的个体。这个个体，由于它不具有终极性，故而不断面临着自我否定。自我否定，是竹内好强调"生的个体"的核心意象，在竹内好的思维世界里，自我否定是不断更生的媒介，因而它也是生的象征。由于这个活生生的主体的介入，知识与现实的关系发生了变化：一方面，知识通过主体的介入使现实中那些不可视的要素以非直观的形态被认知，另一方面，主体借助于这种认知过程而改变了知识乃至认知对象的安定性，不断赋予它以新的解释可能。竹内好因此而坚持一个复杂的知识立场：他拒绝形而上的"主体"观念，强调直观可视的"我"的具体性，同时，他也拒绝朴素的"客观主义"知识论，反对把认知对象直观地设想为具体实在的"自在之物"。反过来，这也证明了竹内好直观可视的"自我"，并不是一个在直观层面上存在的自在之物，它的直观性和具体性，是作为冲击形而上的静止主体论的有效武器而被强调的，它的思想能量，就在于通过对于"我"的具体界定而逼视那些在形而上论述中被回避的现实问题，从而保持主体与现实的真实联系。为此，与流动的现实相对，这个具体的主体也必须是流动的。这也是主体不可能采取"自我保全"的立场的原因所在。

在这个复杂的知识论立场上，竹内好提出了"什么是文学"的问题。这是一个他没有给予正面界定却坚持了一生的基本命题，在这里竹内好面临一个两难的境地，如果进行正面的界定（当然竹内好可能未必有也拒绝进行这种知识准备），那么他将与他所批判的知识立场合谋；但是如果不进行正面界定，那么"文学"这个已经被最大限度实体化和客观化了的通行概念将无法传达他所希望传达的那个知识立场。如上所述，这个知识立场一方面拒绝形而上的主体观念，一方面又拒绝直观的客体认识论，"文学"如何有效地传达这个两面作战的立场？

阅读竹内好这样的思想家，需要一个必要的程序：不能仅仅看他"说什么"，而且还要看他"怎么说"；亦即他讨论的针对性和相应的上下文，特别是在不同的上下文中如何使用那些未经他正面界定的关键词。这种阅读会带来一个意外的发现，那就是在竹内好貌似无关的诸文本之间，其实存在着非常一致的结构，这个结构本身，恰恰是竹内好没有正面界定的"文学"铸造的。它是思想面向现实的开放，也是思想对直观经验的拒绝，更是思想在现实与理论的紧张关系中不断谋求自我确立的动态过程。

《我与周围与中国文学》不仅仅把竹内好和他热爱的研究会区别开来，它更提供了一个把"文学"从"文献学"中区别出来的契机。而且竹内好同时又尽量地把它与感性的"鉴赏"进行了区别，这样，"文学"作为一个知识立场，已经不是通常意义上的"创作研究"了。但是仅仅在这个程度上，"文学"其实并不能完成竹内好期待的那个摧毁学术霸权的功能。在《我与周围与中国文学》写作之后，竹内好开始与他所憎恨的学术霸权（这种霸权在当时却是由最优秀的支那学家体现出来的）进行战斗，这些论战的经历给竹内好带来了深刻的孤独感。学术的学院化被理解为知识的固定化，知识的传承在权威的垄断下进行，因此，竹内好所强调的关于语言和现实对象之间流动性关系的问题，并没有引起共鸣。

正是在这样的情况下，在《我与周围与中国文学》发表六年之后的一九四三年，竹内好使用同样的句式写作了《中国文学》这个凝集了他与伙伴们心血的杂志的终卷之作——《〈中国文学〉的废刊与我》。这是《中国文学》创刊八年以来的最后一篇论文,也是竹内好对于自己从一九三四年创建中国文学研究会之后走过的九年历程的一个总结。正是这篇废刊词,从更深的层面揭示了竹内好《大东亚战争与吾等的决意》的内在结构。

《〈中国文学〉的废刊与我》完全使用第一人称写作。这显然与竹内好试图独自承担解散中国文学研究会的责任有关,但是同时,也显然是因为他这个决定并没有得到其他伙伴积极的支持,而仅仅是得到了消极的默许而已。在这篇文章的最后一段,是这样写的:"无论解散的理由何在,我的社会责任都不会因此而解脱。中国文学研究会是天下的公器,从根本性质上说是没有预定解散时期的机构。我是基于对中国文学研究会至高无上使命的理解而行动的,这理解是否妥当,我一个人负责。对我而言是正确的,对其他人而言未必是正确的。我恐怕要受到指责吧。或许仅仅是受到指责还不能了事,我也许会从社会中遭到放逐。那也是不得已的。我打算以一己之身坚持到底,直到我所遭受到的苦楚悲哀和憎恨抱怨都变成肯定性的价值从而被转化成创造性的因素,直到那个时候为止。"①

年轻的竹内好在表述上或许有点夸张,但是他所指出的问题却是真实的。他所要负责的,并不仅仅是一个研究会的解体,而且是一个持续了九年的团体和一个持续了八年的杂志的核心成员在解体之际要遭受到的巨大心理创伤。同一期杂志上千田九一的文章描述了当时的场景,气氛是极其沉重的。虽然由于几位同人被迫参军到战场上去了,到场的核心成员只有五人,但是这五个人和其他不在场的同人却是在九年之中并肩走过来的。在那个时代里,他们分担的压力、不安远远多于喜悦,正是

---

① 《竹内好全集》十四卷,四五八页。

这种特别的经历让他们产生了超越各自思想分歧的连带感,而当研究会解散、杂志废刊,特别是在竹内好的解释里,这个研究会已经走上了不可逆转的绝路时,同人的沉默恐怕有多种内涵。至于竹内好,他的感情显然更为复杂。在此前的几年里,竹内好就已经在不同的文章里直接间接地表达了他对于这个研究会的不满,他发现这个以对抗学院学术霸权为起点的学术团体正在迅速地学院化,并且在这个过程中逐渐获得新的霸权——用竹内好的话来说,就是支那学化了。问题的复杂性在于,竹内好在十年之内把自己几乎全部的精力都献给了这个研究会和这份杂志,他所不满的一切都是在他的参与之下发生的。可以说,他眼睁睁地看着这个以他为核心的研究会向着背离他理念的方向发展,而他并没有更高明的办法把自己也未必能表述清楚的理念传达给自己的伙伴,更没有能力高瞻远瞩地预言事态的发展。就此而言,竹内好感受到的并不是一个轻松的外在批判者的愤怒或者不屑,而是作为当事者才会发生的交加着悔恨和绝望的复杂心情。因此,这篇废刊辞传达的核心信息,正是这种复杂的情绪。

这个研究会的解散,当然与竹内好的个人意志直接相关。但是这件事情的来龙去脉或许有更多具体原因。总而言之,就事情的结果看,竹内好的确是使他的伙伴不得不接受了他的意志,从而放弃了大家一起经营过来且小有规模的集体事业,从此以更松散的方式合作;那么,这个事实不管有多少具体原因,作为一个有相当业绩的研究团体,它都意味着一个时代的结束。而一个时代的结束,总应该要有一些说法。

竹内好给出了他的说法。这是一个冒着被流放危险的说法。这个说法或许仅仅属于竹内好,而不属于他所热爱的那个研究会和那个刊物。

关于中国文学研究会解散的理由,竹内好举出了三个。第一,是这个研究会丧失了作为一个团体独自追求的"党派性"。这个独自的追求,是"打破个体的自我保存欲望",是"与生命的孤独相通的不可遏制的否定热情"。这个对于"党派性"的解释显然违反常识。按照竹内好一贯的作风,他照例对这个概念不加以任何定义。但是同样依照他一贯的作风,我们可以在他后文谈到第二个理由时的说法中找到他对于这个概念的理解:"我们试图通过否定官僚化了的汉学与支那学从其内部取得学问的独立性。汉学和支那学丧失了历史性,无助于理解现实的支那。因而与现代文化不具有关联性。正是这种学术的自我改革欲望催生了中国文学研究会。研究会在立志于自我改革的同时,也立志于改造学术整体,从而立志于成为现代文化的批判者。……我们为了清除存在于自己内部的汉学和支那学成分而努力,试图通过清除这些凝固了的观念的渣滓而探求学术的本源;我们试图通过否定这一行为,来把握应该视为构成现代文化基础的文化自律性。而作为否定媒介选择的对象,是现代支那文学。"①

在分析这段话之前,先要提示一个问题,那就是竹内好对于"支那"这个语词的用法。早年在竹内好创建中国文学研究会的时候,他为了与支那学相区别,不仅强调中国人对于"支那"这个语词的反感,而且强调自己使用"中国"这个语词时的清新感觉;但是当现代中国文学研究渐成气候,连支那学家都开始使用"中国"这个语词,同时有人在使用"支那"还是使用"中国"的

---

① 《竹内好全集》十四卷,四五一页。

语词问题上大做文章的时候,竹内好反倒开始使用"支那"。①这种态度一直持续到日本战败。后来虽然竹内好本人也改用了"中国"一词,但是对于战后再版《鲁迅》时出版社擅自把一九四三年初版时竹内好使用的"支那"一词改为"中国"的做法,他仍然提出了抗议。竹内好关于语词的态度虽然与本文主要论题没有直接关系,但是通过他对于语词的这种"斤斤计较",我们可以窥见竹内好基本的工作层面。他很了解自己只能在语词的层面工作,这是他在《我与周围与中国文学》一文中强调没有主体性就不能使研究对象具有意义的原因;这也正是他在上文中强调的"文化自律性"的含义;但是同时,他也很清楚不能因此而断言这个世界是由语词构成的,对于世界的认识也不仅仅依赖语词;不仅知识分子不能依靠语词去垄断世界和垄断历史,语词本身也常常会背叛它的使用者。竹内好对于语词的执著,与他

---

① 一九四〇年八月,《中国文学》第六四号发表竹内好的文章《支那与中国》。(《竹内好全集》十四卷,一六二——一七二页)这篇文章有非常难解的内在结构,在此姑且不展开讨论;简单地说,这篇文章一个基本的论点是:在当时已经有很多人因为强调中国人讨厌"支那"这个说法,所以提倡在日本以"中国"取代"支那"。竹内好认为,关键不在于使用哪一个称呼,而在于使用者是否有理解中国的能力和感情。否则,使用"中国"同样可以表达日本人歧视中国人的优越感。为了使自己区别于这些依靠语词正确性来掩盖自己思想和情感苍白程度的日本人,竹内好说自己宁可放弃当年倾心的"中国"一词而使用"支那":"语词并没有罪过"。"过去称呼支那,的确因而轻视支那了么? 今天依靠称呼中国,一定能保证不会歧视中国么? ……在我看来,那些人是歧视支那人还是不歧视支那人,其实没有什么差别。他们似乎相信可以如同怜悯孩子一样怜悯支那人。没有比这个更给人(也包括给支那人)添乱的了。"竹内好在使用支那和中国这两个语词上的态度,充分体现了他对待语词的相对主义立场,他认为,使用什么样的语词仅仅具有相对意义,不能因为语词对于事物的造型能力而把语词的功能绝对化。相反,竹内好一向强调被语词"背叛"的危险。为了不陷入绝对化的语词游戏,竹内好在同一篇文章中还谈到了把语词历史化的重要性。他对于支那和中国这两个语词的相对主义态度,直接与他这种历史化分析相关。竹内好的这个立场,其实有助于我们把他从当今流行的后现代思潮中区别出来,避免用绝对化的语词分析去回收竹内好。

对于语词的警惕互为表里,他不随意使用语词,与他不在任何语词上安顿下来的态度是不可分割的。因此,语词与文学一样,也变成了一种"行为",这意味着它随时要经受拷问。这个贯穿于四十年代初期竹内好与支那学家论战的基本母题,在《〈中国文学〉的废刊与我》中又一次出现。它首先表现在对于"支那"一词的使用方式上。这个时期,就日本知识界而言,使用"中国"一词已经变成了常识,而中国文学研究会在日本学术圈的地位也已经十分稳固,用竹内好的话说,就是本源性的矛盾消失了,安定到来了,持续性的日子开始了。这种"坐稳了交椅"的自我保存的日子,是竹内好严厉抨击的"党派性丧失"的状况。为此,他对于这个自己倾注了全部心血的研究会处于官僚化状态的事实痛感失望。对于"支那"一词的固执己见,与这个研究会的名称形成了鲜明的对照。①

在这样一个前提下,竹内好上述对于"党派性"的解释可以找到相对准确的定位:"我们试图通过否定这一行为,来把握应该视为构成现代文化基础的文化自律性。而作为否定媒介选择的对象,是现代支那文学。"这一说法,在几个基本的问题之间建立了关联性。自我否定,是建立文化自律性的必要前提,它不是观念,而是"行为",换言之,它与竹内好关于直观可视的具体主体的界定密切相关;而这个主体的自我否定,是通过现代中国文学这个媒介实现的。这意味着,研究现代中国文学,正是鲁迅

---

① 竹内好特别在文中强调了一点,就是"否定中国文学研究会,并不等于让汉学和支那学复活"(《竹内好全集》十四卷,四五三页)。在这个区别于支那学的意义上使用"支那"一词,与下面这个基本立场有关:"如果在支那这个语词中支那人感受到了被侮辱的味道,我希望能够清洗那种被侮辱的感觉;我希望能够培养出将来在支那人面前毫不犹豫地、不需要顾及对方感觉地干脆利落地使用支那这个词的自信。"(《支那与中国》,《竹内好全集》十四卷,一七二页)

当年在翻译日本人道主义作品时所说的那种窃得别人的火烧自己的肉的行为。显然,对于日益官僚化的中国文学研究会而言,这种"党派性"作为一个集体共识很难建立,竹内好内心的难言之苦是不难想象的。但反过来看,借助于与同伴的这种距离,反倒使得竹内好更自觉地建立了对于"党派性"的理性认识。

接下去也许是问题的关键。竹内好这个对于"自我保存"的官僚化现状的批判,是结合着他对于"大东亚战争"的理想化理解加以表述的:"我们日本,不是在观念上否定了大东亚诸地域中近代式的殖民地统治了吗?我认为这种态度是无限正确的。所谓否定殖民地统治,就是抛弃自我保存的欲望。个体不是依靠掠夺其他个体而支撑自我,而是在自己内部催生出通过个体的自我否定而包容其他个体的立场。必须不是通过掠夺,而是通过给予来结构这个世界。这一大东亚理念的无限正确性,必须渗透到我们日常生活的末端,从根本上瓦解现有的生活态度,从而促使新的文化自我形成。只有通过行为,只有通过自我否定的行为,才会有创造产生。只有通过行为付出代价所获得的观念,才是真正的观念。"①特别值得注意的是,竹内好在这里使用了一个相当于中文"赎罪"或者"赎买"的动词(这两层意思在日文里由同一个动词来表示)来表示观念与行为的关系。这个暗含了"付出代价"语感的动词,表现了竹内好思想探索的勇气。他很了解每一个观念的生命力并不在于它的正确性,而在于它必须在现实实践中摸索、在包括失败在内的种种尝试之后才能获得。"付出代价",因而是获得观念的必要前提。

现实中的"大东亚战争",在竹内好写作这篇废刊词的时

---

① 《竹内好全集》十四卷,四五〇页。

候,已经把日本社会推向了危险的境地。对于竹内好而言,坚守"十二月八日"是一个悖论性的抉择。尽管我们无从判断当时竹内好对于战况的真实认识(就目前的资料提供的状况而言,竹内好对于当时战局并不具有清醒的认识,这是可以断言的;但是他与官方保持距离的一贯立场,在某种程度上却保证了他不会成为鼓吹当时战局的御用文人),但是这个抉择的悖论性格却是很明显的:它导致了竹内好对解散中国文学研究会理由的第二个解释:"中国文学这一态度,对于大东亚文化的建设已经失去了其存在的意义。……我们通过不断探求文化自律性,却走向了与促使文化自律性成为可能的力量相反的方向。面向现代文化而从内部改革丧失了历史性的汉学和支那学的运动,相反却把我们导向了否定现代文化的地点。这就是说,中国文学研究会的解散是这一发展的延长,是历史性的命运。在被限定的意义之下,可以说,我们作为方法而采取的一般意义上的外国文学研究方法,已经失掉了它的方法论意义,而我们已经获得了对于这个问题的自觉。使我们获得这个自觉的直接诱因,不言而喻,就是大东亚战争。"①

这段充满歧义的文字是竹内好解散中国文学研究会的第二个理由。为了相对准确地理解它,我们必须先把常识放下,尽量从竹内好的上下文里寻找解读的线索。首先,竹内好的论点里包含着这样一个问题,那就是所谓"大东亚文化"的建设不再需要"中国文学"这样一种"外国研究"的态度。换言之,那种以国别界定研究对象的学院方式,已经不具有研究有效性;导致这种状况的,是"对于现代文化的否定"。竹内好曾经不止一次地界

---

① 《竹内好全集》十四卷,四五二——四五三页。

定,现代文化就是一种文化的自律性格。竹内好是在一种悖论关系中讨论这个"自律"问题的:一方面,这种自律是以民族国家意识的自觉为前提的,而它的模本来自西方现代性理论;另一方面,文化又需要依靠这种自律性把自己从现代的政治实践中区别出来,建立相对于现实政治的文化政治。由于这两个方面具有相反相成的关系,故竹内好强调:"我们通过不断探求文化自律性,却走向了与促使文化自律性成为可能的力量相反的方向。"竹内好传达了战争状态下特有的两难之境:对于文化自律性的追求,不能不借助于"国家"意识,然而尤其在战争时期,这种国家意识很容易被回收到国家利益的框架(这正是竹内好激烈抨击的"自我保存"方式)中去,为了拒绝这种回收,竹内好只好强调对于"现代文化的否定"。在现代性理论的视野里,对于民族国家的强调与自我和他者的区别意识密切相关,竹内好承认,自我与他者的界定,无论对于西方还是东方现代性的形成,都是非常必要的因素,但是这种界定的内涵,以及对于自他关系的理解方式,在东方和西方却是不同的。这个后来在《何谓近代》一文中构成了重要母题(它被表达为"回心")的命题,在此却被以"现代文化的否定"这样一种方式提了出来。这就是对于那种"促使文化自律性成为可能的力量"的否定。在竹内好的思想世界里,没有比十二月八日亦即日本以偷袭珍珠港的方式向美国宣战更具有对现代文化否定特征的事件了。这个否定,被竹内好理想化为"在观念上否定大东亚诸地域中近代式的殖民地统治"。这个"近代式的",完全可以置换为"西方式的"、"民族国家式的"。而否定的结果,当然是对于"自我保存欲望"的抛弃。也就是竹内好所再三强调的"自我否定"。通过他对于中国文学与支那学、汉学关系的分析,至少可以断定,这种自我否定其实是一种自我解构,它带来了对于世界史的新创造:"大东亚战争被认为是改写了世界史。我深深地相信这一点。它否定了近代,否定了近代文化,它是从否定的深处主体性地形成新的世界和新的世界文化的历史创造活动。"①

这段说法如果断章取义地理解,完全是日本法西斯军国主义"大东亚新秩序"的意识形态。但是竹内好与这种意识形态无缘。在他接下来所列举的第三个解散的理由里,我们可以找到判断的根据。

竹内好说:"我相信大东亚文化只有通过日本文化否定日本文化才可能诞生。日本文化只有否定了日本文化自身,才有可能成为世界文化。正因为是无,才能够成为全部。回归于无,就是在自己的内部描绘世界。日本文化作为日本文化而存在,是不能创造历史的,那会使得日本文化固定化、官僚化、生的本源枯竭。……中国文学研究会对于支那的理解是无力的。它不能成为真正的理解。我们不能把焦点从作为外国文学的支那文学在日本文学的视野里主体化的问题上移开。就是说,必须立足于主体性的日本文学的立场。在这种情况下,我们的决意日本文学能够接受么?怕是不会接受吧。应该接受这一点的日本文学过于衰弱了,因此我们才不得不中止我们的研究会。亦即是说,对于我而言,支那问题只有转化为日本文学的改革问题才能具有意义。中国文学研究会的解散必须成为知识界作出这个决意的发端。这是第三个,也是积极的解散理由。"②

这是竹内好对于日本文化主体与他者关系的理解。在这里

---

① 《竹内好全集》十四卷,四五三页。
② 《竹内好全集》十四卷,四五四——四五六页。

需要注意的是,竹内好始终在"文化"和"文学"意义上讨论主体性问题。在这个层面存在的主体性问题,带有很强的文化自律性格,这也是竹内好对于现代性基本理解的另一个方面。文化的自律性,是在与现实政治不对等的前提下参与现实的必要条件,它成为其后在《鲁迅》一书中进一步得到发挥的文学的"无用之用"这一命题。竹内好在现代性意义上讨论这个文化的自律性问题,它进而必须与"世界文化"的概念结合起来考虑。在这里,需要结合竹内好对于"近代式殖民统治"的批判态度来理解他对于"世界文化"的理解。在一九四三年这个时期里,日本社会现实中的民族问题和主体性问题在某种意义上比竹内好战后写作《给年轻朋友的信》的时期更为复杂,因为当时日本侵略战争的败象尚未呈现,而对抗美英的姿态又通过唤起日俄战争记忆等等方式强化了日本知识分子对于日本主体性的幻想,对于主体性的讨论在这种氛围中很容易被导向"日本统领大东亚共荣"的方向;事实上,在一九四二年由京都学派的几位学者举行的连续性座谈《世界史的立场与日本》中,日本就被表述为"天降大任于斯人"的东亚救世主,它担负着领导整个东亚的历史责任。毫无疑问,这样的主体性论述是不需要任何内在否定的,它也正因为如此而被成功地转化成侵略意识形态。①在这

---

① 京都学派的世界史哲学被转化为侵略意识形态,是一个间接的复杂的结果,这些学者并非御用学者,而且还曾经在一个时期遭受到官方的迫害。参见竹内好《近代的超克》有关部分。在这里需要指出的是,学术与现实权利政治的关系绝不是简单的直线联系,当学术在本质上具有维持和美化现状的特征时(在很多场合下,它不过是以学术霸权的形态出现的),它很难摆脱被官方化和意识形态化的命运。事实上,竹内好本人的著述活动,正是因为它的内在自我否定结构,使得它有可能避免这种被利用的结局。当然,尽管竹内好具有很强的卡里斯马性格,却一生都不曾建立学术或者文化霸权,这也是一个重要的因素。

里，文化自律的性格被破坏了，在某种意义上，这也象征着整个京都学派的命运。京都学派世界史哲学的要害，正如竹内好所批判的那样，在于"日本文化作为日本文化而存在，是不能创造历史的"。而同样使用"主体性"、"世界史"甚至同样使用西田几多郎哲学概念"无"等等观念来解释主体与世界关系的竹内好，却把问题引向了完全不同的方向。这个方向的不同，在于它强调的是只有主体变得不再是自我的时候，它才能进入世界史。换言之，当日本文化通过中国这个媒介完成了自我否定的时候，它把中国内在化了，这个内在化不仅使得中国这个他者与日本文化主体发生了否定性的关联，从而使"中国"获得了对于日本文化而言的存在价值；同时也因此而使得日本文化不得不在开放自身（这同时意味着不得不否定自己原有的存在方式）的同时而包容他者：这个自我与他者的关系，构成了日后竹内好一系列著名作品的基本母题，特别是构成了《何谓近代》这篇难解论文的核心问题。

上述三个解散中国文学研究会的理由，其实紧紧围绕着同一个问题展开，这就是在"外国文学"这样一个与他者发生关联的场域里，如何获得主体性自觉的问题。竹内好敏锐地察觉到，关键不在于是否使用主体性这个语词，而在于是否存在"作为行为的主体性"。换言之，**当停滞和固定化了的观念在语词层面上安顿下来的时候，主体就会以"自我保存"的方式官僚化**。这个官僚化的过程，竹内好在中国文学研究会的发展过程里亲身体会到了，他绝望地指出："今天，文学的衰退是不可掩盖的事实。使这一点昭然于天下的正是大东亚战争。所谓文学的衰退，客观地说明，就是世界不具有文学的结构。今日的世界，与其说是文学性的，不如说是哲学性的。今天的文学不能够对应大东亚战争。因此,它狼狈不堪。"①

在对战争暴力的理想化里寻找反近代可能性的途径,这是浪漫主义文学的一个共同特点,日本也存在着以"日本浪漫派"命名的文学流派,在战后,日本文学界也有人倾向于把竹内好归入日本浪漫派。但是这种表面化的对号入座却很少具有分析问题的有效性。笔者宁愿避开这种归类方式,再一次面对那个棘手的问题:《大东亚战争与吾等的决意》和《〈中国文学〉的废刊与我》,究竟体现了竹内好什么样的思想感情?

在这两篇文章里,都存在着具体的论敌。这就是当时正处在衰败期的日本旧汉学和正处于兴盛期的日本支那学。在战争时期,这两个领域的学者在对待战争的问题上基本上采取不介入的态度,但是当需要表态的时候,他们往往会表达非常官方化的意见,甚至赤裸裸地表达对于研究对象国的歧视。对于一向主张文化自律(在这一情况下,文化自律意味着对于现实政治独自做出判断)的竹内好而言,这种政治姿态并不能因为当事者丰富的学养而得到原谅。然而,由于当时汉学支那学和中国学仍然处在混杂状态,因而这样的学者在当时以中国文学研究会成员的身份成为学院里的学术权威。作为这个研究会的发起人之一,竹内好难以名状的复杂心情自然可以想象。更何况那些以现代中国文学研究起步的真正意义上的中国文学研究者,也并没有显示出不同于支那学家的思想禀赋,竹内好深刻的孤独,正发生在他与这些伙伴的合作之中。硬性地解散中国文学研究会,与无保留地支持日本挑起太平洋战争,其实是一个问题的两个方面,竹内好在这两篇文章中传达的是同一个信息,那就

---

① 《竹内好全集》十四卷,四五六页。

是打破"自我保全"的方式,为文化上的东亚融合提供准备。而其实对于竹内好而言,东亚的融合并不是真正的目标,建立自我否定的"作为行为的主体性"才是问题的关键。

竹内好在战争期间似乎不是一个和平主义者。这一点在他战后的著述中也有所体现。他在《屈辱的事件》中谈到他对于战败时日本状况的失望,下面这段话足以体现他的这个思想倾向:"我预料到了战败,却没有想到以那种保持着国内统一的状态而战败。我曾经梦想过:美军的上陆作战,主战派和主和派两者之间统治权分裂,全国沉浸在猛烈的革命运动之中等等。国内人口减少一半,失去了统帅,各地派遣军成了孤立的单位。我想,在成了游击队的部队内我该归到哪个部分去呢?这可要好好琢磨琢磨。我的想法是浪漫的,世界主义的。可是天皇的广播讲话使我失望颓丧,对什么也发不起怒来。从一开始我就没有实际感受到解放的喜悦,也没有感受到生存下来的喜悦。现在想来,我当时相当程度上处于非正常人的状态。"①

这段自我剖白道出了竹内好对于战争的真实态度。对于他而言,战争并非是以日本的国家利益为前提的行动,它是最为有效的"自我否定"的手段。他对于日本国内人口减少一半、游击战与美军的登陆混杂在一起从而促成全国性的革命局面,有着如此强烈的憧憬,似乎并不能简单地理解成"非正常人的状态"。竹内好并非无条件地拥护战争,他只拥护那种具有自我否定因素的战争。在现实中,只有当日本向明显比自己强大的美国宣战的时候,竹内好才看到了这种因素的存在,这和他此前与侵华战争保持距离的态度是互为表里的。"在文学中实现十

---

① 《竹内好全集》十三卷,八二页。

二月八日",不仅仅包含着挑战强者的意义,它更应该包含着竹内好对于日本战败之后那种解体状况的憧憬。在现实中,这种解体意味着日本将要建设新的社会结构,而在精神生产的领域里,这种解体却以《中国文学》废刊的形式体现了出来。

"今日的世界,与其说是文学性的,不如说是哲学性的。今天的文学不能够对应大东亚战争。因此,它狼狈不堪。"假如把这里的"大东亚战争"理解为上述意义上的"自我否定"的手段,那么,对于"文学性"与"哲学性"的定义将同样需要有另外一种意义上的"非正常人的状态"。抛弃自我保存的"正常欲望",使主体在不断的以他者为媒介的自我解体中获得真实的存在,这是"文学性的结构";这个结构因而必须是动态的。相反,保持自我的安定状态,以排他的方式确保自己的地位和霸权,从而形成抽象的"自我"和"他者"之间井水不犯河水的关系,这是"哲学性的结构"。这个结构只能是静止的和畏惧变化的。对于竹内好而言,他生命中最为重要的这个团体的解体,他借以发出自己声音并因而建立了特殊言论空间的这个杂志的废止,是他作为一个具体的活生生的主体所进行的一次自我否定的实践。它因而获得了文化政治的内涵。

然而,对于"大东亚战争"的处理方式,使得竹内好的这个文化政治实践不能不带上失败的色彩。尽管在竹内好的话语世界里,"大东亚战争"被最大限度地理念化了,它仍然是具体的血腥的现实事件;竹内好不能使现实的战争按照他的愿望去完成自我否定,他只能在他自己的领域里完成他的"十二月八日",而现实中的战争,终于以惨重的代价和毁灭性的结局告终,竹内好遂不再能够使用这个表述;但是,从他直到晚年都没有把支持战争的这篇宣言从自己的文集中抹掉这个举动上看,他尽管了解当年文化政治实践的失败，但是却仍然没有放弃那次实践的理想，这就是以不惧怕自我解体的方式谋求主体形成，拒绝外在的被给予的"优秀文化"，从而向一切有形无形的霸权与奴性宣战。

这个贯穿了竹内好一生的课题，催生了他日后的重要著作。受到战后进步思潮的影响，竹内好本人也很少提起《大东亚战争与吾等的决意》和《〈中国文学〉的废刊与我》这两个文本，但是这不等于他忘记了这两个文本字里行间所记录的那段刻骨铭心的实践。它是否正确，对于竹内好来说或许不是最首要的问题，首要的问题在于竹内好以自己的方式真正地投身于那个时代，并且用他后来在《鲁迅》中反复强调的话来说，在投身于其中之后，再通过自我否定的方式把自己从中选择出来。竹内好一直没有放弃对这种行为模式的思想探索，因为，这个模式不仅仅是他的现实实践方式，更支撑着他对于东亚现代性的解释，支撑着他对于日本民族文化认同的艰难探索。

## 三

本书第一部分的另外两个文本，都是竹内好的代表作。《鲁迅》写于中国文学研究会解散的同年，在杀青之际竹内好本人不得不被迫参军，并被派往中国大陆；这本书对于当时的竹内好而言，是相当于"遗书"之作，它的沉重内容要远远超过《〈中国文学〉的废刊与我》的程度。在废刊之际并不能顺畅地表达的郁闷之情，在《鲁迅》里被充分地抒发了出来，借助于鲁迅的"挣扎"一词，竹内好要表述的，是他在中国文学研究会这个并不按照他的个人意志发展、却又凝集了他全部心血的集体里感受到的时代性的"虚脱"和他作为个体的反抗。《鲁迅》因此在某些侧面上的确接近了鲁迅生活的那个混乱的年代,接近了鲁迅以锐利的笔锋揭示出来的时代真实。

关于这部作品的文本解读,请参阅笔者的《竹内好的悖论》。在这里,笔者仅仅想提出这样一个问题以和读者一起思考:在竹内好眼里,鲁迅信守的那份构成他生命本源的孤独,究竟与时代的苦难是什么关系?

《鲁迅》里面有这样一段话:"我在本质上不认为鲁迅的文学是功利主义的。我不认为他的文学是为人生的、为民族的,抑或是爱国的文学。鲁迅是诚实的生活者,热烈的民族主义者,亦是爱国者。但是他并没有把这一切作为他文学的支撑点,毋宁说,他的文学是在穿透这一切的层面上成立的。鲁迅文学的根源,是可以称为'无'的某种东西。由于获得了那种根本上的自觉,鲁迅成为了文学家。如果没有这一个本源性的自觉,民族主义者鲁迅、爱国主义者鲁迅,也不过是语词而已。"[①]

竹内好为什么如此解释鲁迅?他称之为"无"的那个东西究竟暗指了什么?他所说的"不过是语词"又是什么意思?

在鲁迅逝世前后,中国和日本的鲁迅研究者已经形成了某种一致的共识,那就是鲁迅在他的个人生涯里经历的挫折和不幸,转化成了他挽救民族精神的工作动力。鲁迅思想历程中著名的转折点,被公认为留学仙台时期的"幻灯事件"。竹内好的中国文学研究会同人增田涉、小田岳夫在各自的鲁迅传记中都采取了同样的看法。在这个不断强化的论述过程中,竹内好显然感觉到了

---

[①] 《竹内好全集》一卷。本文引自讲谈社单行本,一九九四年,七八页。

某种不安,它不是针对鲁迅被神圣化和偶像化,而是针对着竹内好的个人体验——在鲁迅研究中日益体现出来的这种稳定性的认识结构,难道不是另外一种意义上的"党派性的丧失"吗?

《鲁迅》中不止一个地方使用了佛教用语作为关键词。这不能回收到在这部著作问世之前日本文学界普遍流行的"舍斯托夫现象"或者西田几多郎哲学对日本知识界的影响里面去,《鲁迅》的这种书写方式暗示了某种深刻的孤独之存在。这种孤独属于鲁迅,也属于竹内好。这并不是离群索居的孤独,而是在人群中的孤独。它不仅来自于周围"一式的点头",也来自于对于同伴的信任和合作。鲁迅与他笔下的魏连殳不同,他了解"绝望之于虚妄,正与希望相同";这使得他的孤独远比魏连殳复杂,因为它难以用常识性的形态呈现。这孤独是具体的,因而竹内好试图在鲁迅的传记中寻找生活者鲁迅遭遇的事件;然而这孤独同时又以具体的形态超越了鲁迅本人,因为它与中国整个现代史的性质相关联。同时,特别要指出的是,竹内好在此比在任何时候都更为强调语词的可疑,更强调鲁迅的不可言说:"我从一开始就没有想过使用语词来为鲁迅造型,那是不可能的。教我懂得这一点的,不是别人,正是鲁迅本人。我只是想要使用语词来确定鲁迅的位置。我想用语词填充鲁迅所在的场所周围,所谓语词的功能,就是那种性质的东西。不过为了做到这一点,我需要有某种自信,需要有没有看错对方位置的自信。如果看错了,语词就失去了生命。我惧怕自己的语词是死语。"①

那个被语词环绕的场所,就是竹内好所说的"无"。它之所以是无,在于它不能够造型,也无可言说。竹内好这样为鲁迅定

---

① 《竹内好全集》一卷。本文引自讲谈社单行本,一九九四年,一四〇页。

位,是由于关于鲁迅的"有",亦即当时鲁迅研究的语词化造型实在太多么?恐怕这不是最基本的原因。竹内好确实在《鲁迅》里明确地提出了对于鲁迅的"冰封"问题,亦即将鲁迅偶像化和观念化问题,但是他更加关心的显然是那个"无"本身。在《鲁迅》里,这个"用语词填充对方位置周围"以显示那个位置的存在的方法,构成了推进问题的基本模式;在《关于生平的疑问》一章中,它体现为对于鲁迅生平缺少波折状态的解释,这就是在极端变动的历史里保持极端静态的"危机饱和状态";在《思想的形成》一章中,它演化为比喻鲁迅"回心"状态的那个依靠光芒的消失而暗示自身存在的"黑洞"。在《政治与文学》中对于文学具有的旋转的球体轴心一般"集动于一身的极致的静"的界定,都是这个基本模式的演进。这个模式的重复出现,构成《鲁迅》特有的论述张力,它引导我们在语词的边界处来理解鲁迅,并且通过这种理解达到对于中国现代文学乃至中国现代性基本问题的重新理解。

《鲁迅》在很大程度上发展了《〈中国文学〉的废刊与我》中有关世界的文学结构与哲学结构的命题,但是已经不再具有前者以"文学中的十二月八日"表达的自信了。《鲁迅》显示了更为成熟的思考维度,它是以下面这个态度为基点的:"对绝望也绝望了的人,除了成为文学家别无他法。不依赖任何人,不把任何他者作为自己的支撑点,他必须通过这个方式,使一切都变成自己的内在组成部分。"①解散中国文学研究会时的悔恨和不满消失了,竹内好借助于鲁迅这个媒介沉潜下来,从而形成了更为

---

① 《鲁迅·政治与文学》,《竹内好全集》一卷。本文引自讲谈社单行本,一九九四年,一四二页。

成型的分析方式——这也是他后来一直没有放弃过的基本工作方式。

《鲁迅》作为一部"鲁迅研究著作",它的特异之处在于彻底地打破了鲁迅研究中潜在的历史进化论倾向。这个倾向在当时和其后的鲁迅研究中一直占据着主流的位置,并且不断生产着各种各样的变种。比较常见的思维方式是关注鲁迅的"思想发展过程",并且在某种程度上预设了鲁迅思想的变化与历史发展方向的一致性。而这个历史发展方向,在很大程度上是参照西方的近现代理论模式建构的。鲁迅本人也的确提供了这方面的材料,他早年对于进化论的倾心与当时中国社会风潮是一致的。在"历史从较低水准向更高水准发展"这样一个心照不宣的前提下,尽管人们并不把历史进化论挂在嘴上,它却变成了衡量历史和历史人物的标准,而且几乎是唯一的标准,这个标准往往可以用"先进"、"进步"加以表达。在鲁迅这个人物身上,研究者的历史进化论视角要通过复杂的纬度才能呈现出来,因为鲁迅并不是一个标准的"先进人物"。于是,作为启蒙思想家的鲁迅,鲁迅思想的预见性、深刻性,鲁迅思想的"发展过程",都成为很重要的研究思路。由于中国的现代史被设想为对于西方同时代史的对抗性挪用,因此,鲁迅作为中国现代史的杰出代表人物之一,也不得不按照这种思路被解释。在竹内好执笔《鲁迅》之际,他面临的正是这样的知识境况。

问题在于,上述这些解释其实并非没有价值,鲁迅的言论和活动都提供了这一类解释的基础。鲁迅不仅显示了他对于时代的预见性,而且他的思想的确经历了发展和变化的过程。更重要的是,占据了鲁迅著述活动主要部分的杂文,以它特有的批判精神提供了了解中国现代史中社会转型期某些精神风土的契机。这些契机被组合到已有的现代解释框架里去,似乎也并不显得突兀。

竹内好《鲁迅》的出现,才使得这一切都变成了问题。

《鲁迅》的《序章》这样写道:"鲁迅度过的文坛生活十八年间,作为时间并不太长,然而对于支那文学而言,它是近代文学的全部历史。作为近代文学的支那文学,至今经历了三个大的决定性时期;它们是'文学革命'与革命文学和民族主义运动。在各个时期里,经历了混沌的内部斗争之后,大量的先觉者被抛弃了。仅就'文学革命'的先驱者而言,严复、林纾、梁启超、王国维、章炳麟,还有其他的一些人等,最后的结局,在文学方面都是悲惨的。从'文学革命'之前直到最后都保持了自己的生命力的,只有鲁迅一个人。鲁迅的死,不是作为历史人物,而是作为现役文学家的死。把鲁迅称为'支那的高尔基',就此而言是正确的。为何他会获得如此长的生命?鲁迅不是先觉者。"[①]

竹内好当然是在"文学"的意义上来界定鲁迅的。但是假如一并考虑到他对于文学的理解是对于世界结构的理解,那么上述这段话就不可以小视。它意味着对于历史的另一种解释方式。在《何谓近代》一文里,同样的意思被这样书写:"在鲁迅之前,虽然产生过一些先驱性的开拓者典型,但他们都孤立于历史之外。因孤立于历史之外,他们作为开拓者未能得到历史性的评价。使得这些先驱有可能被视为开拓者,盖始于鲁迅出现以后。就是说,原因在于,鲁迅的出现具有改写历史的意义。故新的人物之诞生,以及与此相伴随的意识上之全面更新的现象在

---

[①] 《鲁迅·政治与文学》,《竹内好全集》一卷。本文引自讲谈社单行本,一九九四年,十四——十五页。

历史进程中发生,而自觉到这一点总是要在历史的一个时期过去之后。"①

结合这两个文本,可以比较清楚地理解竹内好的意思。他强调的是,各种意义上的先驱者,尤其是文化上的先驱者,都可能由于自己的先驱位置而孤立于历史之外,这使得他们无法与自己倡导的运动共始终;而他们的先驱位置得到承认的条件,在于后来的人物用自己的存在"改写历史",也就是改变对于以往历史的评价方式,改变对于历史人物的定位方式。这种有能力改写历史的人物,必须在历史之中,而不是在历史之外,因此,他不可能成为历史的先觉者。

鲁迅不是先觉者,他因而与中国的现代史共同摇摆,共同生存,他因而直到去世都作为现役文学家而发散着能量。竹内好反复强调的这个命题,究竟有什么样的理解可能性?

在《鲁迅》成书之前,缠绕着竹内好的一个基本的问题就是如何投身于同时代史的问题。他为此付出了相当大的代价。包括写作《大东亚战争与吾等的决意》、拒绝参与"大东亚文学家大会"以及解散中国文学研究会在内的一系列行动,都应该视为这种投身于同时代历史的实践。在反复的摸索实践中,竹内好显然获得了关于历史发展过程的非进化论视角,他不是用"先进"、"后进"的指标衡量历史和历史人物,而是以介入历史的深度衡量历史人物。就这一点而言,"历史过程"必须经过重新定义,才能使这个分析框架得以成立。

对于历史本身的讨论,主要是在一九四八年的《何谓近代》中展开的。在这篇著名的论文里,竹内好正面处理了近代东方

---

① 《竹内好全集》四卷,一二八——一二九页。

历史的形成与主体性的关系问题。对此本文将稍后再行讨论。在此,笔者希望把这篇文章中有关历史的认识引入对于《鲁迅》的解读中来,深化对于《鲁迅》一书历史观的理解。

在《何谓近代》中,竹内好这样定义历史:"历史并非空虚的时间形式。如果没有无数为了自我确立而进行殊死搏斗的瞬间,不仅会失掉自我,而且也将失掉历史。"①联系他在《我与周围与中国文学》中提出的历史对象的非实体性问题,可以理解这样一个基本的认识论出发点:历史建立在主体"为了自我确立而进行的拼搏"当中,而不是可以静止地接近的实体性对象。② 正是在这个意义上,竹内好认为东方社会在经历了西方的入侵之后才获得了历史的自觉,才拥有了自己作为历史的近代。换言之,对于自己的历史的近代性解释,需要某种媒介,因此,西方作为一个使东方获得对于自己历史自觉的契机,构成了东方社会形成自己的"作为历史的近代"的必要条件;也出于同样的原因,东方社会无法直观地把自己的近代与传统毫无媒介地直线式地连接起来。

那么,这种主体的拼搏与历史观念是什么关系呢?竹内好进而指出:"欧洲与东洋在时空的某一点上相遇,由此产生了前进—后退的运动,或者相互混合着,如前所述,这种理解方式假定在历史之外有一个不动的观察点,是抽象的。但是,并不能说

---

① 《竹内好全集》四卷,一二九页。
② 关于这个历史对象是否"客观"的问题,竹内好不仅在早期与支那学家的论战中多次提及,在战后也一直作为自己的基本论点,特别是在与以考证的准确性为政治斗争手段的马克思主义史学家(例如远山茂树)的冲突中,他一直坚持这种对于历史客观性的非直观态度,并且毫不退让地批判日本马克思主义史学家生硬教条的历史观念。这里包含着另外一些同样重要的原理性问题,需要专门进行讨论,在此从略。

这种抽象不是真实的观念。在无限地一步步向前迈进的欧洲，历史之外的点亦会因为自我扩张而被囊括到历史中来，遂成为历史中的一个点。它们通过改变历史而不断地赋予抽象以具体的内容。"

"前进—后退是瞬间的，是欧洲得以成其为欧洲（从而东洋不成其为东洋）的紧张的瞬间。所谓瞬间，与其说意味着作为极限状态的不具有延伸的历史上之一点，不如说是历史从那里涌现的点（而不是历史的扩展）。因此，将此称为前进—后退的运动形式，其实是很不合适的。一切意识都将从这里产生，故前进—后退的意象亦是后来才产生的。也因此，这个意象本身亦是欧洲式的。"①

在上述的论述里，竹内好结构了他的历史哲学。在此，恐怕仅仅实体化地理解"欧洲与东洋"的所指是不妥的。这两个概念当然有具体的载体，但是竹内好在这里同时也把现实中的"西方入侵东方"的意象转化成了更具有弹性的对于历史本身的界定。这个界定是充满紧张感的。值得注意的是，竹内好首先设想了一个具有"前进—后退"这一方向性的运动程式，并且立刻修正了它，把它解释为"紧张的瞬间"，这个表述赋予了运动以很强的动态性，它导致历史"从那里涌现"；在这个意义上，竹内好特别强调把运动形式称之为前进—后退，是"后来才产生的"（他特别强调它是欧洲式的），亦即与历史形成不同步。因此，这个远离了历史从中涌现的"瞬间"的观察点，才有可能以抽象的因而也是不动的方式描述历史；但同时，竹内好又对这种抽象观念的真实性进行了一个限定，那就是这个历史之外的

---

① 《竹内好全集》四卷，一三七——一三八页。

观察点可以由于历史主体的运动而获得历史性,换言之,就是由于历史主体的"改写历史",原本处于历史之外的要素也可能进入历史。

上述这些仍旧十分抽象的分析需要更进一步的"历史化",或者说动态化。但是在此我们更需要做的,也许是关注这些分析与通行的"进步史观"的不同之处:它不具有丝毫的线性描述特征,而是致力于区别历史的瞬间紧张性与抽象论述的非历史性。后者当然有可能具有对于已经逝去的历史的自觉,但是却必须在"改变历史"(这本身就构成了参与历史的可能)的过程中获得自身的历史性。对于竹内好而言,历史不是空虚均质的时间形式,当然更非文献的堆积,而是一次次挣扎搏斗的产物;对于进步史观而言,不断"进步"的时间过程构成了历史,而对于竹内好而言,每一个紧张瞬间通过主体而被连接才能构成历史。它是否进步不是先在的条件,那些紧张是否真实才是决定性的要素。对于竹内好而言,鲁迅是他进入历史的向导,历史也是他接近鲁迅——这也正是他把鲁迅内在化的过程——的途径。无论就何种意义而言,对于紧张瞬间的敏感都是不可或缺的。而正是这一点,意味着鲁迅"不是先觉者"的特点具有决定性的意义。因为非先觉者的特点(准确地说,鲁迅的非先觉者特点是在他深刻的时代洞察力基础上形成的,不能被视为一个孤立的条件)不仅保持了他与历史的同步性,而且还提示了他与其他"先觉者"的关系:鲁迅改写历史的作用,在于他使得那些曾经不被历史接受的先觉者们进入了历史。

鲁迅是如何改写历史的?竹内好没有正面论及,但是他已经在自己的全部论述中明确地暗示了接近这个关键性问题的途径。《鲁迅》提示了一个相当复杂的认知结构,那就是鲁迅是启蒙者和思想家,但不能把启蒙者或者思想家作为衡量鲁迅的标准。具体而言,这就是说,鲁迅所扮演的启蒙者和思想家角色,不是按照通行意义上高于他人的方式完成的,而是以他自身特有的"强韧的生活者"的方式进行的:"他既不后退,也不追随。他先让自己与新的时代对决,通过'挣扎'而涤荡自身,再把涤荡过的自身从中拉将出来。……但是,一度经由'挣扎'而涤荡了自身的他,却与此前的他别无两样。对他而言,不存在思想进步那种东西。"①因此,"鲁迅如何变化并非我所关心,我关心的是鲁迅如何地没有变化。……因而对于生平的兴趣,也不在于他经历了怎样的发展阶段,而在于他一生唯一的一个时机、他获得文学自觉的时机,换言之是获得了关于死的自觉的时机是什么时候的问题。"②

"关于死的自觉",也就是竹内好多次使用的"无"的意思。它指的不是具体的肉体的死亡本身,而是对于死亡的自觉。经历了中国文学研究会解散的竹内好,不得不被编入炮灰行列的竹内好,把自身复杂的体验投射进这个"关于死亡的自觉",它包含了太多"没有第二次机会"③的历史和现实的内涵。而他把鲁迅文学的基点设定在这个关于死的自觉之上,并不仅仅是出于对抗观念化的鲁迅研究趋势的用意。竹内好借助于鲁迅,向我们展示的是一个"改写历史"的范例。

在《思想的形成》一章里,竹内好谈到了鲁迅与先觉者之一梁启超的关系:"在鲁迅与梁启超之间,存在着决定性的对立。

---

① 讲谈社版《鲁迅》,十六页。
② 同上,五三页。
③ 这是研究会同人千田九一对于竹内好解散中国文学研究会时姿态的表述。详见《长泉院之夜》,《中国文学》终刊号,一九四三年三月。

这个对立也可以作为鲁迅本身内在矛盾的对象化加以考虑,因此,我认为二人之间的关系与其说是鲁迅受到了梁启超的影响,不如说鲁迅在梁启超那里看到了被对象化了的自己的内在矛盾。这个矛盾,换一个说法,也可以说是政治与文学对立的关系。"①

梁启超的《论小说与群治之关系》对于鲁迅究竟有没有影响,是一个复杂的问题。竹内好谨慎地把问题界定在不否定这种影响的层面上。但是,鲁迅"对于新的运动通常最初并不表示认同的态度"②的怀疑精神,显然使得竹内好注意到另外一种感知历史的可能。这种把鲁迅与同时代的先知先觉者区别开来的做法,是否可能得到另外一些关于历史脉动的信息呢?假如鲁迅因为他的非先觉性而获得了与历史同步的可能,那么把历史发展方向设定在先觉者视点上的做法是否应该反省?

《鲁迅》通篇讨论的是鲁迅文学非政治的政治性。竹内好不是讨论鲁迅通过他不疲倦的杂文指向的"恶"本身,而是讨论他如何处理他所面对的恶,亦即鲁迅的态度问题。对此,竹内好提出了那个著名的命题,那就是:"在政治中看到自己的影子,通过打破那影子,换言之自觉到本身的无力,文学才成为文学。政治是行动,因此,与它对决的也不能不是行动。文学是行动,不是观念。但那行动是以排除了行动为条件而成立的行动。文学不是在行动之外,而是在行动之中,如同旋转着的球体的轴心一般,以集动于一身的极致的静的形态,存在着。没有行动文学不会诞生,但是行动本身不等于文学。因为文学是'余裕的产

---

① 《思想的形成》,《鲁迅》,九三页。
② 《关于作品》,《鲁迅》,一百页。

物'。"①对于政治和文学关系的讨论,实际上是竹内好对于历史的把握方式。他之所以强调鲁迅改写了历史,就在于他透过鲁迅"与自己产出的阿Q不断斗争"的过程,把握到了中国现代历史里最混沌也最深厚的一页,这是各种意义上的先觉者们不曾经验的问题,但是也正因为这一页,鲁迅使得历史之外的点进入了历史,使得中途退出历史的先驱们重新获得了历史意义。

"政治"对于竹内好来说,始终是"面对现实不断革命"的同义语。而文学,则是他通过不断自我否定而达到自我实现的唯一手段。对他来说,前者的象征人物是孙中山,后者则是鲁迅。但是,竹内好并没有投笔从戎的打算,他所设想的不断革命是理念性的。因此,竹内好把政治与文学的一"动"一"静"都引入了知识状况之中,是顺理成章的。在这个意义上,竹内好称鲁迅为政治家,也并无突兀之感。他对于政治和文学关系的设定,导源于他对于同时代日本知识状况的态度,他痛恨的不仅仅是知识领域里的霸权关系,更是知识界通行的把思想从活人本身抽取出来的学风。这种学风导致的,不仅仅是知识的空洞化,更在于知识生产的非历史化。尤其当这些非历史的知识被高度抽象化、却没有主体运动能够提供把这些抽象再行历史化的契机时,竹内好无法接受在这种状态下产生的关于现代性的言论。当日本战败,整个社会开始了新一轮脱亚入欧之际,不加分析地抛弃战败日本的已有机制,模仿先进的西方社会,变成了整个社会从政治意识形态到生活感觉各个层面的主导思潮;由此,竹内好产生了一个强烈的问题意识,那就是用自己的方式阐释日本的现代性问题。

---

① 《政治与文学》,《鲁迅》,一八〇——一八一页。

## 四

《何谓近代》写于一九四八年,当时发表的标题为《中国的近代与日本的近代——以鲁迅为线索》。把这篇论文看成《鲁迅》的姊妹篇是合适的。只是这两篇长文的写作环境以及文体都有相当大的差异:《鲁迅》写于《中国文学》废刊后不久,尚带有强烈的孤独感和难以名状的悔恨怅惘之情;同时战争的发展趋势日益严峻,竹内好本人也不得不被迫从军;因此,《鲁迅》把这种复杂的情绪投射到鲁迅这个具体人物身上,具有强烈的可视性;而《何谓近代》却写作于战后的困顿时期,当年的情绪因素经过了时间的过滤,具有了更沉实的内涵。因此,思想表达得更为充分。但是这篇论文也并不比《鲁迅》更容易把握,因为它是有意识地从对抗学院书写规则的角度写作的。

《何谓近代》用很大篇幅讨论了什么是历史的问题。而这个讨论是直接指向当时学院化的抽象演绎学风的:"对我来说,那种所有一切都可以抽取出来的理性主义信念是令人恐惧的。或者与其说是理性主义的信念,毋宁说是使这种信念得以成立的理性主义背后的那个非理性主义之意志的压力是可怕的。而且,我觉得这信念正是欧洲式的。在很长一段时间内,我一直并没有把自己的这种恐惧感作为恐惧感来对待。除了少数的诗人,日本的思想家者流文学家者流中的大多数也并没有感到我这种感觉,他们并不畏惧理性主义,而且,他们所称之为理性主义的(包括唯物论),在我看来怎么看也不像是理性主义,当意识到这一切时,我感到了不安。就在这个时候,我与鲁迅相遇了。我看到,鲁迅以身相拼隐忍着我所感到的恐惧。更准确地说,从鲁迅的抵抗中,我得到了理解自己那种心情的线索。从此,我开始了对抵抗的思考。如果有人问我抵抗是什么,我只能回答说,就是鲁迅所拥有的那种东西。并且,那种东西在日本是不存在的,或者即使存在也很少。从这一基本判断入手,我形成了对日本的近代与中国的近代的比较性思考。"①

参照《鲁迅》中对于"政治是行为,文学也是行为"的说法,可以理解这种对于理性主义的"恐惧"就是对于脱离历史和现实的学院学术空洞性的恐惧。更重要的是,从竹内好关于"从鲁迅的抵抗中,我得到了理解自己那种心情的线索"的说法中,我们不难想象竹内好在给自己的思考"造型"时那种"赤手空拳"的艰难:学院学术精细地预备了大量造型的工具,却唯独不具备处理竹内好这份"心情"的条件。竹内好只有借助于鲁迅的认识方式来自我认识和自我定位,这正是他赋予"世界的文学结构"过重内涵的原因。在这里,还有一个问题需要谨慎地辨别,那就是竹内好对于"欧洲式的理性主义"究竟是什么态度。

《何谓近代》的结构复杂性,来源于竹内好并未采取二元对立的立场。从该文前半部分看,竹内好对于欧洲的"物质运动"和"精神运动"采取的是客观分析的态度,而不是简单否定的态度。那是因为,这个借助于强权和暴力在非欧洲地域推行现代化的历史力量,因为保持了自身的自我运动机制,使得理性主义和实证主义、经验论、进步观念和科学精神等等,都具有了历史性的特征。换言之,它使得这些观念不但具有了具体的内涵和针对性,而且具有了不断改变自身的可能。但是同时,欧洲也生产着使得这些理念绝对化的"非理性主义

---

① 《竹内好全集》四卷,一四四——一四五页。

的意志",其结果是使得这一切观念不断脱离它所由产生的历史条件而独往独来。竹内好在日本知识界看到的,不是欧洲式的自我运动,而是这种欧洲式的非理性主义的意志。对于竹内好来说,"对抗西方"并不是他的立场,他要对抗的是包括本土的西方中心论者和民族主义者在内的这种非理性和非历史的绝对主义观念。而竹内好所追问的问题是,本土不是作为观念而是作为历史的**近代**,究竟意味着什么?在这个意义上,竹内好才与鲁迅真正相遇。

竹内好认为,东方的近代受到了西方的冲击和影响,这是不容否认的事实。在这个意义上,强调东方的近代与西方无关的本土主义立场是反历史的;同时,东方的近代又不可能在西方意义上完成,直接地挪用西方观念的做法也只能使自己身处自己的历史之外。鲁迅的思想实践显示了始终处于自己的历史之内,始终与历史一同摇摆行进的艰难;对于东方的近代而言,采取自我否定的方式并不意味着照搬西方的发展模式,它意味着下面这段提示:"他拒绝成为自己,同时也拒绝成为自己以外的任何东西。这就是鲁迅所具有的、而且使鲁迅得以成立的、'绝望'的意味。绝望,在行进于无路之路的抵抗中显现,抵抗,作为绝望的行动化而显现。把它作为状态来看就是绝望,作为运动来看就是抵抗。在此没有人道主义插足的余地。""这里的抵抗是二重的。即对于失败的抵抗,与对不承认失败或者忘却失败的抵抗。也即是对理性的抵抗,与对于不承认理性之胜利的抵抗。理性的胜利是不能不承认的,但是这一点只有通过二重的抵抗才能得到承认。"①

鲁迅一生的痛苦挣扎都是针对着主体内部的缺陷而发生

---

① 《竹内好全集》四卷,一五六——一五七页。

的。他的反传统和反霸权精神集中地体现在他自身的痛苦、那个被竹内好命名为"无"的体验之中,换言之,在"抵抗"的过程中,他一直是作为抵抗者和被抵抗者双方的集合体而身处历史的旋涡中心,这使得他与先驱者无缘;同时鲁迅不妥协的战斗精神又是以"余裕的产物"亦即文学的形态表现的,这使他与现实中的战士无缘。鲁迅的这个特别的位置,使得他有可能昭示东西方现代性关系的复杂性,昭示东方社会中文化主体性的形成所具有的不同于西方的逻辑:竹内好所揭示的鲁迅的"抵抗"精神,绝对不是汤因比"挑战—回应"模式中的"回应",因为它的方向不仅仅或者说主要不是向外,亦即不是朝向西方的,而是朝向文化内部的。在竹内好的分析里,这个朝向内部的文化否定力量,才是创造东方历史的真正动力,它同时以抵抗为媒介,把西方的近代包容到自己的历史中来。因此,东方的现代化过程,对于世界史而言,是一个以西方的入侵为媒介再造传统的过程,在这个过程里,西方同样被东方以主体自我否定的方式解构并被结构进东方的现代之中。而这个结构,却不是以西方的逻辑建构的,它遵循了东方的逻辑。

竹内好在《何谓近代》中提出了一个重要的价值判断标准,那就是如果承认东方内部也有着不同形态的现代化模式,那么就无法简单断定何为先进何为落后。竹内好的衡量标准不在于是否尽快地模仿西方的现代化模式实现了现代化。他对于现代化模式的"日本式"和"中国式"的界定,就植根于这种价值判断:"这中间的区别,乃是因保守所以健康,与因进步所以堕落之间的区别。""视中国文学为落后国家文学的日本文学之眼光大概是正确的。正确——真是太'正确'了。这是一种如照相机般准确,将时间和空间在'场外'加以再调整而达到的'正确'。它意味着看客自身并没有进入历史,只是从外部观望着跑在历史跑道上的赛马。自己并没有进入历史,所以看不到使历史得以充实的抵抗之契机,相反,却可以清楚地看到是哪一匹马赢了。"①

竹内好并非说说而已。这一判断标准渗入了他的知性本能,帮助他发现了很多被人所忽视的问题。例如在稍后写作的《日本人的中国观》中,他相当敏锐地指出了日本固有的以"先进—落后"来判断历史的观念即使对于丸山真男这样杰出的思想史家也仍然有着潜在的影响:丸山在他早期代表作《近代日本思想史中的国家理性》(一九四九)中虽然对于中国的近代化有着相当中肯的分析,但是同时也不自觉地采用了中国的近代化落后于日本的视角。竹内好借助于丸山这样一位优秀的学者不经意地流露出的单线进化论史观,提出了一个尖锐的问题:即使我们在理性上否定了西方中心论,也不等于真正地找到了自我表达的有效方式,更不等于建立了多元意义上的自我判断标准。②

---

① 《竹内好全集》四卷,一五九——一六〇页。
② 在《日本人的中国观》中,竹内好提出的核心问题是日本人仅仅从物质方面评价中国与日本的现代化过程,由此产生了蔑视"落后的中国"的通行观念。竹内提出的针锋相对的问题是,中国的现代化固然在形式上落后于日本,但是却是在主体重构的基础上完成的,因此,在质量上,中国的现代化远远胜过日本。在这样的上下文里,竹内好对丸山提出的一点不满如下:"他在追究近代的国家理念的产生这一问题时,并没有采取把意识形态简单地与物质相结合然后从外部加以说明的方法,而是进入意识形态本身,从逻辑上探究其内部法则。他在这个讨论里,为了解释中国的近代化落后于日本近代化的原因,应用了华夷思想这个概念。他解释道:中国的华夷思想,因为是固有的,所以顽强地妨碍了国家理性的形成;而日本的华夷思想,因为是从中国借来的,所以不仅抵抗能力很弱,而且反倒转变成了近代理性建立的媒介。我觉得这个说法是一个卓见,它揭示了迄今为止被人忽视了的东方近代史的一个侧面。但是我仍然有些不满。丸山的说法,从意识形态方面妥当地解释了中国的现代化落后于日本的原因,但是就连他,也还是把落后就当作落后处理了,并没有指出时间的差同时也包含着质量的差这一思路。"(《竹内好全集》四卷,十二——十三页)竹内好对于丸山的不满,仅仅集中于这位思想史学者西方化的理论思路与问题意识,但是同时,作为一起投入同时代思想斗争的思想伙伴,竹内好毕生保持了他对丸山思想史建树的高度评价。

可以说,竹内好的全部工作都是从这个建立主体性及其价值标准的基点上展开的。如果把《鲁迅》与《何谓近代》作为理解他全部著述的纲领性文件,就可以比较容易地接近他在进入五十年代之后所思考的问题。竹内好从不抽象地论述问题,也拒绝把历史塞进现成的理论框架之中去,因此,他提出的问题总是具有冲击性,也往往与通行的"正确观念"发生冲突。

写于一九五七年的《亚洲的进步与反动》就是这样一个范本。竹内好对于"进步"与"反动"这两个充满歧义的概念的历史性内涵进行了追究,特别是对于语焉不详地在日本流行起来的"进步"一词进行了质疑。在这个文本里,竹内好示范了什么是"面对状况",什么是历史性的思考。

"进步"一词是很少被质疑的,而且它是那种不经过历史化也可以流行的观念。战后日本由于被占领的经验和迅速追赶西方物质文明的风潮,使得对于进步观念的使用越发含混不清。在当时,日本社会的进步人士基本上是日本共产党系的马克思主义者,他们对于进步的理解基于对共产主义历史观念的理解。因此这种进步观念构成了当时的一种风潮。问题并不在于这种理解是否正确,而在于它并未真正面对状况,相反,却带有强烈的意识形态色彩。在一九五六年开始围绕着几位马克思主义史学家写作的《昭和史》产生的论争之后,显然关于"进步"概念的历史化问题进入了日本知识界的视野。从竹内好援引的几位学者的发言里,我们可以窥见当时讨论的深度和问题症结之所在。可以说,把"进步"一词从意识形态的框架里解放出来,进行更具体的分析,这一点在当时的讨论里已经达到了共识;但是如何在与其他概念的关系中认识这个概念,如何把它历史性地定位于状况之中,而不是静止地固定化为一个确定不变的价值判断,却是一个困难的课题。竹内好敏锐地觉察到,最为困难的问题存在于人们习惯于使用西欧的进步观念来解释亚洲的状况,这是"进步"概念被架空的主要原因。

竹内好指出:"亚洲的进步是什么?将此视为与西欧的进步相同的东西是否合适?日本蹈袭西欧的进步而成了亚洲的反动势力。是否应该将此理解为在进步过程中转化为反动(自由主义者和共产主义者都持这种说法)?这样理解的话,民族使命感的一贯性将要丧失。如果要保持这种一贯性,只有两种选择:要么承认日本帝国主义的进步性(这正是法西斯主义者的想法),要么溯本求源,从根本上把对进步与反动的评价颠倒过来。除此之外,别无他法。选择哪一种呢?如果要我直截了当地说出结论来,我当然是选择后者的。"①

"把对进步与反动的评价颠倒过来",这令人联想起竹内好对于鲁迅"不是先觉者"的评价。对于当时关注民族主义如何转化为建构主体性的积极因素的竹内好而言,他进行这个颠倒是为了给民族主义的讨论找到一个历史性的支撑点。他在援引丸山真男、上原专禄等人在座谈中的发言时,正是在强调这个问题。竹内好认为,仅仅强调民族主义,而不强调亚洲特有的革命方式,那么将无法有效处理亚洲的现实:"在亚洲,革命比起理论来更是一个实际进行着的事实。"因此,他对于上原提出的亚洲民族主义不能用欧洲的民族主义理论衡量的说法表示了赞同。但是超越这些具体问题,竹内好在这里表达的这个颠倒通行价值判断的决心又有着原理性的意义,这就是他把历史视野引入思想领域的努力所带来的新的思考维度。

---

① 《竹内好全集》五卷。本文引自《日本与亚洲》,筑摩书房一九九三年,一五〇页。

五十年代的日本马克思主义历史学家,由于实际政治斗争的需要,把历史的进步作为科学的世界观加以强调,在具体的历史研究里,他们也由于强调实证的科学性与史观的科学性的统一而造成了史料选择与解释的局限性。作为现实的政治斗争,这种做法以其明晰的政治立场构成了对抗日本政府和右翼、保守势力改写侵略历史企图的格局,这当然是不可否认的业绩;但是就结果而言,由于这种"科学的"历史写作有明显的概念化倾向,很难被知识界接受。就另一方面而言,自由主义知识分子中的历史学家和思想史家,虽然对于马克思主义史学的做法有所反思,但是由于过分依靠西方的理论资源,在另一个意义上也难免重蹈覆辙:他们可以相当深入地剖析日本历史和现实中可以用西方的概念加以分析的问题,但是对于那些难于使用西方理论进行分析的部分就不能不进行简化的处理。正如历史学家上原专禄在竹内好援引的座谈中所说的那样:"我尽管一直期望尽可能脱离西欧式的思考方法以获得思想的自由,可最终还是采用了西欧式的思考方式。""我无论如何不期望那种众人信服的唯一的思想体系,或者什么思想流行的发生。我想即使不搞那一套,也是可以行得通的。""我们在思考'民族主义'这一词语的意义,思考它的实体和内容时,总是不自觉地发生一种倾向,即追随欧洲人在思考欧洲历史事实时所运用的方法。……在亚洲和非洲的'民族主义'中,本来存在着针对欧洲的制度与文化,要获得主体性和自律性这样一种生活态度,可是又要像欧洲人那样来理解'民族主义'这一词语,这实在是一种滑稽的自相矛盾。说到'民族主义',人们可能会认为,在亚洲或者非洲,真的存在一种'国家的'或者'民族的'东西,而针对欧洲的殖民主义强调着自己的存在。但是,这种理解方式是非常欧洲式的,在多数情况下并不符合亚洲或者非洲的实际情况。"①

上原指出的这个尴尬的知识状况,其实至今仍然存在着。但是这个问题不能简单地使用西方中心论加以定位,真实的问题远比西方中心主义要复杂。就知识论的意义而言,一个核心的问题是对于"历史"的理解。历史作为一个具有强烈流动性的对象,它的状况性使得任何被抽象之后的理论都无法涵盖它,因为理论总是在抽象过程中失掉现实当中某些无法抽象的部分,并且在抽象之后重新组合对于它的解释。对于这一点,并不需要借助于欧洲历史主义与启蒙主义之间的矛盾就可以理解。当整个世界都面临理论化趋势的时候,对于理论的信仰往往会遮盖历史过程的流动性与独特性(这种独特性不仅存在于各个不同的地域,而且存在于不同的历史时期,由于在西方历史主义论述中它被视为对抗普遍主义的武器并曾与民族主义叙事相结合,使得后来的思想者不得不面临"从保守意识形态中拯救历史独特性"的理论困境),把历史理解为可以依靠理论整合起来的叙事。进一步而言,即使对于理论信仰持真实的批判态度,同时也承认历史的状况性和理论的局限性,如果不掌握另外的分析工具,也会陷入上原专禄的困惑。即使在那些非常理解西方历史脉络与理论之间关系的东方优秀知识分子那里,由于分析工具的局限,他们不得不对本土最棘手的基本问题(比如日本"近代的超克"问题等)保持外部性的单纯批判态度,同时也不得不因而使自己不自觉地扮演先觉者角色。正是在这个意义上,"历史"所要求的另外一些仅仅使用理论手段很难产生的问

---

① 《竹内好全集》五卷。本文引自《日本与亚洲》,筑摩书房一九九三年,一五二——一五三页。

题意识有可能构成新的知识视野,而在现实中,它首先冲击的就是把既定的价值判断带进状况之中的做法。这些既定的价值判断,用今天流行的说法,基本上属于各种意义上的"政治正确"观念。

《亚洲的进步与反动》提到,按照西方的标准,主张"痛打落水狗"的鲁迅也该是反动的。其实竹内好本人要比鲁迅更为"反动",因为他的所作所为与政治正确的标准离得太远。然而竹内好因此而发现的问题却是进步的先觉者所无法发现的,因为历史本身并不受正确错误进步反动这一类观念的左右,这些观念只是在历史被呈现出来之后才具有意义。竹内好之所以敢于冒险而深入历史本身,原动力恰恰在于他想要的不是裁决历史,而是不被历史所抛弃。

在讨论亚洲的进步与反动概念的时候,竹内好关注到一个很重要的问题,那就是战后的进步文化人在战争中并没有学习到什么。以太平洋战争为界,连原来积极反战的日本人都转向了支持战争;而举国上下一致地接受了战败的行为模式[①]在战后日本也没有得到正视。相反,把战中与战后分而视之的通行做法,合理地翻过了战争这一页。竹内好不能无视这一点。他尖锐地指出,不彻底清理战争这一负面遗产,新的思想反动(而且是亚洲本身的思想反动!)必将出现。

《屈辱的事件》与《关于战争体验的一般化》写于不同的历

---

① 竹内好的这一看法与局部事实有些出入。实际上,在天皇宣布接受战败事实的录音被播放之后,尚有局部的战斗部队特别是空军官兵自行对美军发动自杀式攻击。日后发现的资料表明,有些原本可以逃过战死的年轻士兵,就是在战败之后白白送死的。但作为一个整体性判断,即战败没有引起日本国内叛乱发生,把日本战败视为举国一致的行为仍是准确的。

史时期,前者写于一九五三年,是日本社会特别是批判知识分子在反美意义上思考民族独立问题的时期,后者写于一九六一年,时值反对日美安保条约运动一年之后。两者所针对的问题当然是不同的。但是在这近十年的岁月里,日益成为过去的战争经验却被竹内好不断地唤起,历史通过现实斗争的紧张瞬间而获得了生命。

在《屈辱的事件》里,竹内好形象地表述了"侵略者没有自由"的事实;而这个"没有自由",让人联想起他在《何谓近代》里引用诺曼的话所表达的判断:"要将他人奴隶化,使用纯粹自由的人是办不到的。相反,最残忍无耻的奴隶,将成为他人自由的最狠毒最有力的掠夺者。"① 侵略者没有自由,不仅仅由于他们受到外部的攻击和仇恨,更因为他们本身就是不自由的。竹内好认识到,要紧的不是外在的自由,而是内在的自由。后者才是获得前者的决定性条件。在日本被美国占领并且从占领军那里得到了"自由"之际,② 竹内好的这个问题的提出具有相当沉重的历史含量。按照竹内好一贯的思维方式,民主和自由虽然是好东西,却不是可以依靠被给予的方式获得的;因此,如何依靠自己的努力建立真实的民主与自由,是五十年代初期的基本课题。

"可是,这个将校却悄悄地问我'民主主义是什么?'这让我觉得颇愉快。我一边引用'五条御誓文',一边给他讲了连我自

---

① 《竹内好全集》四卷,一七〇页。
② 美国占领军在制定日本战后的新宪法之际,的确把民主和自由"强行"带给了日本社会。当时日本的马克思主义者,在很大程度上是依靠美国占领军的力量才获得了言论自由的。

己也不太清楚的民主主义定义。"①

"五条御誓文"作为日本民主主义的例证当然是不合适的。因为虽然这个天皇誓言的第一条就是"广兴会议、万机决于公论",但是这个"会议"仅仅是大名参与的诸侯御前会议,并不是人民可以以某种形式参与的民主形式;更重要的是,宣誓本身是天皇面对神而不是民众进行的宣誓。无论如何,把这种"民主形式"作为日本的民主主义,显然是说不通的。关于这一点,一九七一年竹内好在与政治思想史学者松本三之介的对谈中也承认了。但是对于竹内好而言,其实这个话题表达的是他那一代人特有的"明治情结"。《屈辱的事件》记述的另一个细节,亦即那个问竹内好何为民主主义的军官以特别的危机意识诵读明治天皇的《军人敕谕》时的气氛,同样传达了这个情结。竹内好这一代人并没有赶上明治时代,但是那个时代特有的历史丰富性和英雄主义却足以使后来的日本人倾倒。这种明治情结在何种程度上具有普遍性是一个需要论证的问题,但是从日本思想史学者对于明治思想家的倾倒程度以及在六十年代开始的纪念明治维新百年的活动看,明治时期的确是日本人整理历史遗产的一个矿藏。对于竹内好而言,他在六十年代开始的清理明治以来日本亚洲主义发展轨迹的工作,显然与这个对于"五条御誓文"的不准确理解出于同样的理由。所有理由中最根本的理由在于,如果要获得自己的自由,如果要想不简单套用现成的概念乃至社会模式,如果希望历史性地面对当下的问题,那么,无论冒多大的风险,都不能拒绝进入历史那个"混沌状态"的可能性。

---

① 《竹内好全集》十三卷,八二页。

日本社会真正要求获得自己的自由的机会,是一九六〇年发生的反对日美安保条约运动。在这个运动里,竹内好发表了著名的《要民主还是要独裁》的讲演,并且把安保运动与战争体验、反法西斯问题结合起来讨论。《关于战争体验的一般化》在完全不同的层面上又一次处理了战争的问题:"我们这一代人直接体验了法西斯主义的发展过程。每个人体验的内容不同,但身处法西斯主义与战争的旋涡之中,这一点则是共通的。由此产生出某种生活态度、行动方式上的共通性。这种共通性作为对法西斯主义预兆的敏感反应以及本能的姿态呈现出来。……在我的认识里是这样总结它的:法西斯主义是以不易被察觉的,有时甚至以伴随着后退的迂回曲折的方式发展渗透的,各个阶段都很危险,同时,在各个不同的阶段都并非完全没有防止手段。"①

　　"身处法西斯主义与战争的旋涡之中",这是问题的关键。竹内好这种感性的表现,在同年被丸山真男以《现代的人与政治》为题进行了理论上的周密探讨。作为同样拥有这种在旋涡之中感觉的一代人,丸山把自身的体验投射到了对于法西斯德国内部成员日常生活感觉的分析上去:"从外部看那种令人恐惧的过激的连续性打击,对于内部世界的居民而言,竟然是不显山不露水地作为渐进的变化被接受的。这一状况,可以从米尔顿·梅耶的《他们认为那是自由》(Milton Mayer, *They Thought They Were free*, 1955)中找到多数的例证。……我想从梅耶接触的德国人中,选出一个语言学者的'自白',在这里介绍一部分。……'一个一个举措非常之小,而且得到了非常自圆其说的说明,有时候还表明

---

① 《竹内好全集》八卷,二二五——二二六页。

"遗憾之意",所以,如果不是脱离最初开始的这些步骤来看整个过程的话——如果不理解这一切"微小的"举措在原理上意味着什么的话——那就恰如农夫看着自己田地里的作物一点点长大一样,直到某一天,才突然意识到作物已经高过自己的头了.'"①

这一段生动的描述同样适用于战争时期的日本人。竹内好的战时体验恰恰证明了这一点。这不仅与他写作《大东亚战争与吾等的决意》有关,而且与他无以名状的郁闷有关。在"法西斯主义与战争的旋涡"里,一切都不是昭然若揭的,相反,所有的举措都得到了自圆其说的说明,看上去合情合理。日本人正是在眼看着一个个举措似乎合情合理地社会化的过程中,被卷入了战争,"直到有一天,才突然意识到作物已经高过自己的头了。"正因为如此,竹内好对于战后突然出来宣布说自己曾经在战争中反战的日本人充满了不信任感,也对于在战后成长起来的一代人如何理解战争充满了疑虑。事实上,在竹内好早几年写作的《近代的超克》中,这种丸山所指出的"外部"与"内部"的感觉差异就以"代沟"的形式被揭示了出来,竹内好在当时并不能给出一个丸山式的明确说法,他只是试图揭示存在于不同代人之间历史感觉经验的差异,而这种差异决定了历史和历史人物的评价。

战争体验,在战后的很长时期里,都是日本社会的潜在思想史课题,当它被一般化之际,最棘手的问题是丸山指出的"外部"与"内部"的感觉差异问题。对于外部观察者而言,他能够感知的通常是每一个"举措"的结果乃至这些结果累积而成的整个过程的结果,因而他们通常会感知到严重的异质性后果;而对于身处旋涡中的当事者而言,他们感知到的不是这些结果,而

---

① 《丸山真男集》九卷,岩波书店一九九六年,十九——二十页。

是通向这些结果的那些看似合情合理的过程。重要的是,即使对于那些优秀的思想家而言,预言每个过程之后的结果也是困难的,与其说困难在于事态进展过程的不确定性因素太多,毋宁说在于投身于事态进展过程本身会使人转而关注那些比结果更重要的东西。就战争状况而言,生活在旋涡中的当事者,他防止法西斯主义蔓延的方式不一定仅仅意味着诉诸政治性预言和批判(这当然也是重要的部分),而意味着建立相应的"对法西斯主义预兆的敏感反应"。这种反应存在于生活态度之中,而作为政治立场的反法西斯态度,则是第二义的。因为清晰地整理出"法西斯主义"后果的,其实是时间与空间意义上的"外部者",在当事者那里,状况是以完全不同的方式存在的,课题也完全不同。在此,可以说竹内好对于时代先驱者通常被历史抛弃的论述,关于生活者限定了思想家启蒙家的观点,得到了进一步说明。鲁迅正是在这一意义上,充分地把对于恶势力的敏感化为**生活感觉**,在历史的旋涡里不断地剖析那些"微小的举措"在原理上的意义,不放过任何一个被人忽视的过程,却从来不脱离那些具体的过程。因而,鲁迅为历史留下了一个时代的记录,他始终作为"现役文学家"而与历史共存。

问题到这里并没有结束。如果说"外部"与"内部"有着不同的关怀和体验的话,那么外部与内部的人们是否无法共有这一切呢?如果把外部与内部在时间顺序上纵向排列起来的话,这实际上是一个历史传承的问题。历史过程中的每一阶段(事实上,"阶段"的划分就是在历史外部的行为)都具有自己的"内部逻辑",如果历史被继承,内部的感受和思考必须被外部(亦即是后来者)所了解,并转化为外部的认知方式。外部者必须进入历史的"内部",但是又有能力把内部的体验带到外部世界去。只有在这种情况下，已经过去的时代才会成为具有生命的"历史"。《关于战争体验的一般化》进一步讨论了进入历史内部的障碍，这就是自然主义的认识方法。这是早年竹内好在批判支那学家"低调的实证学风"时反复强调过的主题。如果说历史不是一个自在的实体，那么，战争体验也不是一个可以使用直观方式加以把握的实在之物。"埋没于体验的体验并非真正的体验"，换言之，如同发生过的事情不一定会构成历史事实一样，以未经过主体再造的形态存在的个人经验也不是真正的体验。要使具体的感觉和经验真正成为"体验"，需要的是非自然主义的高度想象力，而这种想象力并非任意的空想，它必须与历史的逻辑发生关联。只有在自己的时代里具备对于那些"微小的举措"可能包含的原理问题具有高度敏感的人，才有可能发展这种历史想象力。因此，竹内好抓住了一九六〇年安保运动的契机，强调把安保运动的经验与战争时期的经验结合起来思考的必要性。值得注意的是，在这篇文章里竹内好反复强调了"方法"比材料更重要的问题意识，这当然并不意味着他排斥严密的资料研究，他只是在强调，所有的资料如果没有投身于同时代史的主体意识这一"方法"，它都可能失掉作为历史而存在的机会。如果我们回想《何谓近代》中关于历史在瞬间的紧张中产生的说法，竹内好对于战争体验一般化的这种非自然主义方法论的强调应该并不陌生。

## 五

一九六〇年的安保运动，应该说是竹内好作为公众人物最辉煌的时期。投身于运动的紧张感觉，来自社会的思想需求，迫使竹内好不断地对每天出现的新课题作出自己的解释。对于一位以思想为业的知识分子而言,这意味着他必须对于状况不断作出非直观性的判断。竹内好有一个一贯的想法,认为思想者必须在状况中阐释原理,而不是相反,为了既定的原理而牺牲状况。因此,社会运动的磨砺使得他更加敏感于那些与既定的理论相左的状况,这也正使得他在一九六〇年集中地提出了一个尖锐的问题:由美国强加给日本的、在战后的确起到了积极作用的宪法,是否真的适合于日本国民的需求?

这是一个极为大胆的追问。竹内好当然不会不知道,现实中严酷的政治斗争,一向是以二元对立的方式存在的。如果你否定了一方,事实上无论如何辩解,都不能不被定位到相反的一方去。一向对于"美式民主主义"在日本的绝对化意识形态存在着疑问的竹内好,不能不依靠某些程序把自己从拥护天皇制的极右民族主义立场上区别出来。当然,对于六十年代初的竹内好和他的同时代人而言,做到这一点并不太困难,紧贴着状况发言使竹内好获得了相当程度的理解;但是对于今天日益观念化的思想界来说,进入竹内好那个时代的"内部过程",却不是件容易的事情。至少在人们抽象地使用"民主主义"概念并把它绝对化为正面价值的做法并没有遭到唾弃的时候,谨慎地接近竹内好的"宪法感觉"仍然是一个困难的课题。

《我们的宪法感觉》发表于一九六〇年八月。距离日本国会强行通过签署安保条约决议的五月十九日只有三个月的时间。这个事件被竹内好称为"政变",并获得了听众的一致共鸣。竹内好这样表达了他对于日本国宪法的感觉:"战后的新宪法,对我们而言并没有什么亲近感,不知为什么总觉得很疏远。现在我们所拥有的这个宪法强调人类普遍的原理,是非常漂亮的。漂亮固然漂亮,就是有些辉煌耀眼,作为自己的宪法总觉得有些不好意思。"

"我所在的大学里,有人举着'竹内不要辞职岸(信介)辞职'的标语牌游行,我也觉得真应该如此。(鼓掌)这是对的,可是实现不了。我们无法罢免那个蹂躏宪法的罪魁祸首总理大臣。公务员对所有国民负有责任,国民有选拔公务员的权利,也有罢免的权利。这写在宪法的第十五条款里。可是,罢免总理大臣,这一国民的权利却不能实现。"

"以五月十九日为标志,经过形式上的民主主义程序,产生了独裁者,这对我们的历史来说,还是第一次碰到的事件,我感到不管成文宪法如何漂亮,那不过是与官样文章相同的东西。(鼓掌)为了使现代这个宪法化为我们自己的东西,我觉得在与过去的旧宪法之间,不是像换和服那样脱了旧的换新的,我们必须在传统的连续性基础上,或者经过对传统的再解释,把新的宪法变为自己的东西,在与过去的传统相连接的基础上,建立起新的宪法感觉来。"①

竹内好一直没有放弃从"五条御誓文"里面寻找日本现代民主主义可能性的愿望,尽管他知道在实际操作上这是不可能的;但是漂亮的民主的日本宪法却并没有保障日本国民的意志通过民主程序得到实现,这究竟是什么样的事态?竹内好仅仅把问题追究到"我们必须把新宪法化为我们自己的东西"这个层面上,其实并不足以回答他自己提出的问题,但是显然,这已经是他追问的极限。他无法把话题进一步引向对于这个新宪法

---

① 《竹内好全集》九卷,一三三、一三四、一三六——一三七页。

本身的质疑,因为至今还存在的以宪法第九条为分界线的现实中的斗争,不允许他再迈出一步。

但是问题仍然被竹内好巧妙地提了出来。新宪法如同换衣服一般被穿在战后被剥掉了旧宪法的、赤裸裸的日本身上,这是否就万事大吉了？日本是否就因而民主化了呢？难道宪法不是官样文章吗？联想起竹内好在《〈中国文学〉的废刊与我》中提出的自我否定的命题,不难理解,他在这里所说的正是"拿来的东西永远是别人的东西"这样一个简单的道理。日本要获得属于自己的民主主义宪法,需要的不是换一件新衣服,而是彻底地以主体的方式面对自己。

在这个意义上,竹内好的《近代的超克》成为了名作。

有关《近代的超克》座谈会和竹内好的同名论文,请参照笔者的《竹内好的悖论》第五章。在此,姑且仅仅讨论这样一个阅读线索。这个座谈会,由于它与战争意识形态的表面一致性,一向受到使用西方概念进行工作的批判知识分子的唾弃,这并不是偶然的。这里隐藏着一个依靠通行的理论感觉无法处理的重要原理问题,那就是如何有效地在本土的"保守传统"中提炼自我否定的可能性。

在《近代的超克》中,有两种思想态度被竹内好进行了有分寸的质疑。一种是在战后声讨这个座谈会的"怨恨的一代",亦即在战争中被战争意识形态所煽动而走上战场送死的学生兵,他们把自己的不幸归咎于这个座谈会和相关的知识分子言论；一种是进步知识分子通行的意识形态批判,它把这个座谈会看作"军国主义体制的附属品"。竹内好承认前者的创伤记忆的真实性,也承认后者批判分析的正确性,但是同时指出两者都没有把《近代的超克》具有的象征符号作用与思想功能区分开来；

正是缺少这种区分的思维惰性,造成了"我们之间某种不负责任态度的原因"。竹内好在这里所指的,正是把战中与战后截然分开,从而把一切责任推给战争中的一代人的做法,这种历史的断裂是直观的,它借助的是对于历史而言的"外部视角";而上述这两种态度,都不能有效地回答和对抗在五十年代逐渐升级的"为'近代的超克'恢复名誉"的潮流。而为了不简单地穿上新衣服,真正担负起对于那段历史的责任,竹内好强调"受害者意识"和"裁决者意识"都是不可取的,他呼吁从意识形态中区分出"作为事实的思想",为的是在历史的旋涡里寻找那些不成功的思想尝试,以面对当下的基本问题。

在今天重读竹内好的这篇长文,尽管存在着历史与文化的隔阂,但是它强烈的历史意识仍然力透纸背。应该说,这篇并未给"近代的超克"座谈会免罪的论文,提供了在历史内部理解战争过程的丰富课题意识:"在原理上否定战争一般的,只有绝对和平主义。但是绝对和平主义缺少对于具体状况的适应能力。战争是连续性的,然而在各个阶段都具有不同的性质,并且以带有若干选择余地的方式发展;最后的战争是以对英美开展的形态开始呢,还是以对苏宣战的方式开始呢?这个问题在一九四〇年的时候,分歧双方势均力敌,最后的决定几乎是偶然性的产物。对于反战立场的评价,取决于在哪一个阶段反对哪一种性质的战争。在反对'十二月八日'开战的人里面,也有人出于反共的立场反战,因此还有一说认为太平洋战争是共产党的阴谋。如果最后的战争是以对苏宣战的形式开始的话,没准儿这一派'和平主义者'今天要被追究战争责任也未可知。"①

---

① 《竹内好全集》八卷,三五——三六页。

正如《亚洲的进步与反动》揭示了进步与反动概念的非历史化将遮蔽亚洲历史的复杂状况一样,《近代的超克》揭示了反战这种和平主义态度如果仅仅作为抽象姿态来裁决历史的话,它将失掉自己的立足点。竹内好在这里要做的工作,是从被战后各种立场的知识分子所简化处理了的这个臭名昭著的历史事件中,整理出历史过程本身的紧张度和复杂性,从被视为思想荒芜的那些年月里寻找真实的抵抗契机。他出色地解读了三个不同时期的三份宣战诏书,指出了日本近代历史上"大东亚战争"区别于中日甲午战争、日俄战争的"全民战争"的性质,从而指出了这样一个事实:在战败已经成为事实的时候,可以区别作为象征的天皇、作为权利主体的国家、作为民族共同体的国民,但是却不能把这个区别类推到全民战争时期去。在那个时候,抵抗与服从只有一步之差,不肯逃避现实的思想也只能在与官方思想的关联之中进行自主的和创造性的活动。

把这一段分析看作竹内好的夫子自道也许并无不妥,但是如果把它理解为竹内好的自我辩解却不准确。竹内好并不是一个在意政治正确的人,他毋宁说一生都在与概念化的政治正确进行斗争。对于他而言,没有比观念性的正确立场更妨碍思想形成的了,竹内好对于历史的关注也正是基于"思想形成"这一课题意识而生的。

一九六一年七月,在总结安保斗争经验的时候,竹内好写作了一篇意味深长的短文——《为何说是胜利——迎接第二阶段的方法论总结》。由于安保条约并没有因为国民的大规模反对而被取消,它在国民的声讨中照样生效,因此很多现实活动家都认为运动失败了。但是竹内好不这么看。他认为,那种认为要么是一百要么是零的判断是形式化的,安保斗争尽管没有取得最终的胜利,但是却牵制了这个条约的实际效用,因此,仍然是有成绩的。竹内好特别指出:"粗略而言,现在有胜利与失败两种感觉。哪一种都包括了无数的阶段。而且这种感觉与意识形态的分类无关。真理恐怕是处在这两种感觉的中间状态吧。胜利了但是却失败了,失败了但是却胜利了,我希望能够通过这样的方式把这互不相关的评价整理出来。

"被设定了的目标(当然,目标应该体现为预测的形式。否则就是纸上谈兵,它或许是永远的真理,却不会成为目标)与实现的结果之间的距离,导致了胜利感与失败感。因此,问题不在于单纯地判断是胜利了还是失败了,而在于如何有效地使用调整机能,并且如果胜利了,如何从胜利的到达点出发,如果失败了,如何从失败之处着手,如何尽早和强有力地参与队伍的重新整编,这才是问题的关键。"[1]

由于始终保持"在状况之中"的思想立场,竹内好一生的工作,始终处在"零和一百之间"的状态。由于他拒绝停留在零和一百这两个相对饱和的点上,他反倒赋予了这两极以状况中的流动性;因此,零和一百之间的丰富性,开放了零和一百这两极的固定性,于是,相对主义不再是语词游戏,它转化为进入历史的途径。

---

[1] 《竹内好全集》九卷,一六二页。

# 第一部

鲁　迅

序章——关于死与生
关于传记的疑问
思想的形成
关于作品
政治与文学
结束语——启蒙者鲁迅
附录

# 序章——关于死与生

## 一

从民国七年三十八岁发表《狂人日记》,到民国二十五年留下未完成的《死魂灵》译稿,五十六岁殁于上海,在大约十八年间,鲁迅从未退出过中国文坛的中心位置。然而,人们明确地把他认作文坛的中心,却是在他死后。虽说生前褒贬相半,但说到底,还是孤立的时候居多。十月十九日未明,他死了。但在死的瞬间,他还仍是文坛的少数派。他顽强地恪守着自己,直到死。此时他和多数派的对立,与其说因他的死而变得毫无意义,倒不如说是他的死拯救了毫无意义的对立,并由此而在他死后实现了他生前作为启蒙主义者最想实现、而他的文学者气质又与之相悖的文坛的统一。十月二十二日,有数千人参加了他的葬礼,其运作形式出人意料,竟是中国首次"民众葬"(巴金)。他的灵柩上裹着一面白布,上面写着"民族魂"。一群文学青年把他的灵柩掩埋在薄暮下的万国公墓。或许是伴随着葬礼的昂奋吧,事实上抚柩恸哭的中坚作家是不在少数的。翌月各文学杂志同时出了悼念专辑。这是自文学革命以来,首次出现的没有论争的文坛。

制造这个没有论争的文坛的,是他的死。死对于鲁迅来说,不只是肉体的静谧。生前的他,文坛生活的很多部分都是在论争中度过的。除了翻译和文学史研究的业绩之外,大半都是论争文字。就连小说,特别是晚年取材于神话的诸篇,也都带有论争性质。论争是鲁迅文学支撑自身的食粮。把十八年的岁月消磨在论争里的作家,即使在中国也是不多见的。旁观者将此批评为病态,也并非不可思议。学匪、堕落文人、伪善者、反动分子、封建余孽、刻毒者、变节者、堂·吉诃德、杂感家、买办、虚无主义者,这些专为尅定鲁迅而发明的数目繁多的嘲骂,其丰富多彩,和鲁迅所使用的笔名相比毫不逊色,亦暗示着论争的激烈程度和性质。他不仅攻击旧时代,也不宽恕新时代。很多嘲骂是来自他所爱的下一代青年。对此他是不肯退缨的。由于他为人之善良,有着众口一致的评价,因此这些论争也就应当从他的文学侧面来说明。通过论争,他获得了某种东西,或者说,抛弃了某种东西。倘不是追求终极之静谧,这是件很难做到的事情。论争对于鲁迅来说,当是"终生的余业"①吧。正因为

---

① "终生的余业"原文为"生涯の道の草",可直译为"生命旅程中(边走边吃)的路边之草",所谓"吃路边草"是日语中一个比喻的说法,意为在到达目的地之前,把时间耽搁在与此无关的其他事情上。此处的引文,语出芭蕉(参见下一个译注)对弟子惟然的关于俳谐之论:"俳諧なども生涯の道の草にしてめんどうなものなり",意思是"俳谐之类也是无法舍弃的终生的余业,这件麻烦事"。芥川龙之介(参见《关于作品》第四节的相关译注)在《芭蕉杂记》(大正十二——十三年,一九二四——一九二五)中曾拿芭蕉对门人讲的这句话来阐述芭蕉与俳谐的关系:"这在相信人生是一场大梦的隐士芭蕉那里,倒是一句理所当然的话。但是,在对待这个'终生的余业'当中,却很少能有比芭蕉更认真的人了。"还指出,"至于说到就连名人在消耗掉一生之后也只会得到十句,那么俳谐也就并非等闲事业了,而且按照芭蕉的说法,便正是'终生的余业'。"很显然,在芥川那里,问题的核心在于芭蕉把这个不过是"余业"的事业持续了一生,并为此而全力以赴。这意味着有一个高出现实目标的"终极之静谧"存在。芥川将其表述为"人生是一场大梦",同时暗示了这个终极性的静谧就潜藏在芭蕉对待"余业"的认真态度之中。竹内好的鲁迅理解,就建立在这样一个基本视角上。鲁迅与论争的关系,正如芭蕉与俳谐的关系,论争之于鲁迅,是与生之根本直接相关,却又随时可以抛弃的"余业",这余业伴随了鲁迅的一生,是因为有一个终极性的静谧存在,竹内好借助于芭蕉的意象,暗示了由此将要展开的《鲁迅》的基本母题——文学的"无用之用"重新定义了文学的功能,也重新定义了政治与文学的关系。——译注

"撤下文台,即为废纸"(芭蕉)①,所以才要全力以赴。在全力以赴之间,对方当会隔着"三尺秋水"②,从这个看着别扭的老爷子身上学到些什么。"我好像一只牛,吃的是草,挤出的是牛奶,

---

① 芭蕉,即松尾芭蕉(Matsuo Basho,政保元年至元禄七年,一六四四——一六九四),日本江户时代前期最有代表性的俳人,和小说家井原西鹤(Ihara Saikaku)、净琉璃家近松门左卫门(Chikamatsu Monzaemon)并称日本近世文学最为发达的元禄时期(一六八八——一七〇四)的三大文豪之一。名宗房,俳号一生中用过很多,如桃青、华桃园、芭蕉庵、芭蕉翁等,因多自署"芭蕉",后人惯以芭蕉称之。芭蕉自幼染指俳谐,终生以俳为本,中年以前出入权贵之门,结识不少俳人墨客,三十五岁以后倾慕老庄、杜甫、白居易、苏东坡等,在深川的一间陋室——芭蕉庵开始过隐居的生活,俳风也有了典雅高尚的格调。四十一岁以后,羁旅天涯的漂泊生活明显多于安居一处的日子,因此芭蕉的俳谐也多呈现着孤独感和把自己交给大自然的随顺态度,但在表现上却比从前来得通俗易懂,平易近人。芭蕉的俳谐取得了很高的成就,在日本文学史上有"蕉风俳谐"之称。芭蕉一生留下大量俳文、纪行、日记和书简等,但生前却没一册或一篇公表于世,均在死后刊行。现今通行本主要有阿部喜三男、荻野清、大谷笃藏编《校本芭蕉全集》(一九六二——一九六九,角川书店)。在松尾芭蕉的出生地,今日本三重县伊贺市(前上野市)有芭蕉翁纪念馆。
"撤下文台,即为废纸",语出松尾芭蕉的弟子服部土芳遗著《三册子》(《赤双纸》、《白双纸》、《忘水》——刊行时改为《黑双纸》)。《三册子》成书大约在一七〇二——七〇三年间(元禄十五至十六年),是阐述芭蕉俳谐的理论著作,除了大量列举芭蕉的俳句作品外,还以"师曰"的形式记录了芭蕉关于俳句创作的许多言论。如该句即来自《赤双纸》中的记载:"师曰,'学而有恒。临席做俳,文台与我,不可有毫发之间隙。有佳句浮现脑际,速咏速唱,不可蹉跎左右,犹疑不决。撤下文台,即为废纸也。'"俳句,即俳谐之句,现已经定型为由五、七、五共十七个音阶构成的短诗,但在松尾芭蕉的时代却是组装在"长连歌"中的诗句格式。连歌短可几句,长可上万句,内容上并不要求全篇的统一,重在两句之间的衔接和整体上的变化。芭蕉教训弟子的话里所讲的就是众人席地而坐做连歌的情形:文台摆在中间,记录着人们不断吟诵出的俳句,直到完成一首连歌,撤下文台为止。
竹内好当时似对芭蕉的以俳为本和浪迹天涯的孤独感铭记很深,故在行文中,或明或暗,总有能令人想到芭蕉的地方,也就是说,在对鲁迅的理解中,也是渗透着作者对芭蕉的理解的。如在本章(二)中提到的"元禄诗人",便可认为是指芭蕉而言的。——译注
② 三尺秋水,即寒光利剑。三尺,为剑长;秋水,形容剑身冷澈。《四库全书·明诗宗卷七十》收钱允治《题寒林钟馗图》云:"南山老翁知姓名,袖中三尺秋水清。"——译注

鲁迅 79

血。"去挤他的奶和血的是青年们。只是他们离得太近而忘却了牛。当牛倒下来不再动时,他们才愕然意识到牛,发现过去用鲁迅的名字称呼着的,其实正是他们自己。对鲁迅来说,死是他文学的完成。然而,青年们第一次知道了自己的孤独。

鲁迅是否做好了死的准备,是个疑问。不论是读他身边的人写的病情记录,还是看须藤主治医的手记,都不构成一种根据,使人相信他已经做好了死的准备。不过,也没有材料来断定他没做这方面的准备。三月发病,六月小康,七月复发,八月再入小康,九月五日写小品文《死》。这篇文章经常被引用,但只就内容而言,还不能视为遗书。虽然无疑是晚年的一篇佳作,但作品说到底毕竟还是作品。如果勉强而言,那么也只能说缭绕在他晚年作品中的鬼趣,在这里也可以同样获得精确的确认。鲁迅的因病经常卧床,大约是从他临死的前两年开始的。从那时起,他的文章简练有加,苦涩的痕迹不那么明显,早期作品特有的显而易见的技巧,不再显露出来。即使是论争,虽然没改"寸铁杀人,一刀见血"(郁达夫)的锋利,但却有某种温热的东西时隐时显地包润在锋利之上。在思想上看,或许是希望之影映射在黑暗之底也未可知。单从文章的进步来看,是几近炉火纯青的。当然,没再硬去冒险,以冲破炉火纯青的境界,可视为肉体的衰弱所致,但从今天回过头去观察,会感到鲁迅是把该写的都写尽了。他只差一件事还没有做。不论他是否已经预料到将要以死的形式来做这件事,最终的完成是需要某种决定性的东西的。死,是最自然的。

鲁迅的死,是病死。病名据须藤医师证实,是胃扩张、肠迟缓、肺结核、右胸湿性肋膜炎、气管支性喘息以及肺炎。长年的文笔生活侵蚀了他的肉体,这一点几乎是确定无疑的。他在病中谢绝了转地治疗和需要绝对安静的劝告。他半开玩笑地对主治医生说:如果什么也不干需要治一个月的话,那么就治两个月好了,得让我工作。他的理由是过去从未有过这种习惯。不让他读书和写作,是比生病更痛苦的事。事实上直到死的前两天,他还在写作。作为文学者的毅然决然,是很壮绝的。不过倘若说本来应该这样,那么也便理应如此。仅仅因此而以悲壮来看待他的死,是幼稚和愚蠢的。然而,尽管如此,我还是从他的死上,感受到别一种行为的意义。他的临终是极平凡的,但在这平凡中我看见了悲痛。死,也许并不是他所目睹的那种,不过是否应认为有类似于命运的那种东西呢?我的想象是,如果允许说得夸张一点儿的话,那么鲁迅在晚年已超越了死,或者说和死做了场游戏。他决意去死的时机,是在以前,剩下的事情只是收拾形骸而已。倘不是这样,人们为什么那样恸哭他的死?

李长之在他的长篇评论《鲁迅批判》①的一个部分里,指出鲁迅很多作品都写到了死,并以此来佐证鲁迅不是思想家和鲁迅的思想在根本上并没超出"人得要生存"这种生物学观念。我以为,李长之之说是一个卓见。我赞成李长之的意见,那就是把作为思想家的鲁迅的根底放在"人得要生存"这样一个质朴的信条之上。不过,我现在这里所要谈的问题,却与此没有直接

---

① 李长之(一九一〇——一九七八),原名李长治、李长植,山东利津人,文艺评论家,鲁迅研究者。《鲁迅批判》自一九三五年五月二十九日起分别连载于天津《益世报》"文学副刊"和《国闻周报》,一九三六年一月,由北新书局出版单行本。张梦阳著《中国鲁迅学通史》(广东教育出版社,二〇〇〇年八月)称该书是"中国鲁迅学史上第一部鲁迅研究专著"。(参见该书第一六〇页)竹内好在本书中对李长之的《鲁迅批判》给予了很高的评价,并在不少地方引用了李长之。这里还要再附加一句,那就是李长之的《鲁迅批判》因竹内好的《鲁迅》而成为日本战后鲁迅研究体系中重要的参考书。——译注

关系。关于李长之的鲁迅论,我打算另找机会略做详谈,但我眼下的目标,却不是作为思想家的鲁迅,而是作为文学家的鲁迅。我是站在要把鲁迅的文学放在某种本源的自觉之上这一立场上的。我还找不到恰当的词汇来表述,如果勉强说的话,就是要把鲁迅的文学置于近似于宗教的原罪意识之上。我觉得,鲁迅身上确有这种难以遏制的东西。鲁迅在人们一般所说的作为中国人的意义上,不是宗教的,相反倒是相当非宗教的。"宗教的"这个词很暧昧,我要说的意思是,鲁迅在他的性格气质上所把握到的东西,是非宗教的,甚至是反宗教的,但他把握的方式却是宗教的。抑或如果说俄国人是宗教的,那么,我所说的"宗教的"就是这么个意思。鲁迅并不认为自己是殉教者,而且很讨厌自己被看作殉教者。正像他不是先觉者一样,他也不是殉教者。但是在我看来,他的表达方式却是殉教者式的。我想象,在鲁迅的根柢当中,是否有一种要对什么人赎罪的心情呢?要对什么人去赎罪,恐怕鲁迅自己也不会清晰地意识到,他只是在夜深人静时分,对坐在这个什么人的影子的面前(散文诗《野草》及其他)。这个什么人肯定不是靡菲斯特①,中文里所说的"鬼"或许与其很相近。或进而援引周作人所说的"东洋人的悲哀"用作这里的注释,在只是注释的范围内,是无妨的。鲁迅不是普通意义上的思想家。他的根本思想,就是人得要生存。李长之把这一点直接等同于进化论思想,而我却把它进一步看成存在于鲁迅生物学的自然主义哲学根柢中的朴素而粗犷的本能。人得要生存。鲁迅并没把它当成一个概念。他是作为一个文学者

---

① 靡菲斯特(Mephistopheles),也译为靡菲斯特菲勒士。德国诗人歌德所著歌剧《浮士德》中的魔鬼,对主人公浮士德施加种种诱惑,都归于失败。但在歌德的定义中却并不是一个纯粹的恶的体现者,而总是欲恶而成善的力量的一部分。——译注

以殉教的方式去活着的。我想象,在活着的过程中某一个时机里,他想到了因为人得要生存,所以人才得死。这是文学的正觉,而非宗教的谛念,但苦难的激情走到这一步的表现方式,却是宗教的。也就是说,是无法被说明的。正如前面所说,我对鲁迅是否把死看作终极的行为类型是有疑问的。他喜欢使用的"挣扎"①这个词所表现的强烈而凄怆的活法,如果从中抛开自由意志的死,我是很难理解的。一般来说,鲁迅被看作具有中国特色的文学者。所谓中国特色,我想通常是指传统而言的;但如果理解为其中亦包括反传统的内容,并且把否定中国特色也作为中国特色,那么对于这种说法,我是没有异议的。我发现,把这一点和他所攻击的小品文派以及他所思慕的魏晋文人的生活联想到一块儿,叫做中国人的智慧也许更为合适。

  鲁迅在实际生活中直面死的危机,恐怕不止一两次。比如有一件事就很出名,据说在死的前三年,他去参加杨杏佛的葬礼时出门竟不带钥匙。我觉得这话有些靠不住。说靠不住,不是说事实有误的意思,而是我觉得对于这一事实的解释过于政治化了,把他打扮成了英雄。鲁迅不是英雄。这在他自己也是承认的。我倒是以为,他从葬礼上活着回来,做了一首旧体诗而且并不示人这件事更有意义。出门不带钥匙,固然是做好了死的准备,但我觉得这种死法,和他作为文学者的死法不可同日而语。有段话是人们经常引用的——比这件事情早七年,在他称为"民国以来最黑暗的一天"的"三一八"事件之后,鲁迅写下下面这段文字。这样的人,现在还有必要去做什么新的决断吗?

---

  ① "挣扎"(zhēng zhá)这个中文词汇有忍耐、承受、拼死打熬等意思。我以为是解读鲁迅精神的一个重要线索,也就不时地照原样引用。如果按照现在的用词法,勉强译成日文的话,那么近于"抵抗"这个词。——作者注

> 这不是一件事的结束,是一件事的开头。
> 墨写的谎说,决掩不住血写的事实。
> 血债必须用同物偿还。拖欠得愈久,就要付更大的利息!(《无花的蔷薇之二》)

这恐怕是绝望的呻吟吧。但是,唯有绝望才生发自身当中的希望。死孕育生,生又不过是走向死。

## 二

鲁迅度过的十八年文坛生活,就时间而言并不算长,但对中国文学来说,却是近代文学的全史。作为近代文学的中国文学,迄今为止经历了三个大的时期:"文学革命"、革命文学和民族主义运动。每个时期都有一大批先觉者在混沌的内部斗争之后纷纷落伍。仅仅在"文学革命"的先觉者当中,就有严复、林纾、梁启超、王国维、章炳麟等人,他们的末路都是文学意义上的悲剧。从"文学革命"之前一直存活到最后的,只剩下鲁迅一个人。鲁迅的死,不是历史人物的死,而是现役文学者的死。把鲁迅称作"中国的高尔基",就这一点进行比较是正确的。他为什么获得了如此长的生命?鲁迅不是先觉者。这是他反复承认的,事实也是这样。成就"文学革命"实际霸权的是他的《狂人日记》,然而在他以前以理论摧毁旧道德堡垒的却有吴虞、周作人和陈独秀。当"创造社"和"太阳社"倡导革命文学的时候,他与之所进行的恶战苦斗不在任何人之下,然而就结果而言,他却是所孕育其后产生的大同团结里的核心人物。与此同样的情况,在他晚年再次出现。甚至对"文艺家协会"这个无可争议的"救亡"舆论团体,他也在病床上指挥着身边的几个人,以"文艺工作者"之少数党与前者针锋相对。正如前面所述,他的死拯救了这场对立。这两种情形,都在外观上呈现为他要在文学的政治主义偏向中恪守文学的纯粹。但另一方面,他在攻击《新月》、《现代评论》和小品文派时,又显示了对有闲文学进行激烈讨伐的战斗者姿态。于是,鲁迅的崇拜者在他身上看到了中庸,鲁迅的论敌在他身上看到了机会主义,极端的赞美和极端的嘲骂便由此而生。然而不论是谁,都没有以此来揭示鲁迅生命的秘密。

中国的近代文学并非人们想象的那样脆弱。我相信,至少不会像近几年的日本文学这样脆弱。但即使脆弱,也无论其期间如何短暂,作为一个独立的文学者能在有生之年贯穿其全史,一般是很难想象的。几乎可以说是不可能的。然而鲁迅却实现了这个近乎不可能的难题。在鲁迅那里,这为什么会成为可能呢?

如果鲁迅是先觉者,是不会有这种可能的。他不是先觉者。他一次也没明示过新时代的方向。就连最公式主义的批评家在谈到鲁迅的时候(如平心《论鲁迅的思想》等)也承认这一点。鲁迅的做法是这样的:他不退让,也不追从。首先让自己和新时代对阵,以"挣扎"来涤荡自己,涤荡之后,再把自己从里边拉将出来。这种态度,给人留下一个强韧的生活者的印象。像鲁迅那样强韧的生活者,在日本恐怕是找不到的。他在这一点上,也和俄国的文学者很相近。但是他被"挣扎"涤荡过一回之后,和以前也并没什么两样。在他身上没有思想进步这种东西。他当初是作为进化论宇宙观的信奉者登场的,后来却告白顿悟到了进化论的谬误;他晚年反悔早期作品中的虚无倾向。这些都被人解释为鲁迅的思想进步。但相对于他顽强的恪守自我来说,思想进步实在仅仅是第二义的。在现实世界里,他强韧的战斗生活,从作为思想家的鲁迅这一侧面是解释不了的。作为思想家的鲁迅总是落后于时代半步。那么,这又该靠什么来说明呢?我认为,把他推向激烈的战斗生活的,是他内心存在的本质的矛盾。

鲁迅在本质上是一个矛盾。就像人们说革命家孙文是一个混沌,在这个意义上,文学者鲁迅也是一个混沌。这种混沌,恐怕连鲁迅自己也没有清晰地自我意识到。但对混沌带给他的痛苦,他是有着切实的自觉的。这一点在表述上可以由他下面的话来判断。他要寻求的,只有一个,而且恐怕和元禄诗人①的情形一样,也许只是一个话语,然而他最后倾吐出来的却是千言万语,以说明这个话语的非存在。

> 偏爱我的作品的读者,有时批评说,我的文字是说真话的。这其实是过誉,那原因就因为他偏爱。我自然不想太欺骗人,但也未尝将心里的话照样说尽。(《写在〈坟〉后面》)

---

① 元禄诗人,指松尾芭蕉,参见第五页译注"芭蕉"。这里是指芭蕉总是借助各种事物来表现他所要表现的东西,结果又最终无法说出这个东西是什么。这种情形也被作者用于他对鲁迅的描述上。如在《关于作品(四)》里说:"然而,我真的理解了鲁迅吗?我认为完结了的这个人,是不是意外地并不在那里呢?我本来当初就没打算凭借语言去为鲁迅造型。那是不可能的。告诉我这不可能的,不是别人,正是鲁迅。我只想用语言来为鲁迅定位,用语言来充填鲁迅所在之周围。所谓语言便是这么回事。但在语言中,在我,需要有一种确信,那就是没看丢这个人所处位置的确信。如果看丢了,那么语言便死了。我惧怕我的语言变成死语。死语即使再说上千言万语,也不如我再去重读一遍鲁迅的著作才是真格的。"——译注

有人以为我信笔写来,直抒胸臆,其实是不尽然的,我的顾忌并不少。我毫无顾忌地说话的日子,恐怕要未必有了罢。(同上)

我所说的话,常与所想的不同,至于何以如此,则我已在《呐喊》的序上说过:不愿将自己的思想,传染给别人。何以不愿,则因为我的思想太黑暗,而自己终不能确知是否正确之故。(致许广平,《两地书》第一集二十四)

可悲的是我们不能互相忘却。而我,却愈加恣意的骗起人来了。如果这骗人的学问不毕业,或者不中止,恐怕是写不出圆满的文章来的。(《我要骗人》。原文为日文)

把这些看作悖论,就太皮相了。正像他在说萧伯纳"不是讽刺家"(《谁的矛盾》、《看萧和"看萧的人们"记》)时,是在萧伯纳身上看见了自己一样,那些看似悖论性质的内容,其实正是他本质上所拥有的矛盾本身。他的确说了假话,但却以假话恪守了一个真实。这是他区别于很多倾吐真实的俗流文学者的缘由所在。"文学是无用的",这是鲁迅的根本文学观。但他却为这无用的文学,把青春岁月都消磨在了古典研究中。

鲁迅的小说写得并不漂亮。在近代文学传统肤薄的中国,一般来说,小说都写得不漂亮,但尽管如此,鲁迅的小说写得也还是不漂亮。作品不具备有序的世界。这个缺陷即使在属于佳作的《孔乙己》和《阿Q正传》中也不例外。兴味只囿于追忆过去,作为小说家仅此一点便是致命的。倒是在文学史的研究方面,他的作家才能才表露得淋漓尽致。《中国小说史略》以及相关的一系列古典研究,其业绩倾注了他的精魂,洋溢着他对小说的深切关爱。他对文学史的研究似乎非常执著,哪怕是在进行激烈的论争,也忙里偷闲来思考这方面的问题。如果说他在临终时心里仍有所牵挂的话,那么恐怕就只有这么一件事吧。然而令人吃惊的是,在这项号称史的研究中,却找不到史观的只鳞片爪。拿这一点和胡适、周作人相比,其不同之处是显而易见的。他一方面翻译了大量的文学理论,一方面却又终生与抽象思维无缘。作为表象呈现出来的鲁迅,始终是一个混沌。

这个混沌,把一个中心形象从中浮托上来,这就是启蒙者鲁迅,和纯真得近似于孩子的相信文学的鲁迅。这是个矛盾的统一,二律背反,同时存在。我把这看作他的本质。正像他那不仅不宽恕自己,也不宽恕别人的激烈现实生活,如果不与他对绝对静止的希求结合起来考虑就将难以理解一样,我愿意认为,这位近代中国杰出的启蒙者,有着一颗和他形影相伴的几乎令人难以置信的朴素之心。恐怕连鲁迅自己也没意识到,启蒙者和文学者,这两者在他那里一直互不和谐,却又彼此无伤。也许这是因为他不是胡适、周作人那样的思想家的缘故。但是,不管如何解释,鲁迅的这一矛盾在由鲁迅来表现的意义上,同时也就是现代中国文学的矛盾。因为他通过论争在中国文学中选择出了自己,而他自身又以此而成为中国近代文学的传统。鲁迅和中国文学既互处对立的两极,同时又媒介于"挣扎"而整合为一体。这种情况如果换一个例证来讲,那么就是诗人郭沫若这个在所有方面都和鲁迅截然相反,而且又是鲁迅最大论敌的人,比任何人都更加痛惜他暗中畏惧的鲁迅的死。在这一意义上,把鲁迅本身称作诗人也是正确的。

# 关于传记的疑问

## 一

鲁迅传记,比较为人所知。无论在中国还是在日本,均有传记书数种。构成这些传记书的共同的主要材料是:鲁迅自己写于民国十四年、补充于民国十九年的极短的"自传";与鲁迅同乡同辈的许寿裳编于民国二十六年(鲁迅殁后之翌年)的年谱;由十篇短篇构成的自传性回忆录《朝花夕拾》;和当初是他的学生,后来成了他的情人,最后又成为他的独生子海婴之母的许广平之间的在三个时期,即从民国十四年三月到七月、十五年九月到十六年一月、十八年五月到六月的书信集《两地书》,以及多篇自传性文章(尤其是序跋类)。大致说来,鲁迅传记是比较容易找到的,而且人们在接受时似乎也不存在疑问。这种情况,在现代文学者,特别在中国的现代文学者中是非常少见的。它使人觉得,鲁迅不愧是个和孙文相媲美的现代中国的有代表性的人物。为便于归纳和整理我自己的关于鲁迅的思考,我读了两三本传记方面的书,结果我发现鲁迅这个人物的形象未必是清晰明了的。从自己的专攻中国文学的立场讲,十年来我一直对鲁迅感兴趣。我蓦然觉得,对我来说鲁迅是一把钥匙,而且说不定是唯一的一把重要的钥匙。这种感觉使我怯懦,以至我现在谈鲁迅时也只能说得战战兢兢,吞吞吐吐。这次我第一回通读了鲁迅的文章,在通读之后,有若干自得的同时,过去朦胧中知的鲁迅形象却被撕裂了。我觉得,鲁迅不是用两三句套话可以说透的,因为他离我太近了。我现在还无法做出某种断言,而且似乎还要为自己的说不出来而啰哩啰唆地辩解,但令人痛苦的是,和书店约好的期限已过,而我却只能提交这份不成熟的研究笔记。对于我来说,鲁迅是一个疑问,尤其是传记里的疑问之处更多。

我说过,有关鲁迅生平大略的传记是容易找到的,不过据我所知,现在还没有一本更为详细的传记,还没有一本像导读那样能使人产生对鲁迅了解的传记。今年是鲁迅死后的第七个年头。鲁迅在死的同时成为民族英雄,并以他自身构成近代文学的传统。在青年文学者当中,继承鲁迅精神被作为一个课题提出已经过了很长时间,但在这七年里,却没有一部像样的关于鲁迅的传记。这使我觉得,鲁迅精神是否只停留在了鲁迅精神的层面,言语的层面,并未上升到一种行为;和文学方面相比,是否更为政治方面所利用?而且和我所理解的鲁迅精神是否有着遥远的距离?呈现在人们面前的鲁迅,是个彻头彻尾的启蒙主义者。我认为,能有像鲁迅这样的启蒙者,足以是中国近代文化的骄傲。然而,我的疑问是,一个文学者鲁迅、一个反叛作为启蒙者自己的鲁迅,是否更加伟大呢?是否正因为如此,才成全了现在的这个启蒙者鲁迅呢?因此,把鲁迅冰固在启蒙者的位置上,是否把他以死相抵的唯一的东西埋没了呢?以某种史观来衡量鲁迅(这是针对他生前以及死后有关他的两三篇主要评论而言的)未为不可,倘要以此来表明某种决心,其态度亦不能算错。这是正确的文学态度。否则,就像把孙文叫做共产主义者或者大亚细亚主义者并非言语问题一样,靠贴标签来判断鲁迅,只能招致来自鲁迅的激烈报复。

> 如果孔丘,释迦,耶稣基督还活着,那些教徒难免要恐慌。对于他们的行为,真不知道教主先生要怎样慨叹。
> 所以,如果活着,只得迫害他。待到伟大的人物成为化石,人们都称他伟人时,他已经变了傀儡了。(《无花的蔷薇》)

鲁迅传记的写不出来,不只是因为承受巨大政治压力的现代中国文学作为近代文学不成熟(这在另一方面也意味着它的强韧)。鲁迅死后第二年所发生的日华事变①也应考虑进去。日华事变在中国使国民生活发生了根本的动摇。这种动摇的激烈程度,有些是我们日本人不易窥知的。因此有必要意识到这一事件的存在。然而,我以为这并不是很大的原因。国民生活的动摇,是对文学精神的考验,不仅中国如此,我们现在也正在体验着这种考验。教给我们这一点的,不是别人,正是鲁迅。倒是应该认为,写鲁迅的真正困难是在别处。依我的想象,问题的核心似乎在于鲁迅所象征的近代文学体系没有在中国完结。鲁迅就像一个影子,遮蔽着中国文学。处理这个影子,就是在处理自己,而处理自己又只是处理鲁迅的一部分。就是说,鲁迅还没有被古典化。使鲁迅得以被古典化的文学运动,从他死后直到

---

① 日华事变,即一九三七年的"七七事变"。——译注

现在,在我所了解的范围内并没有发生。当然,我所能够了解的只是中国文学极为有限的一部分,并不知道在我不了解的地方,有怎样的新动向。但从另一方面而言,就我所了解的情况而言,不仅没有在中国文学中发现新的文学运动,也没有发现对鲁迅精神的继承以及对这种用语的反叛。结合这种状况来考虑,我便无心对自己的独断表示怀疑。新的总是在和旧的冲突中才显出新来,因此,我无心相信并非如此的新,也就是从外部被强加的文学。中国文学伴随着鲁迅的死而凝固,而停滞。尽管我承认这不过是一个异邦研究者从外部所做的观察,但我还是这样认为。恐怕谁都不会相信自己的命运会停滞,而且亦会对被如此断言而感到不服,会觉得这断言太认死理。也许他们是对的。不过,我却由他们的能从鲁迅的绝望之处找到希望这一点上,感受到对启蒙者鲁迅的讽刺,以及对中国文学的讽刺以上的东西。[①]

或许有人会认为鲁迅是个容易写传记的人。其阅历毋宁说是很平凡的。自宣统元年到民国十六年,他在政府里当小官,做学校的教师,工作了二十年,以后作为一个市民在上海一直住到死。除了光绪二十八年到宣统元年在日本未满八年的留学外,没去过一次国外;国内旅行也次数不多,而且去的地方也很有限。民国十五年八月到十六年十月转住厦门和广东,如果把这期间的一些事情放在一起,那么在鲁迅五十六岁的生涯中,也只

---

[①] 当时,中国文学分为三个部分,有中共地区的,有重庆地区的,还有日本军占领下的各个城市的合作者的文学,这最后一种在日本文坛被夸得天花乱坠。我以为,它和传统无缘,并非正统文学。但是,我既不敢表明自己的主张,也找不到足够的自由中国的作品来进行论证。我把这种抑郁的心情寄托并倾吐在了鲁迅研究之中。——作者注

有这一年在外形上是一个不安定的时期：这一年是被称为大革命的所谓疾风骤雨的时代；他自己正经历着生活转换所带来的内面纠葛的折磨；和许广平的恋爱也大抵有了眉目等等。不过也很难想象这个时代谈得上环境异常，《两地书》里有很多材料详细传递着身边的事情，可以用来参考。他人生的大部分时间都是在书斋里度过的。他既没有郭沫若那样的革命家生活，也没有胡适那样的外交官生活。一般来说，现代中国的文学者，在阅历上都远比日本等国的文学者要复杂，但他是不在此例的少数者之一。

鲁迅的文学，就其体现的内容来讲，显然是很政治化的，他被称为现代中国的有代表性的文学者，也是就政治意义而言的，然而，其政治性却是因拒绝政治而被赋予的政治性。他没加入"光复会"①，这比我们今天不参加"日本文学报国会"②问题更加严重③。从东京时代起，直至一生，他素性上是与政治无缘的。正像林语堂指出他的经常谢绝宴会一样（《鲁迅》），他对学

---

① 鲁迅与"光复会"的关系有两种说法，一种说他加入了，一种说他没加入，例如，许寿裳为前说，周作人（请参照《思想的形成》章里的引用部分）则为后说。作为历史事实还尚未清楚。我在此之所以取后说，是因为觉得它更适合理解鲁迅文学的本质。并非不知道前说，也不是因为和许寿裳相比更看重周作人。这一点，我曾在战后写的《世界文学指南·鲁迅》里做过详细的说明。因曾发生过一些误解，在此还是释明为要。——作者注

② 日本文学报国会，成立于一九四二年五月，是第二次世界大战中日本官制的文学家团体，会长为德富苏峰（Tokutomi Sohou，一八六三——一九五七）。该团体的主要目的是把文学家绑在战争机器上，使文学为战争服务。由于不具备该会会员资格便无处发表作品，所以对当时的文学家们来说，加入该团体是具有被强迫的性质的。随着日本战败，该团体也自行消散。——译注

③ 只看这里，可能会以为我当时并没参加"日本文学报国会"，事实上也是有人这么看的。但并非如此。因为我承认这个会是职业组合，所以是作为一个一般会员加入了的。然而出于（注二——即本书第92页作者注）的理由，却一次也没有参加过这个会筹办的"大东亚文学者大会"。——作者注

校的行政亦无所关心。与其说无所关心，倒不如说是厌恶那里的俗臭。"他不自己承认有天才，又说：'哪里有天才，我是把别人喝咖啡的工夫都用在工作上的。'"（许广平《鲁迅全集编校后记》）他是不会为文坛交际而去喝咖啡的。还有，

> （《会稽郡故书杂集》）叙文署名"会稽周作人记"，向来算是我的撰述，这是什么缘故呢？查书的时候我也曾帮过一点忙，不过这原是豫才的发意，其一切编排考订，写小引叙文，都是他所做的，起草以至誊清大约有三四遍，也全是自己抄写，到了付刊时却不愿出名，说写你的名字吧，这样便照办了，一直拖了二十余年。现在觉得应该说明了，因为这一件小事我以为很有点意义。这就是证明他做事全不为名誉，只是由于自己的爱好。这是求学问弄艺术的最高的态度，认得鲁迅的人平常所不大能够知道的。其所辑录的古小说逸文也已完成，定名为《古小说钩沉》，当初也想用我的名字刊行，可是没有刻版的资财，……（《关于鲁迅》）

这种对名声的淡漠，周作人介绍的恐怕是正确的（倘若如此，晚年所获得的名声也就与他的个人意愿无关了吧），在这个意义上，可以说这也和他的厌恶政治有关，因此，

> ……《新青年》时代，所用笔名是"鲁迅"，……《阿Q正传》，则又署名"巴人"，所作随感录大抵署名"唐俟"，……他为什么这样做的呢？并不如别人所说，因为言论激烈所以匿名，实在只如上文所说不求闻达，但求自由的想或写，不要学者文人的名，自然更不为利，……（同上）

这种情况,我以为即使到后来他开始使用无数笔名(《现代中国作家笔名录》收五十八个,《〈鲁迅全集〉附录》收七十八个。即使在通常笔名都很多的中国的文学者当中,这个数字也是非同一般的)的时候,环境虽说不可同日而语,但态度上却是相同的。他对政治的无所关心是气质上的,他甚至没主动树立过文坛上的党派。李长之把他这种恶交于群的素性算作没成为作家的理由之一,大抵是正确的。如果在和平时代,他也许只是个从事古典研究的学者,为他计,这倒是种幸福也未可知。剥夺了这种幸福,是中国本身的不幸吧。他是孤独者,但不是那种逃避型的孤独者。对政治无所关心的他何以能在本质上又是政治的,是需要另外深入思考的问题,但这里亦不妨确认一点,那就是他的阅历中没有波澜。

虽说没有波澜,但在《年谱》的民国十五年项下却记载着这样的事件:"三月,'三一八'残杀案后,避难入山本医院,德国医院,法国医院等。至五月始回寓。"类似这样的事件,在他已经有了好几回,而激发这些事件,或利用这些事件的,从一个方面而言,则是他以及包括他在内的新时代。如此想来,在他的不做旅行当中,也就包含着下述事情:

　　拜启:……早先我虽很想去日本小住,但现在感到不妥,决定还是作罢为好。第一,现在离开中国,什么情况都无从了解,结果也就不能写作了。第二,既是为了生活而写作,就必定会变成"新闻记者"那样,无论从那一方面看都没有好处。……依我看,日本还不是可以讲真话的地方,一不小心,说不定还会连累你们。

　　再说,倘若为了生活而去写些迎合读者的东西,那最后

就要变成真正的"新闻记者"了。……(民国二十一年致内山完造的日文信)

民国十六年以后,他定居上海,就中,民国十八年他在去北京探望母亲的病时,给新妻的信里也潜藏着下面所说的一些事情:

今天上午,来了六个北大国文系学生的代表,要我去教书,我即谢绝了。后来他们承认我回上海,只要豫定下几门功课,何时来京,便何时开始,我也没有答应他们。他们只得回去,而希望我有一回讲演,我已约于下星期三去讲。(五月二十三日)

傍晚往未名社闲谈,知燕大学生又在运动我去教书,先令宗文劝诱,我即谢绝。宗文因吞吞吐吐说,彼校教授中,本有人早疑心我未必肯去,因为在南边有唔唔唔……我答以原因并不在"在南边有唔唔唔……",那非大树,不能迁移,那是也可以同到北边的,但我也不来做教员,也不想说明别的原因之所在。(五月二十五日)

我自从到此以后,总计各种感受,知道弥漫于这里的,依然是"敬而远之"和倾陷,甚至于比"正人君子"时代还要分明——但有些学生和朋友自然除外。……然而一看他们的作品,却比我的还要坏;例如小说史罢,好几种出在我的那一本之后,而陵乱错误,更不行了。……我想,应该一声不响,来编《中国字体变迁史》或《中国文学史》了。然而那里去呢？在上海，创造社中人……住不得了。北京本来还可住，图书馆里的旧书也还多，但因历史关系，有些人必有奉送饭碗之举，而在别一些人即怀来抢饭碗之疑，……你看，我们到那里去呢？我们还是隐姓埋名，到什么小村里去，一声也不响，大家玩玩罢。（六月一日）

把这些隐伏的事情考虑进来，传记当中的没有波澜，其意义才会浮现出来。也就是说，不使波澜外现的，正是他自身。这种静谧只有在他与自己所生活的中国的可怕狂澜相对阵之时才能获得意义，如果不理解这一点，乔木无动于狂风的意义便无可呈现。我想象，他的横刀立马，直面政治，使他保持住了一个文学者的态度，同时也据此把自己化为一个非凡的政治家；与此相同，他是否也通过把复杂的环境正面投射给自身，而以危机饱和的形态动中得静呢？所以，他传记的单调，又正是和他的文学本质根本相关的单调。

## 二

这里想就传记材料先简单说几句。文学者传记的第一义材料是他的作品，鲁迅在这一点上得天独厚。因为已出了全集且很容易找到。《鲁迅全集》二十卷在他死后不久就开始筹划，并于两年后的民国二十七年夏出齐。这前后花费近两年的时间。当初的计划，因日华事变而遭受挫折。由于有这一突发事情的插入，而使参与者煞费苦心。许广平的《鲁迅全集校编后记》讲述了此间详细的经过，读后方知爱情这东西之非同一般的性质。毫无疑问，以蔡元培为主席的"鲁迅先生纪念委员会"所动员的"百数十名学者文人以及工友",相信这项工作的"目的在于扩大鲁迅的影响,以唤起国魂,争取光明",为此尽了最大的努力。从结果而言,也丝毫无可挑剔。鲁迅著述,包括未发表的部分在内,几乎网罗殆尽。例如,倾注了他半生心血的《古小说钩沉》和《嵇康集》,在完成后相隔十几年才变成了铅字;民国四年,以周作人之名印行的《会稽郡故书杂集》,在收录时根据手写本校订,以期严密,但当时的情形是,其手写本辗转在北京、昆明、香港、上海之间,"犹不知书在何处,辗转电询,凡阅一月有余,而犹无消息",终于"迨一见稿本,如获至宝,欣喜之情,无可言喻"。此外,寻找《域外小说集》原本,也吃了不少苦头,但尤为珍贵的是收录了科学小说《月界旅行》和《地底旅行》。前者有译序署为"癸卯新秋译者识于日本古江户之旅舍",版权页有"印刷者日本东京小石川区指ケ谷町百卅三番地野口安治、印刷所日本东京牛込区神乐町一丁目二番地翔鸾社、中国教育普及社译印、进化社发行"的字样,正文中为"进化社译",但事实上是出自鲁迅之手,鲁迅在致杨霁云的信中说,"《月界旅行》,也是我所编译,以三十元出售,改了别人的名字了"。后者只是在发行者和印刷所的名称上有所不同,其实是在和前者几乎同样的环境下出版的。如此《鲁迅全集》不仅收集得全,而且也为不明之处颇多的东京修学时代的传记提供了饶有兴味的资料。他在致杨霁云的另一封信里说:

《小说林》中的旧文章,恐怕是很难找到的了。我因为想学科学,所以喜欢科学小说,但年青时自作聪明,不肯直译,回想起来真是悔之已晚。那时又译过一部《北极探险

> 记》,叙事用文言,对话用白话,托蒋观云先生绍介于商务
> 印书馆,……终于没有人要,而且稿子也不见了,这一部书,
> 好像至今没有人检去出版过。(民国二十三年五月十五日)

另外,除了在他生前由杨霁云编辑,亦经他校阅的佚文集《集外集》而外,他生前要做而没做成的前者之补充《集外集拾遗》,由许广平收集起来,而且"为了敬仰先生的一切",把"先生故意删掉或漏落,或年远失记,一向没有收集的"都收集起来了,其范围涉及讲演笔记、游戏诗、编辑后记、广告文面。特别是有关小说《怀旧》的一些事情,都要仰仗全集里收录了《集外集拾遗》之功。

> 末了我们略谈鲁迅创作方面的情形。他写小说其实并不始于《狂人日记》,辛亥(一九一一)年冬天在家里的时候,曾经用古文写过一篇,以东邻的富翁为模型,写革命前夜的情形,性质不明的革命军将要进城,富翁与清客闲汉商议迎降,颇富于讽刺的色彩。这篇文章未有题名,过了两三年由我加了一个题目与署名,寄给《小说月报》,那时还是小册,系恽铁樵编辑,承其复信大加赏识,登在卷首,可是这年月与题名都完全忘记了,要查民初的几册旧日记才可知道。(周作人《关于鲁迅》)

现在可以知道,《小说月报》四卷一期上以"周卓"之名发表的《怀旧》是篇文言体小说,也可以知道,虽然是文言体,虽然是早在《狂人日记》七年前的消遣之作,但已经具有了他创作风格里的显著特征之一,所以通过作品是可以部分了解到辛亥革命

当时他的一些经历的。

《鲁迅全集》的编辑出版，其情形大致如此。这里还要顺便再插上一句，在中国现代文学者当中，出全集的几乎只有他一个人。就全集的完美程度而言，《曼殊全集》或许要在《鲁迅全集》之上，但苏曼殊是属于文学革命前的近代文学前史之人，称不上现代文学者，其全集自然与鲁迅的性质有别：前者是柳亚子对这个薄幸诗人的特殊的个人友情的产物，后者则是"鲁迅先生纪念委员会"这样的全文坛意志的体现。同样，梁启超、王国维、章炳麟被人们看重的还是他们作为开拓者的先驱意义，而且主以学者业绩，所以即使不谈全集形式上的差别，亦无法与鲁迅相比。除此之外，周作人也好，郁达夫也好，他们与鲁迅之间虽有健在和已故之别，但在经历了几乎和鲁迅相同的文坛生活的人们当中，还没有谁把自己的著作编辑成集；唯其如此，《鲁迅全集》所具有的意义也就给人留下强烈的印象。对我们来说，比什么都更为重大的是，和这套《鲁迅全集》全然无关，并且比这套全集更早，在日本已有全集被翻译过来了（日本版为《大鲁迅全集》七卷，改造社出版。其中不含翻译和古籍编校。主要作品全都被翻译过来，不过杂文是选译。但选择大抵是得当的。同时还收录了书信集，特别是致日本人以及其他中文版里没有的信函）。

《鲁迅全集》二十卷的一半，从十一卷到二十卷是翻译；在剩下的一半当中，从八卷到十卷是有关文学史的研究，《中国小说史略》和《汉文学史纲要》在很大程度上是素材凑成的著作，除此之外，则全是编纂物。剩下的七卷为文集，其中包括可列为狭义作品的三部短篇小说集（其中一部专取材于神话和古代史）、一部自传性回忆录和一部散文诗，其余便是按照年代顺序编辑起来的被认为最能体现鲁迅特征的十四部杂感集(《坟》略有所不同,也姑且算在内)。即使从量上看,也无法否定这些是鲁迅文学的重要部分。此外有《两地书》、《集外集》、《集外集拾遗》,总计二十二部。这二十二部和文学史研究的七部并为二十九部,在《鲁迅全集》以外,以《鲁迅三十年集》三十册的形式于民国三十年十月出版,可以说是《鲁迅全集》的著作篇。鲁迅到最后卧床不起之前曾说,"他自从一九〇六年,二十六岁中止学医而在东京从事文艺起,刚好是三十年,只是著述方面已有二百五十余万言",并计划把它们编辑成《三十年集》十册,甚至还留下了手定的分类表(《鲁迅全集编校后记》)。《鲁迅全集》的编纂,极为尊重这一遗愿,单取著作篇另编成集也是极为自然的。

鲁迅作品能被如此收集得近乎完整,以至非劳而得一览,不仅仅是中国文学的幸事。我对许广平和其他当事者们的努力深表敬意。倘若没有这些努力,我或许没有机会通读鲁迅的全部作品。虽然通读的结果不过使我加深了自己的疑念,但这只是我自己的事了。

然而,在把《鲁迅全集》作为传记材料来看时,却另有几句话想说。鲁迅是个不愿意在作品里讲述自己的人。他从很早就放弃了把自己对象化从而构筑作品世界的企图。他中止小说创作也与此有关。但就他主动中止小说创作这一点而言,则有着比上述理由更深一层的含意。他不是不再相信小说的世界。如果是不信的话,那么从一开始就不会信。他没把自己分裂在作品当中,却把自己和作品对立起来,可以说是以此在作品之外来讲述自己。他小说的古风情调由来于此,而创造出杂感这种独特的文体,亦与这一点相关。我在数年前写的一篇关于鲁迅的短论中认为,鲁迅写不出小说,是文学跟不上思想的缘故。现在想来,这种看法是把顺序弄颠倒了。鲁迅是否从一开始就没使自己接近思想呢?我想。写小说在他那里并不是写杂感的那种行为,写杂感,是得同时把研究文学史的那种强烈的沉潜欲作为支撑之后方可成立的一种行为。

> 我曾有过这样的苦恼吗?——心灵残酷地君临在我的头上,口含着不准表现出来的严肃的烦恼。我就像个奴隶,在一边啜泣,一边收拾着那些零零碎碎。——收拾就是写小说。(冈本鹿子《〈巴黎祭〉序》①)

---

① 冈本鹿子 (Okamoto Kanoko,一八八九——一九三九),日本近代歌人,小说家。出生在东京的富商之家,娘家姓氏为大贯,一九一〇年嫁给画家冈本一平后改随夫姓。早年受其次兄大贯晶川以及文学家谷崎润一郎与谢野晶子等人的影响,在《明星》和《Subaru》杂志上发表新体诗和和歌,后以强烈表现自我烦恼的短歌而受世间瞩目。有歌集《Karokinetami》(青踏社,一九一二)、《爱的烦恼》(东云堂,一九一八)、《浴身》(越山堂,一九二五)、《我的最终歌集》(改造社,一九二九)。但冈本鹿子的歌人生涯却是在"爱的烦恼"中度过的。婚后由于和名画家的丈夫有着强烈的个性冲突,因此一直过着夫妻不睦的日子。为摆脱家庭地狱的折磨,她找到了佛教并开始研读佛经。《我的最终歌集》出版后开始历游欧洲,并在那里一住就是七年。从一九三六年发表小说处女作《仙鹤病了》到去世,虽然只有短短三年的时间,但却留下了大量的作品,代表作有《老妓抄》(一九三八)、《(鲔)》(一九三九)、《家灵》(同年)以及死后发表的《河明》、《生生流转》、《女体开显》。小学馆《日本大百科全书》(一九九九年版)对冈本鹿子的小说创作有如下评价,可用作参考:"其独特的作品世界被一种生命力所包容,在浓密的感觉沉溺中,交错着对人的锐利而清醒的洞察,混沌而溢满芳醇,可看作是对其传奇般的终生彷徨的总决算。"

《巴黎祭》是其第五本创作集,一九三八年由青木书房出版。

据知情者回忆,一九三八年旅居北京的竹内好开始对冈本鹿子的作品,尤其是对《老妓抄》和《家灵》着迷,其日记有言:"为哀严的苦恼与美丽而咏叹着殉难的冈本鹿子哟,难道你也是为了听到恶魔的声音而要毁灭自己的肉体吗?"(参见猪野谦二《从〈北京日记〉看到的竹内好的半面》,筑摩书房《〈竹内好全集〉月报十五》)——译注

"收拾就是写小说",这样的小说家恐怕是要从小说里横溢出来的。但不管怎么说,"收拾"就是写小说,至少不是干写小说以外的事。

> 我在年青时候也曾经做过许多梦,后来大半忘却了,但自己也并不以为可惜。所谓回忆者,虽说可以使人欢欣,有时也不免使人寂寞,使精神的丝缕还牵着已逝的寂寞的时光,又有什么意味呢,而我偏苦于不能全忘却,这不能全忘的一部分,到现在便成了《呐喊》的来由。(《〈呐喊〉自序》)

我认为这话可以照字面接受。"不能忘却"的苦所生发的"呐喊",是"呐喊",却不是"零零碎碎的收拾"。"收拾"是来自"呐喊"之后,正像忏悔是来自罪孽之后一样。也就是说,冈本鹿子在《我的最终歌集》①里做的,鲁迅在小说里做了。而对于小说的补偿又是在杂感集里完成的。但杂感在性质上不具备小说那种作品性,并不亲近作者。对于鲁迅来说,收拾不是写小说,而是"不写"小说,或者说,在言辞不加修饰的意义上是"写不出"小说。

由于我只能提交这份不成熟的研究笔记,所以从当初就没打算在乎是否要发生混乱,但在要写关于传记的疑问时,偶尔跑题到探讨作品,则是有用意的。我并不具备关于作家与作品,或作品与传记方面的文学理论知识,我想写的是我想象中的这么个鲁迅的形象。我的语言很笨拙,谈不出一个像样的形象来,

---

① 《我的最终歌集》,一九二九年由改造社出版,参见译注"冈本鹿子"。——译注

于是就去谈种种事物,去谈它们与这个形象的距离。作品,即使在鲁迅那里,也是对作者的第一义的表现,但其表现的方式,却是一种通过没写进作品的内容来表现的,至少在程度上这和通过写进作品的内容来表现的方式是同等的。作家存在于作品之中,这一点不成其为问题;不过正像郁达夫存在于他的作品中那样,鲁迅却不在他的作品里,这和作家因从作品中横溢出来而成为作家的一般情形略微有所不同,也和所谓作家大于作品不同。生产作品的人是苦恼的,然而苦恼却不一定要原封不动地包含在作品里。如果说有人习惯于只把那些原封不动地包含苦恼的作品视为作品的话,那么鲁迅就属于订正这种想法的那类人。当然,他并没在作品中讲述自己以外的东西,但他讲述的自己,却可以说是过去形的自己,而不是现在形的。现在形的他,在很多情况下就在作品的附近。他不是在用作品来清洗身体,而是像脱掉衣服那样丢弃作品。究竟为何如此呢?我想到了多种似乎行得通的解释,可是实际上,这在我还是个疑问。

我想要说的很简单。我是想用另一把尺子来衡量一下我所感知到的作者与作品的距离,否则我将没有自信。比如说《伤逝》这篇小说。我觉得即使在他的作品里,这也是篇虚构成分很大的小说。用第一人称来写,在细枝末节之处充填上一些他自己的日常生活,只是这些就会让人觉得全篇的构制,尤其是失恋这一主题,都来得太假。我从作品里感受到了虚假,但这虚假和鲁迅有怎样的关系呢?"四围是广大的空虚,还有死的寂静。死于无爱的人们的眼前的黑暗,我仿佛一一看见,还听得一切苦闷和绝望的挣扎的声音。"是否可以判断,他就是为了倾吐这段话才写这篇小说的?这是我的疑问。另外,我认为《在酒楼上》出现的"我"的酒友"吕纬甫"和《孤独者》里的"我"的朋友"魏连殳"都是同一个人物,而且把他们和《朝花夕拾》里出现的"范爱农"联系在一起,夸张点儿说是同一个人物也未为不可。那么,这个让鲁迅倾注如此深情的人物是在何种条件下存在的呢?换句话说,鲁迅为什么在"范爱农"身上看见了自己呢?即使参考了收在《集外集》里的做于民国二年的旧诗《哭范爱农》,这一点对我来说,还依然是个疑问。这所有的疑问,至少有一半是因为我衡量鲁迅只有作品这一个尺度。于是我想得到传记以作为另一个尺度。与其说是想要传记,倒不如说是想知道他的实际行为,也就是日常生活的记录。而这方面的线索也并非没有。

其中之一,便是鲁迅的备忘日记。许寿裳在《鲁迅先生年谱》凡例中说:

> 先生自民国元年五月抵京之日始,即写日记,从无间断,凡天气之变化如阴,晴,风,雨,人事之交际如友朋过从,信札往来,书籍购入,均详载无遗,他日付印,足供参考。

鲁迅自己也说:

> 我本来每天写日记,是写给自己看的;……我的日记是信札往来,银钱收付……,例如:二月二日晴,得A信;B来。三月三日雨,收C校薪水X元,复D信。一行满了,然而还有事,因为纸张也颇可惜,便将后来的事写入前一天的空白中。总而言之:是不很可靠的。但我以为B来是在二月一,或者二月二,其实不甚有关系,即便不写也无妨;而实际上,不写的时候也常有。我的目的,只在记上谁有来信,以

便答复,或者何时答复过……(《马上日记》)

他的二十五年间"从无间断"一直记到死前的日记,由于具有着他所承认的非人格性,因此也就成了衡量作品的有力线索,然而除了译收在日本版全集里的晚年写的大约两个月的日记外,其他日记还窥见不到。

另一个方面是书信。前边谈过,他和许广平的往返书信集已经编辑为《两地书》,此外能看到的只有许广平在他死后的民国二十六年编辑出版的《鲁迅书简》,收民国十二年到二十五年的各种书信六十九封,收录在日本版全集里的致日本人的书信,以及以收信者为各色人等的形式发表出来的一少部分信函。《两地书》共收双方通信一百三十五封。期间之短,通信量之大是惊人的。然而,《两地书》的情况或许可以说是特殊,不过鲁迅在许广平还是他普通学生的时候,也对来信有问必答,这和收录在日本版全集里的致增田涉及山本初枝的情况完全相同,因此可以想象得到,他一生当中所写的信函的数量,特别是回信的数量当是个庞大的数字。当然,其中的一部分,或者是大部分,或因他在《两地书》序言所说的朋友的信"直到近三年,我才大烧毁了两次"的那种事情,或因其他事情,都已经丧失了,但尽管如此,现在所能看到的,和能够想象到的数量相比还是太少了。他写信有不少都是回信,包含着和私生活有关的细目,可以想象鲁迅在很多场合都仔细回答提问,这些情况再加上信函数量的丰富,可以认为是对作品的有力自注。

在缺少上述的两种资料这一点上,《鲁迅全集》虽在作品集成方面做得完美,但作为传记材料却未免欠缺。

## 三

李长之在《鲁迅批判》中,把鲁迅的"精神进展 Geistesentwicklung""划分六个时期"。李长之的鲁迅观里有敏锐的东西,前面已稍微提到,后面还将有必要述及,这里为参考起见,——虽然能否成为参考还是个疑问,总之为能有一个线索起见——还是扼要介绍一下这位批评家的独一无二的阶段说。

第一阶段从光绪七年(一岁)到民国六年(三十七岁)。从清末到民国初年,是个政治上波澜起伏的时代,对鲁迅来说,是个"成长和准备的时期"。他虽生在绍兴读书人之家,但由于家道中落,从少年时代起就饱尝了辛酸。后来在南京读书时,受到了当时新思潮的新学的影响。然后到日本来留学,开始学医,后放弃改学文学。辛亥革命前后在故乡当教员,后去北京,在公务之余潜心古文和碑拓研究。

第二阶段从民国七年(三十八岁)到十三年(四十四岁)。是他作"精神界之战士","开始向封建文化攻击"的时期。发表《狂人日记》,接着开始写其他小说、少许诗歌和杂感。翻译武者小路实笃的《一个青年的梦》、阿尔志跋绥夫的《工人绥惠略夫》和爱罗先珂的《桃色的云》。完成《中国小说史略》。时代是从文学革命到五四的国民高涨时期。"他已经抓住了国民性,不过终于比较后来是笼统的,不大具体。"

第三阶段从民国十四年(四十五岁)到十五年八月(四十六岁)。这是个以"五卅"为背景的时代,在广州诞生了和北京的军阀政府相对抗的国民政府。所谓"三一八"事件,即他在女师大教的学生的流血事件,给他以沉重打击,产生《无花的蔷薇》等杂感。以他为核心的"语丝派"对"现代评论派"展开了痛烈无比的攻击。小说也多取材于现实生活。不过也有像《孤独者》那样的作品。和许广平的书信往来也从这个时候开始。

第四阶段从民国十五年九月(四十六岁)到十六年九月(四十七岁)。"是他生活上感受了异常不安定与压迫的时期"。他是逮捕令当中的五十个教授之一,离开十五年来已经住惯了的北京,靠着林语堂去了厦门。但受不了那里的俗气,几个月后又去广州。他在那里也发现了国民革命的阴暗面。不久发生蒋介石政变,"清党"开始,国民党自身以血洗血。恐怖横行,生命临危。如果《狂人日记》以前是个"悲哀"的时代,那么这便是个"愤怒"的时代。"这种变动使他对人生的体验更深刻了,虽然使他沉默,然而在他是一个次一阶段的潜伏期,酝酿期。"但《朝花夕拾》的诞生也是在这个时期,而且和许广平的爱情也瓜熟蒂落。

第五阶段从民国十六年(四十七岁)到二十年(五十一岁)。"这是他精神进展上达于顶点的一个时期"。逃出广东定居上海后,他遭到了来自当时狂热的"革命文学家"的围攻,对此他寸步不让,以同样的态度回敬。然而不可思议的是,作为激烈斗争的结果,他却成了民国十九年产生的"左联"统一文坛的事实上的核心人物。就是说,他通过斗争吸收了对方,因此作为其表现之一,是这一时期他翻译了大量的艺术理论。在钱杏邨的《死去了的阿Q时代》一文里,他遭到了猛烈批判,但却以他的"认真而且聪明",使批判反过来为己所用。"以二心集和以往的杂感集比较,就果然是爽朗开拓的了,阴险刻毒纤巧俏皮可说确收敛了许多。政治思想,在一向空洞而没有立场的鲁迅,不久也就形成了。"他摆脱了进化论的影子。这是个"文章与内容相衬","在浑浑厚厚之中,而有一种生气"的"他最健康"的时期。

第六阶段从民国二十年(五十一岁)到《鲁迅批判》写作的时候(《鲁迅批判》写于民国二十四年,但也不妨把直到次年鲁迅去世这一段也包括进去)。满洲事变开始,这是个民族统一战线逐渐形成的时期。与此相伴随,左翼运动销声匿迹。"他重又攻击国民性了,但比以前所了解的更深刻些了";"他的反封建文化"也具有社会性。不过,——李长之说,"他在有些地方已显出了困乏,现在却不知道这是一个衰歇的结束呢,还是一个更新的酝酿"。但一年之后,便有了自然而然的结局。

李长之所做的结论是:"一个人的环境限制一个人的事业,但一个人的性格却选择一个人的环境。"

> 我们可以这样说,倘若不是陈独秀在那里办了新青年,鲁迅是否献身于新文化运动是很不一定的;倘若不是女师大有风潮,鲁迅是否加入和"正人君子"的"新月派"的敌斗,也很不一定的;一九二六年假若他不出走,老住在北平,恐怕他不会和周作人的思想以及倾向有什么相远,他和南方的革命势力既无接触,恐怕也永久站在远处,取一个旁观,冷嘲的态度……;一九二七年假若他不是逃到上海,而是到了武汉,那么,也许入于郭沫若一流,到政治的漩涡里去生活一下。一九二八年直到一九三〇年,假若他久住于北平,则也敢说他必受不到左翼作家的围剿,那么,他也决不会吸取新的理论,他一定止于是一个个人主义的不驯的战士而已,也不会有什么进步;然而,这一切都不是的,……环境的力量有多大。

> 然而,我们必须清楚,就是倘若不是鲁迅的话,他不会

鲁迅

把环境这样选择着!……因此,他始终没脱离作战士。

下面将有针对性地援引林语堂的"处世术"说,以补充阶段说所不可避免的缺欠。

我只想说一说这位深湛的年老的中国学者(学者这个字我用的是它真切的古义)在过去两年中如何度过了他的生活,以及近来他所遭遇的一些事情。那是处于极复杂的环境中,……如他对我所说的,要"作人"实在不容易。他如何从那些极艰难的境况中爬出来的办法,即足以佐证我所说的关于他深知中国人的生活及其生活法的那些话。那"深知"是由于年老,但还是由于透彻地明了中国的历史,因为,照他的话,在中国古时候,学者"作人"从来就不容易。

如果他觉得不大容易过下去的时候,他觉得不能不装死或经过一种蛰伏的时期以安息他的心灵的时候,那么他便这样做。他已经这样做了几回——三回罢,照我所知道。他曾经死了似的不闻一切外事,一心抄他的汉碑,玩他的古董,活埋于一间闹鬼的屋子里。

一九二六年春天,……当时的政府列出五十个过激的教授和"知识分子"的名单……,预备通缉他们。鲁迅当然是其中的一个,在那些过激的教授大都离去北京之前不久,我问鲁迅,"你打算怎么办呢,现在?""装死"便是他的回答。

这回他可没有完全做到,因为他当时被劝南下,担任福建某大学(它的名字我不便说出来)的中国文学讲座。那不是确切地如通常所谓完全斩绝世事的纠缠,但我亦也不能一定说不如此。……他曾经对我说,他的主意是想在这个地方致献两年的工夫于学问的研究,其著作则由这大学付款出版,这本是那学校的当局们所满口答应的。他所得的结果却是用了他一腔热诚走去上当,……有些谰言和攻击居然说……鲁迅是故意地不远数千里而来使这平静的地方发生风潮……

这样便终结了他第二个时期的决定的隐晦。当有人知道他觉得这地方"太难当"的时候,马上便有电报接连地从广州拍来,请求他往中山大学担任文科学长。他这样做不是他所愿意的。但是他还有什么别的地方可以去呢……

那是一九二七年之初。那是北伐的时候而且又是国民党起了紧迫的分裂的时候。……但是,那究竟是一种危险的时候,对于有过激之名的人们。所以鲁迅的决意隐晦的第三个时期便到了。

他因此退出了中山大学,于是住在那广州城中某地方的一间楼房里。空气是充满了残杀;随处都要小心,……鲁迅之名可是太大了,使他不能享受他的隐晦生活;有些学生们被遣来窥探他的意见……我已说过,鲁迅是深谙在中国社会中"做人"的术法的。他不缄默,怕的是受害;他做得更聪明些,他谈出一大堆话来,关于一些他的对方简直莫名其妙的事情。

还有一种策略哩。他的态度是定要测度出来的,理所当然。由那些有权势的当局作后台老板的一个大学便请他讲演。这恰似从前那法利赛人将一个有西撒像的钱币交给耶稣时所询问的那个问题(见《马可福音》第十二章),那情形是相同的。如果鲁迅拒绝了,那便会视为是表明不尊重那些当局们的一种"态度"。鲁迅却不那样,他更聪明些。他答应了;他洋洋洒洒地演了一大篇有趣的话,谈的是纪元前三世纪的文学状况(按即指《魏晋风度及文章与药及酒之关系》那一篇讲演)。在那一篇演说里,他解释当时有些学者为了避免政治上纠缠之故不得不"一醉就是两个月"的故事。那些听众都觉得有趣味,赞叹他的创见与通篇中精彩的解说,而且,当然地,并没有看出那要点。

　　但是鲁迅总算达了他的目的。他表示了他不过是一个将心思用于古代的一些玩意的问题上的学者罢了。这使得当时那班权势者满意了。……他们的注意是放松了,而在放松的时候,鲁迅便乘机来到上海……

　　如果加个注释,那么招聘鲁迅去厦门大学的便是林语堂。这不免令人觉得这篇文章回避了某些事情与两人关系的微妙之处有关。即便不是如此,林语堂的文章也有他那一流装腔作势的味道,这里不过是和他的处世哲学一同表现得更为露骨罢了。我引用林语堂不过是对症下药,因此将省却有关说明。林语堂讲述的鲁迅学到了基督教的故智,是段很著名的话,现在在鲁迅传里已成了一段传说,但有关这个话题,留待后叙,这里不做涉及。

　　我对李长之的阶段说,既无异议,也无赞同。李长之研究鲁迅颇为精心仔细。所谓精心仔细,是说他没像很多鲁迅研究那样立足在观念之上。面对鲁迅,不失测验自己的那种诚实。在这一点上,我买他的账。就是说,他是从文学上来看待鲁迅的。他理论虽然讲得笨嘴拙舌,但这笨拙却是与鲁迅同步起伏的笨拙,并非在政治上加以利用的态度,所以我乐于接受。

　　不过只要发展阶段论无法摆脱在发展中去看待事物的宿命,那么我现在是并不怎么感兴趣的。鲁迅本身是一个发展,这个发展象征着现代中国的发展。对此,我也是这么看的。现代中国的文学运动,为从中牵发出超越鲁迅的东西,在发展中来把握鲁迅,是正确的文学态度,也是对鲁迅精神的正确继承。相反,把鲁迅化作一个观念,就把中国文学本身固定住了,不是把鲁迅经典化的正确态度。中国文学,不应是通过偶像化鲁迅,而应是通过破弃被偶像化了的鲁迅,通过自我否定鲁迅这一象征来从鲁迅身上无限地生发新的自我。这是中国文学的命运,是鲁迅赋予中国文学的教益。至于说到我,那么我是不在这个场域之内的。对于中国文学,我是个旁观者。我关注着中国文学的成长,但我的希望只是个旁观者的希望。我帮不上忙,哪怕是一点微薄之力。我既没想去指导中国文学,也没想去笼络中国文学,而且中国文学也不是谁笼络得了的。① 我只想从鲁迅那里抽取出我自己的教训。对我来说,鲁迅是一个强烈的生活者,是一个彻底到骨髓的文学者。鲁迅文学的严峻打动了我。尤其是最近,当我反省自己,环顾周围时,多能发现以前所未见的一面,并为此怦然心动。现在我越发觉得鲁迅的严峻并非简单的严峻。我想知道这种严峻是怎么来的。我想拿我自身来比较,并想学他是怎样才成为文学者的。我所关心的不是鲁迅怎样变,而是怎样地不变。他变了,然而他没变。可以说,我是在不动中来看鲁迅的。所以,对传记的兴趣也不是他经历了哪些发展阶段,而是他从什么时候获得了这样一个时机——一个他一生中只有一次的时机,一个他获得了文学自觉的时机,换句话说,一个他获得了死的自觉的时机——的问题。而把这个时机定在什么时候,对我来说却并不是一件容易的事。

---

① 写这个部分有批判"大东亚文学者大会"的意思。直接是要反对京都大学的某教授,他曾经醉心中国。那时他在这个会上说,"日本文学应该指导中国文学"。——作者注

## 四

　　尽管我对传记还什么也没说，但已想把这一章结束了。不过，在此之前只把我的疑问之处简单地分条写在下面。鲁迅传记迟早是有人要写的，我的疑问到时如果能够得到解答，我将心满意足。

　　我的疑问是很琐碎的。和李长之不同，我不在发展中看鲁迅，所以传记的划分也只取方便，分为在绍兴和南京度过的少年时代，东京和仙台的留学时代，辛亥前后的从南京到北京的时代，由北京流浪到厦门、广州的时代，定居上海的时代。我对每个时代都有若干相应的疑问。这里只记其中的二三例。

　　第一个疑问是有关少年时代的。《年谱》记为：

> 光绪十九年（十三岁）
> 　　三月，祖父介孚公丁忧（父母之丧）自北京归。
> 　　秋，介孚公因事下狱，父伯宜公又抱重病，家产中落，出入于质铺和药店者累年。
> 光绪二十二年（十六岁）
> 　　九月初六日，父伯宜公卒，年三十七。
> 　　父卒后家境益艰。
> 光绪三十年（二十四岁）
> 　　六月初一日，祖父介孚公卒，年六十八。
> 　　八月，往仙台入医学专门学校肄业。

这祖父的事迹我不清楚。《自传》说：

> 我于一八八一年生于浙江省绍兴府城里的一家姓周的家里。父亲是读书的；母亲姓鲁，乡下人，她以自修得到能够看书的学力。听人说，在我幼小时候，家里还有四五十亩水田，并不很愁生计。但到我十三岁时，我家忽而遭了一场很大的变故，几乎什么也没有了；我寄住在一个亲戚家里，有时还被称为乞食者。我于是决心回家，而我底父亲又生了重病，约有三年多，死去了。

这里没谈到祖父的事，但"我家忽而遭了一场很大的变故"里的"很大的变故"，恐怕必是指祖父下狱的。鲁迅似乎很不愿意写祖父的事。虽然还不确切知道他的家道中落，是因为祖父的下狱，还是因为父亲的病，抑或二者兼而有之，但在父亲的病那方面，还算是清楚的。这件事培养了他对中医的憎恶，或许也关系到他的想学医学。《朝花夕拾》里的看戏以前硬逼着孩子念书的父亲（《五猖会》）和临终前不愿意让人大喊大叫，说"不要嚷……"的父亲（《父亲的病》），在我也是很能理解的。不仅如此，我也理解鲁迅对父亲的怀念。可是关于祖父那方面，却没有像父亲这样明白的信息。鲁迅是怎样看他的祖父的呢？我不相信他对祖父丝毫无所念及。如此看来，鲁迅对祖父的心情是不是远远比对父亲要复杂呢？教给这个少年什么是忧愁的，与其说是父亲，难道不是祖父吗？这是我的想象。因为是想象，所以或许想得不对也未可知。

据周作人讲，祖父是"光绪初年的翰林"，而且颇与众不同，竟"奖励读小说"。周作人和鲁迅不一样，他讲述这些事（《镜花缘》及《我学国文的经验》），对祖父似有所感怀的。"光绪二十三年(一八九七年),祖父因事系杭州府狱,我跟着宋姨太太(祖父之妾,宋姓其实为潘)住在花牌楼,每隔两三天去看他一回。"(《陶庵梦译序》)(年谱说祖父下狱是光绪十九年,因此如果以二者都对,那么周作人文章里的"光绪二十三年"就是"我跟着宋姨太太⋯⋯"以后的事。另外,如果周作人所记他的"初恋",即"那时我十四岁⋯⋯我跟着祖父的妾宋姨太太寄寓在杭州的花牌楼"无误,那么周作人十四岁的光绪二十四年也当是同样。)周作人和祖父是如此亲近,但在鲁迅那一方却没什么线索,年谱也只在和光绪二十二年相隔一年之后的光绪二十四年记"闰三月,往南京考入江南水师学堂"。如果按照小说的方式去思考,那么可以想象,比周作人年长四岁的鲁迅,心思或许会更重些,不过也只能是想象了。周作人也没把下狱这件事讲清,只能想象为不是当作政治犯的。作为事件或许是不大起眼的,不过我总觉得这件事对鲁迅有着很大的影响。

第二个疑问是和留学时代有关的。在前面引用过的《年谱》光绪三十年项之后,记:

光绪三十二年(二十六岁)
六月回家,与山阴朱女士结婚。
同月,复赴日本,在东京研究文艺,中止学医。

我不了解山阴(绍兴)朱女士的事。他的从医学转向文学,通过《藤野先生》等文章是知道的(这也是个被传说化了的例子);其他一些事情,虽然还不够详细,但大抵也是知道的,如立志文学之后曾试图发行一本叫做《新生》的文学杂志,结果没成;听过章太炎的授课;继续学习德语;主要通过"瑞克阅姆"版①涉猎近代文学;学俄语刚起步就中断了;与周作人合译并出版了《域外小说集》两册;他在同乡中已有孤立的倾向(《范爱农》)等等。但是,只没有结婚这条线索。我不是在追问事实,而是想知道他是如何处理事实的。当然,可以通过《随感录四十》等材料去构制空想,但有个很大的不安却不肯离我而去,那就是这个空想会不会大错而特错呢?相比之下,日后的恋爱却为人们所知得细致入微。这场恋爱,即使不考虑四十五岁的年龄,也不是青年的恋爱。像他那样富有正义感,憎恶虚伪的人(通过追忆幼时生活的《二十四孝图》等篇可以知道,这是他气质上的),不论有怎样的原因,为什么那么早就结婚了呢?我把鲁迅看作一种赎罪的文学,不过我想象,在这赎罪的根柢里是否也可纳入他的结婚,倘若是这样的话,那么他的恋爱不是也不足以赎却这场罪过吗?

第三个疑问是和北京时代有关的。他和周作人的所谓失和是真的吗?如果是真的,那么又是什么导致了他们的失和呢?这或许也会被认为是拿私生活当话题,不过我的本意却并非如此。为能了解鲁迅的文学,我想知道这件事。如果失和确有其事,那么可以想象,大概是发生在《年谱》的民国八年(三十九

---

① "瑞克阅姆"版,日文原文为"レクラム版",系"レクラム叢書"在日本的俗称,其正式名称为 Reclam Universal Bibliothek,中文今通译为"雷克拉姆万有文库"。1828 年德国人雷克拉姆(Anton Philipp Reclam)在莱比锡创立雷克拉姆出版社(Reclam Verlag),1867 年开始发行雷克拉姆万有文库。该文库黄色封面,以物美价廉著称,内容从文学、艺术、哲学、宗教到自然科学,涉及范围非常广泛,不仅在德语圈有着广泛而持久的影响,在明治以后的日本也是一套非常受欢迎的文库,是当时的日本知识分子尤其是青年学生获取西方新知的重要途径之一。在日本经营雷克拉姆文库的主要是丸善书店。丸善由福泽谕吉(Fukuzawa yukichi,1835—1901)的弟子早矢仕有的(Hayashi Yuteki,1837—1901)于1869 年在横滨创办,以经营文具特别是"洋书"闻名。从何时开始进口雷克拉姆文库现不详,但据《丸善百年史》(丸善,1980)介绍,在 19 世纪末和 20 世纪初,也就是周氏兄弟留学的那个时代,该文库的最大消费者和受惠者是"因此而得了日后文运的人或弊衣破帽的一高学生"。周作人在《关于鲁迅之二》(1936)里首次谈到他和鲁迅通过丸善书店和雷克拉姆文库搜集西方文学作品的情况,并将表示该文库的日文片假名"レクラム"译成"瑞克阅姆"。参见本书第 135 页。——译注

岁)项下所记"八月,买公用库八道湾屋成,十一月修缮之事略备,与二弟作人俱迁入"和民国十二年(四十三岁)项下所记"八月,迁居砖塔胡同六十一号"之间。在这方面,没有材料可供空想,而在此意义上和他的文学或许是无关的。不过,他和周作人既共同著书,又不计在书上署谁的名,其关系之亲密,远非世间一般兄弟可比,事情僵到死不可解,是否也有着远比普通的亲族情感更深的芥蒂呢?鲁迅和周作人,表现是极端的不同,但在本质上是相似的,以至在某种意义上他们相互间简直是对方的影子。不仅思想上如此,气质上也如此。因此,倘说有什么失和契机的话,那么也并非没有可能是因为在对方身上只看到了自己的弱点。这种来自于性格类似的反弹,恐怕是有的吧。倘是朋友,不和或许会促成进一步的深交,但在亲族却很难和解。这也只是我的想象。正确的解释还有待出色的传记作者的考证。

　　我所列举的疑问,都是些地地道道的琐事,但却让我感觉到它们似乎给鲁迅的一生,因此也给他的文学带来了浓重的阴影。当然,除此之外也并非没有疑问,比如说在《狂人日记》发表以前,他在北京生活了六年,在他的一生当中,这六年间是我最不了解的部分。因为这个问题要留给下一章,所以这里不再触及。此外,关于他的朋友和论争对手,不明之处也是非常多的,但主要原因还是我不熟悉现代中国文学的事情,因此这种不明之处是有性质之别的。上述列举的疑问,并非由于我个人的浅薄无智,而多属于直接来自鲁迅本身的一般传记意义上的不明之处,因此可以认为,解明这些疑问在关系到理解文学的意义上是必要的。鲁迅本人在谈到批评态度时说:"倘要论文,最好是顾及全篇,并且顾及作者的全人,以及他所处的社会状态,这才较为确凿。"(《题未定草七》)我想以此为依托,反过来摘记出没弄明白的地方。

# 思想的形成

一

我写过，在鲁迅传记中，最弄不懂的部分是他发表《狂人日记》以前在北京的生活，即林语堂称作第一个"蛰伏的时期"。这是什么意思呢？我认为对鲁迅来说，这个时期是最重要的时期。他还没开始文学生活。他还在会馆的一间"闹鬼的屋子里"埋头抄古碑，没有任何动作显露于外。"呐喊"还没爆发为"呐喊"，只让人感受到正在酝酿着呐喊的凝重的沉默。我想象，鲁迅是否在这沉默中抓到了对他的一生来说都具有决定意义，可以叫做回心[①]的那种东西。我想象不出鲁迅的骨骼会在别的时期里形成。他此后的思想趋向，都是有迹可寻的，但成为其根干的鲁迅本身，一种生命的、原理的鲁迅，却只能认为是形成在这个时期的黑暗里。所谓黑暗，意思是我解释不了。这个

---

[①] 回心，日语当中"回心"这个词，来自英语的 Conversion，除了原词所具有的转变、转化、改变等意思之外，一般特指基督教中忏悔过去的罪恶意识和生活，重新把心灵朝向对主的正确信仰。竹内好使用这个词，包含有通过内在的自我否定而达到自觉或觉醒的意思，此用语后来在他战后写作的《中国的近代与日本的近代》中被与"转向"对照起来使用，这一含义更加突出。请参照本书《何谓近代》一文。——译注

时期不像其他时期那么了然。任何人在他的一生当中,都会以某种方式遇到某个决定性时机,这个时机形成在他终生都绕不出去的一根回归轴上,各种要素不再以作为要素的形式发挥机能,而且一般来说,也总有对别人讲不清的地方。然而,即使在中国的文学者当中,能像鲁迅那样凸现这一特点的人还是很少见的。读他的文章,肯定会碰到影子般的东西。这影子总在同一个地方。虽然影子本身并不存在,但光在那里产生,也消失在那里,因此也就有那么一点黑暗通过这产生与消失暗示着它的存在。倘若漫不经心,一读而过,注意不到也便罢了,然而一旦发现,就会难以忘怀。就像骷髅舞动在华丽的舞场,到了最后骷髅会比其他一切更被认作是实体。鲁迅就背负着这样一个影子,度过了他的一生。我把他叫作赎罪的文学就是这个意思。而他获得罪的自觉的时机,似乎也只能认为是这个在他的生平传记里的不明了的时期。

鲁迅生平中这个不明了的时期,正好也和中国文学当中的不明了的时期相一致。不明了具有时代的性质。正处在一个酝酿期而不久便爆发了"文学革命"的中国文学,正处在近代文学前夜的中国文学,从中已可以看到有各种先驱要素被投入进来;但这些要素在被投入的同时又一个个地消失,构成一个黑暗的断层,连接着下一个时代。此前和此后,迥然有别,有着价值的转换。这正是一个历史性的时代。我以为,这个历史性的时代和鲁迅文学的回心时期相重合,是否使鲁迅本身也变得双重难懂了呢?

《新青年》创刊于民国四年九月。这本杂志承担着一种不可思议的象征性命运:此后,它成了文学革命的领导机构,最后又追随着陈独秀思想上的变化,转变为政治杂志。这是个一片混沌的时代,以至于在这本杂志还叫作《青年杂志》的当时,其创刊号的封面上竟刊登着卡内基的照片。屠格涅夫、王尔德、泰戈尔、易卜生一并被介绍,陈独秀、吴稚晖、高一涵、苏曼殊的文章排列在一起,这一切没有丝毫的不和谐。《新青年》本身只靠陈独秀的以诚待人,还不具备命运的自觉。不仅《新青年》是这样,整个中国文学也都是这样。《礼拜六》式的鸳鸯蝴蝶派在上海有很大势力,林琴南也还仍活跃在《小说月报》上。胡适还在美国,郭沫若还在冈山的高等学校,谁都没预期到自己的命运。谁都没想到在民国六年一月发行的《新青年》第二卷第五号上登载的胡适的《文学改良刍议》,会成为"文学革命"的先声。翌月第六号,陈独秀的《文学革命论》对此做出了响应,加上身在四川"单手打倒孔家店"的吴虞的第一篇稿子《家族制度为专制主义之根据论》以及胡适"尝试"的白话诗,这才显现出一个中心来。"文学革命"论战出现白热化,是民国六年三月发行的第三卷第一号以后的事。而鲁迅发表《狂人日记》则更在一年以后,即民国七年五月发行的《新青年》第四卷第五号——紧接着该号的是"易卜生号"。这比林琴南和蔡元培之间的那场最终决定"文学革命"胜利的著名的公开论争要早上一年。

这里或许应按部就班地来讲述一下"文学革命",不过"文学革命"已在某种程度上为人所知,如去做更深入的涉及将使工作变得相当复杂,故一切从略。"文学革命",归根结底,就其本质而言,是一场言文一致运动,言文一致运动所担负的开拓新文化的使命,也是由它来承担的。可以这样看,"文学革命"是以"五四"为中心的第一次国民启蒙时期的先驱,并且成为其精神支柱。我的叙述要回到鲁迅那里。首先从《年谱》中把民国

元年以降到发表《狂人日记》的情况抄录如下:

> 民国元年(三十二岁)
> 一月一日,临时政府成立于南京。应教育总长蔡元培之招,任教育部部员。
> 五月,航海抵北京,住宣武门外南半截胡同绍兴会馆藤花馆,任教育部社会教育司第一科科长。八月任命为教育部佥事。
> 是月公余纂辑谢承后汉书。
> 民国二年(三十三岁)
> 六月,请假由津浦路回家省亲,八月由海道返京。
> 十月,公余校嵇康集。
> 民国三年(三十四岁)
> 是年公余研究佛经。
> 民国四年(三十五岁)
> 一月集成会稽郡故书杂集一册,用二弟作人名印行。
> 同月刻百喻经成。
> 是年公余喜蒐集并研究金石拓本。
> 民国五年(三十六岁)
> 五月,移居会馆补树书屋。
> 十二月,请假由津浦路归省。
> 是年仍蒐集研究造像及墓志拓本。
> 民国六年(三十七岁)
> 一月初,返北京。
> 七月初因张勋复辟乱作,愤而离职,同月乱平即返部。
> 是年仍蒐集研究拓本。

民国七年(三十八岁)

自四月开始创作以后,源源不绝,其第一篇小说狂人日记以"鲁迅"为笔名,载在新青年第四卷第五号。掊击家族制度和礼教之弊害,实为文学革命思想革命之急先锋。

是年仍搜罗研究拓本。

他的文笔生活自这一年起繁忙起来。然而,他的研究拓本,仅据《年谱》记载,此后又有两年;而《嵇康集》的校订则一直持续到民国十三年。

鲁迅在第一本小说集《呐喊》的自序中回忆了这个时期的情形:

S会馆里有三间屋,相传是往昔曾在院子里的槐树上缢死过一个女人的,现在槐树已经高不可攀了,而这屋还没有人住;许多年,我便寓在这屋里钞古碑。客中少有人来,古碑中也遇不到什么问题和主义,而我的生命却居然暗暗的消去了,这也就是我惟一的愿望。夏夜,蚊子多了,便摇着蒲扇坐在槐树下,从密叶缝里看那一点一点的青天,晚出的槐蚕又每每冰冷的落在头颈上。

那时偶或来谈的是一个老朋友金心异,将手提的大皮夹放在破桌上,脱下长衫,对面坐下了,因为怕狗,似乎心房还在怦怦的跳动。

"你钞了这些有什么用?"有一夜,他翻着我那古碑的钞本,发了研究的质问了。

"没有什么用。"

"那么,你钞他是什么意思呢?"

"没有什么意思。"

"我想,你可以做点文章……"

我懂得他的意思了,他们正办《新青年》,然而那时仿佛不特没有人来赞同,并且也还没有人来反对,我想,他们许是感到寂寞了,但是说:

"假如一间铁屋子,是绝无窗户而万难破毁的,里面有许多熟睡的人们,不久都要闷死了,然而是从昏睡入死灭,并不感到就死的悲哀。现在你大嚷起来,惊起了较为清醒的几个人,使这不幸的少数者来受无可挽救的临终的苦楚,你倒以为对得起他们么?"

"然而几个人既然起来,你不能说决没有毁坏这铁屋的希望。"

是的,我虽然自有我的确信,然而说到希望,却是不能抹杀的,因为希望是在于将来,决不能以我之必无的证明,来折服了他之所谓可有,于是我终于答应他也做文章了,这便是最初的一篇《狂人日记》。……

这篇文章做于民国十一年十二月,距金心异(实为钱玄同,金心异之名似乎来自林琴南诽谤文学革命的影射小说,从这些细枝末节上可窥见鲁迅论争态度之一斑)来访,鼓动他写《狂人日记》,已历时将近五年。前面也提到过,鲁迅在文章里讲述自己的时候,多采取追忆的形式,而《〈呐喊〉自序》,尤其令人深切地感受到这一点,它告诉人们"所谓回忆者,虽说可以使人欢欣,有时也不免使人寂寞"。唯其如此,我便觉得其中虚构的成分居多。由于有金心异的来访,所以才有《狂人日记》的产生,这恐怕并非事实本相,至少他不是以进入事实里面去的方式在处理事实。对于五年后来做如此追忆的他现在的心情来说,五年前的事实怎样是无所谓的。事实不过是被追忆所利用。然而,追忆本身却是真实的。在他的不能不做追忆的心情当中,没有虚伪。就是说,他是想说明自己走向"呐喊"的经过,是想说明"呐喊"产生的根源,抑或是想告诉人们他打算如何去说明。但是,他不能像虚构过去那样来说明现在的心情,甚至回避做出说明。他说"我虽然自有我的确信",却并没对"确信"做出说明,至少没在话语上做出说明。这一点虽然也和他不是思想家有关,但我觉得与此相比,似乎还有略为深刻的意味。可以说,这关系到他的回心之轴。不过,在思考这个问题之前,还是要引用一下《〈呐喊〉自序》。这篇文章即使在自传性文章里也是比较像样的一篇,也因此经常被引用,但我还是觉得问题似乎很多。

他在留学时代的后半期,中止了在仙台医学专门学校的学业,来到东京,计划发行文学杂志。当时的留学生界讲究实学万能,"没有人治文学和美术;可是在冷淡的空气中,也幸而寻到几个同志了",大家决定出一本杂志,叫做《新生》,意思是"新的生命"。但在出版日期快要临近之际,同人和出资者接二连三地隐去,致使计划彻底失败。下面的这段叙述,就是紧接着"并未产生的《新生》的结局"而言的:

> 我感到未尝经验的无聊,是自此以后的事。我当初是不知其所以然的;后来想,凡有一人的主张,得了赞和,是促其前进的,得了反对,是促其奋斗的,独有叫喊于生人中,而生人并无反应,既非赞同,也无反对,如置身毫无边际的荒原,无可措手的了,这是怎样的悲哀呵,我于是以我所感到

者为寂寞。

　　这寂寞又一天一天的长大起来,如大毒蛇,缠住了我的灵魂了。

　　然而我虽然自有无端的悲哀,却也并不愤懑,因为这经验使我反省,看见自己了:就是我决不是一个振臂一呼应者云集的英雄。

　　只是我自己的寂寞是不可不驱除的,因为这于我太痛苦。我于是用了种种法,来麻醉自己的灵魂,使我沉入于国民中,使我回到古代去,后来也亲历或旁观过几样更寂寞更悲哀的事,都为我所不愿追怀,甘心使他们和我的脑一同消灭在泥土里的,但我的麻醉法却也似乎已经奏了功,再没有青年时候的慷慨激昂的意思了。

　　这段之后,便是前面引用过的绍兴会馆的那段描写。我在抄写的过程中,越发觉得这篇文章很难懂。鲁迅的文章,一般来说都很难懂,但也是鲁迅的重要特色,这个问题需要另行讨论,这里所说的引文中的难懂和文章一般意义的难懂不是一回事。他感受到的那些东西,变为话语便是"悲哀"、"寂寞"这些字眼儿;它们在当初是没有的;是"一天一天的长大起来"的;而且它们的形成有着一个决定性的时机;以这个决定性的时机为界,它们在他身上化作了自觉;后来,他"用了种种法"以逃避这痛苦——这些从他的文章里都大抵可以读懂。但是,那种被称作"悲哀"和"寂寞"的东西,换句话说,就是孤独的自觉,是通过什么在他身上实现的呢?他是如何形成思想的呢?或者说,在各种可能性当中,他丢弃了什么呢?这些从他文章里是判断不出来的。鲁迅对自己的回心之轴,没有做出言语上的说明。那种把发行杂志的失败看作引他走向了"悲哀"的看法,是非常滑稽可笑的。《新生》事件也许是被投入到他回心熔炉的很多铁片中的一片。不过《新生》事件所象征的意义应该不会只是《新生》事件本身。比如说,我对他的传记所抱有的两三点疑问,也都当然可以算在那些投入熔炉的铁片之中的吧。一个人,到了获得对他的一生来说都具有决定意义的时机为止,恐怕会有无数个堆积起来的要素,但在他一旦获得自觉之后,那些要素反过来又要任他选择。《新生》事件在此变成了应该去追忆的东西。鲁迅获得的自觉是什么呢?如果勉强可以用我的话来表述的话,那么我认为就是通过与政治的对决而获得的文学的自觉。不过在谈这一点以前,还是应再稍微考察一下回心以前的鲁迅。

## 二

鲁迅在仙台医专看日俄战争的幻灯,立志于文学的事,是家喻户晓,脍炙人口的。这是他的传记被传说化了的一例,我对其真实性抱有怀疑,以为这种事恐怕是不可能的。然而这件事在他的文学自觉上留下了某种投影却是无可怀疑的,因此拿这件事和我所称之为他的回心的东西相比较,并以此作为一条途径来探讨他所获得的文学自觉的性质,将是一种便捷的方法。

这件事的出处当然是他本人的文章,一篇是《〈呐喊〉自序》,一篇是收在《朝花夕拾》里的《藤野先生》。《〈呐喊〉自序》对他在东京办《新生》失败以前的情况是这样叙述的:

……(我)渐渐的悟得中医不过是一种有意的或无意的骗

子,同时又很起了对于被骗的病人和他的家族的同情;而且从译出的历史上,又知道了日本维新是大半发端于西方医学的事实。

　　因为这些幼稚的知识,后来便使我的学籍列在日本一个乡间的医学专门学校里了。我的梦很美满,预备卒业回来,救治像我父亲似的被误的病人的疾苦,战争时候便去当军医,一面又促进了国人对于维新的信仰。我已不知道教授微生物学的方法,现在又有了怎样的进步了,总之那时是用了电影,来显示微生物的形状的,因此有时讲义的一段落已完,而时间还没有到,教师便映些风景或时事的画片给学生看,以用去这多余的光阴。其时正当日俄战争的时候,关于战事的画片自然也就比较的多了,我在这一个讲堂中,便须常常随喜我那同学们的拍手和喝彩。有一回,我竟在画片上忽然会见我久违的许多中国人了,一个绑在中间,许多站在左右,一样是强壮的体格,而显出麻木的神情。据解说,则绑着的是替俄国做了军事上的侦探,……而围着的便是来赏鉴这示众的盛举的人们。

　　这一学年没有完毕,我已经到了东京了,因为从那一回以后,我便觉得医学并非一件紧要事,凡是愚弱的国民,即使体格如何健全,如何茁壮,也只能做毫无意义的示众的材料和看客,病死多少是不必以为不幸的。所以我们的第一要著,是在改变他们的精神,而善于改变精神的是,我那时以为当然要推文艺,于是想提倡文艺运动了。……

　　这段文章极好懂,如果和前面引用过的紧接下去的那段难懂的话相比,这段文章的好懂是不言自明的。为什么说是好懂呢?

根据在于他处理事实的态度不同。他在这里是把事实切割开来，加以说明的。他不再为自己现在所背负的"影子"所烦恼。事实就是事实，所以处理事实的启蒙者鲁迅，就只是一个纯粹的启蒙者鲁迅。他由父亲的病和在南京所受到的新学的影响而立志医学，以救助国民；又由于知道了精神比肉体的重要，便弃医从文。我想，这些恐怕都是实情，周作人的"豫才在那个时代的思想我想差不多可以民族主义包括之"（《关于鲁迅之二》）的意见，和这段叙述也不矛盾。如果再附加一句的话，那么鲁迅使这段文章包含了象征意义，即医学代表着实学、维新、光复这些当时的风潮，而文学则命运般地连接着他的发现孤独之路。这个问题姑且先放下。他的上述对精神发展史的解释，如果只是在解释的范围内，我并不认为是错的。我所怀疑的是与此不同的另外的问题。

同一事件，在《藤野先生》中处理得多少有些差异。"只有他的照相至今还挂在我北京寓居的东墙上，书桌对面。每当夜间疲倦，正想偷懒时，仰面在灯光中瞥见他黑瘦的面貌，似乎正要说出抑扬顿挫的话来，便使我忽又良心发现，而且增加勇气了，于是点上一枝烟，再继续写些为'正人君子'之流所深恶痛疾的文字。"他对藤野先生似乎有着一份特殊的感情："不知怎地，我总还时时记起他，在我所认为我师的之中，他是最使我感激，给我鼓励的一个。"就这样，藤野先生也和在鲁迅小时候给他买来绘图《山海经》的保姆阿长、不遇而死的友人范爱农一道，在《朝花夕拾》里成了鲁迅充满感情追怀的少数人物之一，甚至具有象征意义。这个藤野先生，是个或忘打领结，或在坐火车时会被当成小偷的人物。他待鲁迅并无特别。他只是默默地给鲁迅改笔记，告诉鲁迅"解剖图不是美术"。当他得知鲁迅将放弃学医时，只是叹息说"为医学而教的解剖学之类，怕于生物学也没有什么大帮助"。然而,鲁迅却这样写道:"有时我常常想:他的对于我的热心的希望,不倦的教诲,小而言之,是为中国,就是希望中国有新的医学;大而言之,是为学术,就是希望新的医学传到中国去。他的性格,在我的眼里和心里是伟大的,虽然他的姓名并不为许多人所知道。"

我的笔不知不觉竟停在了藤野先生这个人物身上,不过这是因为这篇文章不仅对鲁迅,就是对我们来说也是值得珍惜的一篇的缘故。鲁迅文章中像这样能够被朴素地接受的文章是不多见的;而为什么会是这样?——这个问题虽然和我现在的课题全然无关,但也是应该另做考虑的。

言归正传。《藤野先生》里有个发生在《〈呐喊〉自序》所写的幻灯事件之前,但在《〈呐喊〉自序》里又没写的事件,这就是因藤野先生为他改笔记而使一些同学歪推是否漏了题,因而有意找碴儿的事件。这个事件的性质以及他提起问题的方式,都和后来他在很多论争场合所采取的态度极其相似,不过这一点在此将不做涉及。这个事件由于很快被证实是来自同学们的误解,所以总算解决了。他接着如下写道:

中国是弱国,所以中国人当然是低能儿,分数在六十分以上,便不是自己的能力了:也无怪他们疑惑。但我接着便有参观枪毙中国人的命运了。第二年添教霉菌学,细菌的形状是全用电影来显示的,……

事情在这里比《〈呐喊〉自序》要复杂。他离开仙台的动机不只是幻灯事件,在幻灯事件之前还有另一个事件。幻灯事件本身,并不是单纯性质的东西,并不像在《〈呐喊〉自序》里所写的那样,只是走向文学的"契机"。这里的问题是,幻灯事件和此前找碴儿事件的关联以及两方的相通之处。他在幻灯的画面里不仅看到了同胞的惨状,也从这种惨状中看到了他自己。这是怎么一回事呢?就是说,他并不是抱着要靠文学来拯救同胞的精神贫困这种冠冕堂皇的愿望离开仙台的。我想,他恐怕是咀嚼着屈辱离开仙台的。我以为他还没有那种心情上的余裕,可以从容地去想,医学不行了,这回来弄文学吧。《年谱》说他在这一时期回过一趟国,不过就像前面所写的那样,由于详情不明,所以也就不去多加想象了。幻灯事件和立志从文并没有直接关系,这是我的判断。幻灯事件和找碴儿事件有关,却和立志从文没有直接关系。我想,幻灯事件带给他的是和找碴儿事件相同的屈辱感。屈辱不是别的,正是他自身的屈辱。与其说是怜悯同胞,倒不如说是怜悯不能不去怜悯同胞的他自己。他并不是在怜悯同胞之余才想到文学的,直到怜悯同胞成为连接着他的孤独的一座里程碑。如果说幻灯事件和他的立志从文有关,那么也的确是并非无关的,不过幻灯事件本身,却并不意味着他的回心,而是他由此得到的屈辱感作为形成他回心之轴的各种要素之一加入了进来。因此,这一事件,与其说是《新生》事件的原因,倒不如说不论是否有时间上的联系,对他的回心来说,在性质上是应和《新生》事件等价并置的东西。

我执拗地抗议把他的传记传说化①,绝非是想跟谁过不去,而是因为这关系到鲁迅文学解释中最根本的问题。不能为了把话说得有趣而扭曲真实。在本质上,我并不把鲁迅的文学看作功利主义,看作是为人生、为民族或是为爱国的。鲁迅是诚实的

---

① 增田涉《鲁迅传》和小田岳夫《鲁迅的生涯》都采取了这种解释。——作者注

生活者，热烈的民族主义者和爱国者，但他并不以此来支撑他的文学，倒是把这些都拨净了以后，才有他的文学。鲁迅的文学，在其根源上是应该称作"无"的某种东西。因为是获得了根本上的自觉，才使他成为文学者的，所以如果没有了这根柢上的东西，民族主义者鲁迅，爱国主义者鲁迅，也就都成了空话。我是站在把鲁迅称为赎罪文学的体系上发出自己的抗议的。

三

鲁迅是在终极的意义上形成了他的文学自觉的。其形成之作用本身，正如前面所述，我并不清楚，我知道的只是从中引出的鲁迅，和投入其中的恐怕是无数要素当中的一部分。在鲁迅走过的道路上，布满着各种各样的石块儿，捡起这些石块儿来看，固然不会知晓走过这条道路之人，但捡石块儿却为我自己留下了纪念，而我捡到的石块儿并不多。

在鲁迅思想形成的途路上，横亘着很多材料，其中可称作影响的东西——影响这个词太暧昧，我不想使用——总之，就是在某种意义上在鲁迅身上留下投影的那些东西，那些和小时候的朋友闰土、长妈、藤野先生、阿Q、孔乙己、祖父、周作人等具有同等意义，或者和《山海经》、《二十四孝图》、《玉历钞传》以及"It is a cat"、"Der Mann, die Weib"[①]具有同等意义，然而又和它们

---

[①] 德语的 Weib 为中性，所以冠词不应是 die，而应是 das。然而，因为是初习德语，所以是把重点放在排列冠词 der, die, das 上的。这样的话，我想用别的名词（比如说 Frau）来取代 Weib 似乎更好些。总之，可能是鲁迅写错了。原文出在《朝花夕拾》里的《琐记》。——作者注

意义不太相同的东西,换句话说,就是被人们使用注入了新意味的语汇所称呼的那些东西。我想从它们当中只捡出六种来考虑,那就是梁启超、严复、林纾、章炳麟、欧洲弱小民族的文学以及尼采。这六种与鲁迅的关系,虽有远近之分,但性质和方向上都大抵相同。前三项主要关系到留学以前,因此自然有着强烈的被从外部赋予的倾向;后三项主要是留学时期的,因此由他自己来选择的倾向略微明晰。而在这六项当中,我想在此当作问题来探讨的,实际上只有梁启超。不过在顺序的安排上,还是先概观一下全体比较方便,所以我还是用手头上有的周作人的文章,这篇文章写得颇得要领。

……在南京的时候,豫才就注意严几道的译书,自《天演论》以至《法意》,都陆续购读。其次是林琴南,自《茶花女遗事》出后,随出随买,我记得最后的一部是在东京神田的中国书林所买的《黑太子南征录》,一总大约有三二十种吧。其时"冷血"的文章正很时新……。末了是梁任公所编刊的《新小说》,《清议报》与《新民丛报》的确都读过也很受影响,但是《新小说》的影响总是只有更大不会更小。梁任公的《论小说与群治之关系》当初读了的确很有影响,虽然对于小说的性质与种类后来意思稍稍改变,大抵由科学或政治的小说渐转到更纯粹的文艺作品上去了。不过这只是不侧重文学之直接的教训作用,本意还没有什么变更,即仍主张以文学来感化社会,振兴民族精神,用后来的熟语来说,可说是属于为人生的艺术这一派的。丙午年春天豫才在仙台的医学专门学校退了学,回家去结婚。……豫才再到东京的目的,他自己已经在《朝花夕拾》中一篇文章里说过，不必重述，简单的一句话，就是欲救中国须从文学开始。他的第一步的运动是办杂志。那时留学生办的杂志并不少，但是没有一种是讲文学的，所以发心想要创办，名字定为《新生》。……

办杂志不成功，第二步的计划是来译书。……结果经营了好久，总算印出了两册《域外小说集》。……

《域外小说集》两册中共收英美法各一人一篇，俄四人七篇，波兰一人三篇，波思尼亚一人二篇，芬兰一人一篇。从这上边可以看出一点特性来，即一是偏重斯拉夫系统，一是偏重被压迫民族也。其中有俄国的安特来夫作二篇，伽尔洵作一篇，系豫才根据德文本所译。豫才不知如何故深好安特来夫。①……那时日本翻译俄国文学的风气尚不发达，比较的介绍得早且亦稍多的要算屠格涅夫，我们也用心搜求他的作品，但只是珍重，别无翻译的意思。每月初各种杂志出版，我们便忙着寻找，如有一篇关于俄国文学的介绍或翻译，一定要去买来，把这篇拆出保存，至于波兰自然更好，不过除了显克微支的《你往何处去》，《火与剑》之外，不会有人讲到的，所以没有什么希望。此外再查英德文书目，设法购求古怪国度的作品，大抵以俄国，波兰，捷克，塞尔维亚（今称南斯拉夫），保加利亚，芬兰，匈牙利，罗马尼亚，新希腊为主，其次是丹麦瑙威瑞典荷兰等，西班牙意大利便不大注意了。那时候日本大谈"自然主义"，这也觉得是很有意思的事，但所买自然主义发源地的法国著作，大约也只是

---

① 《关于鲁迅之二》最初发表在一九三六年十二月刊《宇宙风》第三十期，署名知堂，后收《瓜豆集》，但在收入《鲁迅的青年时代》（署名周启明，中国青年出版社，一九五七年）时，把"豫才不知如何故深好安特来夫"一句删掉了。——译注

茀罗培耳,莫泊三,左拉诸大师的二三卷,与诗人波特莱耳,威耳伦的一二小册子而已。上边所说偏僻的作品英译很少,德译较多,又多收入"瑞克阅姆"等丛刊中,价廉易得,……

这许多作家中间,豫才所最喜欢的是安特来夫,或者这与爱李长吉有点关系吧,虽然也不能确说。此外有伽尔洵,其《四日》一篇已译登《域外小说集》中,又有《红花》,则与勒耳蒙托夫的《当代英雄》,契诃夫的《决斗》,均未及译,又甚喜科罗连珂,后来多年后只由我译其《玛加耳的梦》一篇而已。高尔基虽已有名,《母亲》也有各种译本了,但豫才不甚注意,他所最受影响的却是果戈理,《死魂灵》还居第二位,第一重要的还是短篇小说,《狂人日记》,《两个伊凡尼支打架》,以及喜剧《巡按》等。波兰作家最重要的是显克微支,……用滑稽的笔法写阴惨的事迹,这是果戈理与显克微支二人得意的事,《阿Q正传》的成功其原因亦在于此,……捷克有纳路达,扶尔赫列支奇,亦为豫才所喜,又芬兰"乞食诗人"丕佛林多所作小说集亦所爱读不释者,均未翻译。匈牙利则有诗人裴多菲山陀耳,死于革命之战,豫才为《河南》杂志作《摩罗诗力说》,表章摆伦等人的"撒但派"诗文,而以裴多菲为之继,甚致赞美,其德译诗集一卷,又唯一的中篇小说曰《绞刑吏的绳索》,从旧书摊得来时已破旧,豫才甚珍重之。对于日本文学当时殊不注意,森鸥外、上田敏、长谷川二叶亭诸人,差不多只看重其批评或译文,唯夏目漱石作俳谐小说《我是猫》有名。豫才俟各卷印本出即陆续买读,又曾热心读其每天在朝日新闻上所载的小说《虞美人草》,至于岛崎藤村等的作品则始终未尝过

鲁迅　135

问,自然主义盛行时亦只取田山花袋的小说《棉被》一读,似不甚感兴味。豫才后日所作小说虽与漱石作风不似,但其嘲讽中轻妙的笔致实颇受漱石的影响,而其深刻沉重处乃自果戈理与显克微支来也。豫才于拉丁民族的文艺似无兴趣,德国则于海涅之外只取尼采一人,《扎拉图斯忒拉如是说》一册常在案头,曾将序说一篇译出登杂志上,这大约是《新潮》吧,……

豫才在医学校的时候学的是德文,所以后来就专学德文,在东京的独逸语学协会的学校听讲。……戊申(一九〇八)年从章太炎先生讲学,来者……共八人,每星期日至小石川的民报社,听讲《说文解字》。丙午丁未之际我们翻译小说《匈奴奇士录》等,还多用林琴南笔调,这时候就有点不满意,即严几道的文章也嫌它有八股气了。以后写文多喜用本字古义,《域外小说集》中大都如此,……

豫才在那时代的思想我想差不多可以民族主义包括之,如所介绍的文学亦以被压迫的民族为主,俄则取其反抗压制,希求自由也。但他始终不曾加入同盟会,虽然时常出入民报社,所与往来者多是与同盟会有关系的人。他也没有加入光复会。……(《关于鲁迅之二》)

叙述虽有未加整理之嫌(其中有一半是引用者的责任),不过该说的也都大抵说尽,没什么再可往上加了。只是还应做几个注释。严复(几道)是真正首次导入欧洲近代思潮之人,从思想史来讲,是向张之洞一派的"中学为体,西学为用"论(主张在中国精神里加进欧洲技术)砸下铁锤,把中国向近代开放的功臣。有《天演论》(赫胥黎《进化与伦理》)、《法意》(孟德斯鸠

《法精神》)等八种翻译，都很有名，其中以《天演论》最具代表性，清末青年无人不读，广为流行。中国思想因此而第一次有了进化的观念。林纾（琴南）是第一个欧洲文学的介绍者，其翻译约二百种。他并不通外文，所谓翻译也近乎翻做，因此介绍的态度也不像严复那么自觉，但影响所及却很大。《茶花女遗事》（小仲马《茶花女》）最为著名（《黑太子南征录》为柯南达利作，原题不详）。后反对"文学革命"。"冷血"是他的号。梁启超（任公）为清末第一记者，彷徨在康有为的维新派和孙文的革命派之间这一点无须多做解释。《清议报》、《新民丛报》、《新小说》都是他主编的杂志，其启蒙作用和他所独创的文体一道，在近代文化开拓前史当中具有划时代意义。关于《论小说与群治之关系》将放在下文讨论。《域外小说集》是《新生》失败后，在宣统元年找到了另外的出资者并以周作人的名义出版的。原打算还要续出，结果销路很糟，无法收回资金，只出上下两册便停了。语言用的是古雅的文言。在小说这个领域，是对欧洲文学最早的自觉介绍。鲁迅译《扎拉图斯忒拉如是说》序章，原载《新潮》二卷五号（民国九年），收录在《集外集拾遗》里。章炳麟（太炎）是清末国学者，有很强的复古倾向，因此，尽管他曾是个热烈的革命者，但在辛亥革命后还是和革命派分道扬镳了。然而，辛亥以前，他的鼓吹革命，曾震撼一世，尤其主编《民报》更是一段华彩。至于同盟会和光复会就无须做注了。

关于鲁迅修学期间的环境，上引周作人的文章已尽其要。其中我所注意的问题点是，第一，他学严复、林纾和梁启超，没多久便摈弃了，这个过程和清末新青年多走的道路相同，没任何不可思议之处，只是他的摈弃方式让人觉得多少有些不同。这在下一点上表现出来。他听章炳麟讲国学,受其文章的影响,恐怕亦受其复古思想和民族主义(和后来的民族主义有着本质上的不同)的影响,但却终于没去参加政治团体。其次,他耽读欧洲近代文学,却并不关心拉丁语系的作家。他喜爱俄罗斯文学,但和屠格涅夫、契诃夫相比,却更喜欢安特来夫和伽耳洵。对弱小民族的文学寄予了异常的关注。对日本文学很冷淡,尤其对当时流行的自然主义更是如此。酷爱尼采。此外还有其他特点,但主要之点就是这些。在这些方面,也和周作人相通。只是他们对尼采的好恶相反,而同是对俄罗斯文学,喜好的倾向又有所不同,从周作人的文章里可以相当程度地知道这些,不过这个部分就不再引用了。因为我认为,现在来思考这个问题会招致混乱。关于鲁迅文学上的修炼,倘能稍做精细的论述将再好不过,可我却既无材料,又无能力。然而即使只从上述几点来看,也总可以获得关于他思想形成的部分暗示了吧。

我的叙述在此要回到梁启超。我想来看一下鲁迅从梁启超那里摈弃了什么。关于严复和林纾,这一点几乎不成其为问题,但在梁启超那里,这样的问题还是作为问题而存在的。

梁启超继《清议报》和《新民丛报》之后,又于光绪二十八年在横滨创办了文学杂志《新小说》。《清议报》和《新民丛报》都是政治启蒙杂志,而《新小说》却和翌年光绪二十九年李伯元编辑,商务印书馆发行的《绣像小说》共同成为中国文学杂志的嚆矢。梁自己也有一部未完成的政治小说《新中国未来记》,在《新小说》上连载过三回,而在这本《新小说》创刊号的卷首,梁写了《论小说与群治之关系》这篇论文。周作人回忆这篇论文说,"当初读了的确很有影响,虽然对于小说的性质与种类后来意思稍稍改变"。如果用一句话来概括这篇论文的话,那么就是政治小说论。

> 欲新一国之民,不可不先新一国之小说。故欲新道德,必新小说,欲新宗教,必新小说,欲新政治,必新小说,欲新风俗,必新小说,欲新学艺,必新小说,乃至欲新人心,欲新人格,必新小说。何以故?小说有不可思议之力支配人道故。

接着就回答人们为什么喜爱小说:"答者必曰,以其浅而易解之故,以其乐而多趣之故。是固然,虽然,未足以尽其情也",因为平易之文,未必只限于小说,而读小说,悲似更多于乐。据梁说,小说之受人喜爱,"殆有两因":一是"凡人之性,常非能以现境界而自满足者也",小说可以实现"所谓身外之身,世界外之世界"。一是"人之恒情,于其所怀抱之想象,所经阅之境界",总有欲表现而不能已者,然而自己又表现不出来,所以希望他人代为表现,而小说就是最好的方式。前者为"理想派小说",后者为"写实派小说"。"小说种目虽多,未有能出此两派范围外者也"。这就是小说的体。然后谈"小说之用""复有四种力":第一是"熏",即直接感化力;第二是"浸",即被感化后的影响;第三是"刺",即刺激,与前二者的缓渐相反,此为峻急;第四是"提",即迸发自内心,和前三者是来自外部之影响正好相反,可与"佛法之最上乘"匹敌。"文家能得其一,则为文豪,能兼得其四,则为文圣。有此四力而用之于善,则可以福亿兆人,有此四力而用之于恶,则可以毒千万载"。因为有这种体和用,所以"小说之在一群也,既已如空气如菽粟,欲避不得避"。因此,若空气菽粟有毒,人就会被毒害,"知此义,则吾中国群治腐败之总根源,可以识矣",那就是"盖百数十种小说之力直接间接以毒人"。"故今日欲改良群治,必自小说界革命始,欲新民必自新小说始"。

梁基于这种政治小说论,于光绪二十八年十月创办了《新小说》,以作为同年一月也是在横滨创刊的《新民丛报》的援军。不过他对小说的如此认识,在戊戌政变后亡命日本,创办《清议报》以代替《时务报》时就已经表现出来了。他在《清议报》上译载了东海散士的《佳人之奇遇》和矢野龙溪的《经国美谈》①,并在《译印政治小说序》中说明了译载的理由:"在昔欧洲各国变革之始,其魁儒硕学,仁人志士,往往以其身之所经历,及胸中所怀,政治议论,一寄之于小说。于是……往往每出一书,全国之议论为之一变。彼美英德法奥意日本各国政界之日进,则政治小说,为功最高焉。"

---

① 《佳人之奇遇》,长篇小说,八编,未完,一八八五——一八九七年(明治十八——三十年)刊,中译本自《清议报》创刊号起,连载于政治小说栏,直至第三十五册(第四,二三,三〇册除外),题目为《佳人奇遇》,冯自由《革命逸史》中称作《佳人奇遇记》。《经国美谈》,长篇小说,一八八三——一八八四年(明治十六——十七年)刊,中译本连载于《清议报》第三十九至六十九册(第五二,五三,六六册除外)。这两篇翻译小说均未署译者名,一般认为是梁启超所译。但据日本追手门学院大学李庆国先生介绍,关于这两部小说的译者,已有了新的研究结论,就《佳人奇遇》而言,他本人认为,译者应为梁启超和罗普(生卒年不详)。罗普号披发生,广东顺德人,也是康有为在万木草堂时的弟子,一八九七年来日,入早稻田专门学校学习。他是梁在日的有力的合作者之一;除了《佳人奇遇》外,还合译了冒险小说《十五小豪杰》(一九〇二),合编了中国最早的日语语法书《和文汉读法》(一九〇〇)。详见李庆国《清末政治小说考察》(一)、(二),分载《亚洲文化学科年报》(一九九八)、(一九九九)。而《经国美谈》的译者则为周逵(一八七八——?),又名宏业,号伯勋,湖南湘潭人,戊戌政变后流亡日本,后入早稻田大学攻读政治学。著有政治小说《洪水祸》(五回,未完),载《新小说》杂志第一号(一九〇二)和第七号(一九〇三),还曾编《万国宪法志》、《宪法精义》等书。详见孙继林《〈经国美谈〉的翻译者周逵》,载《清末小说通讯》(一九九二)。——译注

《论小说与群治之关系》把四年前的《译印政治小说序》做了进一步的展开,但两者之间却并无本质变化,就像政治杂志《清议报》和文学杂志《新小说》之间没有本质上的区别一样。梁通过这篇文章提高了舆论对政治小说的关注,但这也和梁从事其他事业一样,与其说是来自他的先觉,倒不如说多来自他对时代潮流的敏锐感受,因此,如果把《清议报》创刊的光绪二十四年是明治三十一年这一点考虑进来,那么也就很显然,在《经国美谈》为明治十六年,《佳人之奇遇》为明治十八年,《雪中梅》①为明治十九年的时代背景下,中国因受到和西南战争②相类似的庚子(义和团)事件的刺激,在清末迎来了政治小说的全盛期,并非梁的一人之功。然而,可以说梁巧妙地利用了这股时代风潮。在这个意义上,《论小说与群治之关系》就是当时具有代表性的文学论的先锋。梁写《译印政治小说序》的光绪二十四年,鲁迅十八岁,进江南水师学堂,梁写《论小说与群治之关系》的光绪二十八年,鲁迅二十二岁,初踏日本之土,和当时一般进步青年一样,梁在鲁迅那里"的确很有影响"也是顺理成章的。就像在传记之章里稍稍接触到的那样,在科学本身即政治的当时,他翻译"科学小说"《月界旅行》、《地底旅行》,便是以鲁迅特有的方式对这种巨大的影响所做的说明。但不久,他便摆脱了梁启超,正如周作人所说,"对于小说的性质与种类后来

---

① 《雪中梅》,末广铁肠(Suehiro Tecchou,一八四九——一八九六)著政治小说,分上下两编分别刊载于一八八六年(明治十九年)八月和十一月,系日本政治小说后期的代表作。有熊垓译本(一九〇三年江西尊业书馆)。——译注

② 西南战争,指一八七七年在鹿儿岛县爆发的以西乡隆盛(Saigou Takamori,一八二八——一八七七)为核心的士族反政府暴动。明治政府最终以武力平息了这场暴动,而曾经是明治维新功臣的西乡隆盛,则于是年九月毙于鹿儿岛市的城山。——译注

意思稍稍改变,大抵由科学或政治的小说渐转到更纯粹的文艺作品上去了"。没有什么比得上这件事更加自然了:《小说神髓》①的出现是明治十八年,《浮云》②是明治二十年,《水沫集》③是明治二十五年,当把这些作为时代背景纳入考虑的范围时,那么在明治二十五年即光绪十八年,鲁迅才十二岁,还在乡间的私塾里神往着插图书。而说他摆脱了梁启超的影响,或进而说摆脱了时代风尚是由于留学日本的缘故,也是未必的。因为晚于《论小说与群治之关系》两年后,王国维这个先觉者已有如下论断:"美术中,以诗歌戏曲小说为其顶点,以其目的在描写人生故。"(《红楼梦评论》)当把这一时代背景考虑进来时,认为中国文学本身在有政治小说的同时也具有其他内容或许是正确的。

　　叙述上有些混乱了。我最终想说的是以下一点:鲁迅虽或如周作人所说,受了梁启超的影响,但作为一种思考方法,认为他没受影响不是比认为他受影响更正确吗?至少在他的本质面上,不是没受"影响"吗?即使说受了影响,其接受的方法不也是为了从中筛选出自己本质上的东西而把自己投身其中的方法吗?不是一种"挣扎"着去接受的方法吗?因此,这和后来在革命文学论争中所采取的态度不是同样的吗?周作人所说的"对于小说的性质与种类后来意思稍稍改变"当中的"小说的性质

---

　　① 《小说神髓》,坪内逍遥(Tsubouchi Shouyou,一八五九——一九三五)关于小说的理论著作,一八八五年九月——一八八六年四月分九册由松月堂刊行,一八八六年五月刊行上下两卷的合订本,署名坪内雄藏。上卷论述小说原理,下卷谈小说技法,在文学史上被视为开创了日本近代写实主义道路的理论著作。——译注

　　② 《浮云》,二叶亭四迷(Futabatei Shimei,一八六四——一九〇九)所著长篇小说,共有三编,按每年一编的顺序连载于一八八七、一八八八、一八八九年的《都之花》上,是日本近代文学在小说实践方面的代表作之一。——译注

　　③ 《水沫集》,森欧外(Mori Ougai,一八六二——一九二二)作品集,收小说《舞姬》等,一八九二年由春阳堂出版。——译注

与种类",就是《论小说与群治之关系》里提到的"理想派小说"与"写实派小说"的区别,以及"体用"说和由此导出的功用论。我认为,周作人关于鲁迅先是受功用论的影响,后来又力图摆脱的看法恐怕是不对的。因此我觉得周作人的"这只是不侧重文学之直接的教训作用,本意还没有什么变更,即仍主张以文学来感化社会,振兴民族精神"这句话很暧昧,至少这句话写得很容易被误解。我并不是说鲁迅不想去"振兴民族精神"。但也很难想象他会"以文学来感化社会"。我认为,他不仅"不侧重文学之直接的教训作用",也不侧重间接的教训作用。对他的文学来说,不仅是不侧重,而是那样的功能对于他的文学而言,从一开始就不成其为问题。当然,周作人所说的意思,鲁迅自己也在前面引用过的《〈呐喊〉自序》里说过,而在《我怎么做起小说来》里就说得更明确:"说到'为什么'做小说罢,我仍抱着十多年前的'启蒙主义',以为必须是'为人生',而且要改良这人生。"不过,我对这种说法是并不照字面去接受的,因为照字面接受的话,它和作品之间的矛盾就不好解释了。那么应该如何去解释呢?我打算在下面从另一个方面来考虑这个问题。总之,在鲁迅和梁启超之间是有着决定性的对立的。我想,由于这种对立可以认为是鲁迅本身矛盾的对象化,因此,与其说是梁启超影响了鲁迅,倒不如说是鲁迅在梁启超身上看到了被对象化了的自己的矛盾。他们难道不是这样一种关系吗?换句话说,这种关系也可以叫做政治与文学的对立。我以为,鲁迅受梁启超的影响,后来又摆脱它,不是应该解释为他在梁启超身上破却了自己的影子,涤荡了自己吗?这种情形,在后来不是又通过与章炳麟的关系,与尼采的关系以及选择弱小民族的文学而获得了证明吗?我现在不打算详谈这些问题,而只想就政治与文学的关系补充一句想到的话,那就是除了气质、文体和业绩外,鲁迅是否和由于怀疑文学的功用而成为文学者的二叶亭①有着更为深刻的本质上的类似呢?

---

① 二叶亭,即二叶亭四迷,日本明治时代的小说家,翻译家。本名长谷川辰之助,作为藩士之子生于江户(今东京)。幼年经历了从幕府末期到明治初期的动荡,先后辗转生活在江户、名古屋、松江等地。当初立志做一名军人以抗拒俄国,但因没考上陆军士官学校,而转志外交官,进东京外国语大学学俄语,但在学习中对俄国文学发生了兴趣,并因此对文学的意义和社会作用产生了自觉。一八八六年走访了当时的文学界旗手坪内逍遥,因受到鼓励而于翌年发表《小说总论》,阐述自己的现实主义理论,即借助现象来描写本质。同时基于这种理论创作了长篇小说《浮云》。但《浮云》并没写完,到一八八九年写到第三编时中断,原因是二叶亭对文学的价值产生了怀疑。后做了内阁官报局的雇员,专门从事海外报纸杂志的资料翻译,自一八九七年又先后做了陆海军大学校和东京外国语学校的俄语教授,但这些似乎都并没满足他的追求人生目的和观念价值的志向,同时也没使他放弃对日俄问题的关注。一九〇二年赴符拉迪沃斯托克,在那里参加了世界语协会,又转往北京,投奔在北京警务学堂主事的旧友川岛浪速,并做了那里的事务长。一九〇三年回国进朝日新闻社,此后又有《其面影》(一九〇六年)和《平凡》(一九〇七年)两篇小说发表,其主题仍是《浮云》的继续,即批判了知识人说多动少的内面空虚。一九〇八年作为朝日新闻社的特派员前往彼得格勒,不久因患肺病回国,但死于回国的船上。作为文学家,二叶亭四迷虽然只有一部理论著作和三部小说,但因他的文学时刻不忘国家国民的命运,对政治和社会有着深切的关注,其在现实主义和言文一致方面的主张与实践也就给日本的近代文学留下了深远的影响。同时,他对屠格涅夫和安特来夫的翻译介绍,也给俄罗斯文学的传播带来了很大影响。——译注

# 关于作品

## 一

鲁迅在《我怎么做起小说来》一文中写道：

我怎么做起小说来？——这来由，已经在《呐喊》的序文上，约略说过了。这里还应该补叙一点的，是当我留心文学的时候，情形和现在很不同：在中国，小说不算文学，做小说的也决不能称为文学家，所以并没有人想在这一条道路上出世。我也并没有要将小说抬进"文苑"里的意思，不过想利用他的力量，来改良社会。但也不是自己想创作，注重的倒是在绍介，在翻译，而尤其注重于短篇，特别是被压迫的民族中的作者的作品。因为那时正盛行着排满论，有些青年，都引那叫喊和反抗的作者为同调的。所以"小说作法"之类，我一部都没有看过，看短篇小说却不少，小半是自己也爱看，大半则因了搜寻绍介的材料。也看文学史和批评，这是因为想知道作者的为人和思想，以便决定应否绍介给中国。和学问之类，是绝不相干的。

因为所求的作品是叫喊和反抗，势必至于倾向了东欧，因此所看的俄国,波兰以及巴尔干诸小国作家的东西就特别多。也曾热心的搜求印度,埃及的作品,但是得不到。记得当时最爱看的作者,是俄国的果戈理(N. Gogol)和波兰的显克微支(H. Sienkiewitz)。日本的,是夏目漱石和森鸥外。

　　回国以后,就办学校,再没有看小说的工夫了,这样的有五六年。为什么又开手了呢?——这也已经写在《呐喊》的序文里,不必说了。但我的来做小说,也并非自以为有做小说的才能,只因为那时是住在北京的会馆里的,要做论文罢,没有参考书,要翻译罢,没有底本,就只好做一点小说模样的东西塞责,这就是《狂人日记》。大约所仰仗的全在先前看过的百来篇外国作品和一点医学上的知识,此外的准备,一点也没有。

　　但是《新青年》的编辑者,却一回一回的来催,……自然,做起小说来,总不免自己有些主见的。例如,说到"为什么"做小说罢,我仍抱着十多年前的"启蒙主义",以为必须是"为人生",而且要改良这人生。我深恶先前的称小说为"闲书",而且将"为艺术的艺术",看作不过是"消闲"的新式的别号。所以我的取材,多采自病态社会的不幸的人们中,意思是在揭出病苦,引起疗救的注意。所以我力避行文的唠叨,只要觉得够将意思传给别人了,就宁可什么陪衬拖带也没有。……所以我不去描写风月,对话也决不说到一大篇。

　　我做完之后,总要看两遍,自己觉得拗口的,就增删几个字,一定要它读得顺口;没有相宜的白话,宁可引古语,希望总有人会懂,只有自己懂得或连自己也不懂的生造出来的字句,是不大用的。这一节,许多批评家之中,只有一个人看出来了,但他称我为Stylist。

接下来是谈题材要基于经验,但必须要对事实加以修饰,人物不专用一个模特,要加以虚构,而且描写要省俭等创作态度方面的问题,并且说"那时中国的创作界固然幼稚,批评界更幼稚",因此他是"一律抹杀各种的批评"的。

《我怎么做起小说来》做于民国二十二年,晚《狂人日记》十五年,晚《〈呐喊〉自序》十一年。文章写得不甚精彩,然而有一半原因是由于这篇文章的问答性质。前面说过,我并不照字面去接受这篇文章。就是说,我无法像周作人那样去解释。说到"为什么"做小说,鲁迅强答是"为人生",但这说到底仅仅是不得不做的回答。这个回答和《〈呐喊〉自序》里的"自有我的确信"没有关系,或者至少没有直接关系。说"要做论文"之类的是假话,说"只好做一点小说模样的东西塞责"也是假话,即使不是假话,至少也是从外部来说明的。"揭出病苦,引起疗救的注意"这句话,很显然是在加以说明的口吻。他或许真的是这样来看待自己的文学的,但包括他的这种看法在内,都是从外部被解释这一面的鲁迅。他的彻底排斥"为艺术的艺术"虽然无可置疑,而且他为此所作的说明也并非不可接受,但我的疑问依然是疑问。

在《我怎么做起小说来》三个月前,即民国二十一年岁暮,他在《〈自选集〉自序》里讲了如下一段话:

> 我做小说,是开手于一九一八年,《新青年》上提倡"文

学革命"的时候的。这一种运动,现在固然已经成为文学史上的陈迹了,但在那时,却无疑地是一个革命的运动。

……然而我那时对于"文学革命",其实并没有怎样的热情。见过辛亥革命,见过二次革命,见过袁世凯称帝,张勋复辟,看来看去,就看得怀疑起来,于是失望,颓唐得很了。民族主义的文学家在今年的一种小报上说,"鲁迅多疑"是不错的,我正在疑心这批人们也并非真的民族主义文学者,变化正未可限量呢。不过我却又怀疑于自己的失望,因为我所见过的人们,事件,是有限得很的,这想头,就给了我提笔的力量。

"绝望之为虚妄,正与希望相同。"

既不是直接对于"文学革命"的热情,又为什么提笔的呢?想起来,大半倒是为了对于热情者们的同感。这些战士,我想,虽在寂寞中,想头是不错的,也来喊几声助助威罢。首先,就是为此。自然,在这中间,也不免夹杂些将旧社会的病根暴露出来,催人留心,设法加以疗治的希望。但为达到这希望计,是必须与前驱者取同一的步调的,我于是删削些黑暗,装点些欢容,使作品比较的显出若干亮色,那就是后来结集起来的《呐喊》,一共有十四篇。

这些也可以说,是"遵命文学"。不过我所遵奉的,是那时革命的前驱者的命令,也是我自己所愿意遵奉的命令,……

后来《新青年》的团体散掉了,有的高升,有的退隐,有的前进,我又经验了一回同一战阵中的伙伴还是会这么变化,并且落得一个"作家"的头衔,依然在沙漠中走来走去,不过已经逃不出在散漫的刊物上做文字,叫作随便谈谈。

有了小感触,就写些短文,夸大点说,就是散文诗,以后印成一本,谓之《野草》。得到较整齐的材料,则还是做短篇小说,只因为成了游勇,布下成阵了,所以技术虽然比先前好一些,思路也似乎较无拘束,而战斗的意气却冷得不少。新的战友在那里呢?我想,这是很不好的。于是集印了这时期的十一篇作品,谓之《彷徨》,愿以后不再这模样。

"路漫漫其修远兮,吾将上下而求索。"

不料这大口竟夸得无影无踪。逃出北京,躲进厦门,只在大楼上写了几则《故事新编》和十篇《朝花夕拾》。前者是神话,传说及史实的演义,后者则只是回忆的记事罢了。

此后就一无所作,"空空如也"。

可以勉强称为创作的,在我至今只有这五种,……

我感觉,这篇文章要远比前一篇更接近于真实。文中的"民族主义文学者"云云,是他的文章在任何场合都不忘论争的一例,但因论争本身和现在所论话题无关,所以在此不作说明。

这篇文章包含着很多重要的暗示。他对"文学革命"是冷淡的,而且又是他亲口所说,这是第一点。不仅在"文学革命"之际如此,在以后的革命文学和民族主义之际也都同样(例如,关于革命文学,可参看他在"左联"成立大会上的讲演)。总而言之,对于新的运动,他在当初是并不认同的,这也是他并非先驱者的缘由所在。第二点,他说由于"见过辛亥革命,见过二次革命"等等,于是就变得"失望"和"颓唐"起来,这话颇引起我的注意。这些接连发生的政治事件,和《〈呐喊〉自序》里所讲的幻灯事件以及《新生》事件占据着同样的位置。由此也可以倒过来去想象,那就是幻灯事件和《新生》事件都不只是单纯的人事蹉跌,而是有着广泛意义的政治事件的象征。第三点,他说写小说的原因"是为了对于热情者们的同感"以及"在这中间,也不免夹杂些将旧社会的病根暴露出来,催人留心,设法加以疗治的希望",这显然是和《〈呐喊〉自序》相照应,而又和《我怎么做起小说来》相抵触的。说抵触,如果是言过其实的话,那么看作是对"为人生"的注释也未为不可。就是说,和"为人生"这种说法本身相比,它倒有着更强的非"为艺术"的意义。又由于"为艺术"象征着"消闲",所以"为人生"实际上不就可以理解成"非消闲"的意思了吗? 虽然只从他的文章里还看不那么明确,但我以为,这"非消闲"也和"消闲"一样,都是和"功用"相对立的。

另外,还要引用一下他的自我批判。作于死的前一年,即民国二十四年的《〈中国新文学大系〉小说二集序》云:

> 凡是关心现代中国文学的人,谁都知道《新青年》是提倡"文学改良",后来更进一步而号召"文学革命"的发难者。但当一九一五年九月中在上海开始出版的时候,却全部是文言的。……后来白话作者逐渐多了起来,但又因为《新青年》其实是一个论议的刊物,所以创作并不怎样着重,比较旺盛的只有白话诗;至于戏曲和小说,也依然大抵是翻译。在这里发表了创作的短篇小说的,是鲁迅。从一九一八年五月起,《狂人日记》,《孔乙己》,《药》等,陆续的出现了,算是显示了"文学革命"的实绩,又因那时的认为"表现的深切和格式的特别",颇激动了一部分青年读者的心。然而这激动,却是向来怠慢了绍介欧洲大陆文学的缘故。一八三四年顷,俄国的果戈理(N. Gogol)就已经写了《狂人日记》;一八八三年顷,尼采(Fr. Nietzsche)也早借了

苏鲁支(Zarathustra)的嘴,说过"你们已经走了从虫豸到人的路,在你们里面还有许多份是虫豸。你们做过猴子,到了现在,人还尤其猴子,无论比那一个猴子"的。而且《药》的收束,也分明的留着安特莱夫(L. Andreev)式的阴冷。但后起的《狂人日记》意在暴露家族制度和礼教的弊害,却比果戈理的忧愤深广,也不如尼采的超人的渺茫。此后虽然脱离了外国作家的影响,技巧稍为圆熟,刻划也稍加深切,如《肥皂》,《离婚》等,但一面也减少了热情,不为读者们所注意了。

这里提到的五篇小说,除了《孔乙己》一篇外,都是他自己选进《中国新文学大系小说二集》里的作品。除了它们风格各异之外,我想不到还有什么其他的自选理由。依我之所见,《肥皂》是愚蠢之作,《药》是失败之作。但是,倘若暂时不去谈这些,那么我承认,在有关自己的评价上,他的批评还是颇为精确的。说愚作,说失败作,都是我的好恶所致,或许是不关鲁迅什么事的。

这里还要顺便再引一段有关他自我评价的话,这段话出自《鲁迅译著书目》。

但是,试再一检我的书目,那些东西的内容也实在穷乏得可以。最致命的,是:创作既因为我缺少伟大的才能,至今没有做过一部长篇;翻译又因为缺少外国语的学力,所以徘徊观望,不敢译一种世上著名的巨制。后来的青年,只要做出相反的一件,便不但打倒,而且立刻会跨过的。

恐怕这既不是故作姿态，也不是感伤。这从紧接着出现的忠告青年们的"不断的(!)努力"，"不断的(!)生长"的话里，从那些在他身上确实具有象征意义的话里，是可以判断出来的。他把写不出作品，归结为自己的无力。这是正确的。他并没像置身于近代文学的自我崩溃过程中的欧洲现代作家那样，去怀疑作品世界。更没有像一些俗言所说，是受了外部事情的强迫。真实的情况是写不出来了。对于写不出来这件事实，他是诚实的；这一点又因他写得出的"穷乏得可以"的作品里充满了诚实而无可怀疑。

他评价自己的作品并不心慈手软，既不强辩，也不自嘲，毋宁说是极为冷静。这在拿果戈理的《狂人日记》和自己的《狂人日记》做比较时，也可窥见一斑。然而这种作为批评家的素质却几乎未曾在他人的作品上使用过。同时代的自然不在话下，就是对晚辈的作家作品，他也没写过一篇像样的评论。虽然在序跋、书信或者谈话里，他就像对待自己的作品那样，曾以同样冷静的态度做过直截的判定，但似乎无心像作品那样也在批评当中构筑一个世界。就自己的作品而言，他说他是"一律抹杀各种的批评"的，但他又何尝不是"一律抹杀"了自己的作品？至少是并不看重的。可以说，除了当杂志编辑或给人校订译稿，他在论争以外没写过一篇像样的批评文字。事情放在被世间青年称作导师的他那里，似乎不可思议。其实也并非不可思议，因为他并不是以批评来进行指导的。我认为这也同样是关系到鲁迅文学的根本问题。他的批评态度，最清晰地表现在两个方面，一是小说史研究，一是他晚年所致力的对版画家的培养。后者与文学不同，最能体现出鲁迅启蒙者的一面。因此我想，是否可以认为，只有在如此情况下，只有在文学者鲁迅肩上的担子减轻了的情况下,才会有纯粹的批评呢?

"绝望之为虚妄,正与希望相同。"这是言语。然而,就说明了鲁迅文学这一点而言,它却具有着言语以上的内涵。作为言语,是象征性的言语,可以称作态度或行为。我所思考的鲁迅的回心,如果表述为言语的话,似乎也只能是这么种东西。绝望之为虚妄,正与希望相同。人可以说明"绝望"和"希望",却无法说明获得了自觉的人。因为这是一种态度的缘故。赋予这种态度的是《狂人日记》。《狂人日记》之所以开辟了近代文学的道路,并不是因为这篇作品为白话争得了自由,也并不是因为它使作品世界成为可能,更不是因为它具有打破封建思想的意义。我认为,这篇稚拙作品的价值就在于,作者通过它把握到了某种根柢上的态度。由于这个缘故,《狂人日记》的作者不仅没发展成小说家,毋宁说他不得不通过疏远小说而抵偿自己的作品。"路漫漫其修远兮"也。

《狂人日记》成就了一个文学者。同时也成就了一个"吾将上下而求索"的文学者。中国近代文学的第一块纪念碑,对于鲁迅来说,正和古代楚国诗人一样,意味着悲剧的诞生。

## 二

参考前面引用过的《〈自选集〉自序》,可做如是说:在鲁迅那里"可以勉强被称为创作的",有"五种";它们由作者各自独立地编辑起来,又以各自的独立而保持着相互关联,作为一个整体而和"创作"以外的文章相对立。所谓作品和作品以外的文章相对立,指的是作品以外的文章并不是作品的剩余这样一种关系,因此也就不是在做价值的称量,仅此而已。我既不是说鲁迅的小说比他的杂文好,也不是说鲁迅的本领在于他的杂文,我并不是要这样来牵强附会地割裂鲁迅。鲁迅重小说,同样也重杂文;然而,正像他又不重小说那样,他也不重杂文。即使拿《题未定草八》等篇来做参考,也可明确做如是说的。因此,在这个范围内,把作品作为作品单提出来,大体是不妨的。

这在另一方面,又和杂文中的一些篇章要远比作品更具有作品性的事实并不矛盾。他的杂文也和作品一样,几乎都是按照年代顺序编辑的,而在很多情况下,编辑本身就意味着某种行为。编纂自著,在他是一个重要的要素。在和作者有关的范围内,没有哪一本集子是由出版商随便编辑的。从某种意义上来说,都是近似于个人出版的形式。这在某种程度上也和其他文学者相同。因这一点与眼下的问题无关,故而从略。总之,鲁迅的著作虽有作品、杂文以及编纂之别,但在它们分别结为一部时却绝非偶然,因此也就有着很强的独立性。不仅每一篇作品是独立的,就是每一部作品集之间也是相对独立的。这种关系在杂文那里也并无改变。《南腔北调集》里收入《为了忘却的记念》和《且介亭杂文末编》里收入《写于深夜里》,都并不妨碍《南腔北调集》和《且介亭杂文末编》是杂文集,就像《呐喊》里收入《兔和猫》与《鸭的喜剧》并不妨碍《呐喊》是小说集一样。我压根儿没打算去区别作品和杂文,并以此为标准来展开自己的文学论。我想做的只有一事,那就是为鲁迅定位。我想知道的并不是思想、作品、行动、日常生活、美的价值,而是在本源上究竟是什么造就了这多种多样的东西。我认为,鲁迅的小说写得并不漂亮。然而,这只是因为我认为对于作为文学者的鲁迅来说,这不漂亮很重要,所以才这样说的,并不是想要下结论。

从根本上来说，鲁迅是个文学者。没有谁更能像鲁迅那样让我来痛切地思考文学者这个词的意义。在鲁迅身上我认识到，为成为文学者总要丢掉什么。在这里只拿出狭义的作品集来看，是因为我想借助鲁迅自己所说的"可以勉强被称为创作的"的作品，来得到某种线索，并不是要展开批评。事实上，再没有什么东西比得上作品更容易理解的了。

《呐喊》和《彷徨》性质相同，以至于我无法对它们做出区分。李长之指出其倾向是"由回忆的到现实的"，艺术上是走下坡路的。我对此不大相信。郁达夫高度评价《两地书》(《〈中国新文学大系散文二集〉序》)，对此我虽大半赞成，但因前面提到的理由，现在不予采纳。和《呐喊》、《彷徨》相对立的，是晚年编为一集的《故事新编》。这种对立似乎不是来自题材和处理方式，而是小说的路子原本不同，我甚至怀疑是否专为抹杀《呐喊》和《彷徨》才写《故事新编》的。然而，《故事新编》却是我最难理解的作品。在另一种意义上和《呐喊》、《彷徨》相对立的，还有基本上年代相接的《野草》和《朝花夕拾》。《野草》和《朝花夕拾》相互间虽有明显的对立，但合起来却跟《呐喊》、《彷徨》构成一种注释关系。对于我来说，《野草》是极为重要的作品。

倘列举《呐喊》、《彷徨》中的篇目，那么便是如下这些：

狂人日记(民国七年)

孔乙己

药(民国八年)

明天

一件小事

头发的故事

风波(民国九年)
故乡
阿Q正传(民国十年)
端午节
白光
兔和猫
鸭的喜剧
社戏(民国十一年)

以上为《呐喊》集里的作品。

在酒楼上
幸福的家庭
肥皂(民国十三年)
长明灯
示众
高老夫子
孤独者
伤逝
弟兄
离婚(民国十四年)

以上为《彷徨》集里的作品。

最后这一年为多产之年,另收在《野草》里的大半作品也都是这一年写的。翌年,在北京和厦门写作了《朝花夕拾》。

李长之在他的批评里,推《孔乙己》、《风波》、《故乡》、《阿Q正传》、《社戏》、《祝福》、《伤逝》、《离婚》这八篇为"完整的艺术",而把《头发的故事》、《一件小事》、《端午节》、《在酒楼上》、《肥皂》、《兄弟》视为"坏到不可原谅的"失败之作。剩下的《幸福家庭》、《兔和猫》、《药》则处在中间。理由虽不尽相同,不过总的来说,他认为鲁迅的作品"都是抒情的",而且越是抒情的作品也就越是成功。

我一直在援引李长之,这里只把他的鲁迅观的结论拿出来,做一个最后的归纳:

"鲁迅在许多机会是被称为一个思想家了,其实他不够一个思想家。"

"鲁迅在文艺上仍是一个诗人,至于在思想上,他却止于是一个战士。"

"鲁迅是一个颇不能鉴赏美的人。……他自己说,'对于自然美……不甚感动'。……他讨厌梅兰芳的戏片子,他不喜欢徐志摩那样的诗。"

"鲁迅在性格上是内倾的,……他宁愿孤独,而不喜欢'群'。"

"在这里,可以说发现了鲁迅第一个不能写长篇小说的根苗了,并且说明了为什末他只有农村的描写成功,而写到都市就失败的原故。……他对于人生,是太迫切,太贴近了,他没有那末从容,他一不耐,就愤然而去了,或者躲起来,这都不便利于一个人写小说。"

"然而他写农村是好的,这是因为那是他早年的印象了,他心情上还没至于这末讨厌环境。……一旦他的农村体验写完了,他就已经没有什末可写,所以他在一九二五年以后,便几乎没有创作了。"

"在当代文人中,恐怕再没有鲁迅那样留心各种报纸的了吧,……倘若我们想到这是不能在实生活里体验,因而不得不采取的一种的补偿时,就可见是多末自然的事了。"

"许多人以为鲁迅世故,……叫我看,鲁迅却是最不世故了。不错,他是常谈世故的,……所谓'善易者不言易',鲁迅之'言',却就说明他还没'善'。"

"鲁迅在情感方面,是远胜理智的。他的过度发挥其情感的结果,令人不禁想到他的为人在某一方面颇有病态。"

"太锐感就很容易变到多疑上去。"

"鲁迅虽然多疑,然而他的心肠是好的,他是一个再善良也没有的人。"

"然而他毅然能够活下去者,……这就是在他有一种'人得要生存'的单纯的生物学的信念故。鲁迅是没有什么深邃的哲学思想的,倘若说他有一点根本信念的话,则正是在这里。"

"倘若以学究气的思想论,他根底上是一个虚无主义者。"

"他缺少一种组织的能力,这是他不能写长篇小说的第二个原故。"

"然而所有这一切,在鲁迅作一个战士上,都是毫无置疑,而且方便着的。"

我也大抵认同李长之之所述。尽管我不满意李长之的体系,但对抽出在这里的这些条却没有异议。话还是回到前面去,我也可以感同于他对鲁迅作品的评价,只是要排除两点重大的决定性区别:一是他算到"完整的艺术"里面的《伤逝》,我认为是篇坏作品;一是我把他称为"失败之作"的《在酒楼上》放在好作品里。

二十五篇小说,包含着多种倾向,可把它们粗分成如下几个方面。最初的《狂人日记》要单列在外,因为这篇作品包含着所有倾向的萌芽,对作品整体而言占据着特殊的位置。

第一是《孔乙己》。在鲁迅的作品中,这是最令人感到亲近的一篇。笔触的略显夸张,人物的迂腐以及他所酿出的哀愁,再加上手法的缜密,使得这个短篇成为出类拔萃的作品。和《药》的安特莱夫式相反,该篇可称得上是果戈理式的。属于这个倾向上的作品,还有《风波》、《阿Q正传》。《风波》不同于《孔乙己》的素描,它是构成式的,是群像式的。《阿Q正传》在构制的严密程度上不及《风波》,但对表现对象的投入之深,却可直抵《狂人日记》,加上可认为是从中国古典小说(例如《儒林外史》)那里借鉴来的对故事的巧妙展开,使该篇得以成为他的代表作。这三篇作品都是成功的。

第二,是几篇与成功之作一样同是讽刺却又都归于败笔的作品。《端午节》、《幸福家庭》、《肥皂》、《高老夫子》便是。它们和《孔乙己》系统相比,在题材上有着乡村和城市,过去和现在的区别。虽然这是否就是李长之所说的失败的原因还是个疑问,不过,我从这些作品中却没看出任何有趣来。读后甚至感到不快。这种不快是因为作者只一个人乐在其中地自说自话,而和读者并不相通。读者有一种自己被撂在那儿了的感觉。比如说,这里也有漱石早期作品里的那种派头。总的来讲,自以为是，是他文章的一种特征，而我宁愿看作气质上的东西。这个问题后面还将要涉及。

第三，是他自认"留着安特莱夫式的阴冷"的《药》的系统。这个系统的作品很少，此外也只有《明天》这一篇，但却显示着流向《白光》，进而又展开到《常明灯》和《示众》里去的从写实到象征的变化。而且我认为，它似乎一方面混于《故乡》系统而及于《祝福》，另一方面又合于《孤独者》系统而及于《伤逝》。在这个系统当中，没有任何讽刺的成分，而这一点又恰好和《孔乙己》系统形成鲜明的对比，可说是《孔乙己》系统的反面，在这个意义上也和《孔乙己》系统同等重要。但是，这个方面除了《故乡》系统里的《祝福》之外，都是失败的作品，特别是《药》和《明天》以外的作品败笔尤甚。具体的例子可以拿《常明灯》来和《狂人日记》做比较：前者不具备《狂人日记》所具有的世界。而败笔的原因，正像从下面这段话里可以窥见到的那样，似乎是和《药》里作者自己对作品的不满有关。

……但既然是呐喊，则当然须听将令的了，所以我往往不恤用了曲笔，在《药》的瑜儿的坟上平空添上一个花环，在《明天》里也不叙单四嫂子竟没有做到看见儿子的梦，因为那时的主将是不主张消极的。至于自己，却也并不愿将自以为苦的寂寞，再来传染给也如我那年青时候似的正做着好梦的青年。(《〈呐喊〉自序》)

我于是删削些黑暗，装点些欢容，使作品比较的显出若干亮色。(《〈自选集〉自序》)

第四,是由《故乡》和《社戏》所代表的系统。这个系统最符合李长之说所的"抒情的"条件,也和《孔乙己》系统一样拥有众多的读者。《故乡》里有一个高潮,那就是和"闰土"的相逢,但《社戏》里却没这种起伏,平淡而纯粹。这种关系跟《风波》与《孔乙己》的关系很相似。同样是"抒情的"而且记录身边琐事的有小品《兔和猫》、《鸭的喜剧》,这两篇或许也可以一并算在这个系统里。不过,同是记身边琐事,《一件小事》和《头发的故事》却因令读者费解的抽象观念先行而没能构成具体的作品世界,《端午节》和《白光》同样也以失败而终。通过比较《风波》和《头发的故事》,这一点是一目了然的。这个系统在后来展开为《朝花夕拾》。

第五,是个既和第三、第四系统相关又可以看作独立的一个系统。《在酒楼上》和《孤独者》都属于这个系统。这两篇作品虽然都借助着无人格的"我"来展开,但被描写的实际上却是和作者极为接近的一个人。这个人《在酒楼上》是以独白的形式从内面来描写的,而在《孤独者》里却是以叙述主人公行为的形式从外部来描写的。和李长之相反,我看重这两篇作品。不论作为作品它们是怎样的不成熟,不及《孔乙己》系统的浑然一体,甚至比不上《药》也未可知,但《孔乙己》是类型化的,与此相比,他在这里所力图创造的人格,的确是值得称之为创造的。然而,这个系统只有近似习作的两篇而此后不再,其人格结果并未通过作品行为被创造出来。

最后,是《兄弟》和《离婚》。它们都是写得最像样的短篇小说。在技术上显示着鲁迅的顶点。在很大程度上摆脱了夸张和说明的絮烦。作品完成得当然是近于完美的,不过如果说这种完美,这种经过了《孔乙己》、《药》、《故乡》、《孤独者》之后的完美，就是这两篇作品所表现出来的东西，那么也只能说鲁迅是不能写小说的。也就是说，他只能把小说的世界构筑在自己之外，其完美是走向枯竭的完美。这两篇作品，虽然都虚构得很缜密，但虚构是与作者无关的虚构，作者并没把自己投放到虚构当中。这并不是说作者被挤出了作品，而是作者压根儿就在作品之外把脸转向了一边。这和《孤独者》的发展走的是别一条路。作品越是精心虚构，读者在读后就会越发有一种不愉快，只能留下一种被欺骗了的感觉。这种倾向在《兄弟》和《离婚》两篇当中都有，而以《兄弟》更为明显。我虽然还拿不定在这两篇作品之间，是否也存在着城市与乡村，现在与过去，《端午节》的与《孔乙己》的那种作者的不同眼光，但实际读来，《离婚》给人以一个小宇宙之感，《兄弟》却没给人带来任何感染，只能说是费解。如果硬要去做注释的话，那么也只能到他的传记中去找材料了，而这原本又是不着边际的事。

二十五篇小说包含着各种倾向的萌芽，却又都没发展起来。鲁迅自认他写不了"超人"。说创作《兄弟》和《离婚》的作者不是小说家似乎也没大错。他并没把自己投放在小说里。那么，这就要到别处去找了。对他来说，小说成了要求救赎的终生的重负。

我想，还是不要再纠缠小说了吧。我不是在研究小说作法，因此与其一篇一篇地去摆弄，还不如看注释来得快。我想转移到《朝花夕拾》和《野草》上去。不过在此之前，还要从诸多言之不及的方面捡出不能不说的二三点，再附加几句。

第一点是这样的，即他的小说虽包含着各种不同的倾向，但可以认为，其中至少有一对在本质上是对立的异质物混存一体。这不是意味着没有中心，而是说有两个中心。它们既像一个椭圆的中心,又像两条平行线,其两种物力,相互牵引,相互排斥。我以为,大而言之,这体现在作者与作品的对立,小而言之,则体现在诸如《孔乙己》和《药》,或《孔乙己》和《端午节》,或《药》和《故乡》,或《兄弟》和《离婚》那样的各种对立的关系当中。这种对立是什么呢?用语言把它们剥离开来表述并不是件容易的事。城市与乡村,追忆与现实,都是其小小的表现;或者也是生与死,绝望与希望吧。郁达夫用"月光和少年"这句话所表述的意思(《大鲁迅全集》月报)或许与之很相近。总之,有一点可以肯定,那就是有两个中心奇妙地联系在一起。

其次,是和文章的难懂相关的问题。鲁迅的文章一般来说,都很难懂,他自己也承认这一点(例如《两地书》第一集二十四)。虽然这主要是指文体的曲折多变,但也并非仅仅如此。除了俞平伯比胡适难懂这种一般意义之外,似乎还有别一层意思。这种难懂,在某种场合,对某些人来说是鲁迅的魅力,但一般而论,尤其是就写小说而言,这种难懂却毁了小说。我称作坏作品的,大抵和文章的这种难懂都多少有些关系。比如说,就好像把一座楼盖好后,要原封不动地把它搬到别处去一样,楼本身是完整的,只是没讲清离原来搭建楼房的地方有多远。如果说讲不清也无所谓,那么便罢了,不过还是剩下了没讲清所带来的不安。我想这一点是非常重要的,应详细去调查。不过现在我想省却详细调查的麻烦而着急往前赶。由于只取实例并引证小说不是一件简单的事,因此只从他晚年写的文章中找出一段以作为极小的样本。

疲劳到没有法子的时候,也偶然佩服了超出现世的作家,要模仿一下来试试。然而不成功。超然的心,是得像贝类一样,外面非有壳不可的。而且还得有清水。浅间山边,倘是客店,那一定是有的罢,但我想,却未必有去造"象牙之塔"的人的。

写着这样的文章,也不是怎么舒服的心地。要说的话多得很,但得等候"中日亲善"更加增进的时光。不久之后,恐怕那"亲善"的程度,竟会到在我们中国,认为排日即国贼……但即使到了这样子,也还不是披沥真实的心的时光。①

这两段话都出自用日文写的《我要骗人》一文。引用日文是为了便于说明。两段话放在一起,后一段我是看得懂的,因为也知道他不是在讽刺挖苦和做有违常理之言。但前一段是不懂的。什么地方不懂呢?就是"浅间山边,倘是客店,那一定是有的罢,但我想,却未必有去造'象牙之塔'的人的"这一句。其中的"象牙之塔",如果去参考其他论争文章也并非不可理解,但"浅间山边,倘是客店,那一定是有的罢",在我是无论如何也弄不通的。不可理解的是把贝类——清水——浅间山——客店联想在一起。"浅间山"即使不是浅间山,是泰山,是喜马拉雅山都无所谓的。说"浅间山",只是要拿出一种平凡的东西,因此在这个譬喻里恐怕并不包含着暗讽和典故。文章是极明快的,

---

① 这里的例文,实际上是我想引用后者而使用的。其中的"……"为省略,省略大概是我做的手脚。为了慎重起见,现在把这段补进来:"恐怕那'亲善'的程度,竟会到在我们中国,认为排日即国贼——因为说是共产党利用了排日的口号,使中国灭亡的缘故——而到处的断头台上,都闪烁着××××(太阳的圆圈)的罢。"——作者注

但这明快却像去捕捉白云，明快得令人不安，总觉得作者是在什么地方躲开了似的。这种不安感和小说是相通的。这个例子举得并不太好，不过我所说的不懂，在一般性质上就是这么种东西。

最后，是关于《阿Q正传》的。我承认，包括缺点在内，这篇作品是鲁迅的代表作。也承认世评之所谓"阿Q"是中国人的代名词。在承认的基础上，把两段话引用在这里。

……于是乎就不免发生阿Q可要做革命党的问题了。据我的意思，中国倘不革命，阿Q便不做，既然革命，就会做的。我的阿Q的运命，也只能如此，人格也恐怕并不是两个。民国元年已经过去，无可追踪了，但此后倘再有改革，我相信还会有阿Q似的革命党出现。我也很愿意如人们所说，我只写出了现在以前的或一时期，但我还恐怕我所看见的并非现代的前身，而是其后，或者竟是二三十年之后。（《〈阿Q正传〉的成因》）

在我的读者当中，没有谁会知道这件事，即他在嘲笑我作品中的人物的同时，也是在嘲笑我。我身上的丑恶应有尽有，任何人都不曾聚集过这么多。如果有一次把它们突然出示在我面前，那么我会去上吊的。我开始把自己的丑恶分配给我的作品中的人物，并按照以下步骤来进行。我把自己的缺点抽取出来，把它放在不同的位置和不同的事情底下，然后再努力把它再现为一个给自己以最大痛苦和污辱的该死的敌人，去憎恶去嘲笑，不惜任何手段去加以攻击。如果谁第一次从我的笔下看到展现在我面前的怪物，

那么他一定会全身颤栗的。(果戈理。冈泽秀虎译)

我觉得,前面的那段话是从外,后面的这段话是从内来说明"阿Q"的。"阿Q"并没像鲁迅所预言的那样还要再等"二三十年",而就在"革命文学"之际出现了。而且鲁迅在那会儿,遭到了他自己之化身的"阿Q"的激烈报复。

## 三

《野草》和《朝花夕拾》处在对《呐喊》和《彷徨》加以注释的位置,但它们又各自对立,形成了不同的小宇宙。《野草》是由包括《题辞》在内的二十四篇短文(也许称作散文诗是正确的)组成的,其特征是象征的、直接的和现在的。《朝花夕拾》除了《小引》和篇幅很长的进行补充考证的《后记》之外,是由十篇篇幅略长的自传性回忆录构成的,各篇作品之间,从幼年时代到辛亥,既有年代的联系却又彼此独立。其特征是叙事的,追忆的和描写的。《朝花夕拾》在通常的情况下被强调的是作为自传的一面,但我在很大程度上感到它们是作品,并以为是《故乡》系统小说的延长。然而,小说的意图又不像《故乡》那么明确,这当中奇妙地存在着某种混沌,让人觉得《朝花夕拾》本身反射性地把小说里表现出来的两个中心混在了一起。这种混在是原本的混在,保持着作为整体的统一。《野草》当中虽然也有作为整体的统一,但在紧密程度上却不像《朝花夕拾》这样是有意识的,各篇都有着很强的独立性。唯其如此,各篇之间也就呈现着鲜明的对立关系。

在鲁迅的作品中,我很看重《野草》,以为作为解释鲁迅的参考资料,再没有比《野草》更恰当的了。它集约地表现着鲁迅,而且充当着作品与杂文之间的桥梁,也就是说,它在说明着作家与作品之间的关系。《朝花夕拾》里或许有足以令人喜爱诵读的文章,但说到底是不包含问题的。

《野草》的二十四篇短文和《呐喊》、《彷徨》里某一系统的小说都多少有些联系,这种联系既有可以明确指出的,又有说不清的,但不管怎样,联系的确是有的。既可看作重构《呐喊》、《彷徨》的一种缩影,也可看作一种解释,或者完全相反,看作小说的原型也未为不可。而且在难懂当中也有共同之处。其难懂程度和小说相比,来得更加纯粹。小说里的难懂,除了部分来自文体的曲折多变外,正像我在前面指出他的自以为是那样,主要是由于抽象的观念没有发酵在作品里,而是化作残渣留在了作品之外的缘故。因此,当抽象的观念不再经过小说造型这道麻烦的手续,而是原汁原味地,以观念自我燃烧的形式直接表现出来的时候,难懂虽还是照样地难懂,表象不反倒是很完整了吗?至少在表现出来的东西和应该表现的东西之间,没有像在小说那里所能看到的缝隙。同样一种东西,使小说归于败笔,却在这里成就了诗。或者说,在使诗成功的过程中,使诗获得了成立。而且,当按照年代顺序考虑到他紧接着又展开了独特的"杂文"形式时,至少在表现形式上,把《野草》看作一座过渡的桥梁不是也没错吗?

《野草》的象征也和小说一样,并不单纯。可以认为,这其中也有奇妙的纠结。鲁迅在民国二十年作的《〈野草〉英译本序》中,对每篇描写的是什么做了说明。似乎是说每篇文章都与具体事件或某种特定的时间场所有关,因难以直述自己的感想,所以多以比喻来表现。但我以为这种说法是荒唐无稽的。

这正是他那一流的悖论。他有偏爱这种表现方式的嗜好。当然，我并不是在说他作品的构思不是来自具体的事实，但作品之所以能够成为作品却并不因为事实。他做如此解释，是说明不了什么的，哪怕说是为了有助于外国读者的理解。正像前面所说，他小说的难懂是小说本身的难懂，并不是事实的难懂，这种事情在《野草》中也并无改变。说明事实，并没能使人理解作品，反倒说明了导致作品的难懂原因是什么。也就是说，这反证出他不是个作家。他没把自己投放在作品里。《野草》里有的作品也和小说一样，完全无从捕捉。然而，它们即使被解释也未必变得好懂，所以反过来讲，好懂的作品即使不做解释也是可以懂的，而且可读懂的作品还是比较多的。我所说的"奇妙的纠结"，并不是指作品的难懂，而不过是说作品本身的复杂。

　　我不过一个影，要别你而沉没在黑暗里了。然而黑暗又会吞并我，然而光明又会使我消失。
　　然而我不愿彷徨于明暗之间，我不如在黑暗里沉没。
（《影的告别》）

　　我顺着倒败的泥墙走路，断砖叠在墙缺口，墙里面没有什么。微风起来，送秋寒穿透我的夹衣；四面都是灰土。
　　我想着我将用什么方法求乞：发声，用怎样声调？装哑，用怎样手势？……
　　另外有几个人各自走路。
　　我将得不到布施，得不到布施心；我将得到自居于布施之上者的烦腻，疑心，憎恶。

我将用无所为和沉默求乞……

我至少将得到虚无。(《求乞者》)

然而他们俩对立着,在广漠的旷野之上,裸着全身,捏着利刃,然而也不拥抱,也不杀戮,而且也不见有拥抱或杀戮之意。

他们俩这样地至于永久,圆活的身体,已将干枯,然而毫不见有拥抱或杀戮之意。

路人们于是乎无聊;觉得有无聊钻进他们的毛孔,觉得有无聊从他们自己的心中由毛孔钻出,爬满旷野,又钻进别人的毛孔中。他们于是觉得喉舌干燥,脖子也乏了;终至于面面相觑,慢慢走散;甚而至于居然觉得干枯到失了生趣。

于是只剩下广漠的旷野,而他们俩在其间裸着全身,捏着利刃,干枯地立着;以死人似的眼光,赏鉴这路人们的干枯,无血的大戮,而永远沉浸于生命的飞扬的极致的大欢喜中。(《复仇》)

上帝离弃了他,他终于还是一个"人之子";然而以色列人连"人之子"都钉杀了。

钉杀了"人之子"的人们的身上,比钉杀了"神之子"的尤其血污,血腥。(《复仇(其二)》)

翁——客官,你请坐。你是怎么称呼的。
客——称呼?——我不知道。从我还能记得的时候起,我就只一个人。我不知道我本来叫什么。我一路走,有时人们也随便称呼我,各式各样地,我也记不清楚了,况且相同的称呼也没有听到过第二回。

翁——阿阿。那么,你是从那里来的呢?

客——(略略迟疑,)我不知道。从我还能记得的时候起,我就在这么走。(《过客》)

　　这以前,我的心也曾充满过血腥的歌声:血和铁,火焰和毒,恢复和报仇。而忽而这些都空虚了。(《希望》)

　　我只得由我来肉薄这空虚中的暗夜了。我放下了希望之盾,我听到 Petőfi Sándor(一八二三——一八四九)的"希望"之歌:

希望是甚么?是娼妓:

她对谁都蛊惑,将一切都献给;

待你牺牲了极多的宝贝——

你的青春——她就弃掉你。

　　这伟大的抒情诗人,匈牙利的爱国者,为了祖国而死在可萨克兵的矛尖上,已经七十五年了。悲哉死也,然而更可悲的是他的诗至今没有死。

　　但是,可惨的人生!桀骜英勇如 Petőfi,也终于对了暗夜止步,回顾着茫茫的东方了。他说:

绝望之为虚妄,正与希望相同。

　　倘使我还得偷生在不明不暗的这"虚妄"中,我就还要寻求那逝去的悲凉漂渺的青春,但不妨在我的身外。因为身外的青春倘一消灭,我身中的迟暮也即凋零了。(同上)

　　在无边的旷野上,在凛冽的天宇下,闪闪地旋转升腾着的是雨的精魂……

是的,那是孤独的雪,是死掉的雨,是雨的精魂。(《雪》)

现在,故乡的春天又在这异地的空中了,既给我久经逝去的儿时的回忆,而一并也带着无可把握的悲哀。我倒不如躲到肃杀的严冬中去罢。(《风筝》)

我梦见自己在隘巷中行走,衣履破碎,像乞食者。

一条狗在背后叫起来了。

我傲慢地回顾,叱咤说:"呔!住口!你这势利的狗!"

"嘻嘻!"他笑了,还接着说,"不敢,愧不如人呢。"

"什么!?"我气愤了,觉得这是一个极端的侮辱。"我惭愧:我终于还不知道分别铜和银;还不知道分别布和绸;还不知道分别官和民;还不知道分别主和奴;还不知道……"

我逃走了。

"且慢!我们再谈谈……"他在后面大声挽留。我一径逃走,尽力地走,直到逃出梦境,躺在自己的床上。(《狗的驳诘》)

他走进无物之阵,所遇见的都对他一式点头。他知道这点头就是敌人的武器,是杀人不见血的武器,许多战士都在此灭亡,正如炮弹一般,使猛士无所用其力。

那些头上有各种旗帜,绣出各样好名称:慈善家,学者,文士,长者,青年,雅人,君子……。头下有各样外套,绣出各式好花样:学问,道德,国粹,民意,逻辑,公义,东方文明……。

但他举起了投枪。

他们都同声立了誓来讲说,他们的心都在胸膛的中央,和别的偏心的人类两样。他们都在胸前放着护心镜,就为自己也深信心在胸膛中央的事作证。

但他举起了投枪。

他微笑,偏侧一掷,却正中了他们的心窝。

一切都颓然倒地;——然而只有一件外套,其中无物。无物之物已经脱走,得了胜利,因为他这时成了戕害慈善家等类的罪人。

但他举起了投枪。

他在无物之阵中大踏步走,再见一式的点头,各种的旗帜,各样的外套……。

但他举起了投枪。

他终于在无物之阵中老衰,寿终。他终于不是战士,但无物之物则是胜者。(《这样的战士》)

这样抄下去是没头儿的,所以只以上面这些为限。尽管它们只是《野草》中的一部分,抽取的方式也相当随意,并未传递全貌,但即使只从这些引用当中也可获得某种完整的印象。第一点引人注意的,是文章的明确性。仅以列举的为限,都没有小说中的那种暧昧,表象是具体的,明确到无须说明的程度。因此也就有了第二点,即这些文章是明显切近鲁迅的。它们所传递的鲁迅,比起传记和小说来远为逼真。描写得仿佛可以使人看到鲁迅作为文学者形成的过程,或者是相反地散发出去的经过。它们虽然包含着各种倾向,但是作为一个整体却突升到一个统一的方向上去。小说里所呈现的两个中心,在这里最大限度地获得了接近,从中会使人感受到全体作品仿佛是浑然一体的。如果换句话说,那么就是这里的所有运动都是朝着一个中心的运动。当然,《野草》中的各篇,均可拿来和《呐喊》、《彷徨》中的各篇一一对应,即使只从以上所引的那些段落来看,这一点也充分想象得到。有的对应《药》系统,有的对应《故乡》系统,还有的对应《幸福家庭》或《孔乙己》系统。这里,在显示着它们之间的各种对应关系的同时,似乎也显示着各个系统之间的相互关系。即可以认为,它们彼此之间是极端独立的,但这独立又反过来以非存在的形式暗示着一个空间的存在。就像一块磁石,集约性地指向一点。这是什么呢?靠语言是表达不出来的。如果勉强而言的话,那么便只能说是"无"。但这种东西的确是有的。为什么要这样说呢?因为如果没有这种东西,也就不可能有各种各样的显现,作为显现的鲁迅也就不能不消亡。因此,反过来说,只要有鲁迅存在,如此假定便坚不可移。应该认为,根源上的东西是实际存在着的。而我认为,《野草》的确明示着它的位置。

打个比方说,如果把《野草》明示出来的内容塑造为人物形象的话,那么我想象,与之最近似的恐怕要表现为鲁迅想创造而又没创造成的"孤独者"的人格;或者反过来,认为"孤独者"的母胎就在其中也是可以的。但这终归是比喻,实际上,哪怕是想要近似地表现它也是办不到的。如果硬要表现的话,那么除了以生命的残骸来代替生命别无他法。

我梦见自己正和墓碣对立,读着上面的刻辞。那墓碣似是沙石所制,剥落很多,又有苔藓丛生,仅存有限的文句——
……于浩歌狂热之际中寒;于天上看见深渊。于一切眼中看见无所有；于无所希望中得救。……

　　……有一游魂，化为长蛇，口有毒牙。不以啮人，自啮其身，终以殒颠。……

　　……离开！……

我绕到碣后，才见孤坟，上无草木，且已颓坏。即从大阙口中，窥见死尸，胸腹俱破，中无心肝。而脸上却绝不显哀乐之状，但蒙蒙如烟然。

我在疑惧中不及回身，然而已看见墓碣阴面的残存的文句——

　　……抉心自食，欲知本味。创痛酷烈，本味何能知？……

　　……痛定之后，徐徐食之。然其心已陈旧，本味又何由知？……

　　……答我。否则，离开！……

我就要离开。而死尸已在坟中坐起，口唇不动，然而说——

"待我成尘时，你将见我的微笑！"

我疾走，不敢反顾，生怕看见他的追随。（《墓碣文》）

很显然，这是没被创造出来的"超人"的遗骸，如果说得夸张一些，那么便是鲁迅的自画像。

## 四

最后还剩下另一本小说集《故事新编》。但其实从一开始我就没准备就这本小说集谈些什么。如果动真格的来探讨这本小说集,将是件不得了的事,我的笔记或许将不得不全部抹杀重来。我一向不介意自己的笔记被抹杀,因为被抹杀的命运在所难免,而也正是我自己的期盼所在。但我还是想把我自己的鲁迅观做一个归纳,以便今后被抹杀。我是以打点自己身边的一堆破烂儿的心情来把这些拙劣的文字写到现在的。拙劣是属于我自己的,我将抱着这拙劣活下去,直到被抹杀的那一天。对这样的我来说,《故事新编》都是些不大相宜的作品。我觉得已经能够对自己解释鲁迅的全部作品。《故事新编》也当然包括在这解释当中。否则,我也就写不出这篇笔记了。我以为,《故事新编》也和其他作品一样,是能够解释的,并没想拿出来探讨。我本以为不谈《故事新编》也无所谓,而且抱着这个想法一路写了下来;然而,现在我却怀疑起来,觉得原打算像省却《朝花夕拾》那样省却的《故事新编》,竟是省却不了的。当初的计划是从《呐喊》写到《野草》,以为这样写下来《故事新编》也就自然包括在其中了。但写完了一看才发现,《故事新编》不仅没包括进去,反倒像跟全体对立一样展示着一个新的世界。当初考虑到省却,除了判断其中的作品并非重要之外,也并非不是出于一些投机取巧的想法,以为说不定是些荒唐无稽的作品,心里有种漠然的恐惧,觉得还是少碰为妙,免得给自己找麻烦。我虽然还说不清楚自己的预感,不过或许中的也未可知。

我在八年前曾写过一篇评鲁迅的短文,那时我简单地认为,《故事新编》是文学者鲁迅未果之梦迹。这种看法以后多少有些改变,但判断其作为作品的失败却并没改变,至今也没有改变。《故事新编》全部都是失败的作品。然而,说到鲁迅到了晚年为什么敢于计划这场失败,我的想法却无法理出头绪来。说到失败,那么他的很多作品都是失败的,并不只是《故事新编》。难道只是一句《故事新编》作为作品是失败的就算完了吗?难道只是视同其他早期作品的失败而不再做进一步的探讨就可以了吗?如果是那样的话,那么他的重蹈覆辙不就没有意义了吗?然而,《故事新编》的分量在我这里似乎是逐渐增加着的。

《故事新编》并不意味着晚年鲁迅新的再次出发,这本集子不是承担这种使命的作品。他并不向往未知的世界。他的眼睛不是向前看,而是向后看。这一点也关系到这本作品集的成立。《故事新编》由八篇作品构成,但"这一本很小的集子,从开手写起到编成,经过的日子却可以算得很长久了"(《序言》)。第一篇《补天》作于民国十一年,当初以《不周山》为题收在《呐喊》之尾。"那时的意见,是想从古代和现代都采取题材,来做短篇小说,《不周山》便是取了'女娲炼石补天'的神话,动手试作的第一篇。首先,是很认真的,虽然也不过取了弗罗特说来解释创造——人和文学的——的缘起。"但写到中途心情变了,使作品有了嘲弄的气味。鲁迅认为这种态度是"创作的大敌","对于自己很不满",于是"决计不再写这样的小说,当编印《呐喊》时,便将它附在卷末,算是一个开始,也就是一个收场"。后来,又因别的原因,这篇小说便从《呐喊》中被删除了。总之,当初的意图便是如此。其次是《奔月》和《铸剑》(原题《眉间尺》),前者取材于嫦娥和羿的神话,后者取材于宝剑的传说,两篇都作于在厦门期间写《朝花夕拾》的前后。这时还是有"仍旧拾取古代的传说之类,预备足成八则《故事新编》"的想法的,但只写了两篇"便奔向广州",因此这想法并未实现。后五篇除了写墨子的《非攻》作于民国二十三年八月外,其余都是在出版之际赶出来的:写禹之传说的《理水》作于二十五年十一月,写伯夷叔齐的《采薇》、写老子的《出关》和写庄子的《起死》都作于同年十二月。这本集子与其说能让人感到创造力的旺盛,倒不如说是匆忙间勉强凑起来的一册。

当初写《补天》的意图,和中间写《奔月》、《铸剑》的意图无从知晓,我想它们和最后集为一册的《故事新编》恐怕不是一码事。但如果说长期蛰潜在鲁迅心目中的《故事新编》,其原型发生了改变的话,那么是怎样变的呢?从他留学时代翻写的两篇科学小说,到他一直考量到晚年却又没能实现的中国古代文学史的构想提纲,参考这些材料,可以对他的意图做出种种想象。但这想象却跟集为一册的《故事新编》并无关系。《故事新编》合在一起,怎么看都有勉强拼凑的感觉。即使从最后写下的三篇都是极不精彩的草率马虎之作来看,这一点也毋庸置疑。即便他有某种野心,而且想象他有野心也是很正常的,但他最终还是放弃了。由此而言,我并不以为舍弃《故事新编》可惜。它是多余的,有没有都行。但一边这样想,一边又觉得仍有些弃之不去的东西留了下来。这并不是因为这些作品中有珍奇的题材,而是因为这些作品中有那么种东西能让人感受到某种作品的壮图。这主要和在最后三篇之前写作的《理水》和更早两年的《非攻》有关。而以前的三篇,尽管也值得探讨,但总归是可以放在《呐喊》和《彷徨》里说明的一类。我觉得前后六篇弃之无足可惜,只有中间的两篇有着某种说不尽的东西。这一章我写得依依不舍,言犹未尽。但是让我说出具体是哪些地方,我却又答不上来。我只是漠然地感受到某种东西,却不明其本相。我曾把鲁迅的《理水》拟想为芥川龙之介的《河童》①，但按照这种想法去重读，却又觉得是篇并不出奇的平庸之作。理解这篇作品，在我可能是既缺乏材料，更缺乏才能的。不过，或许也真的是篇无聊之作。要是那样的话，我之上当受骗，也便是由于自己的所信不坚，犹疑不定了。总而言之，我读不懂《故事新编》这一点是并无改变的。

鲁迅写处女作《狂人日记》是他三十八岁那年，而我到三十八岁则还有一段时间。我自以为能理解这个不幸的老作家的悲哀，理解他的自处女作起便开始的对青年的呼唤。我是被呼唤的一个，我理解这呼唤；这是因为呼唤者是以一个完成的体系出现在我面前的。我认为我理解了鲁迅。这份笔记就是在我认为我理解了的地方写出来的。我并不后悔自己写出的笔记，因为它只是属于我的笔记。然而，我真的理解了鲁迅了吗？我认为完结了的这个人，是不是意外地并不在那里呢？我本来当初就没打算凭借语言去为鲁迅造型。那是不可能的。告诉我这不可能的，不是别人，正是鲁迅。我只想用语言来为鲁迅定位，用语言来充填鲁迅所在之周围。所谓语言便是这么回事。但在语言中，在我，需要有一种确信，那就是没看丢这个人所处位置的确信。如果看丢了，那么语言便死了。我惧怕我的语言变成死语。

---

① 芥川龙之介(Akutagawa Ryunosuke，一八九二——一九二七)，日本近代著名小说家，生于东京，号澄江堂主人，俳号我鬼。一九一六年东京帝国大学(现东京大学)英文科毕业后，任海军机关学校英语教官，同年在《新思潮》发表《鼻子》，因受到夏目漱石的赏识而走上文坛。代表作还有《罗生门》(一九一五)、《地狱变》(一九一八)、《河童》(一九二七)等。河童是日本传说中可怕的妖怪，《河童》写的是个寓言故事，一个精神病患者讲述了他在河童世界里的体验。那里一切都和人间社会不同，孩子自己决定自己是否出生，恋爱是女的攻击男的，失业者被当作肉买，宗教只是告诉人们饮食男女，但长老却并不相信神的存在……其中渗透着作者自身对社会现实的忧郁。就在这篇作品发表后不久，芥川龙之介便自杀了。——译注

死语即使再说上千言万语,也不如我再去重读一遍鲁迅的著作才是真格的。

老实说,《故事新编》我是看不懂的。我想恐怕是不足取的,是画蛇添足。即使现在,我对这一判断仍有八分的确信。不过,在剩下的二分里,还留着我是否拿得准的疑惑,这是无论如何也不能否认的。①

---

① 我在这里并不是对《故事新编》进行作品评价,只是说对理解鲁迅的思想来说,它并没重要到非有不可的程度,因此是可以无视的。因这一点也被误解,所以还是讲清的好。本来,这是我当时的想法,后来见解是多少有些改变的。——作者注

# 政治与文学

## 一

鲁迅写小说散文又有一特点,为别人所不能及者,即对于中国民族的深刻的观察。大约现代文人中对于中国民族抱着那样一片黑暗的悲观的难得有第二个人吧。①(周作人《关于鲁迅》)

在鲁迅的刻薄的表皮上,人只见到他的一张冷冰冰的青脸,可是皮下一层,在那里潮涌发酵的,却正是一腔沸血,一股热情;……实际上鲁迅却是一个富于感情的人,只是勉强压住,不使透露出来而已。(郁达夫《〈中国新文学大系〉散文二集〉导读》)

鲁迅所看到的是黑暗。但他却是以满腔热情来看待黑

---

① 《关于鲁迅》最初发表在一九三六年十一月刊《宇宙风》第二十九期,署名知堂,后收《瓜豆集》,但在收入《鲁迅的青年时代》(署名周启明,中国青年出版社,一九五七年)时,把"大约现代文人中对于中国民族抱着那样一片黑暗的悲观的难得有第二个人吧"一句删掉了。——译注

暗,并绝望的。对他来说,只有绝望才是真实。但不久绝望也不是真实了。绝望也是虚妄。"绝望之为虚妄,正与希望相同。"如果绝望也是虚妄,那么人该做什么才好呢?对绝望感到绝望的人,只能成为文学者。不靠天不靠地,不以任何东西来支撑自己,因此也就不得不把一切归于自己一身。于是,文学者鲁迅在现时性的意义上诞生了。致使启蒙者鲁迅得以色彩纷呈地显现出来的那个要素,也因此成为可能。我所称之为他的回心,他的文学的正觉,就像影子产生光那样被产生出来。

很多人并没在鲁迅的绝望之处绝望。人们因此而成为庸众。蠢人的希望是可笑的。他笑了。他嘲笑了同时代的许多人。他嘲笑了胡适,嘲笑了徐志摩,嘲笑了章士钊,嘲笑了林语堂,嘲笑了成仿吾。然而,与其说是嘲笑了他们,倒不如说是他借此嘲笑了自己。可以嘲笑希望,但嘲笑希望的笑,也是在嘲笑绝望。他并没安顿在绝望里,而是对绝望感到绝望。倘若只是走到绝望便止步不前,那么他就只是个虚无思想家了。事实上,也正有批评家专在他身上挑出"虚无"来。当把思想从人那里抽离出来,在静止体中看待时,情形便会如此。但人是不会居住在"思想"的贝壳里的。鲁迅不在绝望之中。他背弃了绝望。不仅走向杨朱、老子和安特莱夫,也从杨朱、老子和安特莱夫走向墨子,孔子和尼采。在这彷徨的路途上,作为天涯孤独的文学者,他与《离骚》诗人同在。

使文学者成为可能的,是某种自觉。正像使宗教者成为可能的是对于罪的自觉一样,某种自觉是必要的。正像通过这种自觉,宗教者看到了神一样,他使语言找到了自由。不再被语言所支配,而反过来处在支配语言的位置上。可以说,他创造了自身的神。所有的这些自觉,最终并不一定会被赋予在个人体验的层面上,而更可能是最终不被赋予,但作为一个完结了的体系来看,从不是发展的角度、亦即存在这一面来看,还是认为有某种决定性的时机不是更好吗?道路无限,他不过是走在这无限之路上的一个过客。然而这个过客却不知在什么时候把无限幻化为自己一身之上极小的点,并以此使自身成为无限。他不断地从自我生成之深处喷涌而出,喷涌而出的他却总是他。就是说,这是本源性的他。我是把这个他叫作文学者的。

鲁迅是文学者。首先是个文学者。他是启蒙者,是学者,是政治家,但正因为他是文学者,即正因为丢掉了这些,这些才会作为表象显现出来。他是教育者,宗教者,亦是因此之故。在他,是有着一种除了称作文学者以外无可称呼的根本态度的。他似乎连小说都抛弃了。他的痛苦之深,以至于深到无法把对象世界构筑到小说和批评当中。《热风》、《华盖集》以下的接连出版的杂感集,便是这痛苦的产物。它们有一大半是论争文字,正像《而已集》、《三闲集》、《二心集》、《伪自由书》、《南腔北调集》、《准风月谈》、《花边文学》等题名的由来所显示的那样,这些集子在本质上都是论争集。他为表白痛苦而寻求论争的对手。写小说是出于痛苦,论争也是出于痛苦。小说里吐不尽的苦,便在论争里寻找倾吐的地方。在论争中,他的对手遍及所有阶层,亦遭受了来自所有阶层的嘲骂。若有人看不过,对他表示同情,他会对同情者的同情态度做出激烈的反弹。这已到了类似偏执狂的程度,无可救药了。但他所抗争的,其实却并非对手,而是冲着他自身当中无论如何都无可排遣的痛苦而来的。他把那痛苦从自己身上取出,放在对手身上,从而再对这被对象化了的痛苦施加打击。他的论争就是这样展开的。可以说,他是在和自己孕育的"阿Q"搏斗。因此,论争在本质上是文学的。即,不是行为以外的东西。作家在作品内所做的,他在作品之外做了。如同批评家构筑起批评的世界那样,他通过论争在世界之外构筑了世界。他预知到了有个影子将会折磨自己。这个影子曾从内面折磨过他,但现在又被对象化在他的面前。与之战斗,在他那里就是表现自我。于是他这样做了。这是胜过一切的、第一义的文学者之路。

现在,他是论争者。他通过论争来和异化到自己之外的非我之物进行交锋。这交锋的战场,就是他自我表现的舞台。然而,他由此也必须和他造就的作品进行较量。为什么这样说呢?因为作品是由他而产生的,因此也就处在了异化他的位置上。他被小说要求抵偿。他没把自己投放到小说里,现在也就不能不把自己丢弃在小说之外。他曾有过绝望的"呐喊"。"呐喊"是小说,是诗。现在,它们处在他和非他之间。他自己曾经是被形成在黑暗之底的,而现在却要把自己重新形成在光天化日之下。论争就具有着这样的性质,而十几本杂感集,作为其记录,便是不成其为作品的作品。

论争的形态多种多样,这和小说的情形相同;而在终极意义上归结为环绕着两个中心的某种奇妙的纠结,则几乎也和小说的情形相同。我在序章中假称的文学者鲁迅和启蒙者鲁迅的对立,或者是和回心之轴相关的政治与文学的对立,便是这奇妙的纠结的核心。因此我认为,打开这个结,将是一种手段,可以在现时的意义上明确他所获得的文学的自觉、回心的性质和内容。因为在我看来,通过再形成的过程,反过来是可以说明形成作用本身的。如果这是可能的话,那么现今中国文学的作为近代文学的性格,也将会由此而被知晓若干。

许多批评家都试图想说鲁迅在这个时期实现了转换。笼统而言,中国文学是从文学革命流向革命文学,再到无产者文学,而伴随着无产者文学的解体又逐渐呈现出一个朝向民族主义的统一倾向的。作为图式,的确如此。而且,由于鲁迅在各个时期又常居文坛一方之极,所以如果说中国文学有变化的话,那么与此相对应,他自身也会在某种意义上发生改变。不变是不正常的,还是认为变化的好。我并不否认鲁迅变了。与其认为只有鲁迅才始终正确,处在中庸的位置,矫正着中国文坛的偏向,还不如认为鲁迅和中国文坛共同摇摆更接近真实。与其在鲁迅那里寻找所设定的目的意识,即把他造就成一个先觉者,倒不如认为他发生了转换更为妥当。人们用各种说法来表述着这种转换,如从进化论到阶级斗争说,从个人到社会,从虚无到希望等等。我并不认为这些说法所表述的东西子虚乌有,但我却不同意把它们看作某种决定性的东西。这是一种把思想从人身上抽取出来的办法。把思想从人身上抽取出来的办法,其本身并无不可,但这种抽取需要一个支撑点,那就是必须了解人在进行思想时的决意。否则,对于思想是下不了正确与否的判断的。认为鲁迅产生了质变的看法,站在某种立场上来说,是对的吧。但如果让我来说的话,那么正如反复强调的那样,我不站在这样的立场上。我希望的是确定他唯一的一次时机。鲁迅或许是变了。不过在我看来,通过他的变化所表现出来的东西,比他的变化本身更重要,这就是通过二次性转换所能被窥见到的具有本质意义的回心方式。对我来说,鲁迅的转变是已知的,和我所下的决心并不相关。不仅如此,这种转换如果只意味着单纯的思想转换,那么我将对转变本身产生怀疑,但从我试图确定对于鲁迅来说那个独一无二的时机的立场来说,这件事甚至是连提都不值得一提的。

## 二

有篇短文,是民国十四年写的《战士和苍蝇》。

  Schopenhauer说过这样的话:要估定人的伟大,则精神上的大和体格上的大,那法则完全相反。后者距离愈远即愈小,前者却见得愈大。正因为近则愈小,而且愈看见缺点和创伤,所以他就和我们一样,不是神道,不是妖怪,不是异兽。他仍然是人,不过如此。但也惟其如此,所以他是伟大的人。

  战士战死了的时候,苍蝇们所首先发现的是他的缺点和伤痕,嘬着,营营地叫着,以为得意,以为比死了的战士更英雄。但是战士已经战死了,不再来挥去他们。于是乎苍蝇们即更其营营地叫,自以为倒是不朽的声音,因为它们的完全,远在战士之上。

  的确的,谁也没有发见过苍蝇们的缺点和创伤。

  然而,有缺点的战士终竟是战士,完美的苍蝇也终竟不过是苍蝇。

  去罢,苍蝇们!虽然生着翅子,还能营营,总不会超过战士的。你们这些虫豸们!

民国十四年是孙文死的那年。《野草》中的大半都是那年写下的。就在这前一年,发生了"三一八"事件,他做《无花的蔷薇(二)》,逃出了北京。这篇短文虽然收进了杂感集《华盖集》,

但很显然，它实际上承续的是《野草》系统。

《战士和苍蝇》的"战士"，据作者说是指孙文及其一派。这个注释也和《野草》的很多注释一样，不理会也无所谓，但在别一种意义上还是有必要在这里把它介绍出来。

> 其实我做那篇短文的本意，并不是说现在的文坛。所谓战士者，是指中山先生和民国元年前后殉国而反受奴才们讥笑糟蹋的先烈；苍蝇则当然是指奴才们。
>
> 至于文坛上，我觉得现在似乎还没有战士，那些批评家虽然其中也难免有有名无实之辈，但还不至于可厌到像苍蝇。(《这是这么一个意思》)

在《战士和苍蝇》一年后，他写道：

> 中山先生逝世后无论几周年，本用不着什么纪念的文章。只要这先前未曾有的中华民国存在，就是他的丰碑，就是他的纪念。
>
> ………
>
> 但无论如何，中山先生的一生历史具在，站出世间来就是革命，失败了还是革命；中华民国成立之后，也没有满足过，没有安逸过，仍然继续着进向近于完全的革命的工作。直到临终之际，他说道：革命尚未成功，同志仍须努力！
>
> ………
>
> 他是一个全体，永远的革命者。无论所做的那一件，全都是革命。无论后人如何吹求他，冷落他，他终于全都是革

命。(《中山先生逝世后一周年》)

更一年后,他写道:

> 以上的所谓"革命成功",是指暂时的事而言;其实是"革命尚未成功"的。革命无止境,倘使世上真有什么"止于至善",这人间世便同时变了凝固的东西了。不过,中国经了许多战士的精神和血肉的培养,却的确长出了一点先前所没有的幸福的花果来,也还有逐渐生长的希望。倘若不像有,那是因为继续培养的人们少,而赏玩,攀折这花,摘食这果实的人们倒是太多的缘故。(《黄花节的杂感》)

拿出这三篇文章,是为了能概括性地了解一下鲁迅对于孙文以及孙文所象征的国民革命的立言态度。在这一章里,我所要放在中心里来阐述的,是鲁迅的两篇讲演,就时期而言,它们紧接在最后这篇文章之后。但在此之前,我打算预备性地就两三个问题做一下必要的交代,以作为进入正题所要履行的手续。

鲁迅尊敬孙文(以及孙文所象征的革命),钦佩孙文。这一点从前面那三篇文章中可以明确看出。而且,他也明确地回答出他为什么尊敬孙文,他钦佩孙文什么。他在孙文身上看到了真的"革命者"。何谓真的革命者呢?临终前高喊着"革命尚未成功"的这个人便是。革命尚未成功。辛亥革命不是革命,第二、第三革命也不是革命。为什么呢?因为"革命无止境"。真的革命是"永远革命"。只有自觉到"永远革命"的人才是真的革命者。相反,高呼"革命成功了"的革命者却都不是真的。他们就像落在战士尸体上的苍蝇。苍蝇们是该唾弃的。

所谓"革命"①，如果从广义上讲，就是政治。"革命"一词，在民国以前被理解为"灭满兴汉"之意，后来是"共和"之意，进而徘徊在从国民革命到无产者革命之间，陷入到了鲁迅揶揄的那种混乱："革命，革革命，革革革命，革革……"（《小杂感》），但词义的变迁，只是显示当前政治目标的推移以及政治事情的复杂，可以姑且把它同孙文遗嘱中所包含的政治理念分开来考虑。因此，把作为政治理念的"革命"理解为"永远革命"，就已经是一种态度了。孙文作为政治家，是有他的国家计划的，不过在此这并不成为问题。就是说，鲁迅在孙文身上看到了"永远的革命者"，而又在"永远的革命者"那里看到了他自己。这是怎么一回事呢？他看到了文坛——包括自己在内的文坛无战士，而且不仅无战士，连苍蝇也没有。孙文之所以伟大，是因为他坚信"永远革命"。他甚至破却了亲手缔造的中华民国，以为是非革命的。孙文虽是个革命的失败者，但却到底是"革命"的失败者。对于永远的革命者来说，所有的革命都是失败的。不是失败的革命不是真革命。革命的成功，不是大叫"革命成功了"，而是坚信永远革命，以"革命尚未成功"来破却现在。我觉得这里不妨再引一下前面已经引过的附在《三闲集》里的《鲁迅译著书目》后记的话，即"不断的（！）努力"和"不断的（！）生长"，来加以对照。通过他初期的相信尼采的超人，相信进化论（《随感录四十一》），相信人类的进步（《随感录六十六》），并为此相信自我改造，通过他中期的在所谓转换期之际，相信新兴文学的胜利，并且告诫不要安于小成（《对于左翼作家联盟的意

---

① "革命"这个词，不论怎样的用法，在当时的日本都讳莫如深。然而，如不导入革命这个概念，便不能思考鲁迅的文学，所以就是成了这个样子；但下面的叙述，却是为此而做的一场苦辩。论证的方式也是不正确的。——作者注

见》),更通过他晚年在"文艺家协会"和"文艺工作者"展开激烈论战之际,他所采取的立身处世的方式(《论现在我们的文学运动》),也许能够从中抽象出某种堪称贯彻始终的根本态度来。这种抽象恐怕是不会有错的,但我还是犹豫不决,难以断言。他确有偏执狂的一面,而且他执著不放的对象,很有那么种宗教的味道;或如果更进一步地说,那就是从鲁迅身上甚至可以感受到近似于尼采所自道的那种在遭遇灵感时感到恐惧的回归永久劫难的思想。然而,我却真的不知道那本相究竟是什么。他从孙文身上看到了"永远的革命者",我想至少还可以断定,这与他文学的本质应该是不无关系的。文坛无战士,可孙文却是战士。那么,孙文所象征的是什么呢?所谓"永远的革命"又是什么呢?对我来说,这些都是难以解开的问题。我想,这些问题和他没创造成的"孤独者"以及用来做注释的《野草》有关,而这想象也大抵不会是不着边际的。

我想稍微换个方面来考虑问题。

近来时常听得人说,"过激主义来了";报纸上也时常写着,"过激主义来了"。……

……但先要问:什么是过激主义呢?

这是他们没有说明,我也无从知道,我虽然不知道,却敢说一句话:"过激主义"不会来,不必怕他;只有"来了"是要来的,应该怕的。(《随感录》五十六,民国七年)

中国历史的整数里面,实在没有什么思想主义在内。这整数只是两种物质,——是刀与火,"来了"便是他的总名。(《随感录》五十九,民国七年)

中国文艺界上可怕的现象,是在尽先输入名词,而并不绍介这名词的函义。于是各各以意为之。看见作品上多讲自己,便称之为表现主义;多讲别人,是写实主义;见女郎小腿肚作诗,是浪漫主义;见女郎小腿肚不准作诗,是古典主义;天上掉下一颗头,头上站着一头牛,爱呀,海中央的青霹雳呀……是未来主义……等等。

还要由此生出议论来。这个主义好,那个主义坏……等等。(《扁》,民国十七年)

凡事彻底是好的,而"透底"就不见得高明。因为连续的向左转,结果碰见了向右转的朋友,那时候彼此点头会意,脸上会要辣辣的。要自由的人,忽然要保障复辟的自由,或者屠杀大众的自由,——透底是透底的了,却连自由的本身也漏掉了,原来只剩得一个无底洞。(《底》,民国二十二年)

庄子曰①:"为之斗斛以量之,则并与斗斛而窃之。"罗兰夫人曰:"自由自由,多少罪恶,假汝之名以行!"每一新制度,新学术,新名词,传入中国,便如落在黑色染缸,立刻乌黑一团,化为济私助焰之具,科学,亦不过其一而已。(《偶感》,民国二十四年)

于是"彻底"论者就得到一个结论:现在的一切文艺,全

---

① "庄子曰",鲁迅原文为"老子曰",参见《鲁迅全集》(人民文学出版社,一九八一年)第五卷第四八〇页。——译注

都无用,非彻底改革不可!他立定了这个结论之后,不知道到那里去了。谁来"彻底"改革呢?(《"彻底"的底》,同上)

只凭这些材料来谈些什么,或许还是有些牵强。表象依然是复杂的。也许并不是单纯的"行动者"。按照年代顺序排列起来看,似乎并没有结论性的东西呈现出来,从而也似乎再次证明了抽取"思想"的困难。不过也很难说和"永远的革命者"全然无关。例如,"来了"的论者和"彻底"的论者就都不是"永远的革命者",只有这一点是确实的。

任凭你……学者们怎样铺张,修史时候设些什么"汉族发祥时代""汉族发达时代""汉族中兴时代"的好题目,好意诚然是可感的,但措辞太绕湾子了。有更其直捷了当的说法在这里——
一,想做奴隶而不得的时代;
二,暂时做稳了奴隶的时代。
这一种循环,也就是"先儒"之所谓"一治一乱"……现在入了那一时代,我也不了然。但看国学家的崇奉国粹,文学家的赞叹固有文明,道学家的热心复古,可见于现状都已不满了。然而我们究竟正向着那一条路走呢?百姓是一遇到莫名其妙的战争,稍富的迁进租界,妇孺则避入教堂里去了,因为那些地方都比较的"稳",暂不至于想做奴隶而不得。总而言之,复古的,避难的,无智愚贤不肖,似乎都已神往于三百年前的太平盛世,就是"暂时做稳了奴隶的时代"了。

但我们也就都像古人一样,永久满足于"古已有之"的时代么？都像复古家一样，不满于现在，就神往于三百年前的太平盛世么？

自然，也不满于现在的，但是，无须反顾，因为前面还有道路在。而创造这中国历史上未曾有过的第三样时代，则是现在的青年的使命！(《灯下漫笔》，民国十四年)

暴君治下的臣民，大抵比暴君更暴；暴君的暴政，时常还不能餍足暴君治下的臣民的欲望。

中国不要提了罢。在外国举一个例：小事件则如 Gogol 的剧本《按察使》，众人都禁止他，俄皇却准开演；大事件则如巡抚想放耶稣，众人却要求将他钉上十字架。

暴君的臣民，只愿暴政暴在他人的头上，他却看着高兴，拿"残酷"做娱乐，拿"他人的苦"做赏玩，做慰安。(《随感录》六十五，民国七年)

专制者的反面就是奴才，有权时无所不为，失势时即奴性十足。孙皓是特等的暴君，但降晋之后，简直像一个帮闲；宋徽宗在位时，不可一世，而被掳后偏会含垢忍辱。做主子时以一切别人为奴才，则有了主子，一定以奴才自命：这是天经地义，无可动摇的。

所以被压制时，信奉着"各人自扫门前雪，莫管他家瓦上霜"的格言的人物，一旦得势，足以凌人的时候，他的行为就截然不同，变为"各人不扫门前雪，却管他家瓦上霜"了。(《谚语》，民国二十二年)

古埃及的奴隶们，有时也会冷然一笑。这是蔑视一切的

笑。不懂得这笑的意义者,只有主子和自安于奴才生活,而劳作较少,并且失了悲愤的奴才。(《过年》,民国二十四年)

惟有民魂是值得宝贵的,惟有他发扬起来,中国才有真进步。但是,当此连学界也倒走旧路的时候,怎能轻易地发挥得出来呢?在乌烟瘴气之中,有官之所谓"匪"和民之所谓匪;有官之所谓"民"和民之所谓民;有官以为"匪"而其实是真的国民,有官以为"民"而其实是衙役和马弁。所以貌似"民魂"的,有时仍不免为"官魂",这是鉴别魂灵者所应该十分注意的。(《学界的三魂》,民国十五年)

用笔和舌,将沦为异族的奴隶之苦告诉大家,自然是不错,但要十分小心,不可使大家得着这样的结论:"那么,到底还不如我们似的做自己人的奴隶好。"(《半夏小集》二,民国二十五年)

这是明亡后的事情。凡活着的,有些出于心服,多数是被压服的。但活得最舒服横恣的是汉奸;而活得最清高,被人尊敬的,是痛骂汉奸的逸民。后来自己寿终林下,儿子已不妨应试去了,而且各有一个好父亲。至于默默抗战的烈士,却很少能有一个遗孤。

我希望目前的文艺家,并没有古之逸民气。(《半夏小集》四,民国二十五年)

要上战场,莫如做军医;要革命,莫如走后方;要杀人,莫如做刽子手。既英雄,又稳当。(《小杂感》,民国

十六年)

　　曾经阔气的要复古,正在阔气的要保持现状,未曾阔气的要革新。
　　大抵如是。大抵!(《小杂感》,民国十六年)

　　然而"成功的帝王"是不秘密杀人的,他只秘密一件事:和他那些妻妾的调笑。到得就要失败了,才又增加一件秘密:他的财产的数目和安放的处所;再下去,这才加到第三件:秘密的杀人。(《写于深夜里》,民国二十五年)

　　我觉得中国人所蕴蓄的怨愤已经够多了,自然是受强者的蹂躏所致的。但他们却不很向强者反抗,而反在弱者身上发泄,兵和匪不相争,无枪的百姓却并受兵匪之苦,就是最近便的证据。再露骨地说,怕还可以证明这些人的卑怯。卑怯的人,即使有万丈的愤火,除弱草以外,又能烧掉甚么呢?(《杂忆》,民国十四年)

　　战士的日常生活,是并不全部可歌可泣的,然而又无不和可歌可泣之部相关联,这才是实际上的战士。(《这也是生活》,民国二十五年)

　　我本来是想做一个有系统的排列,但排不好,中途便把这想法放弃了。不仅放弃了,而且也中止了引用。表象还是复杂的,哪怕自认为已经很集中了,但聚集到一点上来却并非易事。引文在很多情况下都和具体的事件或论争有关,在此我省却所有的说明。与其说我把重点放在了鲁迅看到的"恶"是什么上,倒不如说是放在了他所采取的态度方面,以看他是如何处理"恶"的。如果有一道光芒能从复杂表象的间隙照射进来,那么我也就达到了通过鲁迅的文章来说话的目的。但即使只为这样一个目的,上边的那些引文也还是很不充分的。我将再换个方面,抄录一下鲁迅的文章。

我自己,是什么也不怕的,生命是我自己的东西,所以我不妨大步走去,向着我自以为可以走去的路;即使前面是深渊,荆棘,狭谷,火坑,都由我自己负责。然而向青年说话可就难了,如果盲人瞎马,引入危途,我就该得谋杀许多人命的罪孽。所以,我终于还不想劝青年一同走我所走的路;我们的年龄,境遇,都不相同,思想的归宿大概总不能一致的罢。但倘若一定要问我青年应当向怎样的目标,那么,我只可以说出我为别人设计的话,就是:一要生存,二要温饱,三要发展。有敢来阻碍这三事者,无论是谁,我们都反抗他,扑灭他!

可是还得附加几句话以免误解,就是:我之所谓生存,并不是苟活;所谓温饱,并不是奢侈;所谓发展,也不是放纵。(《北京通信》,民国十四年)

中国大概很有些青年的"前辈"和"导师"罢,但那不是我,我也不相信他们。我只很确切地知道一个终点,就是:坟。然而这是大家都知道的,无须谁指引。问题是在从此到那的道路。那当然不只一条,我可正不知那一条好,虽然至今有时也还在寻求。在寻求中,我就怕我未熟的果实偏偏毒死了偏爱我的果实的人,而憎恨我的东西如所谓正人君子也者偏偏都矍铄,所以我说话常不免含胡,中止,心里想:对于偏爱我的读者的赠献,或者最好倒不如是一个"无所有"。我的译著的印本,最初,印一次是一千,后来加五百,近时是二千至四千,每一增加,我自然是愿意的,因为能赚钱,但也伴着哀愁,怕于读者有害,因此作文就时常更谨慎,更踌躇。有人以为我信笔写来,直抒胸臆,其实是不尽然的,我的顾忌并不少。我自己早知道毕竟不是什么战士了,而且也不能算前驱,就有这么多的顾忌和回忆。还记得三四年前,有一个学生来买我的书,从衣袋里掏出钱来放在我手里,那钱上还带着体温。这体温便烙印了我的心,至今要写文字时,还常使我怕毒害了这类的青年,迟疑不敢下笔。我毫无顾忌地说话的日子,恐怕要未必有了罢。但也偶尔想,其实倒还是毫无顾忌地说话,对得起这样的青年。但至今也还没有决心这样做。(《写在〈坟〉后面》,民国十五年)

就讲述现时心境而言,这篇《写在〈坟〉后面》和前面引用过的《〈呐喊〉自序》等篇相比,其实在某种意义上更为重要。这个问题在序章里只是点到为止,而一直伏笔到现在;与其说没机会来谈,不如说碍难处理。我一直在考虑找一个适当的时候能自然地导出这篇文章,但这似乎也败得一塌糊涂。鲁迅的"含胡",就以含胡的形态被原样写出,在我是久违了的温暖文字。我觉得这哀愁甚至也跟《为了忘却的记念》相通。顺手放过会很遗憾,所以也就顺便再抄一些在这里。

在听到我的杂文已经印成一半的消息的时候,我曾经写了几行题记,寄往北京去。当时想到便写,写完便寄,到现在还不满二十天,早已记不清说了些什么了。今夜周围是这么寂静,屋后面的山脚下腾起野烧的微光;南普陀寺还在做牵丝傀儡戏,时时传来锣鼓声,每一间隔中,就更加显得寂静。电灯自然是辉煌着,但不知怎地忽有淡淡的哀愁来袭击我的心,我似乎有些后悔印行我的杂文了。我很奇怪我的后悔;这在我是不大遇到的,到如今,我还没有深知道所谓悔者究竟是怎么一回事。但这心情也随即逝去,杂文当然仍在印行,只为想驱逐自己目下的哀愁,我还要说几句话。

记得先已说过:这不过是我的生活中的一点陈迹。如果我的过往,也可以算作生活,那么,也就可以说,我也曾工作过了。但我并无喷泉一般的思想,伟大华美的文章,既没有主义要宣传,也不想发起一种什么运动。不过我曾经尝得,失望无论大小,是一种苦味,所以几年以来,有人希望我动动笔的,只要意见不很相反,我的力量能够支撑,就总要勉力写几句东西,给来者一些极微末的欢喜。人生多苦辛,而人们有时却极容易得到安慰,又何必惜一点笔墨,给多尝些孤独的悲哀呢?于是除小说杂感之外,逐渐又有了长长短短的杂文十多篇。其间自然也有为卖钱而作的。这回就都混在一处。我的生命的一部分,就这样地用去了,也就是做了这样的工作。然而我至今终于不明白我一向是在做什么。比方作土工的罢,做着做着,而不明白是在筑台呢还在掘坑。所知道的是即使是筑台,也无非要将自己从那上面跌下来或者显示老死;倘是掘坑,那就当然不过是埋掉自己。总之:逝去,逝去,一切一切,和光阴一同早逝去,在逝去,要逝去了。——不过如此,但也为我所十分甘愿的。

然而这大约也不过是一句话。当呼吸还在时,只要是自己的,我有时却也喜欢将陈迹收存起来,明知不值一文,总不能绝无眷恋,集杂文而名之曰《坟》,究竟还是一种取巧的掩饰。刘伶喝得酒气熏天,使人荷锸跟在后面,道:死便埋我。虽然自以为放达,其实是只能骗骗极端老实人的。

所以这书的印行,在自己就是这么一回事。至于对别人,记得在先也已说过,还有愿使偏爱我的文字的主顾得到一点喜欢;憎恶我的文字的东西得到一点呕吐,——我自己知道,我并不大度,那些东西因我的文字而呕吐,我也很高兴的。别的就什么意思也没有了。……

偏爱我的作品的读者,有时批评说,我的文字是说真话的。这其实是过誉,那原因就因为他偏爱。我自然不想太欺骗人,但也未尝将心里的话照样说尽,大约只要看得可以交卷就算完。我的确时时解剖别人,然而更多的是更无情面地解剖我自己,发表一点,酷爱温暖的人物已经觉得冷酷了,如果全露出我的血肉来,末路正不知要到怎样。我有时也想就此驱除旁人,到那时还不唾弃我的,即使是枭蛇鬼怪,也是我的朋友,这才真是我的朋友。倘使并这个也没有,则就是我一个人也行。但现在我并不。因为,我还没有这样勇敢,那原因就是我还想生活,在这社会里。还有一种小缘故,先前也曾屡次声明,就是偏要使所谓正人君子也者之流多不舒服几天,所以自己便特地留几片铁甲在身上,站着,给他们的世界上多有一点缺陷,到我自己厌倦了,要脱掉了的时候为止。

这段引用得很长,下面再越过一句,就和前面的引文接上了。我一边抄写,一边愈发感到这篇文章的重要。流落厦门时,他做了收在《朝花夕拾》里的《藤野先生》和《范爱农》,前一篇作于十月十二日,后一篇作于十一月十八日,而《写在〈坟〉后面》作于十一月十一日,刚好夹在这两篇文章的之间。关于鲁迅寄托在《藤野先生》和《范爱农》里的爱情,既如在其他地方所述,而眼前的这篇文章则毫无保留地告诉人们这种爱情是什么。里边的凄恻之情,令人怦然心动。世上还有如此严峻而凄凉的爱情吗?他说,"即使是枭蛇鬼怪,也是我的朋友,这才真是我的朋友。倘使并这个也没有,则就是我一个人也行。"但另一方面,他却在给许广平的私信里诉说了自己的烦恼:"但我对于此后的方针,实在很有些徘徊不决,那就是:做文章呢,还是教书?因为这两件事,是势不两立的……我自己想,我如写点东西,也许于中国不无小好处,不写也可惜;但如果使我研究一种关于中国文学的事,大概也可以说出一点别人没有见到的话来,所以放下也似乎可惜。"(《两地书》第二集六十六,十一月一日)又说,"(一)死了心,积几文钱,将来什么事都不做,顾自己苦苦过活;(二)再不顾自己,为人们做些事,将来饿肚也不妨,也一任别人唾骂;(三)再做一些事,倘连所谓'同人'也都从背后枪击我了,为生存和报复起见,我便什么事都敢做,但不愿失了我的朋友。"(《两地书》第二集七十三,十一月十五日)就是说,他当时所处的状况是,身临歧路,有着"实在难于下一决心"的不可不吐之苦。在这种状况下,他一边在和恶劣的环境斗,一边又以追忆中的爱情来支撑自己,吐出"即使是枭蛇鬼怪,也是我的朋友"的话来。《写在〈坟〉后面》那戚然哀愁的含胡,恐怕是具有此种性质的东西吧。

也许我在这中途耽搁得太久了。《写在〈坟〉后面》只抄了一半儿。虽然还有重要的问题剩下来没谈，但我已经没有勇气继续抄下去，所以只好割爱了。

　　我本应就孙文之象征说上几句的。我说过，鲁迅在孙文身上看到了"永远的革命者"，而又在"永远的革命者"那里看到了他自己。但我的目的是从鲁迅那里找出我在这份研究笔记里作为主题来处理的那些疑问——即所谓"永远的革命者"是什么？和鲁迅具有怎样的关系？鲁迅通过这种关系表现了什么？使其能够表现出来的根本原因是什么？如果换句话说，那么就是鲁迅作为文学者，他的自我形成意味着什么？——是怎样表现出来的。为此，我尽可能地把他的文章做了整理，筛选下必要的部分，试着对它们做各种各样的排列组合，并把其中凸现之点标定在假设的坐标轴上，再力图通过我的表达方式反过来对它们进行再构成，同时记录下这个再构成过程中的各个重要环节。我想做的确认大抵是这样的，由小说所显现的两个中心，因《野草》作为小说注释的功能而有了接近的可能；但却依然纠结在一起；这个中心，到了在本质上是论争记录的杂文那里，却因脱离了把自己投放其中的作品性运作，不是自然而然地被对象化在了杂文之外了吗？因此，这是他时隔多年又一次重复了在梁启超身上所做的自我破却，不是间接地说明了他自己在黑暗中是如何形成的吗？若进而言之，那么鲁迅在孙文身上看到了"永远的革命者"，不就是他借助"永远的革命者"而使自己站在了和孙文同一的对立关系中吗？他拼命与之相争的，不就是他自己在孙文身上的影子吗？是否可以这样说呢？在危机的形态下，他一方面以死的决心来不断地生成自己，而另一方面又把这一矛盾最终一直带到了自然的死。——出于这种假定，我从一开始就引了他对孙文的看法。为说明鲁迅本源的矛盾使他在哪里能借助于"永远的革命者"来生成自己,我在他的文章里做了任意性的节选,但结果反倒暴露出我的力不从心。我为我的研究笔记的不备而感到惭愧。我所把握到的也许只不过是鲁迅当中的极小的一部分。研究笔记也应在他日重新改写。这是没办法的事。但是在我把握到的这一部分当中,却包含着以下之点,——哪怕其他都是徒劳的,而我想要明确的就只有这一点:鲁迅一般说来,是被看作辛辣的刻薄家、冷酷的讽刺家、敏锐的反论家的,这主要和以下例示之表现方式有关。不仅他的论敌把这种批评用作攻击他的材料,就是他的辩护者也把这默认为他用于论争的有力武器。就是说,是将其看作鲁迅富有特征的技巧,乃至才能的。然而,果真仅仅是作为技巧的游刃有余的刻薄、讽刺和悖论吗?对此我是有疑问的。那些看上去是刻薄、讽刺和悖论的东西,实际上不是通过他的"含胡"而和他的文学本质保持着比才能更为深切的联系吗?不过,既然已看过了《野草》,看过了《写在〈坟〉后面》,那么现在也就无须另加说明,更无须借助鲁迅说的"漫画的第一件紧要事是诚实"(《漫谈"漫画"》)和"'讽刺'的生命是真实"(《什么是"讽刺"?》)的话,这疑问也是被充分回答了的。

> 有时也觉得宽恕是美德,但立刻也疑心这话是怯汉所发明,因为他没有报复的勇气;或者倒是卑怯的坏人所创造,因为他贻害于人而怕人来报复,便骗以宽恕的美名。(《杂忆》)

> 别人应许给你的事物,不可当真。(《死》)

> 想到欧洲人临死时,往往有一种仪式,是请别人宽恕,

自己也宽恕了别人。我的怨敌可谓多矣,倘有新式的人问起我来,怎么回答呢？我想了一想,决定的是:让他们怨恨去,我也一个都不宽恕。(《死》)

诚然,"无毒不丈夫",形诸笔墨,却还不过是小毒。最高的轻蔑是无言,而且连眼珠也不转过去。(《半夏小集》)

## 三

民国十六年,鲁迅在广东做过几次讲演。其中有四月八日在黄埔军官学校讲的《革命时代的文学》,和九月在广州夏期学术演讲会上讲的《魏晋风度及文章与药及酒之关系》。前一年由广东出发的北伐军,在各地击败孙传芳军队,青天白日旗飘扬在长江一带。捷报传来,国民革命发祥地广东,一派新兴气象。以"创造社"同人为首的许多文学者南下,一时间广东成了文化的中心。讲演就是在这么个时期和地点。但在鲁迅的两次讲演之间,却夹着一场血腥的政治事件,那就是因四月十二日蒋介石发动的政变而导致的国共分裂和继之而来的国民党的分裂。昨日同志,今日之敌,刀光血海,不共戴天。时代由革命的高歌猛进,走向革命的混乱。至于文学者们逃到上海,形成一个中心,使中国文学也像日本文学一样迎来了左翼的全盛时代,——因此也就有了鲁迅的转变问题,都是较此稍后的事。大抵可以认为,国民革命和相继出现的革命文学,其关系很近似于从前的辛亥革命与和数年后兴起的"文学革命"。正像前面略有言及的那样,日本的西南战争与政治文学之关系,如果把时代错一下位,那么就和中国的戊戌政变以及义和团事件之与政治文学的关系很相像。如果这种比附成立，那么尽管情况有别，也正像把辛亥革命同"文学革命"联系起来一样，把国民革命同革命文学联系起来，也就并非生拉硬套了。或从另一个角度说，这种关系也和满洲事变后的政情与民族主义的兴起之关系很相近。我在这里所说的关系，不是因果关系的意思，而只是说时代风尚与心理之间的相互反映的状态。鲁迅在辛亥革命之后保持了数年沉默，直到发表《狂人日记》。《狂人日记》是沉默中的突发。我无法直接获悉由《狂人日记》所赋予的文学者的自觉是如何形成的，我想通过两份讲演记录来间接地思考这个问题，来思考他在十年后面对国民革命的态度，思考面对着国民革命，他是如何看待革命与文学的关系的，换句话说，就是思考他的自我矛盾是怎样进行着互为媒介的作用的。正如反复所述，我先验地把鲁迅规定为一个文学者。这种规定，是我这份研究笔记的前提，同时也是结论。我的方法并非探讨鲁迅的唯一方法，自无须再言。不过，为了能探知到鲁迅象征着什么，我还是要抓住这个方法不放的。

　　鲁迅所做的两个讲演，尽管如开头所述，其环境相异，但却有着类似之点。对我来说，这些类似之点实在格外重要。有人把它们看作两篇完全不同的东西，从主题到材料的处理都是大相径庭的。说它们不同，倒也理所当然。然而，从它们的不同当中，还是能感受到某种相同的东西。那是什么呢？简单地说，就是把文学看作对政治是无力的这么一种态度。我将从这种态度中来寻找问题。

　　　　今天要讲几句的话是就将这"革命时代的文学"算作

题目。这学校是邀过我好几次了,我总是推宕着没有来。为什么呢?因为我想,诸君的所以来邀我,大约是因为我曾经做过几篇小说,是文学家,要从我这里听文学。其实我并不是的,并不懂什么。……加以这几年,自己在北京所得的经验,对于一向所知道的前人所讲的文学的议论,都渐渐的怀疑起来。那是开枪打杀学生的时候罢,文禁也严厉了,我想:文学文学,是最不中用的,没有力量的人讲的;有实力的人并不开口,就杀人,被压迫的人讲几句话,写几个字,就要被杀;即使幸而不被杀,但天天呐喊,叫苦,鸣不平,而有实力的人仍然压迫,虐待,杀戮,没有方法对付他们,这文学于人们又有什么益处呢?在自然界里也这样,鹰的捕雀,不声不响的是鹰,吱吱叫喊的是雀;猫的捕鼠,不声不响的是猫,吱吱叫喊的是老鼠;结果,还是只会开口的被不开口的吃掉。文学家弄得好,做几篇文章,也许能够称誉于当时,或者得到多少年的虚名罢,——譬如一个烈士的追悼会开过之后,烈士的事情早已不提了,大家倒传诵着谁的挽联做得好:这实在是一件很稳当的买卖。

我想,还是边抄边加上些注释的方便。"开枪打杀学生",自然是指前面提到过的"三一八"事件。从鲁迅写《无花的蔷薇(二)》来看,这一事件之重要是无可否认的。我想这一事件给鲁迅终生留下的决定性打击,恐怕和《为了忘却的记念》写的柔石事件是不相上下的。不过,和他的由这一事件受到打击的事实本身相比,我倒是更看重对原因的溯及,即为什么这件事对鲁迅来说是一种打击,这个受到打击的事实是怎样成为可能的。也就是说,"三一八"事件是和他的"绝望"有关的。所谓事件,会对不同的人给予不同的影响。"三一八"事件对当时北京文化人的影响也是各种各样的,有的憎恶军阀,厌恶政治,有的与此相反,对学生运动抱有反感,有的逃避,有的失望,有的同情,有的冷嘲热讽等等。然而在鲁迅那里,留下的却是一种触及到内心的影响。可以想象到,他终生都埋着一颗悔恨的种子,去之无术,只能日夜咀嚼着痛苦。他也想过亲自抄刀复仇。他的没能复仇,是因为胆怯吗?不是的。因为他不想只图一时之快,而是决心终生付出痛苦的代价。即,想当一个文学者。"君子之徒曰:你何以不骂杀人不眨眼的军阀呢?斯亦卑怯也已!但我是不想上这些诱杀手段的当的。"(《坟·题记》)

"有实力的人并不开口,就杀人",而文章是"没有方法对付"杀人的,这是一点;但文章也能成为得到"虚名"的手段,这是一点。说文学无用,有这么两种意思,所以是不能把它们分割开来只考虑一种的。

> 但在这革命地方的文学家,恐怕总喜欢说文学和革命是大有关系的,例如可以用这来宣传,鼓吹,煽动,促进革命和完成革命。不过我想,这样的文章是无力的,因为好的文艺作品,向来多是不受别人命令,不顾利害,自然而然地从心中流露的东西;如果先挂起一个题目,做起文章来,那又何异于八股,在文学中并无价值,更说不到能否感动人了。

所谓"革命",是当前的政治目标,因此它也会变成"抗战",

变成"救国",或者变成"报国",变成"爱国"。① 鲁迅看到,文学对此是无力的,至少看似有力的文学是无力的。当时是"革命"的时代,有人公然主张只有对革命有用的文学才是文学,并且获得了广泛的支持。鲁迅对此做出了反驳,而且事情到了晚年的"救国"也是同样。因此,不妨将此看作他终生不变的主张。对"革命"和"救国",文学是无力的。为什么呢? 因为文学对军阀无力,当然也不会对革命有力;文学杀不了敌,当然也就帮不上友方的忙。要是文学在今天有助于"革命",那么它在"三一八"事件时对段祺瑞就该是有力的。说文学不能杀敌却能助友,是欺瞒。忘却了对敌人是无力的,却又声称有助于我的文学,不是真文学。它不过是获得"虚名"的手段,是装点在烈士追悼会上的"挽联"。

> 为革命起见,要有"革命人","革命文学"倒无须急急,革命人做出东西来,才是革命文学。

这也是终生未变的主张。革命需要的是革命者、行动者,而不是旁观者。旁观者作的"革命文学",不是真的革命文学。因为真的文学,作为行动的结果,应该是自然而然地生发出来的东西。这种场合下的"革命"一语,置换为"爱国"以及其他各种各样的词,都是无所谓的。

文学对革命是无力的。但鲁迅接着说,革命会"变换文学的色彩"。他把"革命时代的文学"分为三个阶段来加以说明。

---

① 这是针对当时日本文学状态所做的发言。不过现在可在更广泛的意义上来理解。——作者注

这里所使用的"革命"一词,可认为是用于历史性转换时代之意。但他说,由于还没有见到"变换文学的色彩"的征兆,所以现在还不是真的革命时代。因为这个部分和目前的问题无关,所以这里就不再引用了。

最后,他说:

> 诸君是实际的战争者,是革命的战士,我以为现在还是不要佩服文学的好。学文学对于战争,没有益处,最好不过作一篇战歌,或者写得美的,便可于战余休憩时看看,倒也有趣。要讲得堂皇点,则譬如种柳树,待到柳树长大,浓阴蔽日,农夫耕作到正午,或者可以坐在柳树底下吃饭,休息休息。中国现在的社会情状,止有实地的革命战争,一首诗吓不走孙传芳,一炮就把孙传芳轰走了。自然也有人以为文学于革命是有伟力的,但我个人总觉得怀疑,文学总是一种余裕的产物,可以表示一民族的文化,倒是真的。

"一首诗吓不走孙传芳",文学代替不了"一炮"。因为文学是"余裕的产物"。这是一种见识。但也仅此而已,并非特别到叫人觉得了不得。文学代替不了"一炮",但"一炮"也代替不了文学。鲁迅的这番话,是针对讨论文学可以代替多少发炮弹的风气而发的。只是这么种意思。他只是在说,对那些讨论着文学对战争有用还是没用,是应该弃文拿枪,还是应专弄文学,抑或文武兼备,是应该非难文学还是应为文学辩护的嚼舌的非行动者,是白费口舌,不必去理会的。在鲁迅那里,这是一种态度,而在从军北伐,又被赶到福建原野上彷徨的郭沫若那里,也同样是一种态度,他们都没在纸上空论文学是否有助于政治。正如前面所述,这两个人,既相互怀有强烈的敌意,彼此嘲骂,又能通过敌意而在血中彼此感知到对方。

文学是无力的。鲁迅这样看。所谓无力,是对政治的无力。如果反过来说,那么就是对政治有力的东西不是文学。这是文化主义吗?确乎是的。鲁迅是个文化主义者。不过,这种文化主义却是和文化主义对立的文化主义。"文学文学"的瞎喊和认为文学"有伟力",他都否定了。这不是要说文学与政治无关。因为互不相干便不会产生有力或无力的问题。文学对政治的无力,是由于文学自身异化了政治,并通过与政治的交锋才如此的。游离政治的,不是文学。文学在政治中找见自己的影子,又把这影子破却在政治里,换句话说,就是自觉到无力,——文学走完这一过程,才成为文学。政治是行动。因此与之交锋的也应该是行动。文学是行动,不是观念。但这种行动,是通过对行动的异化才能成立的行动。文学不在行动之外,而在行动之中,就像一个旋转的球的轴心,是集动于一身的极致的静。没有行动,便没有文学的产生,但行动本身却并非文学。因为文学是"余裕的产物"。产生文学的是政治。然而,文学却从政治中选择出了自己。因此,革命会"变换文学的色彩"。政治与文学的关系,不是从属关系,不是相克关系。迎合政治或白眼看政治的,都不是文学。所谓真的文学,是把自己的影子破却在政治里的。可以说,政治与文学的关系,是矛盾的自我同一关系。① 这种关系,和前面引用过的鲁迅所说的"官之所谓'民'和民之所谓'民'"的区别很相似,政治所见的文学和真正的文学之区别

---

① 此种由西田哲学借来的词汇随处可见,它们是来自当时读书倾向的影响,以今日之见,是思想贫乏的表现。当然在措辞上,它们也都并非在严格意义上遵从了西田哲学的术语。——作者注

就在于此。真正的文学并不反对政治,但唾弃靠政治来支撑的文学。它所唾弃的文学,在孙文身上看不到"永远的革命者",而只看到革命的成功者或革命的失败者。为什么说唾弃呢?因为这种相对的世界,是个"凝固了的世界",没有自我生成的运作,因而文学者只会死灭。文学诞生的本源之场,总要被政治所包围。这是为使文学能开花的苛烈的自然条件。娇弱之花没有生长的可能,劲秀之花却可获得长久的生命。我在现代中国文学那里,在鲁迅身上看到了这一点。

把文学看作对政治是无力的,这种自觉态度,并非自国民革命之际才有。在我的想象当中,这是在黑暗里决定了他回心的自我形成作用的反复,就像一根贯穿在他一生当中,使他在不停顿的每次脱皮之后都会回归过来的基轴。在梁启超那里,在幻灯事件里,在"三一八"事件里,在其他各种场合,他都直面环境,强化着一个文学者的态度。可以说,他是在一边和死较量一边持续着生的。这使他在某一时刻超越了死,成了民众的英雄。我不能再停止在这个问题上了,应赶紧转到另一篇讲演上去。不过,为弥补理论的生硬,我将对鲁迅的文章做简短的引用,以出示二三个旁证。

> 由纯文学上言之,则以一切美术之本质,皆在使观听之人,为之兴感怡悦。文章为美术之一,质当亦然,与个人暨邦国之存,无所系属,实利离尽,究理弗存。故其为效,益智不如史乘,诚人不如格言,致富不如工商,弋功名不如卒业之券。特世有文章,而人乃以几于具足。……严冬永留,春气不至,生其躯壳,死其精魂,其人虽生,而人生之道失。文章不用之用,其在斯乎?(《摩罗诗力说》)

这篇文章作于光绪三十三年,那年他二十七岁,办《新生》杂志失败也在那一年。周作人说的"豫才为《河南》杂志作《摩罗诗力说》,表章拜伦等人的'撒但派'诗文,而以裴多菲为之继"(《关于鲁迅之二》)就是指这篇文章。能把握到如此纯粹的文学观的人,在当时恐怕是极少的吧。《狂人日记》在十年后的出现,并非偶然。"文章不用之用"的提法,看上去很有老庄的味道,但和接下来的期待自己的国家也能出现"精神界之战士"的内容结合起来读,那么就不会怀疑,他并没安居于老庄,而是处在由老庄而走向孔墨的途中,即处在我所说的政治与文学的交锋之地。

说起民元的事来,那时确是光明得多,当时我也在南京教育部,觉得中国将来很有希望。自然,那时恶劣分子固然也有的,然而他总失败。一到二年二次革命失败之后,即渐渐坏下去,坏而又坏,遂成了现在的情形。其实这也不是新添的坏,乃是涂饰的新漆剥落已尽,于是旧相又显了出来。使奴才主持家政,那里会有好样子。最初的革命是排满,容易做到的,其次的改革是要国民改革自己的坏根性,于是就不肯了。所以此后最要紧的是改革国民性,否则,无论是专制,是共和,是什么什么,招牌虽换,货色照旧,全不行的。(《两地书》第一集八)

这封致许广平的信写于民国十四年,与《战士和苍蝇》同年。"改革国民性"的提法可以直接解释为永远革命,但把它和前面引过的"见过辛亥革命,见过二次革命,……"(《〈自选集〉自序》)那段话加起来,便可说明他是在哪里发生了回心。因此,"改革国民性"并不直接是他的文学,而是"不用之用"把自己破却在那里的影子,这也是无须再重复的。

那么,我将转到第二篇讲演上来,这就是《魏晋风度及文章与药及酒之关系》。

这是篇很著名的讲演,我曾在《关于传记》那章里引林语堂的话,以示这篇讲演被化为传说的情形。据林语堂说,鲁迅就像被法利赛人试探的耶稣。事实也许是这样的吧。不过,事实究竟怎样对我并不重要。不把传说放在眼里也无所谓。然而,与传说无关,这篇讲演是重要的,甚至是了不起的。即使当作作品来看,也是鲁迅作品里屈指可数的佳篇。传说之真伪可另当别论,当时是处在能产生这种传说的环境里则是很难否定的。鲁迅将这环境摆在一极,而又把自己的作品凝固在了另一极,其精神之伟大,是我用语言所表述不出来的。当环境的恶劣反倒成全了作品的伟大时,以伟大来称呼作者并非不当。政治的振幅越大,文学把自己破却在政治里的纯粹程度也就越深,这种关系是用日常语言所不能表达的。唯一的说明也只能靠他自己的语言:"当我沉默着的时候,我觉得充实,我将开口,同时感到空虚。"(《怎么写》)①

《魏晋风度及文章与药及酒之关系》是篇相当长的讲演。他所讲述的是中国历史上的一个叫作"魏晋"的时代。这个时代变化剧烈,动荡不安,以至于"例如看北朝的墓志,官位升进,往往详细写着,再仔细一看,他是已经经历过两三个朝代了,但当时似乎并不为奇。"然而他把握住了这个时代,通观了时代风

---

① 这句最早出现在《野草·题辞》当中,《怎么写》是这样提到这句话的:"这时,我曾经想要写,但是不能写,无从写。这就是我所谓的'当我沉默着的时候,我觉得充实,我将开口,同时感到空虚'。"——译注

尚,即广义的政治,影响到文学的各种状态及其变迁的过程:当初因绝对权力的消灭和社会的不安,而有了一个破坏的,反礼教的,个性的,思想自由的"文学的自觉时代";最后,"到东晋,风气变了。社会思想平静得多,各处都夹入了佛教的思想。再至晋末,乱也看惯了,篡也看惯了,文章便更和平。"魏晋是鲁迅尤其感兴趣的一个时代,正像校勘《嵇康集》和收集拓本所显示的那样,他对这个时代是有研究的。这篇讲演的有趣来自学识的丰富,当然也是不可以无视的。不过,这说起来也并不怎么重要。他并没有图式化地来说明历史,而是通过历史的登场人物——在这里是文学者,通过他们的活法,描绘了当时的社会。其描写之真实,有着作品般的感染力。他在这篇讲演中,成功地构制了一个要远比小说更加充实的作品世界。这是这篇讲演之有趣的主要部分。因此,如果把它当作作品来欣赏就非引全文不可,而如果就此写评论也非单列一章不可,但因那样做会离开我眼下的课题,所以这道手续也就在这里一并省略了。

关于鲁迅文学的自我形成之原理,我写的是一份非常抽象的研究笔记。不过在阐释上一篇讲演之际,我觉得已大致做了解释,故这里不再重复。在此,我只想为了确认这个原理做一个小小的试验。我在前面谈过,这篇讲演,其写作环境虽不同于上一篇,但它们在根本上具有类似之点,而且这些类似之点对我来说是重要的。那么,最好是能找出这些类似之点来。《革命时代的文学》在革命还是时代风尚的当时,就反对文学有助于革命的主张,并因此而呈现出一种积极的态度。那么,当眼下革命陷入混乱之际,又该做何言论呢?只要文学无力说不单是观念,不单是语言,而是作为文学者的立言态度、行为和信念,那么以同样的语言去呼唤不同的对象就不被允许。把文学摆在对政治的无力位置,是把政治作为绝对来看待的结果。这是为了从追随政治的文学中把自己区别出来。现在政治混乱了,追随的文学逃亡了。把过去的话语泼向逃亡者,便是自己在追随观念。这不是文学者的态度。那么,什么才是文学者的态度呢?只能是否定政治本身,以替代相对于政治的自我否定。以前的否定自我,是因为以对方为绝对的缘故。在对方失坠于相对的现在,自我否定就应代之以自我肯定。无力的文学应以无力来批判政治。"不用之用"应变为"有用"。即应该说,政治对文学是无力的。这种立言的态度,是文学者的态度。我的认为在这两篇讲演之间存在着类似之点,是指一个焦点而言的,这个焦点在本源上使表面相反的倾向成为可能,它是虚构的,但其实在性又是不容怀疑的,文学者的映象就结成在这里。

我只在讲演中选两个故事出来。

一个讲的是被曹操杀掉的孔融。孔融为什么会被曹操杀害呢?是因为文学者孔融批判了政治家曹操。文学者孔融因他的批判而被政治家曹操杀害了。

> ……又比方曹操要禁酒,说酒可以亡国,非禁不可,孔融又反对他,说也有以女人亡国的,何以不禁婚姻?其实曹操也是喝酒的。我们看他的"何以解忧?惟有杜康"的诗句,就可以知道。为什么他的行为会和议论矛盾呢?此无他,因曹操是个办事人,所以不得不这样做;孔融是旁观的人,所以容易说些自由话。曹操见他屡屡反对自己,后来借故把他杀了。他杀孔融的罪状大概是不孝。因为孔融有下列的两个主张:

"两个主张"这里就省略了。总之,曹操以不孝为由杀了孔融。但当初"曹操征求人才时也是这样说,不忠不孝不要紧,只要有才便可以"的。因此,这也是言行不一。鲁迅对此批判道:

  倘若曹操在世,我们可以问他,当初求才时就说不忠不孝也不要紧,为何又以不孝之名杀人呢?然而事实上纵使曹操再生,也没人敢问他,我们倘若去问他,恐怕他把我们也杀了!

  就是这么种关系:杀人者杀批判者,而批判者又因被杀而批判杀人者。政治在政治上是有力的,但在文学上却是无力的;无力的文学,作为文学是绝对的,这是因为它的无力。

  第二个故事是讲被司马氏杀害的嵇康的。嵇康因批判司马氏的篡位,也是以不孝的名目被杀的。虽然同被视为不孝,但阮籍"不大说关于伦理上的话",所以就没被杀。拿这两个文学者的活法来做比较是很有趣的,但这里却要按下不表,而要接着来谈鲁迅对历史上把他们俩都看作背德者的批判。

  例如嵇阮的罪名,一向说他们毁坏礼教。但据我个人的意见,这判断是错的。魏晋时代,崇奉礼教的看来似乎很不错,而实在是毁坏礼教,不信礼教的。表面上毁坏礼教者,实则倒是承认礼教,太相信礼教。因为魏晋时所谓崇奉礼教,是用以自利,那崇奉也不过偶然崇奉,如曹操杀孔融,司马懿杀嵇康,都是因为他们和不孝有关,但实在曹操司马懿何尝是著名的孝子,不过将这个名义,加罪于反对自己的人罢了。于是老实人以为如此利用,亵渎了礼教,不平之极,无计可施,激而变成不谈礼教,不信礼教,甚至于反对礼教。——但其实不过是态度,至于他们的本心,恐怕倒是相信礼教,当作宝贝,比曹操司马懿们要迂执得多。现在说一个容易明白的比喻罢,譬如有一个军阀,在北方——在广东的人所谓北方和我常说的北方的界限有些不同,我常称山东山西直隶河南之类为北方——那军阀从前是压迫民党的,后来北伐军势力一大,他便挂起了青天白日旗,说自己已经信仰三民主义了,是总理的信徒。这样还不够,他还要做总理的纪念周。这时候,真的三民主义的信徒,去呢,不去呢? 不去,他那里就可以说你反对三民主义,定罪,杀人。但既然在他的势力之下,没有别法,真的总理的信徒,倒会不谈三民主义,或者听人假惺惺的谈起来就皱眉,好像反对三民主义模样。所以我想,魏晋时所谓反对礼教的人,有许多大约也如此。他们倒是迂夫子,将礼教当作宝贝看待的。

鲁迅还分别举了阮籍不允许自己的儿子采取和自己同样行动的例子,以及嵇康的尽管言行高傲,却在《家诫》中告诫儿子如何小心做人的例子,以作为证据。"因此我们知道,嵇康自己对于他自己的举动也是不满足的。"可以说,这是因为"他们生于乱世,不得已,才有这样的行为,并非他们的本态"。

背德者其实是道德者。道德者其实是背德者。它们是对立的,不能以同一名目一概而论。这与"官之所谓'民'和民之所谓'民'"的区别很相近。批判者被杀了,但被杀却是批判。当非革命者口喊革命时,革命者却沉默了。沉默是批判的态度。因此,革命的普及,同时也是革命的堕落,恰如大乘佛教的承认居士,"不知道是佛教的弘通,还是佛教的败坏"(《在钟楼上》)

一样。只有相信"永远革命"的人,只有"永远的革命者",才能不把革命的普及看作革命的成功,而看作革命的堕落,加以破却。

　　说沉默是批判的态度,是说沉默即行动的意思。沉默是行动。作为对行动的批判,其本身就是行动。这是相信不仅语言是实在,没有语言的空间也是实在。使语言变为可能的,同时也会使语言的非存在变为可能。有,如果是实在的话,那么,无也就是实在。无使有成为可能,但在有当中,无自身也成为可能。这就是所谓原初的混沌,是孕育出把"永远的革命者"藏在影子里的现在的行动者的根源,是文学者鲁迅无限地生成出启蒙者鲁迅的终极之场。

# 结束语——启蒙者鲁迅

关于"文学者鲁迅无限地生成出启蒙者鲁迅的终极之场",我不准备再多啰唆些什么了,因为再啰唆下去只会暴露出我言语的笨拙。即便我语言的笨拙不被追究,也终归不是用语言可以说尽的事。

总而言之,我站在了我自己的"终极之场"。虽然还剩下很多话要说,但走到了现在这一步,我也就不想再回头去捡拾它们了。我只能往前走,为的是抹杀我的研究笔记。这是用以补偿这份笔记之不备的唯一办法。

作为表象的鲁迅,始终是一个启蒙者。首先是个启蒙者,而且是个优秀的启蒙者。正像人们把孙文叫作革命之父一样,鲁迅是现代中国国民文化之母。他留下的足迹是巨大的。在我所没直接涉及的很多内容当中,除了近三十年的翻译业绩(其内容涉及很多方面,他自己也相信这是他的本行)外,还有小说史研究,杂志的编辑和对版画事业的推动(为此,他甚至去甘当一名口头翻译,并且尝试自费出版各种版画集),这些都是具有开拓意义的工作。作为表象的鲁迅,只是个彻头彻尾的启蒙者,除此之外什么都不是。

我不是无视作为伟大的启蒙者的鲁迅。不仅不是无视,甚至深感尊敬。我想,有些东西不是我所能评价到位的。我不一一去碰他的业绩,并不是因为轻视它们,而是因为那庞大的重量感使我不可能把它们一一道来;是因为我惧怕千言万语也对它们汲取不尽。所以,我只把我的努力集中指向一个问题,那就是力图以我自己的语言,去为他那唯一的时机,去为在这时机当中鲁迅之所以成为鲁迅的原理,去为使启蒙者鲁迅在现在的意义上得以成立的某种本源的东西,做一个造型。对我来说,启蒙者鲁迅是既知的。我以既知为线索,总算抵达了我所确信的终极之场。如果我的计划按照事先的预想获得了成功,那么也就无须我再说什么,启蒙者鲁迅会自己从那个终极之场跃然而出,神采奕奕地出现在读者面前。我是抱着这种期待来从事工作的,但对结果却没有自信。我想,还是不做这些辩解的好。别了!我将结束我的工作,告别鲁迅一段时间。我想写些道别的话。写什么好呢?我决定还是从鲁迅那里选出下面这段话来:

前年的今日,我避在客栈里,他们却是走向刑场了;去年的今日,我在炮声中逃在英租界,他们则早已埋在不知那里的地下了;今年的今日,我才坐在旧寓里,人们都睡觉了,连我的女人和孩子。我又沉重的感到我失掉了很好的朋友,中国失掉了很好的青年,我在悲愤中沉静下去了,不料积习又从沉静中抬起头来,写下了以上那些字。

要写下去,在中国的现在,还是没有写处的。年青时读向子期《思旧赋》,很怪他为什么只有寥寥的几行,刚开头却又煞了尾。然而,现在我懂得了。

不是年青的为年老的写记念,而在这三十年中,却使我目睹许多青年的血,层层淤积起来,将我埋得不能呼吸,我只能用这样的笔墨,写几句文章,算是从泥土中挖一个小孔,自己延口残喘,这是怎样的世界呢。夜正长,路也正长,我不如忘却,不说的好罢。但我知道,即使不是我,将来总会有记起他们,再说他们的时候的。……(《为了忘却的记念》)

# 附　录

## 作为思想家的鲁迅

　　鲁迅不是所谓的思想家。把鲁迅的思想,作为客体抽取出来,是很困难的。他没有成体系的东西。倘若做勉强之言,那么他这个人的存在本身便是一个思想。

　　鲁迅是文学者。而且是第一义的文学者。这就是说,他的文学不靠其他东西来支撑,一直不松懈地走在一条摆脱一切规范、摆脱过去的权威的道路上,从而否定地形成了他自身。虽然因中国文化的后进性而使他的文学没能丰富地创造出新的价值,但他的非妥协的态度,却被称作鲁迅精神,并且化为传统,成为一块基石,构筑着中国文学之作为近代文学的自律性。鲁迅的文学,是质询文学本源的文学,所以,人总是大于作品。

　　鲁迅不是有体系的思想家。他既没文学论,也没文学史(他的主要著作之一《中国小说史略》,是文献考证加作品评价,并不是历史)。他的小说是诗歌式的,评论也是感性的。他在气质上,也和凭借概念来思考缘分甚远。做类推而不做演绎,有直观却无构成。他不擅长以目的和方法来对应世界,也就是缺乏立场这种东西。然而,这又并不是因为他所处的位置暧昧模糊的缘故。对待刺激的反应总是保持一定,这充分显示着他强烈的个性。只是由于他不做自我主张,因而不能对象化地捕捉到他的位置。规定他是什么很难,但规定他不是什么却很容易。

有个叫平心的急进的批评家,把鲁迅的思想概括如下:

> 鲁迅是现代中国号召思想革命和坚持战斗现实主义最英明最强毅的先驱人物,他的思想不仅是中国人民要求进步渴望光明的意志的最集中的表现,同时也是中国民主革命运动往前发展和走向深入的最明确的反映。(《论鲁迅的思想》)

这是在中国革命的潮流中,从革命方向上来把握鲁迅的有代表性的见解,因此作为其本身,是无可否定的正确定式。然而,在缺少这种定式成立的条件之处,鲁迅变得空洞无物。

毛泽东在其人格形成上是个深受鲁迅影响的人,甚至把鲁迅评价为"新中国的第一等圣人"。关于鲁迅,他指出有三种属性:第一是政治的远见,第二是斗争精神,第三是牺牲的精神。这是毛泽东根据自己的体验所做的判断,如果只把问题限制在这个范围内,那么它是切中肯綮的。

共产主义者,卓越的文艺批评家,而且是鲁迅的知心朋友的瞿秋白(Chü Chiupo,一八九八——一九三五)在他编选的鲁迅文集序言里,也做了非常相似的评价:第一是清醒的现实主义,第二是"韧"的战斗,第三是反自由主义,第四是反虚伪的精神。这些评价也鲜明地表现了鲁迅的特征,尤其是指出反自由主义,更是敏锐地抓到了鲁迅的本质。面对自由、平等以及一切资产阶级道德的输入，鲁迅进行了抵抗。他的抵抗，是抵抗把它们作为权威从外部的强行塞入。他把问题看透了，那就是把新道德带进没有基础的前近代社会，只会导致新道德发生前近代的变形，不仅不会成为解放人的动力，相反只会转化为有利于压制者的手段。这一洞察，来自他的体验。从这一点上来说，他做到了正面逼视殖民地的现实。所谓"清醒的现实主义"，就是这个意思。因此，他和那些大肆标榜新价值，力图以此来对抗旧价值的同时代的进步主义者，从未有过一次同调，反倒是同他们进行了执著的战斗。这不只限于道德，在包括科学、艺术、社会制度在内的所有方面都是如此。

在进步主义者看来，这样的鲁迅是个冥顽不化的保守主义者。但他对一切旧的东西都没宽恕过。再没有人能像他那样憎恶封建制度以及由此产生的虚伪。不过在他那里，却并没化作有目的、有意识的行动，即在一个方面去力图描写被解放了的人的理想形象。他几乎不怀疑人是要被解放的，不怀疑人终究是会被解放的，但他却关闭了通向解放的道路，把所有的解放都看作幻想。可以想见，这其中就有剥夺了他青春希望的辛亥革命失败的伤痛所留下的深刻影响。总而言之，他并不相信从外部被赋予的救济。于是，他的反叛便以反叛自己的形式表现出来。

如果说直视中国所处的后进性，而且拒绝了一切解放的幻想的话，那么这里也就只剩下了绝望。孙文那样的实际家，能够做到百折不挠，在每一次失败之后都能更新连接理想与现实的桥梁，然而艺术家鲁迅却做不到这一点。但又因为是一个艺术家，是一个总是在追求投入人生全部内容的生存方式的第一义的文学者，因此他也做不到把绝望目的化，从而造出一种达观哲学来。他不相信一切，甚至也无心相信自己的绝望。他看到了黑暗,而且只看到了黑暗,但却没把目击黑暗的自己同黑暗的对象分开。不过,只有在这种赋予自己痛苦的实感之上,他才能意识到自己。为了生,他不能不做痛苦的呐喊。这抵抗的呐喊,就是鲁迅文学的本源,而且其原理贯穿了他的一生。当然,鲁迅通过对痛苦的分析,不借助抽象而以个别事物的形态接近了普遍真理,从客观上来看,这是他不断成长的表现,但尽管如此,他现在的意识,却没能离开总是自己对自己不满的这种对黑暗的绝望的抵抗感。

这一法则可以放在他的一种自我意识上来看,例如,他终生都对自己的表述不满。他总不时告诉人们,"我写的不是真的"。这既是一个像孩子一样,只是纯粹地去追求真实的艺术家的痛苦告白,同时在这种一般性质之上,也更是一种乖离心理的自我表现:鲁迅遭到了特殊环境、旧制度和旧思想的阻碍,他的对恢复人性的期待被断掉了,这使他不能以本来的面貌来表现真实。因此,这也是一种象征,象征着鲁迅文学的悲剧命运:他后来不再相信作品的虚构,为能活着当一个文学者,他必须要丢掉制作。

鲁迅不能相信善能对抗恶。世界上或许有善,但那是另一回事,他自身却不是。他的与恶的战斗,是与自己的战斗,他是要以自毁来灭恶。在鲁迅那里,这便是生的意义,因此他唯一的希望,就是下一代不要像自己。为灭恶而知恶,只被恶所允许,即所谓恶的特权。或许会在某一时刻实现的善,只有通过恶的自我否定,才会被赋予克服其相对性的基础。鲁迅的这种虚无主义,当然是以一个后进的、封闭的社会为条件的,但是应该注意到,它在鲁迅那里却孕育着一个诚实的生活者的实践,同时,它也显示着现今中国文学的自律性的本源。

后来,鲁迅因接受了马克思主义世界观,摆脱了早期的尼采主义的影响,但他虚无主义的本质却并没改变。和其他新思想一样,马克思主义也并没带给他解放的幻想。在与黑暗的格斗中,阶级斗争说虽有助于强化他的战斗力,却没能使他具体描绘出一个理想社会来。它是武器,是手段,不是目的。有些人倒是把马克思主义作为目的来大肆标榜的,鲁迅通过与他们的交锋,拒绝了把应被赋予的新的社会秩序作为被赋予的东西来寻求,并以此使否定成为媒介,在相反的方向上富有个性地实现了他自身的马克思主义化。这是和中国的共产主义运动的特殊性相适应的。鲁迅并不相信自己是马克思主义者,毛泽东评价他"比马克思主义者更马克思主义"。①

　　在鲁迅那里,这种强韧的本源是什么呢?关于这个问题,李长之这个年轻的文艺评论家认为,就在于"人得要生存"这样一个朴实的生活信念;而在他身上能够形成这种生物学的、自然主义哲学的信念,进化论这一他年轻时的教养基础是有着很大影响的。这是一个卓见,但还没充分表明鲁迅伦理观的核心。我想是否还可以追溯到原始孔子教的精神。

　　鲁迅是近代中国的最大的启蒙家,这是众口一致的评价。孤独的精神把虚无的深渊包藏在内面,又是怎样得以外化出一个启蒙家来的呢?表面上看去,这似乎是不可理解的,但正是这种二重性格,才是解决问题的关键,可以由此把鲁迅的位置确定

---

① 关于"比马克思主义者更马克思主义"一句,没查到出处。在毛泽东的《鲁迅论——在"陕公"纪念大会上的演辞》(《七月》一九三八年第三期)里有以下一段可参考:"我们今天纪念鲁迅先生,首先要认识鲁迅先生,要晓得他在中国革命史中所占的地位。我们纪念他,不仅是因为他的文章写得好,成功了一个伟大的文学家,而且因为他是一个民族解放的急先锋,给革命以很大的助力,他并不是共产党的组织上的人,然而他的思想、行动、著作,都是马克思主义化的。"——译注

在传统与革命纠葛在一起的近代中国的二重性格中。鲁迅曾做过自我反省,说自己的思想是"民族主义与个人主义的起伏消长"。① 这表明,鲁迅已自觉意识到了这一矛盾。

从思想史来看,鲁迅的位置在于把孙文媒介于毛泽东的关系中。近代中国,不经过鲁迅这样一个否定的媒介者,是不可能在自身的传统中实行自我变革的。新的价值不是从外部附加进来的,而是作为旧的价值的更新而产生的,在这个过程中,是要付出某种牺牲的;而背负这牺牲于一身的,是鲁迅。正是鲁迅才承受住了这重负,没有丝毫的媚骨,具有着毛泽东所评价的那种"殖民地半殖民地人民最可宝贵的性格"。

---

① "民族主义与个人主义的起伏消长",在《鲁迅全集》中没找到这句话,似作者记忆有误。在《两地书·二四》里有这样一句,不妨参考:"其实,我的意见原也一时不容易了然,因为其中本含有许多矛盾,教我自己说,或者是人道主义与个人主义这两种思想的消长起伏罢。"——译注

## 简 略 年 谱

| 年　代 | 事　项 | 环　境 |
|---|---|---|
| 一八八一<br>光绪七<br>明治十四 | （一岁）<br>旧历八月三日,出生在浙江省绍兴。姓周,名树人,字豫才,幼名樟寿。鲁迅这个笔名是三十八岁时开始使用的。 | |
| 一八八五<br>光绪十一<br>明治十八 | （五岁）<br>弟周作人出生。 | 日本：(坪内)逍遥《小说神髓》。 |
| 一八八七<br>光绪十三<br>明治二十 | | 日本：二叶亭(四迷)《浮云》。 |
| 一八九三<br>光绪十九<br>明治二十六 | （十三岁）<br>祖父入狱,父亲生病。 | |
| 一八九四<br>光绪二十<br>明治二十七 | | 日清战争开始。 |
| 一八九六<br>光绪二十二<br>明治二十九 | （十六岁）<br>父死。家境愈发贫困。 | 《时务报》创刊。此顷兴起日本研究热。 |
| 一八九八<br>光绪二十四<br>明治三十一 | （十八岁）<br>进南京江南水师学堂。 | 戊戌政变。<br>严复《天演论》出版。<br>《清议报》创。 |
| 一八九九<br>光绪二十五<br>明治三十二 | （十九岁）<br>转学入江南陆师学堂附设路矿学堂。余暇时读新思潮书和小说。 | |
| 一九〇〇<br>光绪二十六<br>明治三十三 | | 义和团事件。 |

续表

| 年　代 | 事　项 | 环　境 |
|---|---|---|
| 一九〇二<br>光绪二十八<br>明治三十五 | （二十二岁）<br>路矿学堂毕业。赴日本留学。 | 《新民丛报》、《新小说》相继创刊。<br>林纾开始翻译西洋小说。 |
| 一九〇四<br>光绪三十<br>明治三十七 | （二十四岁）<br>进仙台医学专门学校。祖父死。 | 日俄战争开始。<br>王国维《红楼梦评论》出。<br>光复会成立。 |
| 一九〇五<br>光绪三十一<br>明治三十八 | | 废止科举。<br>中国同盟会成立。<br>日本：（夏目）漱石《我是猫》。 |
| 一九〇六<br>光绪三十二<br>明治三十九 | 回国结婚，带周作人返回日本。<br>放弃医学，去东京研究文艺。 | |
| 一九〇七<br>光绪三十三<br>明治四十 | （二十七岁）<br>计划发行《新生》杂志。 | 日本：（田山）花袋《棉被》。 |
| 一九〇九<br>宣统一<br>明治四十二 | （二十九岁）<br>出版《域外小说集》上下两册。<br>回国，在故乡当教员。 | |
| 一九一一<br>宣统三<br>明治四十四 | （三十一岁）<br>辛亥革命后，任绍兴师范学校校长。<br>写小说《怀旧》。 | 辛亥革命。 |
| 一九一二<br>民国一<br>大正一 | （三十二岁）<br>进教育部，住北京。 | |
| 一九一四<br>民国三<br>大正三 | | 第一次世界大战开始。 |
| 一九一五<br>民国四<br>大正四 | | 日本提出二十一条要求。<br>《新青年》创刊。 |

续表

| 年　代 | 事　项 | 环　境 |
|---|---|---|
| 一九一六<br>民国五<br>大正五 | | 袁世凯帝政运动失败。<br>日本：（夏目）漱石死。 |
| 一九一七<br>民国六<br>大正六 | （三十七岁）<br>接周作人到北京。 | 张勋复辟运动失败。<br>文学革命开始。<br>俄国革命。 |
| 一九一八<br>民国七<br>大正七 | （三十八岁）<br>在《新青年》上发表处女作《狂人日记》。 | |
| 一九一九<br>民国八<br>大正八 | （三十九岁）<br>在八道湾买房子，和周作人一起搬进去住。<br>探亲，把母亲接到北京。 | 凡尔赛和约。 |
| 一九二〇<br>民国九<br>大正九 | （四十岁）<br>是年开始兼任北京大学以及其他大学的讲师。 | |
| 一九二三<br>民国十二<br>大正十二 | （四十三岁）<br>和周作人别居。<br>第一本小说集《呐喊》出版。 | 日本：关东大地震。 |
| 一九二四<br>民国十三<br>大正十三 | （四十四岁）<br>完成《中国小说史略》。 | 《语丝》创刊。 |
| 一九二五<br>民国十四<br>大正十四 | （四十五岁）<br>第一本杂感集《热风》出版。<br>开始和许广平交往。 | 孙文死。<br>五卅事件。 |
| 一九二六<br>民国十五<br>昭和一 | （四十六岁）<br>逃离北京，赴厦门。<br>第二本小说集《彷徨》出版。 | 三一八事件。<br>革命文学兴起。 |
| 一九二七<br>民国十六<br>昭和二 | （四十七岁）<br>去广东。自秋天起定居上海，和许广平同居。 | 北伐成功。<br>四一二政变，国共分裂。 |
| 一九二八<br>民国十七<br>昭和三 | （四十八岁）<br>回忆录《朝花夕拾》出版。 | |

续表

| 年 代 | 事 项 | 环 境 |
|---|---|---|
| 一九二九<br>民国十八<br>昭和四 | （四十九岁）<br>与创造社论战。<br>海婴出生。 | 江西苏维埃成立。<br>对左翼文学展开镇压。 |
| 一九三〇<br>民国十九<br>昭和五 | （五十岁）<br>因自由大同盟的遭到镇压而一时避难。开始推动版画运动。 | 自由大同盟、中国左翼作家联盟相继成立。 |
| 一九三一<br>民国二十<br>昭和六 | （五十一岁）<br>因柔石事件而一时避难。 | 满洲事变。<br>国民党镇压强化，柔石等人遇害。 |
| 一九三二<br>民国二十一<br>昭和七 | （五十二岁）<br>因上海事变避难。<br>去北京探望生病的母亲。 | 上海事变。<br>日本：五一五事件。<br>文学大众化的论争。 |
| 一九三三<br>民国二十二<br>昭和八 | （五十三岁）<br>参加民权保障同盟。赴杨杏佛葬礼。<br>《两地书》出版。 | 民权保障同盟成立。杨杏佛遇害。<br>萧伯纳来访。 |
| 一九三四<br>民国二十三<br>昭和九 | （五十四岁）<br>生病。 | 中共大转移。<br>新生活运动。 |
| 一九三五<br>民国二十四<br>昭和十 | （五十五岁）<br>开始翻译《死魂灵》。 | 瞿秋白遇害。<br>中共发表八一宣言（提倡抗日民族统一战线） |
| 一九三六<br>民国二十五<br>昭和十一 | 围绕抗日战线的组织问题展开论争。<br>五月发病。<br>十月十九日殁。<br>《故事新编》出版。 | 围绕着提倡国防文学，文艺家协会与文艺工作者之间相互对立并展开论争。 |
| 一九三七<br>民国二十六<br>昭和十二 | | 卢沟桥事件。战争扩大。<br>延安成立鲁迅师范学院。 |

鲁 迅 229

## 创元文库版后记

《鲁迅》作为日本评论社的"东洋思想丛书"之一，写于一九四三年，出版于一九四四年年末，那时我还在出征。战后，一九四六年十一月出了第二版，但去掉了"东洋思想丛书"这个名称，文中的"支那"也全部改成"中国"。当这次作为创元文库之一册出版之际，除了订正第二版的误排错字外，还在一些难读的汉字上加注了假名，并且把假名的用法都改为现代方式。其实，汉字用法和文体不变，而单改假名的用法是不和谐的。不过话虽这么说，文章要是真改起来，不仅没有时间，而且是一项非常困难的事业。于是，避难就易，还望读者原谅。

作为著者，能看到旧著重印，而且还是一种普及的形式，自然欣喜由衷，但同时也并非没有几分不安。在这十年间，鲁迅研究也有了长足的发展。我自己在战后又重读了鲁迅，另外写了一本书，叫做《世界文学指南·鲁迅》（一九四八年，世界评论社），其中阐述的部分见解当会较前著有所进步。其他一些人也有业绩出现。而在中国，公开未刊资料和新的研究也正在进行。即使在日本，也已经到了在此基础上展开真正的研究的阶段。我的《鲁迅》现在已经旧了，是否有重出的价值还是个疑问。但从另一方面说，《鲁迅》对我来说又是一本很能牵动怀旧之情的书。怀着被追赶着的心情，在生命朝不保夕的环境里，我竭尽全力地把自己想要留在这个世界上的话写在这本书里。虽还不至于夸大其辞地说像写遗书,但也和写遗书的心境很相近。我还记得,事实上就在这本书刚刚完成时,征兵通知书就到了,那时我想,真是老天保佑,谢天谢地呀!不论在什么时候,每当我重读这本书,就总会唤醒这种充满张力的心情。我因为写《鲁迅》而获得了我自己的生的自觉。这本"处女作"比哪本书都更能使我感到旧日情怀。

这些个人的事还是姑且不说罢。当思考这本书现在是否也会对鲁迅研究有所帮助时,我觉得是有那么几点作用的。其理由之一,是对鲁迅文章的引用比较丰富,即使只捡那些引文来读,也会成为鲁迅文学的入门的。另一点理由是,这里所提出的问题和研究方法——虽然这说法有些夸张——放在日本文学的现状里,也并非完全无益。为改革日本文学,现在越发有必要导入新的问题和新的方法,在本书中也未必不会找出些暗示来。事隔一段时间之后,我自己这次重读本书,除了为它的幼稚而感到脸热外,也有一些部分重新唤醒了脑中的记忆,使我知道了那些被遗忘了的问题之所在。我想,在读者中也会有人抱有同感的吧。出于这个理由,我同意了重新出版的建议。

这本书是在不幸的环境中写成的,不仅思想不成熟,而且也有一些地方因当时环境的某些原因而说得很含糊。出于前面讲过的理由,这次不做改写,其相关部分以自注的形式做了说明。这是出于有助于读者理解的考虑,而并不是要提交一份洗清自己的证明。

在写作本书时,有些方法是从中野重治的《斋藤茂吉笔记》①上学来的。此后,我又通过这本书获得了很多新朋友。谨借此机会,向各位表示感谢。

在日本评论社版里,附有武田泰淳②氏所做的跋。③我出征时,曾把校对和做跋都托付给了当时交往最密切的他。这篇跋写得很棒,亦不乏旧日的感怀,只因也有痛苦的回忆在里面,所以这次考虑再三,最后还是由我提出把它省略了。

此外,还附录了《略年谱》和我在战后写的一篇短文《作为思想家的鲁迅》(筑摩书房《哲学讲座》第一卷,一九四九年)。

---

① 中野重治(Nakano Shigeharu,一九〇二——一九七九),诗人、评论家、小说家。出生在福井县的一个自耕农之家。一九二四年进东京帝国大学(今东京大学)德文学科,在学期间开始在同人杂志上发表诗歌,并参加了马克思主义文艺研究会,毕业后先后成为日本无产阶级艺术联盟、日本无产者艺术联盟和日本无产阶级联盟的领导人,一九三一年加入日本共产党,翌年被捕,一九三四年出狱,此后直至战后,写了一系列的被后来的人们视为具有抵抗"转向"意义的文字,《斋藤茂吉笔记》即是其中之一,昭和十八年(一九四二)由筑摩书房出版,是评述斋藤茂吉和歌创作和理论的研究笔记。斋藤茂吉(Saitou Mokichi,一八八二——一九五三),日本近代歌人,东京帝国大学医科大学(今东大医学部)毕业,当过医生和医大学教授,但在和歌创作和评论上却很有影响。其理论为"写生说":把观念融入实相,描写自然与自我的一元之生。一九五一年获文化勋章,有十七本歌集和大量的评论、随笔、研究论文等。——译注

② 武田泰淳(Takeda Tai jun,一九一二——一九七六),日本战后文学的代表作家之一,竹内好的亲密友人。东京人,寺院住持之子,本名大岛觉,后承父亲之师姓武田,改为现名。自高中时起开始喜爱中国文学,并加入左翼运动。一九三一年考进东京帝国大学(今东京大学)支那文学科后不久即遭逮捕。退学后取得僧侣资格。一九三四年和竹内好等人借欢迎周作人、谢冰莹等人访问日本之机成立中国文学研究会,一九三七年被送到中国战场当辎重兵,其在中国战场上的体验为日后留下了刻骨铭心的记忆。一九三九年退伍,一九四三年出版《司马迁》,通过"司马迁"表白了自己的苦恼以及对自身和世界的认识,开始引起文坛注意。一九四四年到上海,在中日文化协会做日本书的汉译工作,"二战"结束后在上海滞留到一九四六年。其代表作有《才子佳人》(一九四六)、《审判》(一九四七)、《蝮蛇之末》(一九四七)、《风媒花》(一九五二)、《光藓》(一九五四)、《秋风秋雨愁杀人》(一九六八)、《快乐》(一九七二)等。——译注

③ 参见第234页注①。——译注

## 未来社版后记

这本书的成书情况,我已经在《创元文库版·后记》中谈过了。创元文库版是一九五二年出版的。现在,不论是最初的日本评论社版还是创元文库版,在市场上都几乎找不到了,但这本旧著还似乎并非完全无所需,还经常有不认识的人向我打听。出于这种情况,我便接受了未来社的重刊建议。不过说老实话,我也不觉得有怎样的荣耀。

作为鲁迅研究书,这本书已经旧得不会再有什么用处了。鲁迅全集,比旧版更完善的全集业已在新中国成立之后出版,我在本书中所希望的日记和书信集也已经出版了。至于研究书,则可谓汗牛充栋。即使只就资料而言,也轮不到这本书再来登台了。由于我自己后来也深化了一些问题的看法,所以当自己再来重读它的时候,也并非没有令人脸红之处。不仅如此,我在本书中大量引用了鲁迅的文章,但那只是出于对旧有翻译的不满,而并不是有意让读者去读自己翻译的鲁迅的文章,不过现在这些译文也没什么必要了。就是说,它们即使作为翻译,也已经失去了存在的理由。

如果说这本书还有存在的意义的话,那么便只有作为历史文献,或作为作品的意义了。有人还能买这个账,作为作者当然是不会不高兴的。我自己对这本并不高明的习作至今仍觉得难以忘怀。

这样,这次便决定把创元文库版只做误排上的订正,拿出来重印一下。但追加了少许自注。译文当中虽也发现有误译,却没做订正。这次还重新委托出版社,复活了在创元文库版中省略了的武田泰淳的跋①,以回答未来社想出的完美的要求。价格贵是没有办法的事。因为已经是第三次粉墨登场了,所以妆也要画得浓一些才好。

这些年来,对战争中的文学之研究热闹起来,我的这本《鲁迅》也开始被各种各样的人从这一角度来加以论及。这本旧著或许因此而得以重获公表于世的机运也未可知,这并无不可,只是有一点想在这里有言在先,在那些研究中,有学说确立了日本的抵抗文学这一范畴,并将我的书也算做其中的一例,这种好意我承领了,但我自己却不能赞成这种观点。我不认为这种程度的东西算得上是抵抗。所谓抵抗应当比这困难得多。本书充其量只能算作对流俗的批判,而且那批判也不甚到位。本来还想就此多谈几句,但那样会超出后记的范围,只

---

① 武田泰淳的《跋》文如下:
劳多而效少,人之所恶也。然不辞劳多,不拒效少者,不绝其人。何故也?非其人固喜劳多,非其人固乐效少,乃其性严而不顾劳多,其情纯而不惧效少也。性严情纯之人,其为文,雕心刻意,无念于劳之多寡,效之大小。是故,其文或清淡或华丽,而无油腻油滑之态。我友竹内君勉力之所为亦在此矣。竹内君爱文执拗,求文刚固。执管竟日不就,巧尽力穷,废然而返,亦不肯匆匆罢笔。譬如明知御风划水之不可为而为之,其学文可谓力所至极也。君恒有屈子枯槁之容,是为也。有曰,君之文艰涩也。或然。艰乃杂糅熔铸之故也,涩乃把住酝酿之故也,非殊缘饰,乃其性严其情纯使然尔。试看彼之所好,曰鹿子《生生流转》、重治《斋藤茂吉笔记》,亦或大川氏之重厚、太宰君之劲秀。彼曾评某学派,有言"然则大地动也";批判某学者之文,有言"下作"。两语一为象征,一为感觉,而均能气势磅礴,表其所恶。谓其文艰涩也者,亦非能否定其好恶之明白。余与竹内君为友十余年,所愿乃成彼之所好一事也,所惧乃化彼之所恶一事也。恐中国青年喜化鲁迅之所恶者当少焉。成鲁迅之所好,难。然欲成其所好之人则不绝也。去年竹内君出征前夜嘱余以跋,惟聊以果约耳。

昭和十九年三月十日
武田泰淳

——译注

能就此打住了。

我早就计划把写这本书以前的自己的文章搜集起来,编成一个集子,也算自己的一个小小的纪念。由于今年似乎会得到这个空闲,所以我打算在重编另一本事先定好的评论集时,忙里偷闲来做这件事。那些不是关心鲁迅这个人,而只是对我的《鲁迅》这本书感兴趣的先生们,如果将来能参考这本未刊书,那么或许会对我到达《鲁迅》这本书所走过的历程有所了解的。结果,这也就和中国文学研究会①这个小小团体的历史有关了。《鲁迅》与其说是我一个人的工作,倒不如说是这个会的历史的一个产物。

(一九六一年五月)

---

① 中国文学研究会,九二四年由竹内好、武田泰淳等创办的中国文学研究团体,成员主要由当时东京帝国大学支那文学科的在校生、毕业生和喜爱中国文学的青年组成,出版会刊《中国文学月报》(后改名为《中国文学》)。作为民间学术团体,该会通过自己的研究活动,确立了和当时日本政府不同的中国观,为日本战后的现代中国文艺研究奠定了基础。一九四三年解散。但曾是该研究会成员的竹内好、武田泰淳、增田涉、小野忍、松枝茂夫、冈崎俊夫等人,都成了战后在研究现代中国方面的有代表性的学者和文学者。这里还要顺便提到,一九七六年十月五日,武田泰淳病逝于癌症,享年六十四岁;在其追悼会上,竹内好读完沉痛的悼词后即因病倒而被送往医院,也被诊断为癌症,一九七七年三月三日病逝,享年六十六岁;在同年三月十日举行的竹内好的葬礼上,增田涉在宣读完悼词后也因突发心脏病而成为不归之人,享年七十四岁。——译注

# 第二部

大东亚战争与吾等的决意

《中国文学》的废刊与我

何谓近代
——以日本与中国为例

# 大东亚战争与吾等的决意

历史被创造出来了！世界在一夜之间改变了面貌！我们亲眼目睹了这一切。我们因感动而战栗着，我们在战栗中用目光追随着那如同彩虹般划破天空的光芒，追随着那光芒的走向，我们感觉到从自己的内心深处涌出某种难以名状的、摄人心魄的震撼之力。

十二月八日，当宣战的诏书颁布之时，日本国民的决意汇成一个燃烧的海洋。心情变得畅快了。人们无言地走到街头，用亲切的目光注视着自己的同胞。没有什么需要借助于语言来传达。建国的历史在一瞬间尽数闪现，那是不必说明的自明之事。

有谁曾预想到事态会进展为这样的局面呢？我们在战争爆发前夜仍然相信战争是应该尽量避免的。我们只想到战争悲惨的一面。其实，这种想法本身才是悲惨的。那是卑微、固陋、被禁锢着的想法。战争突然降临，在那个刹那，我们了解了一切。一切变得明白无误。天空高远，清光四射，我们陈年的积郁被驱散了。我们这才刚刚觉悟到，原来道路就在这里，回头顾盼，昨日的郁结之情早就不见了踪影。

想来人间生死之境界，必定有些在当时的思维状况中无法测定的东西。猛醒时分，昨日的烦恼均变为怪异之物。我们年少后辈，并不知日俄战争的时代，只有透过历史理论的抽象，才能想象当时国民士气昂奋的场面。今天,我们躬逢此国家之盛事,得以亲身体验这非凡的时刻,实乃三生有幸!

坦率而言,我们对于支那事变有着完全不同的感情。我们为疑惑所苦。我们热爱支那,热爱支那的感情又反过来支撑着我们自身的生命。支那成长起来,我们也才能成长。这种成长的方式,曾是我们确信不疑的。直至支那事变爆发,这确信土崩瓦解,被无情地撕裂。残酷的现实无视我们这些中国研究者的存在,我们遂开始怀疑自身。我们太无力了。当现实逼到我们面前强迫我们认同的时候,我们退缩了,枯竭了。正如失去了舵的小船,任凭风向的摆布,一筹莫展,无所适从。

现实实在是太明确、太强大了,我们无法否定。我们能够否定的只是我们自身。曾有过那样悲壮的时刻,当被逼迫到毫无退路的境地时,也曾悄然下过不凡的决心。今天想来,在被限制的思维世界里,能够在尽头找到的也只能是这样的决心。那不过是心绪纷繁,一个想法也不曾付诸行动,却反而对世间一切白眼相向的姿态而已。对此,本杂志的读者恐怕早就在字里行间慧眼明察了。我们为这样的迂腐而羞愧。我们埋没了圣战的意义。我们一直在怀疑,我们日本是否是在东亚建设的美名之下而欺凌弱小呢?!

我们日本不是惧怕强者的懦夫!当战刀向强敌扬起的时候,一切都得到了证明。作为一个国民,还有比这更让人兴奋的吗?正是在现在,一切都昭然于天下。我们的疑惑云消雾散。美言纵使可以惑众,行为却不会欺诈天下。在东亚建立新秩序、民族解放的真正意义,在今天已经转换成为我们刻骨铭心的决意。这是任何人也无法改变的决意。我们与我们的日本国同为一体。看啊,一旦战事展开,那堂堂的布阵,雄伟的规模,不正是促使懦夫不得不肃然起敬的气概吗！这样看来,在这一变革世界史的壮举之前,支那事变作为一个牺牲不是无法忍受的事情。如我们曾经历过的那样,对于支那事变感受到道义的苛责,沉湎于女里女气的感伤,从而忽略了前途大计,真是可怜的思想贫困者。

从东亚驱逐侵略者,对此我们没有一丝一毫进行道德反省的必要。敌人就应该快刀斩乱麻地彻底消灭。我们热爱祖国,其次热爱邻邦;我们相信正义,我们也相信力量。

大东亚战争成功地完成了支那事变,使它在世界史中获得了生命;而现在使大东亚战争本身得到完成的,应该是我们。

历史往往是由一个行为所决定的。倘若我们今天略有狐疑,那么,将会使我们置身于明日的历史之外。能否使这场战争真的为民族解放而战,取决于东亚的诸民族今日的决意如何。

不言而喻,战争的困难是有目共睹的。但这些困难是可以依靠我们回归历史自觉来解除的。通过战争的不同阶段,我们不断地被迫脱胎换骨。旧势力正在迅速地没落下去,不纯粹的,软弱的,卑屈的,这一切都必须加以淘汰。为了赢得战争的胜利,我们必须毫无畏惧地向所有的矛盾和谎言宣战！

我们热爱支那。我们与支那携手共进。当我们应召成为士兵时,我们要勇敢地与敌人作战。行止坐卧,我们无法设想除了支那以外还负有什么责任。今日的我们基于对东亚解放战争的决意,重新否定了曾经自我否定了的自己。我们在双重否定之后把自己置于正确的位置之上。我们恢复了自信。为了把东亚解放到那个新秩序的世界之中去,从今以后,我们在自己的岗位上恪尽自己的微薄之力。我们研究支那,与支那正确的解放者协作,让我们日本国民了解真正的支那。我们要驱逐那些似是而非的支那通、支那学者、没有操守的支那放浪者,为日支两国万年的共荣而献身。以此,我们可以补偿长久以来我们自身软弱和迷茫造成的损失,尽到光荣的国民的责任。

中国文学研究会的一千位会员诸君,我们今天身处非常事态,我们决心与诸君共同为这困难的建设性的战斗而努力。道路正长,光明的希望在召唤。让我们携起手来,随着理想的实现而进发。仔细倾听,不是可以听到那划破夜空的遥远雷声的轰鸣吗!不久,黎明就要降临。我们的世界将要在我们的面前,用我们的双手建造出来。诸君,现在我们要在新的决意之下战斗。诸君,让我们并肩战斗吧!

# 《中国文学》的废刊与我

从去年秋天开始,在我内心里开始聚集起无以名状的感觉。这种情况过去也曾有过,但是当时得到了外部力量的支撑,也便撑过去了。这一次不同,没有什么外援,我只好被迫与自己的内心对峙。不过即使如此,直到不久以前,我仍是没有那种山穷水尽的、停掉杂志的想法。我只是抱定了两个念头,就是我自己抽身出来,和让杂志再生。至于毁掉这个杂志,我连想都没有想过。然而为此进行的改革失败了。在杂志停刊已成定局的现在,我一方面如同在飞奔向悬崖的马车上那样徒劳无益地挣扎着,另一方面,却反倒因为这最终结局的到来而获得了某种绝望的安心感。

我一直希望中国文学研究会即使我退出也照样可以独立,并且在这个前提下致力于扶持它。中国文学研究会是我们大家的作品。促使它诞生的是作者,而诞生出来的作品已经获得了社会性,便作为客体存在了。作品必须离开作者而存在,并且接着不断自行再生产下去。也就是说,它必须不断从内部进行自我否定。我一直做好了思想准备,等待着否定我的力量出现。我等待着有人出来说我反动。我等待着研究会驱逐我。我从来没有想过自己出来扼杀这个研究会。是我的想法过于天真了么?是我太自以为是了么?我对于这个研究会的爱,是过分了还是不够？抑或是这个作品还没有成熟到值得生产出来的地步？就结果而言，研究会并没有否定我，反倒是我否定了这个研究会，我似乎只能依靠这个行为来消除自己内心那无可名状的感觉了。

我并没有想毁掉研究会，而是企图进行改革。改革失败的结果招致了研究会的解体。那么，这个改革到底指什么而言？我内心里无可名状的感觉又是什么？说明这一切对我来说过于艰难。尽管有着各种各样的外在原因，但是所有的原因都不重要。这一点正如千田指出的那样。我只是对于某种东西感觉到无法交代，并且如果佯装此事不存在就会感到心虚，就会感到苦不堪言。我感觉到自己犯下了重大的过失。我觉得自己退出是补偿这个过失的办法。即使他人并不责难我，我也要受到自己的责难。他人不责难我反倒使我更加难以忍受。总之，我曾经想逃避。也许这是胆小鬼的想法，我觉得即使当了胆小鬼我也不在乎。如果在那个火候上稍微再咬牙忍耐一下，也许就峰回路转了，不过被某种力量推动着，我终究踏过了临界线。

上述这种说法，怎么看都像是不负责任的说法，事实上也许真的是不负责任。然而到了今天，我却觉得停掉这个研究会和这份杂志是对的。在一切都结束之后，回过头来再想想，还真是觉得这样做是妥当的。停掉是正确的。这一正确性是那种会在今后的行动中被活用的正确性，无论如何，就我而言，当下的立场就是这样的。中国文学研究会正确的出路，除了解散之外没有其他选择。关于这一点，是我下了解散的决心时方始明了的。

关于解散的第一点理由，是我们今天丧失了党派性。中国文学研究会失掉了它作为中国文学研究会的特色。这一方面是外界发展的结果，同时也是研究会本身的发展所致。最初，中国文学研究会成立的时候,从混沌中确定和生成自我所必不可少的那种本源性的矛盾确实曾经内在于它,我们不断论争,逐渐地从环境中分离出了自己,并试图通过这种分离反过来使自己立于支配环境的位置上。我不认为当初我们计划的目标在今天有所实现,我们绝没有处于支配世界的位置之上。尽管如此,我们还是相互认识并且聚合起来了。而且社会上逐渐对研究会有了不错的定评,我们似乎甘于这些评价也没有什么过分。本源性的矛盾消解了,安定到来了,持续的日子开始了。我对这样的研究会感到了不满。对我而言,研究会该是不断成长的。它永远要不断地自我否定。不包含死的生,不发出疑问的思想,不以自己本身的力量完成生成发展的文化,这一切对于我而言是毫无意义的。我一直是以这样的态度来对待研究会,并且以这样的态度来热爱它。也就是说,对于我而言,丧失了本源性矛盾的研究会,要么是改革的对象,要么我自己从中抽身出来,除此之外别无选择。然而,这次这两项选择都失败了。

　　导致党派性的丧失有各种各样的外在原因,但是它们全都不重要。真正重要的,在于我们迄今为止确信不疑地培养起来的作为态度的党派性,是否是真实存在过的。它难道真的曾经既不是装潢也不是敷衍,而是托付了生命的支柱吗?它难道真的不是作为虚名的手段所进行的反抗,而是贯彻了生命之孤独的不可遏制的否定热情吗?松枝(茂夫)曾经来信说,解散研究会的时机已经错过了;而我现在主张必须解散这个研究会,也是出于同样的珍惜研究会名誉的考虑。不但为了证实自己确信的党派性的正确性而有必要把解散作为孤注一掷的拼搏,而且只有通过解散这个行为,才能够为区别上述真假的问题赋予一种形状。当中国文学研究会消失的时候,如果过去它曾经存在过的空间如同我所确信的那样以真空的状态得以存留的话,那空间必不堪寂寥发出异样的本能的呻吟。我想用自己的耳朵亲自倾听那呻吟之声。我想要等待原初的生活从无际的大无之中涌出的那一天。我相信研究会曾经那样存在过,我试图从没有形状的、本源性无的世界中求得我们用自己的努力创造出来的那个场域。

把党派性的丧失作为解散的理由,以当今的文化常识来看,也许是无法理解的。也许很多人都不是这样想问题的。或许人们会说,社会上承认研究会的存在,由此带来了研究会名声的提高,这个事实不是正说明了我们在一步步接近和实现支配世界的目标么?我认为这种想法是完全错误的。它所认定的文化是被世俗化了的文化,只是那种阶段性的进步观念,与真正的文化发展毫无关系。我们研究会的终极性立场,就在于否定那种世俗化,也否定不断被世俗化的我们自身。世俗化是研究会发展中必然的伴生现象,是无可避免的宿命。与这种宿命白刃相向,反过来会获得我们不断防止自己从本源性的动能中偏离的能量。因此,如果是坚持这种态度的话,解散的危机迄今为止应该一直缠绕着我们。就是说,并不是突发奇想地决定废刊,而是每天的工作必须为了废刊而诚实地展开。遗憾的是,我们的态度对于这种终极性的"无",还说不上是彻底诚实的。这也是在解散之际最为伤心的事情之一。

今日的文化在本质上是官僚文化。官僚文化的性格是自我保全的。因而我们的行动无法依靠今日的文化常识来理解也是无可奈何的。或者毋宁说,我们通过解散自己的研究会而进行抗争的对象,正是催生了这种文化常识的根源。我相信,大东亚文化只有在超克了自我保全的文化的基础上才能够建立。我们日本不是已经在观念上否定了大东亚各地域的近代殖民地统治了么？我认为这种观念是无限正确的。所谓否定殖民地统治，也就是抛弃自我保存的欲望。就是说，个体不是通过掠夺其他个体而支撑自身，个体必须在自己内部产生出通过自我否定而包容其他个体的立场。世界不是通过掠夺，而是通过给予被建构的。这一大东亚理念的无限正确性，必须渗透到我们日常生活的末端，从根本上动摇原有的根基，从那里促成新文化的自我形成。只有通过行为，只有依靠自我否定的行为，创造才会发生。只有以行为支撑的观念才是真正的观念。

我们丧失了党派性，这是解散的理由。以党派自认而生的结社，在失去了党派性的时候，除了解散没有生还之路。这是我所确信的文化存在方式。否定我这一想法的，在我看来，是在以文化之名主张世俗之物，是在捡拾被文化遗弃了的形骸。那不过是一些断绝了生命之根的、枯竭了的观念而已。那不过是假象，而不是思想，那是思维的怠惰。研究会通过解散，激活了过去的全部活动。这是为了生而选择的死。当然，即使不解散这个研究会，社会也不会有什么非议。社会是被动的。社会的宽容是可以原谅的，但是原谅这一宽容的我们自身的怠惰却是不可原谅的。我以十二月八日的决意之名起誓，这一怠惰绝对不可原谅。如果我们不去承担今日文化的责任，谁去承担它呢？

上述说法还是过于抽象。我只是谈到了主体性文化的理想，但是并没有涉及这一理想文化的内容。这一点对于现在的我来说，也仍然是混沌的。对于现在的我而言，从外部来观察作为历史性产物的中国文学研究会还是十分困难的事情。但是我仍然想最大限度地从逻辑上补充上述说法所体现的信念。简单地说，我希望强调的是，中国文学这一态度，对于大东亚文化建设而言，已经失去了它的存在意义。这是解散的第二个理由，我想结合中国文学研究会的历史思考这个问题。

中国文学研究会产生于汉学和支那学的地盘。正如同支那学在否定汉学的意义上确立了自己的学术一样，我们也试图通过否定官僚化了的汉学和支那学，从它的内部谋求自身的学术独立性。汉学和支那学已经丧失了历史性，无力理解现实的支那，因而也无法与现代文化相关联。这个学术上的自我改革欲望，催生了中国文学研究会。时至今日，可以清楚地看到，这个自我改革同时也立志于学术整体的改革，它因而也试图建立对于现代文化整体的批判性立场。我们努力地消除着自己内部的汉学和支那学的要素，通过清除那些固定化观念的残渣而探求学术的本源。我们依靠否定的行为，试图把握构成现代文化基础的、应该称之为文化自律性的要素。而被选择为这种否定的媒介物的，就是支那文学。所谓现代支那文学，是由现代支那所改写的支那文化。宛如（日本）汉学对应于宋学、支那学对应于（清朝）考证学一样，中国文学研究会对应于现代支那文学。只有在上述意义上理解现代支那文学的前提下，这种对应才具有历史性的准确度。从而，在立场上区别于同时代东洋史学、左翼文学运动和唯物史观以及包含它们的对立面在内的社会经济史派的中国文学研究会，也只有借助于上述历史性的对应关系才能揭示它独有的存在方式。中国文学研究会是独一无二的。不仅在理解支那的意义上是独一无二的，而且在对现代文化进行内在批判的意义上也试图成为独一无二的。因为我们虽然在方法上采取了一般的外国文学研究态度，却反过来得以以支那作为媒介批判使得外国文学研究成为可能的现代文化框架。即使在今天，被中国文学研究会所否定了的汉学以及支那学作为事实仍然残存着。不仅如此,中国文学研究会自身也显示了明显的支那学化倾向。这是中国文学研究会不具有权力和官僚背景的结果,它是政治问题,在本质上不属于文化问题。这一点不仅不会妨碍中国文学研究会的正确性,毋宁说它从反面证明了它的正确性。就另一方面而言,残存的文化不断吸收中国文学从而改变自己的形象,这个倾向也有必要指出来;中国文学研究会党派性的丧失正是在这内外双重作用之下发生的。尽管中国文学研究会并没有改变它的文化本质,但是作为事实,必须指出的是,它依然还是常识化和世俗化了。不过,我深为遗憾的是,这些现象的推移,与其说是中国文学研究会自身的成长所致,不如说多是由于外部压力导致的;哪怕这些压力从反面消极地证明了中国文学研究会的正确性,但作为学术的变革,研究会的努力仍然有半途而废之嫌。

把否定汉学和支那学作为立脚点,把通常的外国文学研究方法作为方法的中国文学研究会,正因为这种立场而不得不遭遇难以逾越的障碍。为了否定汉学和支那学,中国文学研究会有必要进行自我否定。

我是基于自己经营研究会十年的经验这样说的。我们通过不断探求文化自律性,反倒奔向了与致使文化自律性得以成立的力量相反的那一极点。丧失了历史性的汉学与支那学面向现代文化而进行自我改革的运动,反倒把我们引导向否定现代文化的场所。亦即中国文学研究会的解散是这一发展过程的延长,是历史的宿命。在某种特定意义上看待这个事实,可以说我们已经达到了一个对自己方法论的自觉,亦即已经意识到我们所依靠的一般外国文学研究方法作为方法失去了意义这一事实。而且,给予我们这一自觉的,毋庸讳言,正是大东亚战争。

人们说大东亚战争改写了世界史。我对此深信不疑。它否定了近代,否定了近代文化,它是通过彻底的否定而从否定的深处促成新的世界和世界文化自我形成的历史创造活动。当我们获得了对这一创造的自觉之时,我们才得以回顾自己的过去,理解它的全部。中国文学研究会,正因为它正确,它才变得狭隘。这个立场正是在我们的回顾中才得到了理解。中国文学研究会必须否定。就是说,现代文化必须否定。所谓现代文化,就是在现代这个时代里欧洲的近代文化在我们自身的投影。我们必须否定以那样的方式存在着的自己。为什么呢?因为我们是作为从自己内部创造世界史的创造者而存在的。我们必须不依靠他力支撑自己,而是自己塑造自己。否定中国文学研究会,并不意味着复活汉学和支那学。我们的否定对象也包括这两者,所以这是一种超越自我的大否定。换言之,也可以说是对于这一切的理解者,是通过自我否定而使自己世界化。这不是给既成的自我再添加点什么东西,而是立足于无限更新自我的根本之点。中国文学研究会十年的经营,换来的正是这个自觉。

我相信,大东亚文化只有通过日本文化自行否定日本文化才会诞生。日本文化必须依靠否定日本文化自身才能成为世界文化。必须成为无,才能成为一切。回归于无,就是在自己的内部描绘世界。日本文化作为日本文化存在,不是因为它创造历史,而是因为它固定日本文化,使它官僚化,使生的本源枯竭。必须打倒自我保存的文化。除此而外,别无其他生路。

以自我保存为前提,因而预设研究对象的存在,这种外国文学的研究态度在上述历史自觉的面前失去了意义。对于历史的创造者而言,世界应该在内部自行催生出来,不应该是从外面被强加的。外国文学必须内在于日本文学。使外国文学内在于日本文学的行为,就是超越日本文学、超越外国文学、不断把新的自我推向世界文学的行为。反过来说,把外国文学作为外国文学来处理,会使外国文学变得无可理解。为了理解外国文学,必须超越外国文学。必须超越自我和他者的关系。不能满足于单纯的说明,自己必须变成自己说明的对象。为使自己变成自己所说明的对象,自己必须首先不再是自己。日本文学只有通过否定日本文学本身,才能使得外国文学存活于自己的内部。这才是终极意义上的理解。亦即,外国文学研究必须被转换为日本文学的自我否定。没有必要惧怕自己失去存在的依据。如果说有什么可怕的,只有那种不具有历史创造者自觉的自我保存欲望,还有文化官僚主义者,思想的贫困者,才是真正可怕的。

为了避免误解,我在此要强调,我并非主张废除外国文学研究,或者主张停止教授外国文学。我的态度毋宁说是相反的,我认为外国文学研究必须进一步加强。我只是否定那种想要从外部强加给日本文化某些东西的意识。我憎恶那种旁观的态度。因为从终极意义上看,那种旁观的态度是自我保全的,是肯定欧洲近代的立场,因而也是非历史的,是以某种欧洲式的世界构图为前提的。也就是说,它预先设定了经济人啦思想人啦或者某种抽象的自由人什么的。我相信,持这种立场的外国文学研究,在不远的将来,不仅会被证实与以超克欧洲近代为使命的大东亚理念背道而驰,而且还会被证实它在学术上也是无力的。正因为它作为方法在理解外国文学的时候是无力的,它才要受到非议。说到底,这是个学术问题。外国文学研究越是必要,这种学术上的变革越势在必行。如果有人简化问题,说干脆废除外国文学研究得了,那么那种人倒是首先应该被驱除的因循守旧的旧传统的寄生虫。

一般外国文学研究的方法作为学术失掉了真实性，这从一个方面也证明了中国文学研究会丧失了党派性。我们在今天为了研究支那，不可以把支那作为自己的对立物加以确定。作为实际存在的支那的确存在于我之外，但是在我之外的支那是作为必须加以超越的支那存在于我之外的，在终极意义上，它不能不在我之内。自我与他者的对立当然是无可置疑的，但是只有在这种对立对我而言是一种肉体的痛苦时，它才是真实的。这就是说，支那在终极意义上必须否定。只有那样才是理解。因此，与支那相对的现在的我，也必须被否定。中国文学研究会的支那理解是无力的。它不能成为真正的理解。作为外国文学的支那文学在日本文学的视野里被主体化，这是我们不可以转移开视线的问题。就是说，只能主体性地立足于日本文学的立场。在这种情况下，我们的决意能够被日本文学所接受么？恐怕不会被接受吧。应该接受这种态度的日本文学过于衰竭，正因如此，我们必须终止这个研究会。亦即对于我而言，支那文学的问题只有在转化为日本文学改革的问题时，它才有意义。中国文学研究会的解散必须成为这个决意的发端。这是第三个，也是积极的解散理由。

我在令人恐惧的现象里感觉到了今天日本文学的衰退。作家整体上失去了思想，他们不是通过行为创造文学，而是借来既成的观念装饰自己。外观上的确金碧辉煌，但作为文学家而言，却是寒酸局促的。尽管现在正是吐露真实的时机，而真实却似乎只有在悖论状态下才会呈现它自身。虚假以真实之名弥漫于天地之间，而人们却连对此感到奇怪都还需要踌躇。看上去，举国上下似乎都把一切托付给了无所不在的官僚文化的余孽。我认为真正的文学不可能在这样的情况下存在。仅仅是在口里高唱大东亚,并不等于创造了大东亚。大东亚只有在自己内部、通过否定的行为才能够得以产生。只有这种行为才是创造,只有创造才是文学。文学仅仅是吐出一个话语,但是为了吐出这个仅有的话语,必须要有徒手握住火焰的行为。如果没有这个行为,即便话语宏大如宇宙,对我而言也是空虚无物的。

今天,文学的衰退已经成为无可遮蔽的事实。把它昭示于天下的是大东亚战争。文学的衰退,客观地说,就是世界不具有文学的结构。今日的世界,与其说是文学性的,毋宁说是哲学性的。今日的文学无法处理大东亚战争。因此,它衰竭了。但是,这个事实反过来从内部看,也可以说恰恰是今天,文学被要求回归它原初的狂放。衰退了的文学,可以通过对于衰退了的文学的否定而复生。只有这样才能在自己的内部产生出新的自我。只有不凭借外界的力量,而依靠对自己内部的沉潜,世界才能被创造。大东亚的新文学,不是被给予的外在之物,而是通过当今衰退的文学的自我否定,从否定的无限深渊中自我涌现的成果。我希望相信的是,日本文学无论有怎样的曲折,总有一天它会成就这种涅槃的。今天,正是反思文学作为本源性的、内在于行为的决意这一性质的时刻,正是认识文学并非心理外包装的时刻。我曾经在《中国文学丛书》刊行的时候说过这样的话。这套丛书,现在也不得不和杂志一起中止了。但是我相信,这个说法当今仍然没有失去它原理上的正确性。它是正确的,正因为正确,它不能再以《中国文学丛书》的方式存在了。时至今日,《中国文学丛书》已经不具有充分的表现力了。它只能通过自我中止而求得再生。

以上是中国文学研究会解散之际的感想。我觉得重要的问题好像都说尽了。我承认措辞上的繁杂重复,以及造成这种现象的思想的不成熟；但是我自认是在谨守着拒绝虚荣的原则。即使如此，或许还是会有人在阅读的时候感到我有点跋扈和专横吧。我自己觉得，我是把内心的一切都坦率地披露出来了。我是在追求中国文学研究会的生存之路时摸索着走到了解散的地点。无论周围情势如何，如果想干，我自信一个杂志还是可以维持下去的。或许别人会认为这是矫情之说，但是我不这么看。不过现在说这种话，似乎还是有自我辩解的嫌疑。

我列举了各种各样解散的理由，会员诸君有可能认可么？恐怕是毁誉参半吧。我所举出的解散理由，同时也可以原封不动地理解为不能解散的理由。我承认这一点。解散与不解散是互为表里的。真正的理由或许在别处。决意解散的我，与反对解散的我也是互为表里的。我自认为已经做好了解散后后悔的思想准备。然而连我自己都不相信这思想准备可以起作用。对于现在的我而言，切实的心情仅仅是古人那种浪迹天涯的情怀。恐怕我将来也不会改变自己在虚空中刻写文字的秉性。

最后要附加的一个说明是，无论解散的理由如何，我的社会责任都不会因此而解脱。中国文学研究会是天下之公器。从根本上说，它并不是那种临时性的机构。我基于对于中国文学研究会根本精神的判断而行动，至于这个判断是否妥当，对此我一个人承担责任。对我来说是正确的东西，对别人而言却未必是正确的。我恐怕会受到指责吧。恐怕仅仅受到指责还不够吧。我也许会从社会中遭到放逐，但那也是无可选择的。我打算以一己之身坚持到底，直到我所遭受到的苦楚悲哀和憎恨抱怨都变成肯定性价值，从而被转化为创造性的因素——直到那一天为止。

一九四三年三月

# 何谓近代

## ——以日本与中国为例

## 近代的含义

鲁迅是建设了近代文学的人。我们无法把鲁迅视为近代文学以前的人物。无论怎样对诸多条件打折扣我们都难以这样称谓他(为了避免从概念出发,这里我们将保存近代这个词所具有的暧昧性)。在鲁迅那里包含了很多前近代的东西,尽管如此,我们仍然只能说他的文学是以包含了前近代性的形式而存在着的近代性的东西。通过对鲁迅出现以后和那之前进行比较,这一点将清晰了然。在鲁迅之前,虽然产生过一些先驱性的开拓者典型,但他们都孤立于历史之外。因孤立于历史之外,他们作为开拓者未能得到历史性的评价。使得这些先驱有可能被视为开拓者,盖始于鲁迅出现以后。就是说,原因在于,鲁迅的出现具有改写历史的意义。故新的人之诞生,以及与此相伴随的意识上之全面更新的现象在历史进程中发生,而自觉到这一点总是要在历史的一个时期过去之后。

## 东洋的近代

　　东洋的近代是欧洲强制的结果，或者说是这一结果引导出的后果，对此我们应给予大致的承认。所谓近代，是一个历史性的时代，如果不在历史的意义上使用这个词语，就将引起混乱。东洋在很早以前开始，欧洲尚未入侵之前，就产生了市民社会。市民文学的谱系可以追溯到宋（甚至唐代），特别是到了明代，就某一方面而言，市民权力的发展几乎到了足以打造出与文艺复兴时期相近的自由人类型的程度（明代的市民文学深深影响了日本的江户文学），尽管如此，我们仍然不能断言这种文学与今天的文学之间不存在中介环节而直接地前后相续。今天的文学是建立在这些过去的遗产之上的，这个事实是无法否定的，但是与此同时，在某种意义上也可以说，对这些遗产的拒绝构成了今日的文学的起点。毋宁说，这些遗产得以被作为遗产加以承认，即传统得以成其为传统，是需要经过某种自觉的，而催生了这种自觉的直接契机，乃是欧洲的入侵。

　　当欧洲将其生产方式、社会制度，以及与此相伴随的人的意识带进东洋时，在东洋此前不曾存在过的新事物得以诞生。恐怕欧洲并非为了这个新事物的诞生而将其生产方式等带进东洋（当然，现在情况不同）的，但结果却变成了这样。欧洲对东洋的入侵，是出于资本的意志，投机性的冒险心理，还是出于清教徒的开拓精神？或者是什么自我扩张的本能所使然？对此我并不清楚，但是，欧洲有着支撑这一切扩张理由的根本性的要素，它使得入侵东洋成为必然，这一点毫无疑义。我感到这根本性的要素似乎与我们称之为"近代"的这个东西的本质深深纠缠在一起。所谓近代,乃是欧洲在从封建社会中解放自我的过程里(就生产方面而言是自由资本的发生,就人的方面而言是独立平等的个体人格的成立)获得的自我认识,近代是历史进程中的一个环节,它要求主体把区别于封建性质的自我作为自我来对待,并在历史中把这个自我相对化。说起来,欧洲之所以得以成其为欧洲,是因为它处于这样的历史过程;而历史本身之所以得以作为历史而成立,也是因为它在这样的欧洲里面。历史并非空虚的时间形式。如果没有无数为了自我确立而进行的殊死搏斗的瞬间,不仅会失掉自我,而且也将失掉历史。如果欧洲仅仅是欧洲,它就不再是欧洲。通过不断自我更新的紧张,它顽强地保存着自我,历史上的诸多事实昭示了这一点。"无法怀疑怀疑着的自我"这个近代精神的根本命题之一,正是植根于自我被置于这一紧张状态下时人们的心理,这一点恐怕是难以否定的。

欧洲在根本上是自我扩张性的(暂且不论这个自我扩张的内容是什么),一方面它作为对东洋入侵的运动而得到体现,我们可以确认这一点;另一方面,他们又生出了美国这个逆种。这是欧洲自我保存运动的表现。资本欲求市场的扩张,传教士自觉到扩展神圣之国的使命。他们试图通过不断的紧张而成为自己。欲确立自我的永不间断的运动使自己无法局限于自己之内。为了使自我成为自我,必须甘冒失去自我的危险。一旦获得解放的人,很难再回到以往那个封闭的硬壳中去,他只有在运动过程中才能确保自己的存在。这正是所谓的资本主义精神。这个精神在向时间与空间扩展的方向上来把握自己。就这样,进步的观念,与此相关,还有历史主义的思想,到了近代欧洲才开始建立起来,它们直到19世纪末都不曾受到过怀疑。

　　欧洲为了得以成为欧洲,它必须入侵东洋,这是与欧洲的自我解放相伴随的必然命运。遭遇到异质的对象,自我才能得到确立。欧洲对东洋的憧憬虽然古已有之(不如说欧洲自身本来是一种混沌不清的存在),而这种入侵形式的运动却是近代以后的事情。欧洲对东洋的入侵结果导致了东洋资本主义化现象的产生,它意味着欧洲的自我保存—自我扩张,因此,对于欧洲来说,它在观念上被理解为世界史的进步或理性的胜利。入侵的形态最初是征服,接下来变为要求市场的开放,或者人权与信教自由的保障,以及借款、救济、教育和对解放运动的支援等,这些形式本身象征着理性主义精神的进步。在这样的运动中产生了旨在无限趋向于完善的向上心态,以及支持这种态度的实证主义、经验论和理性主义,以等质为前提的量化观察事物的科学:所有这些都具有近代的特征。

　　对于从等质的角度观察事物的欧洲而言,欧洲的这一自我实现运动的趋势,是被以客观法则的形态加以理解的:它理所当然地是一个高层次的文化向低层次文化的流动过程,它带来同化,或者造成对历史发展阶段落差的自然调节。欧洲对东洋的入侵,使东洋产生了抵抗,这种抵抗自然又折射到欧洲自身去,但是,即使这样也没能动摇欧洲彻底的理性主义信念:所有事物在终极意义上都可以对象化并被提炼。他们预想到了抵抗,并洞察到东洋越抵抗就越将欧洲化的宿命。东洋的抵抗不过是使世界史更加完整的要素而已。

　　在欧洲这一自我实现运动中,到了19世纪的后期,发生了质的变化。这恐怕与东洋的抵抗有关,因为这是在欧洲对东洋的入侵将要完成的时候发生的。人们开始意识到使欧洲走向自我扩张的内在矛盾本身的存在。通过把东洋包括进来,世界史几近完成,与此同时,以内在化了的异质性的因素为媒介,世界史本身的矛盾露出水面。人们开始自觉到,导引出进步的矛盾同时也是妨碍进步的矛盾。于是,在这个自觉发生之时欧洲的内部失去了内在的统一。我们大概可以从各个方面来观察欧洲分裂的要因。而分裂的结果,则从欧洲内部划出了与欧洲对立,并且相互之间亦对立着的三个世界。作为物质性基础的资本之矛盾将自己导向否定资本本身的方向,而以俄国的抵抗形态表现出来。原为欧洲殖民地的新大陆从欧洲独立出来而超越了欧洲式的法则。它以超欧洲的形式与欧洲相对立。第三个则是东洋的抵抗,从整体上看,东洋通过不断的抵抗,一面以欧洲为媒介一面超越它从而逐渐产生出非欧洲的东西来。

东洋的抵抗也折射到了欧洲。所有的事物只要是处于近代这个框架之内,就无法逃脱欧洲式的视野。每当欧洲自觉到自己内部的矛盾而产生危机时,浮现到欧洲意识表层的总是自己潜在地拥有的对于东洋式想象的眷恋。欧洲对东洋抱有乡愁大概是欧洲之矛盾的一个形态吧。矛盾越明显化,他们就越发不能不想到东洋。东方主义者总是存在的,但只是到了所谓世纪末危机之际,才在欧洲如此明显地出现了东方主义者。这个危机即是至今持续着的欧洲之分裂的危机。欧洲虽然包容了东洋,但看上去它也感觉到有些不能包容进来的部分是保存在它的外部的。这就是使欧洲感到不安的根源。我觉得似乎东洋之持续不断的抵抗刺激了这种不安。

不过,欧洲是否如同我想象的那样以上述逻辑面对这些基本状况,这还是一个疑问。恐怕不一定是我想象的那样吧。不管怎么说,对欧洲来说东洋是自己的背面,用自己的眼睛是无法看到的。我觉得,正像我使用理解俄国的方式(我对俄国的理解是通过二叶亭四迷①获得的)无法理解欧洲一样,欧洲只有通过一半是欧洲的俄国才能理解欧洲的另一半。俄国革命是欧洲矛盾的产物,但是欧洲难道不是因为自己无法看到的另一面而对俄国感到恐惧的吗?不也正因为如此,而使他们在对比之下承认了美国(纯粹的欧洲)的优越位置吗?当今,美国与苏联对立的问题,确实具有作为在欧洲内部的东西方对立这一历史遗产在深层次上之再生产的性质。

不管欧洲怎样理解这些状况,东洋的抵抗乃持续不断。通过抵抗,东洋实现了自己的近代化。抵抗的历史便是近代化的历史,不经过抵抗的近代化之路是不存在的。欧洲通过东洋的抵抗,在将东洋纳入世界史的过程中确认了自己的胜利。这种胜利被理解为是文化,或者民族,或者生产力的优越所致。东洋则在同样的过程中,确认了自己的失败。这失败是抵抗的结果。不经过抵抗的失败是不存在的。因此,抵抗的持续也就是失败感的持续不断。欧洲一步步地前进,东洋则一步步地后退。这个后退是伴随着抵抗的后退。这种前进与后退,对欧洲来说被解释为世界史的进步,理性的胜利。这种认识在不断的失败感中,经由抵抗而作用于东洋时,失败便成为决定性的。就是说,人们于失败感中自觉到了失败。

及至在失败感中自觉到失败,是有一个过程的。而不断的抵

---

① 二叶亭四迷(一八六四——一九〇九年),明治文学家,在东京外国语学校就读时醉心于别林斯基,并广泛涉猎了包括陀思妥耶夫斯基在内的俄国文学。一八八六年发表以别林斯基的美学理论为蓝本的《小说总论》,力推进不同于劝善惩恶小说的直面人生的写实文学。其后,他在参照俄国近代文学经验的基础上在日本提倡了"言文一致"运动,把口语体引进了文学创作。——译注

抗则是其条件。在没有抵抗的地方不会产生失败,即使有抵抗,若非持续不断也不会自觉到失败感。失败是一次性的东西。失败之一次性这一事实,与自己处在失败之中这一自觉并非直接相关的。毋宁说,失败往往将自我引导到忘却失败的方向去,相对于现实中的失败,在认识论的意义上对于自我而言再次失败,而这一失败却是决定性的。在这种情况下,当然不会产生对于失败感的自觉。对于失败感的自觉,只有通过拒绝在认识论意义上输给自己这样一种第二义的抵抗,才能得以产生。这里的抵抗是二重的。即对于失败的抵抗,与对不承认失败或者忘却失败的抵抗。也即是对理性的抵抗,与对于不承认理性之胜利的抵抗。理性的胜利是不能不承认的,但是这一点只有通过二重的抵抗才能得到承认。欧洲所认为的理性之胜利,乃是伴随着经过东洋的抵抗而前进一步所获得的胜利。欧洲只有在不断的紧张之中才是欧洲。理性则只有在前进一步的一步之中才能成为理性。前进一步之中的理性,当然不可能在后退一步的一步中成为理性。如果说那是理性的话,那也不会是理性的实体,恐怕是由实体反射出来的虚像吧。假如实体露出自己的姿态来,那一定是在拒绝虚像,也就是说只有在抵抗的状态下才能展露出来。换言之,只有在绝对的失败感中才能展露其姿态(我觉得关于理性的这个道理,也可以用来说明自由,还有意识。或者进而关于意识的道理也可以用来说明物质吧。不过对此我有些说不清楚)。

如果假定存在着既非欧洲亦非东洋的第三种视野,那么将会把欧洲前进一步与东洋后退一步(本来这两者是互为表里的关系)作为同一个现象来观察吧。大概这一现象会被视为类似于液体 A 与液体 B 相互混合那样的自然现象。东西文化融合(及其变种)的观念正是这样的。这种观念在舍弃了价值这一点上是抽象的,不过即使不谈这一点,单是这种假定第三种视野的做法本身,就是欧洲式的思维方式,是欧洲前进中的产物。另一方面,因为欧洲只有在不断的紧张中才能成为欧洲,所以在这种情况下可以说,只有在欧洲的前进—东洋的后退之前进过程中欧洲才能成为欧洲。从而只有在其前进的瞬间里这个思维方式才是妥当的。而人们视此为真理一般,其原因在于认为瞬间将永远持续下去,瞬间永远持续这一观念来自让瞬间永远持续的努力(运动)。就是说来自欧洲的希望自身成为自身的自我保存本能。毋庸讳言,这对于欧洲的前进—东洋的后退这一模式中的后退之东洋是不合适的。这样的思维形式如同一般的意识一样,也反射于后退的东洋。但是所反射的是一个虚像,没有生产性。在液体 A 与液体 B 的混合情况下,如果液体 A 存在着意识,那么它不会达成自己和液体 B 混合在一起的观念。如果它是东洋的话,它只会感到自己的丧失吧。

## 西洋与东洋

欧洲与东洋是对立的概念,这如同近代的与封建的是对立概念一样。本来,在这两对概念之间,大概存在着时间与空间范畴上的差异。但我既不研究逻辑,也不研究历史哲学,那种事情对我来说无所谓。说起来,这种概念性的理解,因而还有判断这种形式之不同的力量,乃是近代欧洲的产物,即紧张之持续的产物。在东洋原来就不存在理解欧洲的能力,甚至也没有理解东洋自身的能力。理解东洋,使东洋得以实现的是存在于欧洲的欧洲式的要素。东洋之为东洋,借助的是欧洲的脉络。不仅欧洲之为欧洲要借助于欧洲这一脉络,东洋亦只有在这个脉络里才成其为东洋。如果让理性来代表欧洲的话，不仅理性是欧洲的，反理性（自然）也是欧洲的。所有一切都是欧洲的。

欧洲与东洋在时空的某一点上相会，由此产生了前进—后退的运动，或者相互混合着，如前所述，这种理解方式假定在历史之外有一个不动的观察点，是抽象的。但是，并不能说这种抽象不是真实的观念。在无限地一步步向前迈进的欧洲，历史之外的点亦会因为自我扩张而被囊括到历史中来，遂成为历史中的一个点。他们通过改变历史而不断地赋予抽象以具体的内容。抽象是思维的冒险，却不是无中生有的捏造。正如科学假说那样，通过实验能够得以证实的话，那就是真理。也许毋宁说，因为预先设想能够得到确认，所以才产生了这样的冒险。处于时间之外也好，空间之外也好，如果时间空间自然延伸的话，便不再是超越性的了。因此，即使架空的东西在可能性上也就不再是架空的，在某个时刻这架空的东西将具有实在性。为什么呢？因为它与运动的方向正相一致。（这里我所思考的是东西文化论最简单的类型，若是较复杂的东西也不过再附加一些东西而已，在原理上则是一样的。）

因此，在前进—后退的图式中处于后退状态的东洋，当然不会产生在前进的欧洲所产生的意象。抽象这一思维的冒险，作为一种思维的形态也很难产生。前进—后退是瞬间的，是欧洲得以成其为欧洲（从而东洋不成其为东洋）的紧张的瞬间。所谓瞬间，与其说意味着作为极限状态的不具有延伸性的历史上之一点，不如说是历史从那里涌现的点（而不是历史的扩展）。因此，将此称为前进—后退的运动形式，其实是不合适的。一切意识都将从这里产生，故前进—后退的意象亦是后来才产生的。

也因此,这个意象本身亦是欧洲式的。

然而,说这是欧洲式的,其证明何在?所谓欧洲式的或东洋式的,其判断的根据是什么?真理不是普遍的吗?我这里所论述的,如果这样诘问下去,不是要成为一种不可知论或相对论吗?这些疑问对我来说也是存在的。这恐怕要么与认识论的问题相关,要么是用心理学可以解决的问题也未可知。我既不懂认识论也不了解心理学,故无法沿着这个方向深究下去。当然,这些方面的深究是重要的,但那不是我的任务。我只是想以自己经验上所理解的事物为基础,以文学的直感为线索,尝试去解释我所遇到的(即目前我自身的)问题。与其说是解释,我只是在摸索问题的所在而已。

如果要被人问起真理是相对的还是绝对的,以现在的状况而言,即在当下我所处的环境中,我只能回答说是相对的。我根据经验了解了这一点。对我来说是真理的东西,对官僚或学者来说却不是真理,而在官僚和学者那里,我觉得他们认为是真理的东西,对我来说有很多并非真理。我从经验上获得了这样的认识,而当我读到鲁迅的时候,我发现他对于同样的状况,有着比我远为准确的感觉。通过鲁迅,我的经验内容得到了确认,并使我得到了解决问题的线索。

我正是在这样的道路上与鲁迅相遇的。我与鲁迅的相遇对我自己来说,是一个重要的事件。关于这件事(尽管思考起来也会成为一个线索)在此不做详述。总之,在这里,现在我所思考的问题,以及真理是相对的这个判断,恐怕也是欧洲式的吧。我并非真的懂得了这一点。我在前面说过"我知道",但那并非意指这种"知道"可以转而变成一种自我立场。我是以知道这一行为来表示我的不知道。我感到自己仿佛理解了鲁迅反复说过的"我什么都不知道"这句话的意义。

我认为,在无限前进着的欧洲,真理本身是不断发展的,并且只有发展的东西才是真理。因此,我怀疑地想到,在前进—后退这一图式中的东洋,真理作为它本身,恐怕并没有出现过吧。对这个情况,如果做一下历史性的观察,将会看得很清楚。

在欧洲,不仅物质是运动的,精神也在运动。精神不是物质的影子,物质也不是精神的影子,它们看上去是作为运动主体而各自进行自我运动的实体。我觉得确实可以承认精神有自我运动。有着不断超越自我的动向。各种概念并非停留在概念的层面上,它们如同象棋盘上的棋子向前推进一样被推动着。不仅棋子在前进,驱动着棋子的棋盘本身,看上去也随着棋子的前进而前进着。棋子的移动并不是完全一样的,但停止不动的棋子也迟早一定要从停止处移动起来,绝对不会有完全停止不动的情况。理性、自由、人、社会,无论哪个"棋子"都是这样。大概进步这个观念,就是从这样的运动中,作为运动的自我表象而迸发出来的吧。

在东洋没有过这样的精神之自我运动。就是说,精神这个东西就不曾存在过。当然,近代以前有过与此相似的东西,如在儒教或佛教中就曾经有过,但这并非欧洲意义上的发展。近代以后,连这个程度的运动也没有了。要寻找证据的话,只要看一下日本的语言历史就行了。语言总是要么堕落要么消失的。"文明"变成蛋糕,"文化"则成为公寓或炒锅。① 就是公寓也会

---

① 日本大正(一九一二——一九二六年)后半期开始,把新型简单方便的公寓楼称为"文化住宅",相对于传统的和式建筑,这种受到西方影响的建筑方式对年轻时髦的一代很有吸引力。文化住宅后来又演变为专为出租而建的木造公寓,竹内好所说的"堕落"当指此简易公寓而言。至于文明变成蛋糕的说法,当指有名的西式蛋糕品牌"文明堂",文明堂至今仍在生产的西班牙风味的日本蛋糕,据说是当年荷兰人传到长崎的。——译注

从钢筋水泥的堕落为木造的,而绝不会由木造的向钢筋水泥的进展。新的语言源源不断地产生(语言的堕落需要新语言的不断创出,同时新语言的创出又促成了语言的堕落),但因为本来没有根基,故看上去仿佛是新语言的诞生,实际上并没有产生。生长、结实,由于内容的沉实而自然地导致裂变,新的萌芽从中生出,这样的语言在日本曾经有过吗?当然,既不堕落也不消失的语言也不是没有,可是仔细一看,这样的语言乃从另外别的地方获得了营养,它只能生存于营养的供应尚未中断的期间,这种语言本身并不具备生产性。

　　语言是意识的表象,故语言没有根即意味着精神本身并非是发展着的,这也就意味着文化成了没有生产性的东西(因此也就不是文化),不是这样吗?不过,提出这样的疑问,并不意味着我有答案。我的疑问已经过时了。很多人已经做了回答。有的说有根,有的则说没有,说有根的人会举出各式各样的实体一样的东西说那就是根。如果按照他们讨论的逻辑去理解的话,会让人觉得有道理。可是,在我看来,他所说的根并非活的。主张没有根的人试图从别的地方移植来各种各样的根。而在我看来,移植过来的根培植活了的例子还不曾有过。因为移植是不成功的,故又有人要从培植土壤开始做起,可是我觉得,那土壤也只好从别处搬来,在搬来的土壤上还没有生出根芽来。

## 重复与发展

　　这个状况不仅可以说明历史,大概也适于说明个人的问题。历史的法则与个人精神的法则当然会有不同,但在两者之间还是有着某种关系的(是怎样的关系我不大清楚),历史里面没有发展,与个人没有发展,两者之间总还是有关联的吧。在日本的文学家中很少有超越自己,溢出作品规范之外这种类型的作家。说其数量之少,不如说这样的类型没有清楚地浮现到历史的地表上来,而是以隐形的方式存在着。要使光亮成其为光亮必须加浓暗色,然而,在日本光亮与暗色之间的界限是暧昧的(这大概与个性的问题有关。从这一点观察过去,我觉得也可以走到发现鲁迅的地点)。当然,看上去似乎是发展的一面也并不是没有的,但那是在固定的坐标上的发展,而坐标本身并没有发展。日本的作家们一般是忠实于观念的(私小说上的诚实之意),而语言却粗糙随意(因此,它反过来消解了观念本身的发展)。如果有发展则应当产生矛盾,可是这样的矛盾却几乎不见于历史,也不见于个人。所以,我们只好认为,仿佛是发展的东西,其实并非是发展,而是循环重复,是从假定的本体发射出来的影子。

提出文化是什么,精神是什么的问题,浮现出有关的表象,然后去寻找与此表象相当的东西(找不到的话则撤销),这种方法已是事先预想到有实体性的东西存在于外界,认定那就是所给予的前提,它提示出精神的走向。这恐怕与欧洲式的运动方向是正相反的吧。运动的方向是相反的,一个是前进的另一个是后退的,这种关系就是如此建立起来的。

在前进—后退的运动过程中,在前进的方向上当然可以创造出前进这一观念,或者准确地说,精神本身由前进的因素所构成,而从后退的方向上却无法产生出后退这一自觉来,此亦当然之事。为什么呢?因为在前进的方向上只有由前进的因素构成的精神(此乃真的精神)才有其生产性。而在后退的方向上则不会产生出精神这个东西来。相反,一般说来,在后退过程中,前进将会被意识到。为什么呢?就是因为在前进中所形成的前进观念,由于它在本质上是前进性的,故将渗透到后退一方中去。而原本在精神上是虚空的一方,很容易接受这种渗透。而且,渗透进去的观念失去了生产性,被作为固定化了的实体看待。

但是,后退被意识到,也是由于它存在于同一个空间。后退的观念亦诞生于前进之中,即作为把前进投射于对象中去的对立概念而诞生。因此它们是相关性的;但在后退的方向上理解这个事实的时候,这个相关性将要失掉,而双方被作为各自固定为孤立的实体。前进与后退这两个实体性的观念在后退的方向上互不构成媒介,从而互不矛盾亦互不统一地并存着。优越感与劣等感并存的缺乏主体性的奴隶感情之根源,大概就在于此吧。

这种现象,我想在相当的程度上是共存于东洋各国的,并且也存在于欧洲的一些落后国家。没有纯粹的欧洲,也没有纯粹的东洋,所以也可以说这只是一种程度上的不同。可是,最清晰地反映出这一点(或许只是我自己这样看)的恐怕就是日本吧。在这个意义上,可以说日本是最东洋化的。当然,在某种意义上,日本在东洋各国中可能又是最不东洋化的。这里所说的"某种意义上",并不是一般所谓就生产力的量之比较而言的。我正在思考的是有关东洋的抵抗问题,所以这里指的是抵抗之弱这个意义。而且,我还认为这恐怕与日本资本主义化的惊人速度有关。看上去像是进步的东西同时又是一种堕落,与最不东洋化的同时又是最东洋化的这一点正好结合在一起。

东洋的抵抗是欧洲之成为欧洲的历史契机。如果不是在东洋抵抗的状态下,欧洲将无法实现自我。将这个问题移到个人意识上来考察更有助于理解:意识的发生在于抵抗。A 之存在即是 A 对非 A 的排除。欧洲对东洋的入侵不可能单方面发生。改变对方同时也改变自己,这就是运动。运动具有幅度,正因为有幅度才被认知为运动,但这并非如流水般地连续不断。运动以抵抗为媒介,或者说在抵抗的状态下运动才被认知。抵抗是运动得以成立的契机,因此也是使历史得以充实的契机。

尽管我做了如上论述,然而我对于抵抗是什么的问题还不很清楚。我无法深入探究抵抗的意义,我不习惯于哲学性的思考。假如有人批评说这根本不是抵抗,什么都不是,那么问题就被搁置在那里了。我只是在此感到了有这样一种东西的存在,却不能取出来进行逻辑性的建构。这里所说的"不能"是因为我无能为力,并不意味着不可能。说起来可能与否我并不清楚,但觉得这终究是可能的吧。当然,不去实践就不会知道可能与否,在我不放弃追求之努力的前提下,我只能说这是可能的。可是,这可能性又太遥远了,我站在它的面前感到了某种恐惧,而对感到恐惧的我又有一种心虚之感。对我来说,那种所有一切都可以抽取出来的理性主义信念是令人恐惧的。或者与其说是理性主义的信念,毋宁说是使这种信念得以成立的理性主义背后的那个非理性主义之意志的压力是可怕的。而且,我觉得这信念正是欧洲式的。在很长一段时间内,我一直并没有把自己的这种恐惧感作为恐惧感来对待。除了少数的诗人,日本的思想家者流文学家者流中的大多数也并没有感到我这种感觉,他们并不畏惧理性主义,而且,他们所称之为理性主义的(包括唯物论),在我看来怎么看也不像是理性主义,当意识到这一切时,我感到了不安。就在这个时候,我与鲁迅相遇了。我看到,鲁迅以身相拼隐忍着我所感到的恐惧。更准确地说,从鲁迅的抵抗中,我得到了理解自己那种心情的线索。从此,我开始了对抵抗的思考。如果有人问我抵抗是什么,我只能回答说,就是鲁迅那里所有的那种东西。并且,那种东西在日本是不存在的,或者即使有也很少的。从这个时刻开始,我形成了对日本的近代与中国的近代的比较性思考。

我开始用"东洋的抵抗"这一概括性的表现来思考,是因为我感到鲁迅所具有的那个东西在其他东洋诸国也存在,并认为由此大概可以推导出东洋的一般性质。说是东洋的一般性质,我并不认为那种东西是实体性地存在着的。关于东洋是否存在的议论,对我来说是无意义、无内容的,那只是学者头脑中倒退式的议论。认为这种议论具有客观主义学术内容的学者们,其头脑的构造是成问题的。我觉得这种情况正象征着东洋这个观念在日本的堕落史,以及一般学问的堕落史。在现实的实践方面,这样的学问曾借学问之名宽容了军阀的私欲,至今不也仍在宽容着么?(请看看东京审判时的辩论)东洋这个观念也和其他观念一样,在日本近代化的某个时期曾经显示过进步的方向(如《东洋自由新闻》时期),在那之后,就无可挽回地堕落下去了。而且,对于这一堕落,处在堕落方向上的主观精神,理所当然地意识不到它的堕落性格。只有在欧洲的东洋观念(它是运动着的)投射过来时,这两者之间的差异会上升到意识层面,但是这种差别意识却不能进而推进到自我认识的层面,从而发现这种差异意味着在对方的进步过程中自己的堕落。为什么呢?因为在这里没有发生抵抗,即没有想保存自己的欲望(自己本身并不存在)。没有抵抗,说明日本并不具有东洋的性格,同时,它没有自我保存的欲望(没有自我)这一点,又说明日本并不具有欧洲性格。就是说,日本什么都不是。

不过,东洋是否存在这一提问方式本身,也不是不可以说成是从某种抵抗产生出来的。确实,这一问题本身包含了对于将东洋作为自明前提的观念的反抗。就这一方面而言,它作为学问是正确的,也为此不受军阀的欢迎。但是,因为试图成为学问,而采用针对东洋存在这个命题提出东洋不存在的命题的对立做法,即将抽取出来的东西进行比较的做法,到了这个地步就是学问的堕落了。因为,只有这个做法成了唯一的科学方法。还因为,所谓科学的方法在日本只能是一种堕落的东西。我不是在说悖论或讽刺话,我没有这个余裕。学者们所谓学问的进步在我看来不过是学问的堕落。学者们戴着进步的眼镜,故看不到这种堕落,如此而已。所谓进步,如果摘下眼镜,就是堕落。将观念抽取出来的时候,这观念已开始腐败。如果有人说没有腐败,那么,请告诉我日本近代历史上有哪个观念没有腐败而存活下来了?哪个学问没有堕落?哪个文学没有堕落?日本近代的文学史难道不是人之堕落的历史吗?如果不是这样,那么,少数诗人为拒绝堕落而遭到了失败,究竟原因何在?

认为抽取观念就是科学的那种学者,他仅仅身处于科学这一观念之中。认为抽取出人来的便是文学,相信人最终是可以抽取出来的那种文学家,只不过是把人硬塞到文学这个观念中去而已。他们没有去思考将自己置于其中运转着的那个空间,因为如果他们去思考,那么,所谓的学问、所谓的文学将不能成立。因此,忠实于学问忠实于文学,这忠实将会导致对于学问和文学的远离。在日本要成为学者,可以对所有一切进行怀疑,但只是不允许对终极性的问题有所怀疑。因为,他们这样做的话,便无法成为学者了。文学家可以使人赤身裸体,但必须保留这最后一块遮羞布。因为假如连这一块也要撕掉,人就不再成其为人,就是说,人本来并不存在。

在欧洲,当观念与现实不调和(矛盾)的时候(这种矛盾是必然要发生的),便会发生一种倾向,在试图超越这一矛盾的方向上,也就是通过张力场的发展求得调和。于是观念本身亦将发展。可是在日本,当观念与现实不调和时(这种不调和因为不产生于运动,故不具有矛盾性格),便舍弃从前的原理去寻找别的原理以做调整。观念被放置,原理遭到抛弃。文学家将舍弃现有的语言去寻找别的语言。他们越忠实于所谓学问所谓文学,便越热中于舍旧求新。自由主义不行了换上极权主义,极权主义不行了便来共产主义。斯大林不行了换上毛泽东,毛泽东不行了便来戴高乐。唯物辩证法不行了就换上绝对矛盾的自我同一,绝对矛盾不行了便来存在主义。所以,东条英机不行了换谁呢?要不然干脆老子我来干?这实际上是一种不断的失败,却绝对没有可能对失败产生失败。失败是成功之母,失败了可以重新做起。家中失火烧了房子可以再建,执著于失火这件事自我折磨则什么都无从开始。与其掐算死去的孩子的年龄不如再生一个。战争已经失败了,追究战犯又有什么用处呢?日本的意识形态当中不包含失败。日本的意识形态永远在失败,故永远是成功的。这是一种没完没了的重复,并被认知为是一种进步。还真是的,这东西不叫进步还真不知道叫它什么好。欧洲人惊讶于日本近代化的速度之快,惊讶于日本人对战争失败的痛楚之少。鲁迅对日本的所有一切表示排斥,但却认为应该学习日本人的"勤勉"。说真的,这东西不叫勤勉还真不知道叫它什么好。只是有一点,这个进步不过是奴隶的进步,这个勤勉不过是奴隶的勤勉而已。

日本文化是进步的,日本人是勤勉的。这实在是千真万确无可怀疑的,历史已经揭示了这一点。"新的"成了价值的基准,把"新的"与"正确的"看成同一个东西的日本人无意识的心理倾向,如果与日本文化的进步性分离开来是难以想象的。不断地寻求新奇,不断地变成新的,这就是日本人的勤勉。因此,所谓学问的进步便是寻找更新的学说,所谓文学的进步便是发现更新的流派。在追求新奇方面,比日本更勤勉的民族大概不多吧。为什么一定需要新奇呢?因为有这样一种逻辑在:见到旧的学说旧的流派与现实之间的失调,便认为是这学说这流派太陈旧了,无法适应现实,因此,不寻找别的新家伙便不行。这种逻辑认为,新的东西变得陈旧了,就必须换别的新东西,因为这才是对学问的忠实。越有良心的人越如此认为,因为注意到与现实之间失调的人都是那些有良心的人。其理由在于现实在发展,学说也必须发展。这个"必须"乃是在"追求"新的东西这一方向上的"必须"。为什么"追求"呢?因为有一种会被给予的预测存在。而会被给予这样一种预测,植根于在被给予的环境中形成的心理倾向,它认为过去曾经得到过,现在也正在得到,将来也会得到的吧。就是说,这已经成了一种结构性的东西,故被给予已是自明的道理,不被给予则不可想象。当然,一方面,也存在着对被给予的拒绝,对新的东西的反抗运动。但是,这是一种来自追赶不上现实的发展而灰心丧气的拒绝和反抗,在追随现实这个方向上,与谋求给予的态度没有什么两样。理想主义者说到底不过是要追逐现实(这个观念),他们将不断地抛弃不适应现实的观念,而现实主义者实在追不上现实便死心断念,回过头去寻找可以说明追不上之理由的学说。无论两者的哪一方都不想把现实拉回来。哪一方也不想通过把现实拉回来使现实与观念之间的失调调和起来。他们根本没有想过是否能够把现实拉回来。是否能够拉得回来，我认为不尝试一下是不会知道的，而在他们看来，这样的想法太傻了。对于他们这些观念论者（包括唯物论的观念论者）来说，现实是绝对的、神圣的。现实被供奉在权威的祭坛上。他们沉睡于现实可以变革这个被给予的观念之中。对于一次也没有得到过变革现实之经验的人们来说，就是这个现实可以变革的观念亦是一个舒适安逸的睡眠场所。他们认为现实这个实体性的东西存在着，不断地接近这个实体便是科学、理性主义的。不假，这的确是科学的，也是理性主义的吧。只不过，这是奴隶的科学，奴隶的理性主义，如此而已。

## 优等生文化

对于他们而言，学问也好文学也好，总之，文化这一人类精神的产物，是作为应该追求和把握的东西，作为存在于外部世界的东西，而进入他们的观念世界的。在致力于把握这个存在于外部世界的东西方面，他们从来都是非常热心的。赶上，超过，这就是日本文化的代表选手们的标语。不能输给别人，哪怕只是一步，也要争取领先。他们像优等生那样地挣得分数。事实上他们也正是优等生，学校时代的优等生毕业后成为日本文化的代表选手，并以优等生制度和优等生精神教育下一代。因此，日本文化在结构上是一种优等生文化。秀才们集中于军官学校和帝国大学，而这些秀才支配着日本。蠢材们抱有一种劣等意识，因而其秀才情结在秀才之上，所以很难在秀才面前挺起腰来。日本的私立学校比官办学校更官学化。福泽谕吉的传统在他生前就已经丧失殆尽。就这样,反映着等级制之金字塔形社会结构的金字塔形优等生文化得以成型。金字塔的顶点不断伸展,秀才们意气风发。日本的军备世界第一,日本的纺织业世界第一,日本的医学世界第一,日本的民族性在世界上最优秀。自己作为构筑起这些优秀文化的日本文化代表选手,与作为劣等生的人民在价值上完全不同,自己是被选拔出来的。顺理成章,指导落后的人民是自己的使命。指导落后的东洋各国也是自己的使命。这就是优等生情结的逻辑推演。所以主观上他们是正确的。于是,进一步产生了下面这种反映优等生心理的独断性结论:我们之所以优秀,是因为接受了欧洲文化,因此落后的人民当然会接受我们的文化施舍,也必须接受。他们这个结论在主观上不用说也是正确的。他们认为如果落后的人民拒绝接受,那是人民愚蠢,是人民没有接受优秀文化的能力,是人民的保守顽固所致。这种指导者意识不仅存在于军人政治家那里,也存在于工人运动之中。不仅军人政治家要引导人民,解放运动本身也在引导人民的方面体现了这种优等生心理。同时,这种状况又与下面这些现象相关联,反映着日本文化的优等生性格:日本的帝国大学在思想上反倒是最激进的;学生运动的斗士会成功地当上舆论检查制度的官员;左翼出身的人可能成为右翼团体的中坚力量,在战争中协助侵略,等等。日本法西斯的根源也就存在于这种一揽子包括了左翼右翼在内的日本文化结构之中。

日本文化是优秀的,确实,一点不错。优秀的选手们尽心尽力地构筑起来的,岂有不优秀之理。优等生们说日本文化是优秀的,作为劣等生的人民岂有不同意之理。说起来,在优等生中间也有日本文化是摹仿的而非创造的这种论调。但就是这个摹仿也是优秀的摹仿,故摹仿论者还是和优秀论者没有两样。他们有时说正因为优秀才会摹仿,有时又说摹仿本身也是一种独创,就是说那也是优秀的。听了这话,作为劣等生之人民也觉得有道理。不过,他们承认优秀的日本文化中也有不优秀的部分。如果问不优秀的部分是什么?回答是:有劣等生在。他们说:要是只有优等生,日本文化可就太完善了,就是因为有劣等生的存在,日本文化才无法十全十美。不管优等生怎么奋斗,因有劣等生在,文化的总体水平便打了折扣,实在可惜!听了这话,作为劣等生的人民对优等生不能不感到歉然:因为劣等生的存在,优等生应得的份儿减少了。优等生作为代表队参加国际比赛赢了的话,对劣等生也是一种荣誉呀。劣等生应当声援优等生,他们事实上也声援了吧。他们会赢的吧?因为他们是优秀的。然而,他们失败了。为什么失败了呢?优等生们这样想:是因为劣等的部分拖了优秀部分的后腿。应该胜利的优秀部分遭到了劣等部分的影响,所以失败了。就是说,失败在于劣等部分,而不在于优等部分。战败的责任在于劣等生。这便是优等生文化的逻辑。

　　于是选手要更新换代了。不过,换上来的还是优等生,因为非优等生不可能当上选手。只是军官学校的优等生变成了帝国大学的优等生,如此而已。是啊,过去的优等生失败了。可他们认为:那不是因为优等生而失败的,而是做法错了,就是说,忘记了把劣等生计算进来。这失败在于劣等部分的存在,即对劣等部分的计算有误导致了失败。于是,这回要通过使劣等生向优等生靠近而挽回以往的失败。对于这些优等生们的恩泽,劣等生之人民是不能不感恩戴德的。就连优等生也失败了,而且是因为我们劣等生的存在才失败的。优等生们则给予罪恶深重的我们以恩泽。这能不感谢吗！我们要奋发向上,好好听优等生的嘱咐,向优等生靠近,哪怕是一步也好,这回可不能再失败了,哪怕是微不足道也要争取提高优秀的日本文化的总水平,否则那可太对不起人了。这正是优等生文化的教育精神。

是的,教育是会成功的。觉悟到战败之教训的劣等生们会向优等生学习变得聪明起来。优等生文化一定会繁荣发展的吧。日本的意识形态里面没有失败。因为日本的意识形态是连失败都会转化为胜利的优秀精神力量的结晶。请看,这日本文化的优秀性。日本文化万岁!

可是,如果认为失败不在于优秀文化中的劣等部分而在于优秀部分,那会怎样呢？如果拒绝优秀文化,将进步本身视为一种堕落,如果拒绝了进步又会怎样呢？他们会大叫:荒唐！这是不可想象的。这是成心想当傻瓜。眼睁睁地让进步溜掉了,劣等生会变得越发劣等不堪。正因为有优等生的存在,才在某种程度上阻止了战败,拯救了劣等生。是优等生给那些因战败而自甘堕落,搞黑市、闹罢工的家伙们提供了文化国家这个目标以代替军国主义,使他们走上了正道。若要拒绝优秀文化,拒绝进步,那不是要把文化国家变成非文化国家吗？优等生们一定会大喊:这样,我们的好意和苦心不就成了泡影了吗？千万不能干这种反动的事。不仅优等生,劣等生也会这样说吧:我们太浑蛋了,因为非优等生当了选手而失败了。当真心声援的选手失败了的时候,我们实在不好受啊,而当真正的优等生告诉我们那是假的优等生,我们才终于恢复了信心。优等生说你们这些家伙一定要成为优等生啊,我们也觉得:应该如此！我们决心洗心革面努力学习,请不要再把我们当作劣等生,因为我们已经和那些假的优等生一刀两断了。

是的,诸位劣等生,你们大概是正确的。如果你们能把我当成朋友,我也想加入你们的行列,我觉得你们的意见再正确不过了。在日本的优等生文化中不如此就无法生存。劣等生只有依靠优等生才有活路。如果反对优等生,不仅要受到优等生的教训,而且会被劣等生赶出门外的。鲁迅这样写道:"人生最痛苦的是梦醒了无路可以走。做梦的人是幸福的;倘没有看出可走的路,最要紧的是不要去惊醒他。"(《娜拉走后怎样》)

我也是个想做好梦的人,我也想不被叫醒而绕开"人生最痛苦的"事情。但是,我遇见了被叫醒的人,遇见了体验到"梦醒了无路可以走"之"人生最痛苦的"事情的人。这就是鲁迅。我一面感到自己有被叫醒了的恐惧,同时已不能够从鲁迅那里离开。鲁迅这样写道:"我们无权去劝诱人做牺牲,也无权去阻止人做牺牲。"(同上)

鲁迅是被什么叫醒的?怎么被叫醒的?我无法摆脱这些缠绕着我的问题。

## 人道主义与绝望

鲁迅有一篇题为《聪明人和傻子和奴才》的寓言。奴才工作很苦,整天发牢骚。聪明人安慰他说:"我想你总会好起来"。然而奴才的生活依然困苦。于是他又向傻子鸣不平:"我住的只是一间破小房,……四面没有一个窗。"傻子说:"你不会要你的主人开一个窗的么?""这怎么行?"奴才回答说。傻子马上来到奴才的屋外,动手砸起墙壁来。"先生!你干什么?""我给你打开一个窗洞来。"奴才阻止他,傻子却不听。奴才大声喊:"来人呀!"于是一群奴才出来,将傻子赶走了。而对最后出来的主人,奴才报告说:"有强盗要来毁咱们的屋子,我首先叫喊起来,大家一同把他赶走了。"主人夸奖说"你不错"。当聪明人来慰问奴才时,奴才对他说:"先生,这回因为我有功,主人夸奖了我了。你先前说我总会好起来,实在是先见之明。"聪明人也很高兴似的应声说:"可不是么"。

我觉得可以认为,这就是鲁迅对被叫醒状态的描述,也是对"梦醒了无路可以走"之"人生最痛苦"的状态,对无法从要逃脱的现实中逃脱出来的那种痛苦的描述。不过,我感觉到解释这篇寓言恐怕需要解释者在主观上具备某种条件,而这条件是由作为阅读对象的鲁迅那一方面反过来规定着的。不过,现在没有详细思考这个问题的余地,姑且请允许我省略有关分析。因为,这不仅脱离了我的主题,而且,即使不做说明,大家也会明白我的主题和我对这篇寓言的解释之间有一种相互媒介的关系。

这篇寓言的主语是奴才。不是奴才的根性,而是具体的奴才(极端地说,即鲁迅本身)。如果仅从这篇寓言里抽象出傻子和聪明人之间人性对立的一面,那么,将失去其个性化的特征而还原为一般的人道主义,这样的东西在欧洲和日本都存在,没有什么新鲜的。鲁迅不是那种性质的人道主义者。在鲁迅看来,那种性质的人道主义者乃是那个"聪明人"。鲁迅是拒绝人道主义(以至所有的一切)的。毫无疑问,鲁迅是憎恶聪明人而爱那个傻子的,不过这并非不相干的两件事,憎恶聪明人也就是热爱傻子。在鲁迅那里,傻子和聪明人并不是价值上的对立物。这样的观点乃是人道主义的立场,在鲁迅那里是不成立的。因为傻子并不能按人道主义者希望的那样拯救奴才。傻子要拯救奴才,则将被奴才所排斥。为了不遭到排斥,为了拯救奴才,傻子除了不再当傻子而变成聪明人之外别无他法。聪明人能够拯救奴才,但这只是让奴才在主观上感到得救。就是说,不去叫醒奴才,让他做梦,换言之不予拯救才是对奴才的拯救。就奴才的立场而言,奴才向外寻求拯救,这件事情本身正是使他为奴的根源。因此,叫醒这样的奴才,就意味着必须让他体验"无路可以走"之"人生最痛苦的"状态,即自己为奴才的状态。意味着他不得不去忍受这种恐怖。如果他忍受不了这种痛苦而求救,他甚至要失去对自己是奴才的自觉。换句话说,所谓"无路可以走"乃是梦醒了之后的状态,而觉得有路可走则还是睡在梦中的证明。奴才拒绝自己为奴才,同时拒绝解放的幻想,自觉到自己身为奴才的事实却无法改变它,这是从"人生最痛苦的"梦中醒来之后的状态。即无路可走而必须前行,或者说正因为无路可走才必须前行这样一种状态。他拒绝自己成为自己,同时也拒绝成为自己以外的任何东西。这就是鲁迅所具有的、而且使鲁迅得以成立的、"绝望"的意味。绝望,在行进于无路之路的抵抗中显现,抵抗,作为绝望的行动化而显现。把它作为状态来看就是绝望,作为运动来看就是抵抗。在此没有人道主义插足的余地。

　　如果是日本的人道主义作家,大概不会这样来写"聪明人和傻子和奴才"的寓言吧。他们只会写奴才被聪明人所拯救,或被傻子所拯救,或者奴才自己起来打倒主人,自己解放自己。就是说,日本的人道主义作家大概只会把被叫醒的感觉描写为喜悦,而不是痛苦。在这种人道主义者的眼中,鲁迅之阴暗,是解放的社会性条件还不具备的殖民地落后性的表现。但是,正是这种日本文学的先进性使得它不可能设想和理解,在鲁迅那一面看来,视鲁迅为阴暗落后的"先进的"日本文学却恰恰是聪明人的文学,即幻想解放的文学。在我看来,与鲁迅相比,日本文学中的所谓阴暗的东西亦是通透明亮的。鲁迅的阴暗来自缺乏解放的社会性条件的殖民地落后性,这一点不能否定。但是,鲁迅拒绝幻想,憎恶聪明人,忍受着"被叫醒"的痛苦状态,摸索着与黑暗斗争。他不是把解放的社会性条件作为"被给予"的东西来追求。这是在过去不曾,现在、将来也不会被给予的环境中所形成的自觉。因为抵抗,所以不能得到,因为不能得到,故拒绝得到的幻想。如果放弃抵抗便可以得到,可是为此,对于得到的幻想加以拒绝的能力也将同时失去。这中间的区别,乃是因保守所以健康,与因进步所以堕落之间的区别。日本文学中的人道主义者们,全都堕落了(少数拒绝堕落的诗人则失败了)。拒绝了人道主义的鲁迅,无论在任何意义上都不能说他堕落。

奴才拒绝意识到自己为奴才。他觉得自己不是奴才时,才是真正的奴才。当奴才自身成了主人的时候,将发挥出彻底的奴性。因为,那时他在主观上并不认为自己是奴才。鲁迅说"暴君治下的臣民,大抵比暴君更暴"。还说"做主子时以一切别人为奴才,则有了主子,一定以奴才自命"。奴才成为奴才的主子,这并不等于奴才的解放,然而,在奴才的主观上,它却是解放。如果以此衡量日本文化,日本文化的性质就会一目了然。日本在迈向近代的转折点上,曾面对欧洲产生过绝对的劣等意识(这正是日本文化的优秀性使然)。从那时起便开始拼命地追赶欧洲。它认定自己只有变成欧洲、更漂亮地变成欧洲才是脱离劣等意识的出路。就是说,试图通过变成奴才的主人而脱离奴才状态。所有解放的幻想都是在这个运动的方向上产生的。于是,使得今天的解放运动本身浸透了奴性,以至于这个运动无法完全摆脱奴才性格。解放运动的主题,不具备自己是奴才这一自觉,安居于自己并非奴才的幻想之中,而欲将作为奴才的劣等生人民从奴才的境遇中解放出来,在自己完全感受不到觉醒者痛苦的状态下唤醒对方。因此,无论怎么做也产生不出主体性来。就是说,无法获得觉醒。于是,便去外部寻找应该得到的"主体性"。

这种主体性的缺失,是主体并不具备自我所造成的。主体不具备自我,是因为主体放弃了自我成为自我的可能,即放弃了抵抗。从开始的起点上,这种可能性就被放弃了。对于抵抗的放弃正是日本文化优秀性的表现(因此日本文化的优秀性乃是奴才的优秀性,是堕落方向上的优秀性)。放弃抵抗的优秀性,因了自己的先进性而视未放弃抵抗的其他东洋各国为落后,视鲁迅那样的人为落后的殖民地类型。以日本文化的眼光来看,中国的文学是落后的,而偏偏同为未放弃抵抗的俄国文学却并不落后。就是说,只看到俄国文学吸取了欧洲文学的一面,而无视抵抗欧洲文学的另一面。他们无视陀思妥耶夫斯基文学世界中顽强的东洋式抵抗的契机,至少,在陀氏的这种抵抗还没有反射到欧洲文学上来时,便不会直接映入日本文学的眼中。陀思妥耶夫斯基无论怎样痛苦地自我折磨,在没有体验过这种痛苦的日本文学眼里,那都是他人瓦上霜,无法成为自己内部的问题。所以,对于为同样的痛苦所折磨的鲁迅,也根本不想进行内在的理解。日本文学缺乏将陀氏和鲁迅共通的抵抗之契机统一起来理解的眼光。

## 在场外观看的看客与奋力奔跑的选手

鲁迅那样的人,作为类型来看,大概属于落后国家的类型,产生鲁迅那样的文学家之中国文学恐怕是落后国家的文学吧。而视中国文学为落后国家文学的日本文学之眼光大概是正确的。正确——真是太"正确"了。这是一种如照相机般准确,将时间和空间在"场外"加以再调整而达到的"正确"。它意味着看客自身并没有进入历史,只是从外部观望着跑在历史跑道上的赛马。自己并没有进入历史,所以看不到使历史得以充实的抵抗之契机,不过,这倒使自己可以清楚地看到赛马的各方谁胜谁败。中国马落后了。日本马不断向前挺进。看上去确实如此。这一观察是正确的,观察之正确在于自己没有参加赛跑而是在一旁旁观之故。

使鲁迅这样的人物得以诞生的,一定是以激烈的抵抗为条件的社会。只有在欧洲历史学家所谓的亚洲之停滞,也即日本的进步历史学家所称的亚洲之停滞(!)的社会中才能诞生鲁迅这样的类型。正如陀思妥耶夫斯基的诞生以俄国式落后为条件那样。当所有通向进步的道路都被封闭了,所有新的希望都被粉碎了的时候,才能积淀起鲁迅那样的人格吧。不是旧的东西变成新的,而是旧的东西就以它旧的面貌而承担新的使命——只有在这样一种极限条件下才能产生这样的人格。鲁迅那样的人在进步没有边界的欧洲社会中是不会诞生的吧。而在处于进步的幻想之中的日本,也是不会产生的吧。不仅不会产生,甚至也不具备理解它的能力。从日本来看鲁迅,正如观察所有事物一样,鲁迅也会被曲解为是一个进步主义者、优秀的启蒙家,一个为消除落后而拼命追赶欧洲的开明主义者,根据镜子的尺寸而适度地扭曲。鲁迅会成为中国的森鸥外。可是,鲁迅实际上恐怕是与此正相反的人物,是与胡适或林语堂那种进步主义者正相反的存在。鲁迅常说"我是旧式的人"。而日本的进步主义者则认为这是鲁迅的谦虚,根本不想去思考,这句话恰恰是日本近代与中国近代之结构上的不同所致。

鲁迅那样的人是无法产生于日本社会的。即使得以产生也不会成长,不会成为值得继承的传统。当然,鲁迅在中国文学中也是孤立的。但是,孤立着的形态却是鲜明的,而且他被继承着。鲁迅这个人物形象清晰醒目,不会埋没在环境中。在日本则相反,常见的情况是最初很清晰的东西会渐渐埋没于环境之中。不断地产生新的东西,又一个个陈旧下去。旧的东西以它旧的面貌承担新使命的情况,在日本是绝对没有的。二叶亭四迷和北村透谷已经被环境埋没了。石川啄木①以"社会主义之帝国主义"的部分也被埋葬。岛崎藤村从《破戒》走向《东方之门》,却没能从《东方之门》再走向《破戒》。② 芥川龙之介在列宁那里看到了"散发着花草芳香的东洋火车头",将芥川的这方面继承下来的只有吟唱着"朝鲜是他渴望的地方"的诗人中野

---

① 石川啄木(一八八六——一九一二年),早逝的日本明治歌人、评论家。一九一〇年日本无政府主义者幸德秋水等人因"大逆事件"被捕,次年被处死刑,此事导致啄木对于社会主义思想的关心,并写作了与此事件相关的评论和诗作。——译注

② 岛崎藤村(一八七二——一九四三年),跨越了明治至昭和三个时代的日本近代作家。代表作《破戒》出版于一九〇六年,描写了部落民出身的主人公自我觉醒之后面对社会歧视的内在矛盾,特别是描写了觉醒之后无路可走的悲哀。竹内好显然试图在岛崎的这个起点上寻找与鲁迅的接触点,但岛崎后来的创作中消解了这个主题,他晚年的未完成之作《东方之门》是他后期长篇历史小说《天亮之前》的摹写,被视为日本近代文学代表性作品的《天亮之前》是从民间视角重新评价明治维新的尝试,早期作品中"梦醒之后无路可走"的主题不复存在。——译注

重治一人。① 唱出"我面前无路可走"时的高村光太郎②曾站到了与写出"地上本没有路"的鲁迅同样的起点上。然而鲁迅披荆斩棘鲜血淋漓地径直走向前去,高村则向右转,沿着那个方向迈出了自己的步子。

## 回心与转向

"转向"这个现象也是特殊的日本性格的产物。在优秀的日本文化中,不是成为优等生走向堕落,便是拒绝堕落而失败,除此之外别无生存之路。优等生若依良心行动便必然地要产生

---

① 芥川龙之介(一八九二——一九二七年),日本近代著名作家。代表作《罗生门》等。芥川在三十五岁时的自杀事件本身,几乎和他的创作活动同等重要,被视为一个时代的结束。芥川曾经一度对列宁和俄国革命表示了强烈兴趣,曾经耽读关于社会主义理论的英文著作,并写过关于列宁的诗歌。但是芥川本人并未成为社会主义知识分子,他被当时新兴无产阶级文学家视为资产阶级作家。中野重治(一九〇二——一九七九)是日本现代重要文学家,他几乎集中了现代日本文学的所有复杂的内在矛盾。早在大学时代,他就展示了自己的文学才华,受到芥川龙之介的高度重视。当中野加入日本无产阶级文学队伍时,芥川曾断言中野的文学因迥异于此前无产阶级作家的观念化创作,将成为日本无产阶级文学不可或缺的代表性部分。后来中野本人发生了"转向",他对于文学与政治关系的理解一直体现了日本现代文学最基本的矛盾。竹内好在他的著述当中经常提到中野重治,这不仅是因为他对中野的文学禀赋给予了高度评价,更因为他注意到了中野所代表的这个内在的矛盾。——译注

② 高村光太郎(一八八三——一九五六年),日本近代著名诗人和艺术家。他一生为了坚持自己的个性选择,一直以反社会的生活方式对抗日本的近代化过程所造就的世俗道德准则。他创作了大量优秀的雕塑作品,也留下了脍炙人口的诗篇。其中记录了他和同样离经叛道的妻子感情生活的爱情诗集《智慧子抄》被视为代表作。在"二战"期间,以唯美作为道德标准的高村暴露了思想上的极端幼稚,他先是退居内心生活,后来又无保留地做诗支持战争,鼓励国民参战。竹内所说的"向右转",指的是高村在"二战"期间的创作和社会活动与日本政府之间的合作关系。——译注

转向这一现象。如不转向他便不成其为优等生,因为不转向将失去接受新东西的能力。如果极权主义比共产主义更新,抛弃后者而奔向前者就是有良心的行动。民主主义来了就遵从民主主义,这才是符合优等生性格的进步态度。转向是由进步而产生的,所以没有什么可耻的。反倒是不肯转向才是保守的,从而被作为反动的证据,这样的事情实在很多。无产阶级文学进来的时候,曾顽强抵抗过的鲁迅,经过了某个时期后,则比起无产阶级文学家们更马克思主义,这种现象在日本是绝对不会产生的。从根本上看,日本的近代就是从转向开始的。攘夷论者原封不动成了开国论者。转向与日本文化有着不可分割的关系。明治维新先驱者之一的加藤弘之身体力行,由民权论向进化论之漂亮的转向姿态,为优秀的日本文化传统之保卫者帝国大学教授们亲自树立了学者良心的楷模。

转向是在没有抵抗的地方发生的现象,即它产生于自我欲求的缺失。执著于自我者很难改变方向。我只能走我自己的路。不过,走路本身也即是自我改变,是以坚持自己的方式进行的自我改变(不发生变化的就不是自我)。我即是我亦非我。如果我只是单纯的我,那么,我是我这件事亦不能成立。为了我之为我,我必须成为我之外者,而这一改变的时机一定是有的吧。这大概是旧的东西变为新的东西的时机,也可能是反基督教者变成基督教徒的时机,表现在个人身上则是回心,表现在历史上则是革命。

表面上看来,回心与转向相似,然而其方向是相反的。如果说转向是向外运动,回心则向内运动。回心以保持自我而反映出来,转向则发生于自我放弃。回心以抵抗为媒介,转向则没有媒介。发生回心的地方不可能产生转向,反之亦然。转向法则所支配的文化与回心法则所支配的文化,在结构上是不同的。

我认为日本文化在类型上是转向文化,中国文化则是回心型的文化。日本文化没有经历过革命这样的历史断裂,也不曾有过割断过去以新生,旧的东西重新复苏再生这样的历史变动。就是说,不曾有过重写历史的经历。因此,新的人不曾诞生。在日本文化中,新的东西一定会陈旧,而没有旧的东西之再生。日本文化在结构上不具有生产性。即可以由生走向死,却不会由死走向再生。正像藤村没能由《东方之门》走向《破戒》,高村光太郎终于向右转了一样。鲁迅的法则在日本是不适用的,这只要比较一下二叶亭的言文一致运动①和一九一七年的"文学革命",便一目了然。一般认为,"文学革命"是以胡适的口语运动、欧洲近代文学的输入和传统破坏为发端的,事实上也是如此,但是,推进运动的原动力在于有一种从内部否定该运动的更为根本的力量存在。这个力量的核心就是鲁迅。日本的言文一致运动没有发展出从内部否定从而超越该运动的方向,而是以二叶亭的自我分裂告终的。而且,森鸥外的成功亦是由外部强迫所使然。② 在日本一切都是成功的,且是一次性的。

---

① 二叶亭四迷的小说《浮云》被公认为是言文一致运动在文学创作领域里的里程碑作品。这部小说在文体上开了使用口语体创作的先河,推动了文学界言文一致运动的展开。但是,二叶亭在后期回击反对言文一致言论的同时,又开始使用文言写作。这一矛盾使研究言文一致的学者感到不解。——译注

② 森鸥外(一八六二——一九二二年),日本近代著名作家、评论家、陆军军医。作为留学德国的留学生,他回国后是以翻译开始自己的文学活动的。这些译作全部采用了言文一致文体,成为新的翻译文体的代表者。鸥外因此也被视为二叶亭的后继者。在此意义上,鸥外的言文一致是受制于他翻译西方小说这一"外部强迫"的。但是,后期的鸥外也放弃了言文一致体,为了雕琢美文改用掺杂着和汉洋三种语体的文体,并向当时保守的新国文运动表示了认同。——译注

## 辛亥革命与明治维新

通过辛亥革命与明治维新的比较，也可以理解这一点。明治维新确实是一场革命，但同时也是一场反革命。明治十年的革命之决定性的胜利是在反革命的方向上的胜利。从内部否定这一胜利的革命力量，在日本是非常微弱的。所谓微弱，与其说是绝对数量上的微弱，不如说是革命势力本身在反革命的方向上遭到了利用，这样一种结构意义上的微弱（参见诺曼《日本士兵与农民》）。辛亥革命在革命—反革命这一性质上也是一样的，但是，辛亥革命是在革命的方向上发展的革命，是从内部不断涌现出否定性的力量之革命。孙文不断地意识到革命的"失败"。这是一场在否定辛亥革命所催生的军阀政治（一种殖民地性的绝对专制），进而否定革命党本身之官僚化的方向上发展着的革命。即生产性的革命，也因此是真正的革命。

明治维新成功了，而辛亥革命则"失败"了。之所以失败在于它是一场"革命"。把明治维新的成功看作失败，试图再来一次革命的努力并不是绝对没有，但总是为革命的指导者所摧毁。不摧毁便是被利用。自由民权运动便是一部分被国权派所摧毁，另一部分被利用了。被利用的那一部分就成了"支那浪人"的鼻祖。一九二〇年代的革命亦是这个模式的重复，一部分被摧毁了，另一部分转化为新"支那浪人"（满洲铁路系统）而为侵略所利用了。只不过，如国权派堕落了一样，在这一次重复中，"支那浪人"在本质上也堕落了。

明治维新与辛亥革命相隔五十年。这相隔为日本文化的优秀性提供了证据，同时革命性质的不同也为优秀性的方向提供了证据。在东洋各国中,像日本这样如此轻松地获得革命成功的国家是没有的。日本对欧洲几乎没有表示出任何的抵抗。俄国对资本主义几乎表现出了非常野蛮的抵抗,最终才接受了资本主义,而日本的资本主义甚至没有遇到欧洲工业革命所有的那种抵抗。即使是在日清战争(中日甲午战争——译者)受到决定性打击的时候,大清帝国的进步官僚们的改良主义意识形态亦不过是"中学为体,西学为用"而已。即只承认欧洲的优越地位在于技术领先。这在日本相当于新井白石①的主张。日清战争失败后,产生了严复、康有为等的改革运动(日本的好多历史学家忽视了日清战争为中国近代史的转折点这一问题),却一一为反动派所摧毁。试图以明治维新为样板的康有为改革运动没能成功。与同时期出国留学的日本学生归国后受到政府的重用其志向得到了发挥相比,严复(中国最早的留学生。留学制度本身比日本晚十年)则因为作为官吏的身份低下,好不容易得来的新知识未能得到活用,自己深为沮丧。在中国反动势力的程度极为强大,几乎所有自上而下的改革都受到了阻挠。而这种反动势力的强大则促成了自下而上的革命的兴盛。关于一九〇〇年的反动,鲁迅这样写道:"清末之所谓儒者的结晶,也是代表的大学士徐桐氏出现了。他不但连算学也斥为洋鬼子的学问;他虽然承认世界上有法兰西和英吉利这些国度,但西班牙和葡萄牙的存在,是决不相信的,他主张这是法国和英国常常来讨利益,连自己也不好意思了,所以随便胡诌出来的国名。他又是一九〇〇年的有名的义和团的幕后发动者,也是指挥者。

---

① 新井白石(一六五七——一七二五年),江户中期儒学者、政治家。德川家宣时期曾出任幕府儒官。他参政的主要业绩在于进行了幕府对外贸易方面的改革以及与朝鲜信使建立新的应对制度等。——译注

但是义和团完全失败,徐桐氏也自杀了。政府就又以为外国的政治法律和学问技术颇有可取之处了。我的渴望到日本去留学,也就在那时候。"(《在现代中国的孔夫子》)

从日本看来,一九〇〇年的反动是一种达到了滑稽程度的野蛮。一九〇〇年日本加入八国联军以文明的名义占领了北京。日本曾经文明到那种程度。日本文明到了何种程度呢?我们从曾经留学日本的鲁迅得到的印象中可见一斑。这一点还和一九〇〇年之中国与一九四五年之日本相类似的问题有关。在上面的引文之后,鲁迅接着写道:"达了目的,入学的地方,是嘉纳先生所设立的东京的弘文学院……这是有一天的事情。学监大久保先生集合起大家来,说:因为你们都是孔子之徒,今天到御茶之水的孔庙里去行礼罢!我大吃一惊。现在还记得那时心里想,正因为绝望于孔夫子和他的之徒,所以到日本来的,然而又是拜么?一时觉得很奇怪。而且发生这样感觉的,我想决不止我一个人。"

于是,我们可以知道这个文明的性质了。一九〇〇年的反动使鲁迅感到"绝望于孔夫子和他的之徒",而使鲁迅感到"然而又是拜么?一时觉得很奇怪"的则是日本的文明。毋庸质疑这个文明导致了一九四五年的到来。

所有这一切都在于明治维新所规定的进步方向有问题,这个问题就是使明治维新得以成功的日本文化之优秀性。日本的指导者们是优秀的,他们的进步主义十分强盛,而其反动则相对脆弱。由于出色地闯过了明治十年,日本的进步主义彻底地铲除了反动的根苗。然而,与此同时也铲除了革命本身的根苗。在中国,连官僚内部不平分子的运动都遭到扼杀,可见反动力量的强大。于是,革命不断地被驱赶到下层,在底层人民当中扎下了根。而在日本,即使人民的运动也被军官学校和帝国大学这两个向上敞开的管道所吸收以至枯竭。

日本文化的优秀性究竟缘何而来？大概由于指导者的优秀吧，或者来自经济基础的优秀。而把其终极原因归结到生产力这一量度上来的尝试也不错吧，因为这种尝试总会使我们明白一些什么的。但是，我总觉得如果只有这些标准，还是会有些无法说明的东西遗留下来。在与欧洲相遇时，为什么只有日本没有表示出抵抗来？仅用生产力这种均质性的指标来解释能够说明清楚吗？欧洲对东洋的入侵有着时间上和空间上的幅度之差，用时间或空间上的某一点来切割这个幅度，在这一点上，欧洲也好东洋也好，都将成为被限定的现实性的存在，因此，在这个点上发生的抵抗也是有个性的，难道这一个性是可以用均质性的指标来说明的吗？更何况，从个性化的抵抗中产生出来的人之类型乃是多种多样的。粗略而言，就有列宁和高尔基型、孙文和鲁迅型、甘地和泰戈尔型、或者穆斯塔法·凯末尔①和伊本·沙特②型等等（不过，这种类型分析只是在假定了把他们作为类型来观察这一前提下相对而言的）。在日本可以成为类型的东西是不存在的。就是说抵抗是不存在的。如果粗暴一点地说，无形即是日本类型，没有个性便是日本的个性。我认为日本对欧洲没有表示出抵抗来，恐怕就在于日本文化之结构上的这一性质。日本文化总是面向外界，等待新的东西的到来。文化总是从西面来，儒教佛教便是如此，因此，只是等待着。锁国是

---

① 穆斯塔法·凯末尔（一八八一——一九三八年），土耳其共和国首任元首。他曾在一九二〇年组织反对赛夫勒条约的民族运动，发起了土耳其大国民议会，推翻帝政，建立共和。——译注

② 伊本·沙特（一八八〇——一九五三年），沙特阿拉伯王国的奠基人，一九三二——一九五三年在位。伊本·沙特统一了以游牧民族为主的阿拉伯半岛，建立了现代意义上的国家，并先后摆脱土耳其和英国的干涉和控制，获得了独立。——译注

一种选择,但不是拒绝。江户的市民文学如果没有明末市民文学的影响则是不可想像的。芭蕉、西鹤、马琴等都是如此。江户的国学家拒绝了传统,但并没有改变其结构,只是为无抵抗地承载新的主人欧洲清扫了基础而已。正如日本的封建制上承载着日本的资本主义一样,在儒教性的结构(或者无限接受外来文化的结构)上称心自在地承载着日本的近代。这种承载几乎浑然一体到不被意识到前后承续关系的程度。在明治维新革命(反革命)之际被剥夺了教学权的汉学,不久又得到了复活便是证据。这一点就体现在元田永孚①等人的活动中。而这与强制鲁迅信孔教的那个文明是一脉相承的。

我感觉到,日本文化难道不是在传统中未曾有过独立的经验吗?难道不是因此而无法在实际感受上体验独立这一状态吗?把外面进来的东西作为一种痛苦,在抵抗之中来接受它,这种经验难道不是一次也没有过吗?不知自由之滋味者仅满足于自由的暗示。奴才因不觉得自己是奴才而成为奴才。"被叫醒"的痛苦恐怕与日本文化无缘吧。若非如此,为了"唤醒"而特地找来近代、绝望、存在主义以及各式各样对症药的做法难道能够如此盛行么!

国粹主义和日本主义曾流行一时。但抬出国粹和日本是要驱除欧洲,并不是为了驱除接受欧洲的奴性结构。现在作为对它的反动而近代主义流行,但承载近代的结构还是没有被视为问题。就是说,只想改换主人,而并非要求独立。将东条英机作为劣等生来处理,与为保存优等生文化而让别的优等生取而代

---

① 元田永孚(一八一八——一八九一年),江户末期实学派儒学家。明治四年(一八七一)开始出任明治天皇侍讲、宫中顾问官、枢密顾问官等,参与起草《教育敕语》,在明治天皇身边进讲经学达二十年之久。明治天皇在元田出任侍讲几年之后下令恢复维新时被废除了的东京帝国大学汉学科,不能说与元田的活动无关。——译注

之,乃是同样的事。日清战争和日俄战争确实是由于日本文化的优秀部分而取胜的。即使这两场战争失败了,毫无疑问那也是由于优秀部分而失败的。没有理由认为只有一九四五年的失败是劣等部分所致。主张一九四五年是一个错误的人,是想借此为由保存优等生文化,他们不过是想以帝国大学优等生来取代军官学校的优等生而已。这些主张并不触动日本文化的奴性结构,只想改换置于其上的那个部分。这并不构成对东条英机的否定。置身于滋生了东条的基础上来否定东条是不行的。要否定东条,仅仅是与东条对立还不够,必须超越他。为此,甚至连东条都必须加以利用。如果要求真的独立,必须豁出自己的生命,为此,也要豁出去紧抓住所有的抵抗契机,哪怕是那些微不足道的契机。甚至东条所表现出来的那种似是而非的微弱抵抗意识,也必须加以利用而不是否定它。不过,这样做需要有承受"被叫醒"之痛苦的能力,而不可把这种痛苦的牺牲强加于人。

诺曼(Herbert Norman)①的《日本的士兵与农民》②这本书,

---

① 诺曼(一九〇九——一九五七年),在日本出生的加拿大籍日本史家、外交家。曾长期在日本生活,"二战"时期任职于加拿大外交部,战后曾任加拿大驻日本外交官,与麦克阿瑟有密切交往。五十年代初期美国麦卡锡主义猖獗时,诺曼因直接对麦克阿瑟所执行的扩大东业战争事态的政策提出了质疑,被美国上院指名为赤色间谍,其后美国一直向加拿大外交部施加压力,诺曼一直受到监视和传讯。一九五七年,诺曼任加拿大驻埃及大使期间,在开罗自杀。
诺曼作为历史学家,在外交生涯中一直没有间断他的著述活动。他的代表作《日本的士兵与农民》、《被忘却的思想家——安藤昌益》等在日本都产生了相当大的影响。——译注
② 《日本的士兵与农民》英文版出版于一九四三年,日译本最初出版于一九四七年,由白日书院刊行。该书讨论了江户末期幕府为了对付外患而武装农民使其成为农兵,但同时又不得不受到农民起义可能性增加的威胁这样一个两难之境,通过对明治政府的征兵令所具有的对内维持治安和对外发动侵略的双重性格的讨论,对于日本近代化过程中的非近代特征进行了独特的讨论。——译注

是我近来所读书中感受最深的一本。我几乎产生了一种艺术性的共鸣。这本书内容沉实,有着抓住读者使其跟进的力量;层层推进的逻辑论述具有造型的效果,仿佛罗丹的雕刻似的充满空间性的质感。这是洋溢着生命力的古典式的美。在该书的末尾部分,作者结合着心理现实抓住了军国主义成为落后资本的马前卒入侵大陆时,近代军队必然野蛮化的过程,分析说:"自己被征兵入伍的作为非自由主体的一般日本人,无意识地成了把他国国民拷上奴隶枷锁的代理人。"然后,诺曼进一步解释说:

> 要将他人奴隶化,使用纯粹自由的人是办不到的。相反,最残忍无耻的奴隶,将成为他人自由的最狠毒最有力的掠夺者。(114页,白日书院版)

我阅读这一段的时候想起了鲁迅。关于自己的祖国,鲁迅多次说过与此非常类似的话。诺曼大概没有读过鲁迅的文章。而他对日本和日本人的热爱是不容置疑的。作为外国人,他的这种热爱几乎达到了一种极限的程度。他以与小泉八云(Lafcadio Hearn)、陶特(Bruno Taut)等不同的方式表达着自己的这种感情,乃至于超出他们之上。如果没有这种热爱,他的学问不可能会有如此卓越的成果。我觉得诺曼的话是不可多得的,同时为我自己没有足以回答他的话语而感到遗憾。不过,鲁迅对此做出了回答。如果没有鲁迅的这些话语,我将要怎样地感到羞愧啊。诺曼在指出日本的历史研究中完全没有关于隐岐岛起义人民方面文献的一段话中①（九十四页），几乎批判了日本的所有学问。我不知道日本的历史学家会怎样回答。我只知道，外国人诺曼如此出色地抓住了日本文化的结构性弱点，姑且不论他讨论的问题本身，仅此一点对我来说，已经足以成为我的出发点。

## 第三样时代

鲁迅的话是这样的：

> 任凭你爱排场的学者们怎样铺张，修史时候设些什么"汉族发祥时代""汉族发达时代""汉族中兴时代"的好题目，好意诚然是可感的，但措辞太绕湾子了。有更其直捷了当的说法在这里——
> 一、想做奴隶而不得的时代；
> 二、暂时做稳了奴隶的时代。
> 这一种循环，也就是"先儒"之所谓"一治一乱"。（中略）
> 但我们也就都像古人一样，永远满足于"古已有之"的时代么？都像复古家一样，不满于现在，就神往于三百年前

---

① 关于隐岐岛的分析见该书第十三章《反革命的胜利》。隐岐岛在日本岛根县海域，江户末期属于幕府管辖范围，明治维新前夜，岛上发生了起义，赶走了幕府官吏，成立了自治政府并且制定了简单的法律审判制度。但是维新成功之后，新成立的中央政府派来的官员却是曾经被岛上人民赶走的幕府官吏。诺曼在注释中写道："（东京帝国大学版《复古记》）研究隐岐暴动所使用的资料，是明治政府以及在它之前由出云藩官吏写的东西，站在人民的立场说明暴动的资料一个字都找不到。"（岩波书店版《诺曼全集》第四卷，七十一页。一九七八）——译注

的太平盛世么?

  自然,也不满于现在的,但是,无须反顾,因为前面还有道路在。而创造这中国历史上未曾有过的第三样时代,则是现在的青年的使命!(《灯下漫笔》)

(一九四八年四月)

# 第三部

屈辱的事件

关于战争体验的一般化

亚洲的进步与反动
——参照日本的思想状况

给年轻朋友的信
——对历史学家的要求

国家的独立和理想

# 屈辱的事件

我一直想按自己的方式把对八·一五的记忆保留下来。如此重大的事件,恐怕一生中再也不会遇到。我的后半生是以八·一五为出发点的,前半生亦是因了八·一五才赋有了意义。八·一五像影子一样笼罩着一切。不认真思考八·一五,则对自己对民族的命运都是无法思考的。

八·一五是一个决定性的重要事件,其重要的程度使我对自己至今想保留只属于自己的记忆这一尝试感到了踌躇。越踌躇越难以着手。随着岁月的流逝,越发感到困难的加重,而再想重新做起则需要一定的气力。为了积蓄气力,是导入新的体验,还是从直接忆起八·一五开始为好呢?我自己也有些弄不清楚。

对我来说,八·一五是一个屈辱的事件。即是民族的屈辱,亦是我个人的屈辱。那是一个不堪回首的事件。在面对波茨坦革命的短暂过程时,我思索到,八·一五的时候实现共和制的可能性是不是就根本没有呢?如果有可能性而我们怠慢了将它转化为现实性的努力,那么,留给子孙的债务则连带地要由我们这一代来偿还的。

根据记录,在八·一五之后,甚至释放政治犯的要求也不是我们主动提出来的。我们作为一个民族或个人仿佛是白痴般地迎来了八·一五。比起朝鲜和中国来,这实在是无法忍受的耻辱之事。就是比起我们明治时代的祖辈们来也是可耻的。

关于日本的天皇制和法西斯主义,已经有社会科学工作者做了分析,可是,以痛苦的实感取出渗透在我们体内骨髓里的天皇制重荷来,这工作我们还做得不够认真。奴隶的血一滴滴被榨出来,到了某天早晨,才发现自己变成了一个自由人,朝着这种方向认真做去的努力还不够。我感到,这努力的不足正妨碍着我们对八·一五的意义做历史性的定位。

法西斯主义抖擞淫威,使我们耗尽了力量,而在朝鲜和中国,法西斯主义的淫威却强化了抵抗的力量。因此,说是法西斯主义使人丧失了骨气,这并不等于我们就可以解除掉道德上的责任。八·一五的时候,假如有过树立人民政府的宣言,即使是微弱的声音,哪怕运动失败了,我们也会减轻几分今天的屈辱感,然而却不曾有过。恐怕八·一五时,我们已经失掉了高贵的独立心。作为统治的民族横行霸道,结果失去了独立之心,失掉了的独立之心现在又陷入了被统治的境地,这不正是今天我们自己的形象吗?

作为抗日战争一定胜利的一个理由,虽然是个次要的理由,毛泽东曾经期待日本人民的抵抗会使战争以失败而告终。毛泽东的战争理论是正确的,可是在这一点上,他犯了过高估计的错误,而未能洞察日本法西斯统治的实际状态。毛泽东是外国人,他估计错了也是没有办法的事,可是,战争末期住在延安的野坂参三也曾持有乐观的看法。甘萨尔·斯坦因的《红色中国的挑战》(很遗憾这本书还没有译成日文)中对此有所记载。这种乐观论与波茨坦革命的挫折有关,这是不能否定的,而使八·一五以屈辱的事件而告终恐怕也和这个乐观论并非无缘。

丸山真男在某个座谈会上曾讲过这样的话。他当时在国内的军队里,从报纸上读到了波茨坦宣言。当读到其中"基本的人权当得到尊重"一句时,他震动了。看到多少年见不到的这个"基本的人权"的字样,脸上的筋肉情不自禁地松弛开来,这脸上的笑容如果被谁看到了可了不得,于是,他拼命地抑制自己的感情。

听了这番话,我感动了。可是,回想起自己却不曾有过这样的经历,于是感到很遗憾很后悔。我也一样确实是在报纸上读到了波茨坦宣言。那是在汉口出版的日文报纸,大概晚了一两天才送到的。读到波茨坦宣言时的印象已经记不大清楚了。我只漠然记得仿佛还是在满载战事的报纸版面当中,有一小块儿记事,觉得令人感到唐突,至于是否登载了宣言的全文也记不准了。不过,即使读到了全文,大概也只会觉得与自己毫无关系,仿佛是遥远世界里发生的事情吧。

这里恐怕有身处国内军队和驻外军队之别①吧,不过我觉得原因不只是这个。大概还是与抵抗的姿态有关。另外,还有政治知识——不如说政治感觉的不同。我终于没有预料到会以那样的形式结束战争。

我当时住在可以望到洞庭湖的岳州城。那里有我所属的独立混合旅团的司令部,我作为一等兵在那里的报道班勤务。报道班班长是个将校,却住在营内。而两名下级军官、士兵数人与两名中国佣人一起住在营舍外面的小房子里。

---

① 战争后期,丸山真男和竹内好都被迫应征入伍,丸山因为身体状况的原因一直在日本国内服兵役,战败时他正在广岛;而竹内好在一九四三年入伍后不久就被派往中国大陆。战败时他在中国。这里所说的"国内军队和驻外军队的差别",指的是竹内与丸山在战败时所处的位置。——译注

所谓独立混合旅团只是屯驻，不是作战的主力。装备和队员的质量都不好。有很多像我这样的老兵（我当时三十岁）。将校也很少有那种干劲十足的现役将校。所以，我的经验也多少受到了这个军队性质的制约。

还有一个原因是报道班。这是一个担任情报宣传和涉外工作的机关。隶属于报道班则与外界接触比一般的部队自由些，从上边来的压力也不是直上直下的，往往有些曲折变形。我想，这也是使我的经验比较特殊的一个原因。

司令部里只有一台收音机。报道班里的一个士兵是专管听收音机新闻的。十五日那天，说是有天皇的广播讲话，所以，那个知识分子出身，年龄和我差不多的老兵便穿上礼服到旅长室去听广播了。我为避暑躲在屋里。终于，那个穿礼服的老兵汗流浃背地回来了，呆呆地小声向我说了一句，我则答道：是吗。

他究竟说了什么，我现在怎么也想不起来。总之是非常短的一句，因为不需要什么语言。哪怕是摆摆手，做个表情就行了。A还是B，如此而已。比一般的部队要自由些，这使我们得以用以心传心的方式来判断形势。

那天下午，我沉浸在复杂的心情中，那是一种交织着喜悦、悲哀、愤怒和失望的心情。对于今天的我来说，当时的心境仿佛身处未踏的旷野一样空旷无边。因为，我在比一般的部队自由些的环境里，可以一人独处，所以才有这样的感觉。

我想，天皇的广播讲话大概是投降，或者相反是诉诸彻底的抗战吧。而我自己的预想则更倾向于后者。这里，有我自己对日本法西斯主义的过高评价。我预料到了战败，却没有想到以那样的保持着国内统一的状态而战败。我曾经梦想过：美军的上陆作战，主战派和主和派两者之间统治权分裂，全国沉浸在猛烈的革命运动之中等等。国内人口减少一半,失去了统帅,各地派遣军成了孤立的单位。我想,在成了游击队的部队内我该归到哪个部分去呢?这可要好好琢磨琢磨。我的想法是浪漫的,世界主义的。可是天皇的广播讲话使我失望颓丧,对什么也发不起怒来。从一开始我就没有实际感受到解放的欢喜,也没有感受到生存下来的喜悦。现在想来,我当时相当程度上处于非正常人的状态。

我在岳州待了三个月左右。在那以前,我曾在离岳州徒步要走三天,坐船则要两天行程的小港口城镇里的营队本部宣抚班(比报道班小一点儿的单位),过着只有我一个士兵的随心所欲的日子。营队本部的直属将校和士兵们把我当成宝贝,我借此有了挡风墙,得以悠闲地生活。所以,当转到司令部去的时候,我想会失去这份悠闲,便觉得厌烦。

比起营队本部,旅团司令部的官僚主义要严重得多,这也使我觉得气闷。于是,尽量找事外出去城里散心。有一个同文书院毕业,比我汉语好的兵长,经常护着我,带我去城里逛街。去岳阳楼,天主教会,访问城里有地位的人等等,还走访喜欢学问的民间人士。

同文书院出身的兵长好像要向我炫耀自己和民间人士有交往似的。可是很意外,我们并没有受到欢迎。主人不在的时候很多,即使见到了也谈不起兴致来。总觉得我们的访问让人敬而远之。兵长在我面前很不好受地找理由来解释,我反倒觉得他很可怜。而直到战败的时候,才懂得了其中真正的理由。

在我原来所属营队本部所在地,有个小镇里住着两个朝鲜人。一个是营部的翻译,另一个是照相馆的。这两个人的住所便成了将校们聚会的场所,每天都是宴会。那个翻译吃透了情报系统将校的情况。他在战败的前一年请了长假出去旅行。我在岳州的时候,这两个人前后都离开了部队本部所在地的那个小镇,穿过岳州而不知所往了。每当我去看他们时,照相的总是若无其事地对我说,不知怎的买卖总是不好呀,我感到在那表情后面有一种冷冰冰的东西。他从散乱放着的女人时髦服装当中,取出汽水来给我,却奇怪地有些慌里慌张。那原因我也是到战败时才终于明白的。而他们是借什么理由得到脱离部队本部的许可的,我至今仍然不知道。

不过,对他们来说,找个什么理由骗日本军将校,根本算不了什么大事。身处被压迫的生活里所练就的智慧,压迫者们怎么努力也是赶不上的。

没有经历过集团生活的我,不可能以在士兵营队里那样的感觉来接受八·一五的冲击。不过,我可以举几个所见所闻至今还记得的例子。

这是某个很小的小分队的事。传来战败的消息时(大概比十五日要晚几天吧),听说队员都号啕大哭。他们整整哭了一天,晚上睡过之后,第二天便一齐开始了回国的准备。

报道班里有一个民间翻译,他的体验是这样的:他潜入中国人当中,过着纯中国人的生活,听到战败的消息时,他仿佛感到,太阳再不会从东边儿升起来了。可是睡了一夜第二天醒来一看,那太阳照旧又从东边儿升起来了!

这故事是他来报道班时,笑着亲口对我们讲的实事儿。我也一边笑一边听着,可是渐渐笑不下去了。这件事使我第一次如此痛切地感悟到:侵略者是没有自由的。他是一个纯情的青年,毕业于乘日本的国策之便而建立的专业学校。像宠爱自己孩子似的对待中国人的小孩。是个常常和将校们吵架的主儿。

战败后不久,我去营内的医务室,与往常一样,患者成群结队。年轻有为的候补干部军医突然嚷道——就因为有你们这些体弱的士兵,我们才败了的。那喊声,与其说是怒吼,不如说更接近于嘟囔。那个时候,我第一次在军队里听到了"战败"这个词儿。军医一个人嚷着,士兵们则默默无言。他的孤独情绪感染了我,不用说也一定感染了士兵们,然而士兵们是毫无表情的。

　　但是,将校当中也有更趾高气扬的,这便是我原来部队的连长。跟我前后,成了营队本部直属干部,进而当上了旅团的参谋。他是一个东京郊外有名的神社神官的儿子,大学毕业。我刚入队不久,就被这个人用佩剑殴打过,并被他从堤坝上推了下来。一般连长是不会直接对士兵们下手的,可是这家伙有一种蛮不讲理的脾气,毫不在乎地打士兵。那蛮不讲理处我倒是很喜欢的,但讨厌他那偏执狂式的残忍。他还在作战的时候,不容分说任命我做传令官。

　　战败的时候,部队的纪律还没有马上崩溃。有一天早上点名时,他正好是值班的军官。他披上斗篷(当时是夏天,披斗篷有点儿奇怪,可我的记忆就是这样的)来到队伍前面,照例齐颂军人敕谕,可是他却以完全不同的方式来阅读:

　　"吾国社稷得以振威全赖汝等与朕共患其忧"。①

――――――

　　① 《军人敕谕》是明治天皇于明治十五年(一八八二)一月四日新年度政事开始的第　天,一反以往经由人政大臣宣奉赐诏的方式,直接向陆、海军卿颁发的诏书。该敕谕针对当时军队内部反政府运动的倾向,强调军队是天皇的军队,军队不得干预政事,训诫军队要恪守忠节、礼义、勇武、信义之道。作为天皇署名的诏书,《军人敕谕》本是针对当时时政的训诫之言;在后世逐渐被奉为金科玉律,昭和时期军队被强制背诵全文,甚至出现因为念错而承担责任自杀的军官。

这使我为之一惊。知道了在这单是文辞修饰而读之一过的敕谕中,还包含着一种急切紧迫的表现,这使我进一步感到有重新估价明治精神的必要。

可是,这个将校却悄悄地问我"民主主义是什么?"这让我觉得颇愉快。我一边引用"五条御誓文"①,一边给他讲了连我自

---

(接上页脚注)本文所提到的这个细节,其意义与军人敕谕"完全不同的阅读方式"有关。在昭和时期侵华日军整队点名的时候,通常要求集体背诵的是军人敕谕的后半部分,亦即关于军人必须恪守的忠节礼仪等具体要求,由一名军官领诵;而竹内好所记载的这个场景里,那个将校领诵的却是通常不要求集体背诵的部分。在这一部分之中,表达的是明治天皇与军队将士一同为日本国安危而忧患,为日本国振兴而奋斗的意愿。在竹内好的笔下,那个日本军官去掉了标点符号,一口气读完了原本分为两部分的一句话,在当时的战败氛围中,传达了竹内好所体验的那种紧迫的危机意识。在此必须严格贴近本文的上下文理解竹内好对于这个朗读方式的感觉,他是在日本国民毫无抵抗地接受了昭和天皇宣布投降的决定之后,借助这个细节暗示了他后来一直追求的思想课题;在竹内好看来,真正的屈辱不是输掉了战争,而是以毫无主体意志的方式战败。他曾经设想日本法西斯的顽固对抗会迫使日本国内发生革命或混乱,从而改变日本的命运,但是战败与日本国民的一致转向打破了他的幻想,因此,他只能在明治天皇的军人敕谕中寻找与昭和天皇不同的主体意志。理解上述这个细节,与下面的关于《五条御誓文》的细节有直接关系。在此,竹内好希望传达的,是一个特定历史时刻文化认同面临危机时个体的真实思想状态,尽管这篇写于一九五三年的回忆文字已经经过了八年时光的过滤,但是它显然没有融入战后"全民总忏悔"的成分;而从竹内好的其他相关文字可以看出,他对于战败的追忆与日本民族文化的重建是直接相关的。竹内好这个颇具浪漫主义色彩的想法,并没有直接产生有效的思想成果,它的价值仅仅在于为解读战后竹内好的"明治情结"提供间接的线索。对此,请参照导读有关部分。——译注

① 《五条御誓文》是明治天皇一八六八年以在神前起誓的方式公布的明治维新政府的基本政策。共包含五条,其中第一条为"广兴会议,万机决于公论"。但是把这个文件视为明治政府的"君主立宪制"是不合适的。首先,这个《誓文》面对的是神,天皇仅仅对神负责,而不是对国民负责;其次,誓文中的"会议"是指大名的"御前会议",不具有民主内涵。竹内好在写作本文的时候并没有进行相关的研究,把日本的民主主义比附在《五条御誓文》上是违反日本政治思想史常识的:因为其后福泽谕吉所写的《会议辩》相对于《五条御誓文》而言,更接近于民主主义的理念。但竹内好没有举出《会议辩》而使用《五条御誓文》,并不仅仅是因为他缺少日本政治思想史的基本知识。一九七一年他和日本政治思想史学者松本三之介对谈的时

己也不太清楚的民主主义的定义。

（接上页脚注）候，他面对松本的反驳时解释了个中原委。松本指出，不具有国民参与政治含义的《御誓文》在日本一向被理解为民主主义的制度宣言，战败时的日本内阁也拿它说事，这形成了日本式民主主义理解的一个固定思路。竹内承认自己没有想到这一点，但是接着说，如果使用大正民主主义或者民本主义之类的概念，对当时的日本人特别是受到军国主义教育的军官来说是很难懂的，但是如果说到《五条御誓文》，会产生某种直接的感觉效应。诚然，这里面的确没有人民意志，但是却存在着被另行解释的可能。松本似乎被竹内的思路所影响，立刻举出了一个例子支持竹内的说法，就是十年之后的自由民权运动。这个运动把《五条御誓文》作为否定藩阀政府合法性的根据反向利用。竹内好说：我觉得，必须做这样的工作，就是通过反向解读作为恶的体制，来达到瓦解它的目的。——译注

# 关于战争体验的一般化

一九六〇年七月号《中央公论》发表了题为"摆脱虚假的行动纲领"座谈会纪要。出席者为丸山真男、竹内好、开高健①。这个座谈会,从编者附记"五月二十七日夜于永田街编辑部,在窗外游行队伍的歌声中举行"的记述可以想见,是在运动的高潮时期召开的。现在已经辞职的主编竹森,当时代表编辑部出席了座谈会。纪要中有这样一节:

  竹内 在此,我想向开高先生请教。我们对战争中的法西斯主义是有直接体验的。这种体验至今依然是活生生的。你们这一代和我们这一代怎样才能共有这一体验呢?我很想了解这一点。
  丸山 就像某种行动的发条似的东西。怎么说呢,那种感觉——觉得要是事态变成那样可就应付不了了;或者想着当时要是自己这样做就好了——对你们来说,那样一

---

① 开高健(一九三〇—— ),日本当代小说家,代表作有《闪光的黑暗》等。开高属于竹内与丸山的下一代人,他所属的那代人与上一代人的决定性差异在于,在少年时代仅仅经历了日本国内因战争造成的贫困和战乱的受害者经验,却没有获得亲身参加侵略战争的加害者经验。这使得这一代人在战争体验方面与上一代人截然不同。——译注

种记忆和后悔的感觉是不存在的吧？

开高 如果被要求说明在自己内心的什么地方能找到抵抗法西斯主义的原点，这可有点难以回答。我们这一代没有体验到实际发展中的、作为过程的法西斯主义，只是自上而下地被灌输了作为结果的法西斯主义。所以，对法西斯主义的恐怖或者憎恶感情，还是在对待这次事件的过程中第一次成为杠杆一样的东西。

我不知道这个纪要是以什么方式整理的，大概编辑部事先经过整理，然后送给各位出席者修改的吧。我当时因为没有时间，一切委托编辑部处理，连速记的记录也没有过目。别人是怎样处理的就不得而知了。发表出来的部分是每页分上中下三段排版的十二页，可是我记得实际上当时的发言要多一倍还多。有一些自己记得说过的话却没有被记录下来。

上面引文中，我的发言说得不够清楚的原因，在于我没有修改记录稿。根据我的记忆来复原的话，当时想向开高那一代年轻人询问的内容大致如下：我们是依据过去的记忆来行动的，你们那一代人是依据什么行动的？如果我们两代人之间有什么共同的行动基准的话，你们认为这个基准是什么？还有，假如有可能存在着联结两代人的某种共同象征符号的话，这个符号是什么？

根据我的记忆，开高的发言在这个纪要中也被简化了。我记得他在说上面那些话之前还说了这样一些话：这一点我觉得很重要，我想认真考虑考虑，不但自己思考，还要和朋友们一起讨论一下。

我在这里旧话重提，是因为不仅在当时这是个让我无法释

关于战争体验的一般化 309

然的问题,今天我也仍然无法释然。因为对我来说,这个问题至今悬而未决。我感到自己与战后的一代人之间有相当深的代沟。当然,代沟不仅存在于不同年代的人之间,而且,即使就不同年代之间而言,代沟也并非仅仅存在于战前一代和战后一代人之间。但是我总是被这个代沟所困扰。因为,这直接关系到战争处理(特别是思想上的处理)之尚未完结的部分。

再就座谈会纪要稍微做些分析的话,可以说引文中我的提问和开高的回答并没有咬合,颇有些不协调。接着上述引文,开高的话题转到自己感兴趣并做了调查的纳粹历史方面。仅看开高的叙述,仿佛有这样一种印象:他是通过与纳粹的类比而参加抵抗运动的。然而,事实并非如此。不如说,在此他没有直接谈"行动的发条"问题,至少在整理后的纪要中应该说他没有谈这个问题。

当然,开高对于我的提问既没有直接回答,也没有间接回答的义务。或许,要求说明动机,这本身就有些过分。恐怕就他而言,动机是很难单纯地概括的东西吧。所以,我觉得他才说了被纪要所删节了的"想认真考虑考虑"的话。

有很多不同阶层、各种年龄段的人参加了一九六〇年的民众运动。我自己虽然感到有些夸张,但由于运动涵盖范围之广,也觉得不得不将其定义为国民的运动。这样定义是否合适,暂且不论。总之,参加运动的人动机各个不一,这一点是确定无疑的。可以在一致的或共同的行动中发现多样的动机,我想去年的运动就是一个例证。我注意别人的动机是因为想找到根底上共通的基础,反过来说,我是在警惕自己有下面这种偏见:同样的行动一定基于同样的动机。

现在,考索人们参加六〇年运动的个别动机,可能并不那么重要。因为,不管动机如何,总之可以拥有共通的体验并以此为基点出发去行动。而且事实证明,通过共通的体验,也可以促使不同动机的同化在某种程度上得到了实现。这自然是好事,也很重要。但是,今天也可以这样想:如果当时各自的动机都是鲜明的,动机之间的差异也很鲜明,或许能够组织起更有质量的联合关系吧。回过头追究这个问题并非毫无意义。不仅不是毫无意义的,我觉得为了加强联合的基础,现在必须追究这个问题。

如果将共通的体验置于共通性上来加以把握的话,当然,无法避免它的一般化。如果不使它一般化,就无法把它作为应该唤起的记忆加以定型。关于一九六〇年的运动,这种一般化的工作正在进行。由于轰轰烈烈的运动在连带的同时也蕴含着分化,因此,当使之一般化之际,再一次确认这个包含着运动过后的分化在内的连带的基础,便成了必要的课题。关于这一点,我在此不做进一步阐述。不过,这里必须思考的一个与此相关的问题是,在对战争体验的总结及一般化的过程中,我们研究者在事实上所导致的失败。我称其为失败,也许会招致不同意见。我认为,如果战争体验得到了更加认真的整理,六〇年的时候也许可以更有效地进行斗争吧。

我们这一代人直接体验了法西斯主义的发展过程。每个人体验的内容不同,但身处法西斯主义与战争的旋涡之中,这一点则是共通的。由此产生出某种生活态度、行动方式上的共通性。这种共通性作为对法西斯主义征兆的敏感反应以及本能的姿态呈现出来。当然,现在将六〇年五、六月间的事态直接规定为法西斯主义,可能是一种过敏反应,批判这种规定在学术上不正确,恐怕是言之有理的。我便遭到了很多这样的批判。尽管如此,我还是不能不把当时的事态作为法西斯主义的征兆来定位,今天也觉得这种定位没有错。在我的记忆里法西斯主义是以不易被察觉的，有时甚至以伴随着后退的迂回曲折的方式发展渗透的，其各个阶段都很危险，同时，在各个不同的阶段都并非完全没有防止手段。法西斯主义的记忆就是这样地定型于我的内心。这是我个人的梳理，我承认体验的内容与对体验的梳理都因人而异，但觉得采取与我的定型化方式相近方法的人肯定不少。这与其说是对法西斯主义的定义问题，不如说是自由感觉的质量问题，以及对抗反自由状况时的行动原理问题。

我们这一代人共有一种对法西斯主义和战争的体验，它表现为某种共通的反应模式，这一点在去年得到了确认。——或者应该反过来说，通过共通的反应模式确认了共有体验的存在——可是，共有的幅度未得到确认，代与代之间分有的程度也未得到确认。我想询问年轻一代人，对于唤起时刻驱动着我们的过去的记忆这件事的必要性，他们理解到了何种程度，抑或是根本没有理解。在我的想象中，被理解的可能性非常之小。因为，所谓战争体验有一种由体验者而使之特殊化的倾向，迄今为止的努力并没有使它一般化，即使要从整体上继承这种体验也是无从做起的。战争体验方面的代沟就是这样的深刻。

去年（一九六〇）国会游行时，"无声之声之会"[①]记载说，堺

---

[①] 一九六〇年安保斗争方兴未艾之际，当时的首相岸信介曾经说反对安保的声音并不是国民唯一的声音，还有不介入运动的国民，因此应该倾听他们的"无声之声"。为了对岸信介的说辞表示抗议，当时由一位居住在千叶县的年轻美术教员发起，成立了以"无声之声之会"命名的市民群众组织，这个组织强调它的非党派性市民性格，以"加入队伍一起游行吧"为自己的口号，呼吁那些不能被收纳到某个组织中去的普通市民自由加入抗议的队伍。在六月四日，当"无声之声"的抗议队伍第一次出现在街头的时候，立刻被传媒大加宣传，在六〇年六七月间，"无声之声"成为社会上的一个流行语，成为"无党派市民运动"的符号，名噪一时。这个组织当时出版了刊物《无声之声通信》（思想的科学出版社出版），但是它的象征意义恐怕要超过其内容本身。——译注

真柄参加了游行。恐怕堺真柄不单是通过对战争体验的类比来表示抗议的意志的,大概还有许多积蓄下来的怨恨成了行动的发条,这种怨恨的积蓄可以上溯到大逆事件。① 这里很难列举其怨恨积蓄的全部过程,但还是可以想象出一个模糊的整体印象的。堺真柄的体验和我们这一代所具有的体验内容并非性质完全不同的东西。可是,在年龄上的差异也并不更大的年轻一代与我们之间,我总是强烈地感觉到不仅我很难理解他们,他们也没有理解我们。

我将这种不理解称为战争处理的未完成部分。与各种体验一样,如果战争体验也被封闭在特殊的框架里,怠惰于向一般化开放,那么,所谓体验便不具有意义。只有把它改写成可供利用的现在时态,体验才成其为体验。就是说,战争体验所具有的封闭性的自说自话性格,并不能够把体验导向一般化,因而也不能获得真正意义上的体验。从执著于战争体验出发,从事文学活动的战后派文学已经成了一个流派,或者极端地说成了一种时尚,紧接着便发生了流派的转换,从而不得不改变自身的性质,原因恐怕就在于没有克服战争体验封闭化的弱点。战争体验的性质,绝对不是随着战后派文学发生转换,战争处理就可以宣告结束那样的东西,其实事情正好相反,由于战后派文学的转换,战争体验本身被流失了。

可以说,年轻一代的一部分或者大部分无视甚至拒绝上一代人的战争体验,如果说前提在于战争体验的封闭性,那么这理由是正当的。但是,如果认为在主观上加以拒绝就可以与具有

---

① 一九一〇年因暗杀明治天皇计划暴露,多名社会主义者和无政府主义者被起诉,二十四名被判死刑。社会主义者幸德秋水因被视为此暗杀计划发起人亦被处以死刑。——译注

战争体验的那一代划清界限，则这种认识本身便证明，我们还没有从战争的伤痕中解放出来，年轻一代也是战争体验特殊化的受害者。拒绝遗产的姿态本身乃是遗产的俘虏。我并不反对人为地切断历史，但需要为此而讲究方法。我不认为脱离开对战争的认识有可能发现这个方法。

将战争时期视为空白，把这一部分切割舍弃之后再把前后连接起来的历史观，乃是思想上的荒废。这一点只要看一看马克思主义阵营理论的贫乏就可以明白。战争一方面是异常的状态，同时也是日常性的延伸或凝缩，这一点恐怕不必引证克劳塞维茨①的战争观，几乎就是一种常识吧。可以认为日本人的认识方式和美学意识因战争而发生了变化（战后派强调的就是这一点），另一方面，也可以认为并没有因战争而发生变化（例如可以思考一下川端康成及小津安二郎的存在理由），但是，不能说没有发生变化即等于战争还没有成为过去。我们便深切感受到川端文学或小津电影中的唯美颓废有战争的影子。我觉得他们的战争体验，虽然方向不同但性质上与我的体验没有什么大的区别。也因此，对我来说，年轻一代会在本质上脱离这种经验，也是不可想象的。

在前面引用的座谈会纪要的另一处还有这样一段对话。

丸山　世间舆论都说日本是议会政治国家，或者说日本当今是民主的天下，这种说法与过去所谓日本有难得的

---

① 克劳塞维茨（一七八〇——一八三一年），普鲁士军官，杰出的军事理论家，代表作《战争论》。在这部著作中，他通过分析一五六六——一八一五年间一百三十次战争和战役，提出了"战争无非是政治通过另一种手段的延续"的思想。竹内好在此意义上对于把战争视为非常事态的观点提出了质疑。——译注

国体的腔调完全一样,是以已经完成了某种社会形态为前提的。如果真的是所谓民主主义的社会,那种反常的事情是不可想象的。所以这正说明此种国体论式①的议会政治的思考方法是如何的不妥当。

开高　只有在这种固定的秩序中才能把握世界的思维方式,就文学而言,这就成了自然主义化现实主义观那样的东西。

竹内　我觉得似乎明白开高所说的意思,这真是一个很难的问题……文学里头,也有各种不同的思考框架。而认为不能拘泥于过去的思考框架,这种论调本身就成了一种框架,这难道不是今日的文学现状吗?现在可以感到有一种突破这一框架的东西被投入进来了,这种东西不是一种非理性的或可以进行说明的非理性,而是一种无法说明的未发生状态下的混沌。

开高　是的,可以清楚地感觉到。

丸山　一种把混沌作为混沌来把玩的自我陶醉似的东西……

开高　对。这次运动的本源性的冲动所具有的密度和质量,与以往的完全不同。我觉得您说的混沌这个词非常贴切。

---

①　国体论是近代日本有关统治权归属的意识形态问题。"国体"一词本来出自《汉书》,但是在近代日本它被转而强调国家体制的最高统帅权问题。一九三七年,日本文部省发行《国体的本义》以推行国民教化,记录了有关古代日本人关于天照大神传说和日本起源传说的典籍《古事记》、《日本书纪》被作为日本国体尊严的基础;以此强化对于天皇的绝对服从。围绕着日本的国体论,还发生了一九三五年的"国体明征问题",亦即当时的军部和右翼势力压制东京帝国大学法学家美浓部达吉的"天皇机关说"的事件。——译注

这一部分的对话也是因为没有加工整理，所以至少关于我的发言部分很不容易理解。我对这一部分的记忆已经淡薄了。仅从纪要的行文来看，我没有从正面来承接开高针对上文的贴切发言，是我把话题转到了别的方面。现在重读一过，觉得开高是在强调日本人认识方法的不变，而这种不变的认识方法得到自然主义式现实观的支撑，因此，他主张必须摧毁这种自然主义式的现实主义，对此我是完全赞成的。丸山指出日本的民主主义没有脱离国体论，我觉得也很正确，而开高将国体论的心性与自然主义的认识方法结合起来，这种问题提出的方式也很尖锐，很重要。

我记得以前在臼井吉见的文章中见他举过这样的例子：在日本的诗坛，分别有不同作品对十二月八日和八月十五日做出完全相同的反应。诗坛的代表性作品不仅仅代表了诗坛。战争并没有摧毁自然主义的认识方法和美学意识，战后派文学也未能摧毁这种方法和意识。

所谓国体论，可以说是把国家当作天赋的自然的，而不是被创造之物来接受的思想及其心理倾向。这种思想的主干经过战争也没有发生变动。如果说有所变动，则六〇年的体验虽很微小，但确实显示了变动的征兆。但是，导致这种变动的原动力是什么呢？我想大概除了日本人的战争体验之外，无法找到它的源泉。如果这样推测是准确的，那么，可以反过来说，战争体验经历了战后十五年的时间，终于开始作为体验稳固下来了。或者至少可以说找到了稳固下来的头绪。

埋没于体验中的体验并非真正的体验。用自然主义的方法使之体验化是不可能的。为了实证这一不可能，我们花费了战后十五年的时间。我称之为失败的就是这个意思。如果声称这就是战争体验,而实际上那不过是自我陶醉的封闭的美学意识的产物,那么,年轻一代对此不予理睬反倒是理所当然的事。但是,因为年轻一代没有正视战争体验,故他们也没能真正超越战争体验。至少到六〇年的共同体验出现为止是这样的。

作为将战争体验一般化的方法,至今可以认为是有效的,大概是最初的提倡者鹤见俊辅的方法。他的方法是将战争体验和战后体验重合之后加以处理。当然,谁是提倡者无关紧要,总之这是得到了广泛运用的一个方法。虽然还没有得到理论化,但却被尝试着实践了。多少取得了成功的作品都有意识或无意识地使用了这种方法。吉本隆明对战争诗的分析如此,本多秋五的《战后文学史》也是如此,该书虽名为"战后",但在方法上是将战争期间与战后重合在一起的。说到最近的例子,尾崎秀树的一系列作品便有着明显的方法论意识。他在处理"大东亚文学家大会"时,尝试对"AA作家协会东京大会"①做重叠起来的描述(载《文学》五月号),这构思已经超过了一般意义上的创新程度。我觉得这篇论文所包含的问题意识是非常重大的。

要复原战争中文学的状况实在很困难,这一点我在写作《近代的超克》时已经品味到了。原因之一是史料的整理还没有进行。研究者必须从收集和评价史料入手,在这一点上必须兼任历史学家的角色。但是,真正的困难并不在这里,毋宁说问题与方法相关。我们还没有进入到可以将法西斯和战争客观化

---

① "大东亚文学家大会"是日本发动卢沟桥事变、在北京建立伪政权之后,于一九四二年在东京召开的以日本为盟主的义化协作会议。"AA作家协会东京会议"即"亚非作家协会东京会议",一九六一年在东京召开。把这两个会议重叠起来讨论,具有相当大的难度,因为这种讨论必须有效地处理战后日本隐形的霸主意识,它在表面上并不具有与日本侵华战争和太平洋战争时期日本霸主意识的可比性。——译注

关于战争体验的一般化　　317

的层次,就是说,战争在思想层面上还未得到处理或处理得不充分,这才是根本的原因。

关于战争体验的一般化,我觉得将战争体验和战后体验加以重合处理的方法,可以发挥相当的有效性。现在,大概到了应该进一步思考如何限定方法的问题的时候了。我们已经具有了一九六〇年运动的共通体验。我认为,将此视为战争体验的果实,由此回溯战争体验,这种方法大概是可能的,不仅可能,恐怕也是必要的。我们应该着手于方法的探索,不如此则这次真的要使战争体验流失掉,我们甚至可能会因旧态复萌而无可避免地成为自然主义的俘虏。六〇年的体验,可以理解为是本应该在战争中产生的经验推迟了十五年才发生。这本该是法西斯主义和战争时期应有的抵抗的类型。这反过来又说明日本直到一九六〇年为止,战争都没有结束。战争体验一直持续着。这种思想上的操作,只要脱离自然主义的宿命论,就是可能的,也是必要的。借助于这种思想上的操作,我们可以填充代沟,也可以反过来抓住克服自然主义的契机。

(一九六一年十一月)

# 亚洲的进步与反动

## ——参照日本的思想状况

### 一

"反动"这个词带有价值判断和感情的色彩。说"那家伙反动"时,这反动里包含着顽固、不通事理、陈旧等语意。有时还让人联想到不可理喻的暴力性。一般的人大抵讨厌被人说成"反动"。很多人都觉得保守还可以忍耐,反动则实在受不了,别的都可以,就是不想让人说成反动。当然,其中也不是没有自称"我反动呀"的人,不过,这种突然改变姿态的做法乃是一种反守为攻指称对方的"进步"为假的策略手段,并非真心认为自己是反动。

有"保守反动"这个套话,保守和反动联合像一对亲戚似的,据说这个说法植根于日本特殊的风土:在这一风土中,马克思主义的思考方法在知识人中间得到普及而庸俗化。应该说这个说法体现了一种误解,保守和反动乃是不相干的两件事。保守与反动不同,有贬义同时也含有褒义。在生活方式或美学意识上,自豪地称自己为保守的,大有人在。

反动被视为坏东西,但什么是反动呢?如果有人要求你下定义则很麻烦。在这个月中,我翻了好多书,看了好些人的解释,可还是有些不得要领。粗粗一想好像懂了,认真一追究,却又不明白了。所以,这篇稿子说真的不应该现在动笔,只是到了交稿的期限,不得不写罢了。

与反动成对儿的概念是进步。反动被视为恶,在于有视进步为善的思考方法存在。可是,进步有与其相反的概念退步,故进步为好退步为恶应该是常识了。然而不然,进步与退步可以用于说明人类,通常却很少用于解释历史,作为替代使用进步与反动这一范畴。在历史方面进步是善的,反动则是恶。这种认识大概来自历史是不可逆转的单线向前发展的思考方法。根本上有一种历史本来是不断进步的信仰,因而,产生了束缚进步的东西就是恶这样的想法。

可是,反动另有一层含义,而且在起源上这另一层含义恐怕更为古老。这就是力学意义上的就动而言的反动,即就作用而言的反作用。因此与运动相关,而不含有价值判断意识。当人们不把历史视为等质时间的流动,而是认为在其内部有力在起作用的时候,在这种情况下,相对于动而言的反动这种认识方式就会出现。中国自古有"一乱一治"的说法,这在某种程度上,是一个很好地表达了中国人历史意识的词语,就是说中国人的历史观是以循环为基础的。有治则必乱,战争结束了和平就会到来。治与乱相互交替。如果站在运动的立场上观察,治为动则乱就成了反动,乱为动则治又成了反动。从因果关系上讲,治的结果是乱,乱的结果又成了治。因为力的作用产生反动。仅有一方,反动是不会产生的。

动与反动在力学上是等量的。动越大则反动亦大,反之亦然。大概用力学来思考历史是不成的,但历史在本质上是一种变化,变化来自运动,则某种程度上也适合于力学(古典力学)的法则吧。变化较小的情况下,即运动的量相对较小的场合,作用力也较小,因而反动也就不大,反之亦然。

应该说推动历史的力量内在于历史之中吧。这样,这种推动力量就要归结为人类的集团(复数)意志。人类的集团其内部也很复杂,集团与集团之间亦有一种复杂的力量关系在发挥作用。有时A集团的意志压倒了B集团的意志,于是在B集团里就会产生出反弹的力量来。我想这可以用来说明反动之所以产生的原因。这里所说的集团,可以是阶级,也可以是民族,或者是两者的合成。总之,我们应对下面的论点予以承认:一个是对于反动而言有应成为其原因的动之作用,另一个是运动量相对大的时候就会产生反动——至少反动会变得显著。

看看历史上反动一词的用法,可以发现,有的时候指某个时代某种体制,有的时候指人类集团或其代表人物,还有的时候指运动本身,我觉得不论指哪个意思,都适合于上述法则(?)的。比如,称拿破仑战争之后的神圣同盟,及随后而来的时代为反动时期,这是指某个时代某种体制。其代表人物是梅特涅。法国大革命后的热月反动则指某种运动。俄国革命时期的所谓斯托雷平反动兼有人类集团和运动的两方面意思。战争和革命是历史上的大事件,运动的量巨大,变化的幅度也大。可以说为此其反动也表现得尤为显著。

仅仅观察一下上述实例就可以知道,历史上一般所说的反动都不单是反作用的意思,其中还包含着价值判断的意味。粗略地说,可以称之为逆流。历史要向某个方向行进,阻止其行进或者试图返回原初状态的运动,推动这种运动的势力以及实现运动的某个时期被称之为反动。

在亚洲寻找同样的实例，可以举出这样一些事例：日本明治维新革命的反动是西南战争，在中国辛亥革命的反动是袁世凯的恢复帝制计划以及张勋复辟事件等。历史学家们称这些为反动。在这些实例中有一点是一致的，即是由贵族和封建官僚所发起的复古运动，而且，这些运动最终都没有成功，这也是一致的。

没有成功，并不意味着反动不曾存在过。反动曾经发生，但是还有一种将这些反动推倒的力量存在，故历史得以保持其一贯性。在法国有七月革命，俄国有十月革命，中国则在其后发生了国民革命。日本的情况更为复杂，革命的性质不同，革命与反革命的交替方式也不同，某种意义上可以说反革命的胜利形成了明治国家，因此不能与上述国家的实例放在同一个系列里类比。但至少就明治国家体制得到了强化，成了既成事实这一点来说，镇压西南战争的功绩是可以大言特言的。总之，激烈的变革必然伴随着反动，可以说这几乎是一条法则。战后的日本也不例外。

在日本，伴随着战败产生了巨大的变革。从某种观点上可以说，是与明治维新相匹敌的变革。因此，当然要引起反动。这种反动现在还在行进之中，或者处在停滞的状态，或者已经变质倒退？总让人觉得缺少一个整体轮廓，也看不清楚发展的方向。但是，许多人在一九五〇年前后，实际感受到这种反动之不小的重压则是无可怀疑的。当时，猪木正道写了一篇很有趣的文章，我们看看其中的一节：

  a 可不是，日本自身内部有着反动化的原因。不过，无论哪种革命都必会有反动到来的。十七世纪的英国革命亦有王朝复古,十八世纪的法国革命不也是一样吗?我最近读布林顿(Bringhtor)《革命的解剖》,知道哪里的革命都免不了有热月政变。

　　b　问题就在这儿,热月政变是不可避免的,问题是怎样的政变。布林顿也指出,热月政变的特征在于被革命所放逐或处罚的那帮人获得了赦免,满不在乎地回来,就是说解除放逐,还有革命高潮中抖威风很潇洒的家伙们遭到了镇压,即清洗赤色分子。而且,这里都是有顺序的,解除放逐是从左向右进行的。就清教徒革命的情况而言,一六五三年首先是长老派复归,不久主教派也回来了,最后是查理二世复政。法国革命也是如此,雅各宾右派,吉伦特派,费扬派渐渐复活,接着来了拉法耶特派,王党派,最后是波旁王朝的归来。在日本,顺序也一定是这样的。正如布林顿先生指出的那样:解除了放逐的那些家伙们哪里是"什么也不忘,什么也不学",他们简直是"大事全忘掉,只学无聊事"便回来了。清洗则大有从极左开始渐渐及于自由主义者的危险。还有,原来的教会之复活(日本则是国家神道),享乐之风盛行,这些都完全适合今日日本的情况。在这个意义上,正如刚才所说,日本的现状不用说也是一种热月政变。不过问题是政变要走到哪里去。在英国斯图亚特王朝葬送于光荣革命,在法国波旁王朝被七月革命所摧毁。就是说,在英国和法国,还是有制伏反动的力量的。日本是否有这种力量则很成问题。很遗憾我觉得没有。因此,反动来得迅速而猛烈。而且,扼制反动的力量很脆弱。("反动问答",《日本的方向》九〇——九一页)

这里，猪木是以民主主义为进步的指标来看反动的。我觉得选择民主主义为指标，以及对于民主主义内容的理解，恐怕不是没有问题的，不过现在暂且不提。总之，作为揭示了反动的运动法则，这篇文章让人觉得信服，我觉得很有意思。

姑且不论以什么为指标，当认为历史单纯地沿着进步的方向发展这种思考方法、即进步史观成为根本立脚点的时候，对于反动的把握方式也就被决定了。反动内含着非价值性的、力学运动的侧面，即使在对反动进行价值判断的情况下，这一力学的侧面也仍然足以在事件内部生存，并得到维持。从以上的事例可以观察到这一点。尽管如此，反动的含义被清晰地揭示出来，还是在它成为与进步相对的概念之后。进步史观形成于近代欧洲。最早出现于启蒙时代（孔多塞等人），这种进步史观一方面吸取资本主义，特别是工业革命的经验，另一方面融入了自然科学的发达状况，最后发展到马克思主义。对指标的选取也不仅仅局限于启蒙时代的理性这一点，还摄取了自由、平等，以及民族、社会的财富生产和分配，大众解放等等不同的要素，变得越发复杂。马克思的历史观并非单纯的进步主义，还包含着实证主义等要素，甚至与基督教的末世观也并非毫无关系，这里就不做细致的分析了。至少在日本所移植的马克思主义中，进步史观的侧面得到了强调，甚至可以说进步的观念几乎由马克思主义所独占了，其理由及妥当与否暂且不论，我觉得让马克思主义代表进步史观，也没有什么不妥。我们不妨承认，这只不过是当初体现为理性文明之类的进步观念，为社会发展的观念所取代了而已，而对进步的强烈信仰却是一以贯之地得到承续的。

进步史观产生于近代欧洲，故在导入这个进步史观之前，亚洲不曾有过关于进步的思考方法,也不曾有过产生进步史观之基础的历史事实——带来急遽变化的作为制度的资本主义。因此,这里所提及意义上的反动这一思考方法也不曾存在。说到亚洲固有的历史观,主要有前面提到的儒教性格的循环史观,还有佛教的末世思想,说到日本则有神国史观,等等。

在中国,近代的历史意识产生于上世纪末,一般认为康有为是其代表。的确,在康有为那里有这样一种内在的价值转换,而且可以感到他对此是有着自觉意识的。他所依据的是中国古典中有关"大同"的记述。所谓"大同"乃完全不存在差别的世界,而以往的古典学者站在末世思想和尚古主义的立场,视"大同"为人智未开的远古世界。康有为则将大同反向定位,视其为投向未来的乌托邦,并认为只有这种解释才符合孔子的真实精神。就是说,孔子不过是把理想假托于古代而已。这无疑是儒教世界观中的哥白尼学说。大概是面对清末社会的混乱,士大夫的危机意识,还有以进化论为中心的西欧科学思想的压力,从内外两方面促使他走向了这种思想冒险的吧。因此,他和哥白尼一样未能幸免于迫害。康有为本人后来在革命的过程中走向了反动,但是,他在精神领域的贡献对革命运动来说是永不泯灭的。

在日本,我认为这样的价值转换,至少作为明显的例子不曾存在过。诚然明治维新以后历史学十分繁荣发达,但与其他所有近代科学一样,那是以已完成的形态引进的东西所具有的繁荣发达。实证主义、进步主义、马克思主义等都是如此。神国史观仅仅是被驱赶到角落里,未曾经过思想的交锋,因此也未曾经历内在的转化。神国史观受到学者的轻视,却在平民当中以便于为权力利用的形式不断延续。

我现在在此所涉及的问题,上升到普遍意义的层面,可以归结为近代化方式中的日本模式与中国——广而言之是整个亚洲——模式的差异。我认为在精神和文化领域可以阐明的道理,也可以适用于整个生活领域。不过,在此我并不是要处理这样重大的问题,我只想就进步与反动的问题继续做些叙述。简要地讲,就是进步这个思考方法本来不曾存在(同时,事实也不曾有过),是从西洋引进的。这一点在整个亚洲是共同的。不过,在引进方式上日本和中国有所不同。我现在提出的问题是:因此,日本人和中国人之间,对进步的思考方法不是也会有所不同吗?从而,对反动的思考也会相应地不同吧?

我当然知道,这篇文章被要求分析的问题是,结合实际状态把亚洲的进步与反动作为思想课题加以阐明。但是,作为进入这个问题的必要程序,我不能不对进步与反动之思考方法中暗含的日本特性进行反省。不如此,我便总是觉得脚下不稳无法安心。我无法对"那家伙是进步派""我就是反动呀"等信口开河的话充耳不闻。我们不能任凭日本战后的反动轨迹被不明不白地束之高阁,而对他人的反动高谈阔论。我们所认为进步者真是普遍性的进步吗?我们所认为反动者真是普遍性的反动吗?我对此抱有怀疑。

上面以实例提到的在历史学家之间已成定论的反动,几乎没有什么问题,但随着时代的向前推移,并涉及晚近的事件时,评价就会变得十分困难。人们说二十世纪最大的反动是法西斯主义。这一规定本身无可置疑,可是法西斯主义是具有世界规模的运动乃至思想,其实际状态还很模糊,不仅全貌很难把握,就是在处理法西斯主义各阶段或具体表现的复杂力量关系时,我亦痛感自己的方法之无力。法西斯主义不仅存在于欧洲,而且在亚洲也有发生,更重要的是直到最近我们还处在其旋涡之中。要绕开这种直接的体验而谈反动,在我是做不到的。坦率地说,对于"进步"与"反动"这两个词语语感中反讽的韵味,我自己也多少有些共鸣。

在动笔的时候,我原来的打算是,为了弄清楚问题的所在,先阐明概念的边界,然后进入对内容的分析,但进展得并不顺利。结果又回到日本进步观念的特殊性这一出发点上来了。下面,我改变一下角度,重新再做一次尝试。不过,在此我先要就西欧进步观念的终结补充几句没有来得及说的内容。

进步观念本身到了二十世纪初也出现了危机,发生了变质,出现了对进步的怀疑。反动的思想则与思想的反动化密切相关。所以,进步观念的混乱不单单是日本的特殊问题,可以说也是世界范围内的事情。尽管如此,我仍然反对在这种情况下,直接把日本的特殊性还原到普遍性上去的做法。不过,关于这一点在此就不再重复了。

## 二

如前所述,本文的目的在于阐明亚洲——特别是东亚——的进步与反动的实际状态,及其思想意义。今日之进步与反动的势力分布是怎样的?具有什么历史背景和怎样的思想内容?将来会如何发展?对于这些问题即使不能完全阐明,至少也想思考一下阐明问题的线索。为此要对进步与反动做出初步的定义,以上便是我颇为烦琐的梳理。不过,由于问题的梳理不尽人意,下面我将改变方法从别的角度对这一问题再做思考。

如果假定历史的进步是以共产主义为目标的,而这个共产主义又要经历同质（而非均等）的过程，那么，进步与反动的区别则相对容易些。以国家为单位来讲，在某一个历史时刻，接近共产主义的国家是进步的，反对共产主义的国家则可以划入反动的阵营。就集团或者个人论，共产主义者及其同路人是进步派，反对共产主义者则为反动。

东亚各国在政治上可以粗略地分成三个群体。一个是中国那样的共产主义国家，另一个是印度和缅甸那样的中立国家，第三个是泰国及菲律宾那样的反共国家。朝鲜和越南则国家由共产主义和自由主义一分为二。中国亦包含着反共的台湾政权。这是体制间的对立在亚洲的反映，同时这也是前述的法则——反动伴随激进的运动而出现——的具体实例。从日本战后的经验来讲，共产党的运动之尖锐化时期与反动立法的时期正相对应。

在东亚，还有其他如日本、印度尼西亚、巴基斯坦、锡兰等等国家，除去日本，其他国家都可以分别归属于以上三个群体中的某一个。只有日本，虽可以勉强地划分到反共群体中去，但正如人们称其为亚洲中的西洋或亚洲的孤儿一样，在政治上经济上历史上，日本都是一个特例，这一点将在后面论及。

反共国家也好反共政权也好，虽然存在着程度上的差距，但大都具有以下的共同特征。如标举反共亲美政策，并且实行它；接受美国的经济援助，在领土内建立他国的军事基地同时拥有与自己国力不相称的军队，政权的独裁化倾向鲜明，言论出版结社自由受到压制等等。如此看来，从常识上考虑，这些国家或政权应该说也是具备了反动的条件的。一般日本人会在感觉上承认，即使不使用反共等于反动的指标来衡量，仅从自由主义的前提来看，说这些国家是明显反动的也是成立的。不用说，虽然政权具有反动的性格,但这不等于说其国民也是反动的。这一点即使就日本的情况而言也是相同的,必须加以严格的区别。我只是想要指出,如果以国家为单位来划分,结果就会是这样的。

这些政权是怎样建立起来的呢?这当然是第二次世界大战的直接结果。日本帝国主义对东亚各国的入侵(这本身是战争的目的,还是为达到战争目的的手段,这个问题暂且不论),由此激发起各地的民族主义运动,而由于日本的战败,民族主义运动演化为殖民地独立运动,同时因为殖民地性格的不同以及世界形势的变化,东亚诸国以不同的形式建立起独立国家。由于如此复杂的条件,结果就形成了上述三种国家或政权的类型与特征。

在此,让我们看看日本所扮演的角色。现在,那种认为日本所发动的战争是为了解放亚洲殖民地的正义战争的观点已经不再受到人们的支持,因为事实证明情况并非如此。不过,日本的侵略战争激励了本土自发的民族独立运动,或者给独立运动的发生提供了机遇,这种不期然的另一面影响是不能否定的。直到战败,日本被称为亚洲帝国主义的尖兵、反动的大本营,事实也是如此。刚才所列举的反共政权的共同特征,除了依靠美国这一点外,其他的特征也是战败之前的日本所具有的特征。以单纯的图式加以比较,也可以认为战前的日本所承担的东亚角色,在战后分化成多个角色。而且,由于分化的结果其作用也相对减弱了。无论哪个反共政权,如果没有美国的援助都很难维持,其中亦有像几年前的越南保大(阮永瑞)政权那种明显的傀儡。再一次依靠单纯的图式分析,我们并不难以判断,战前日本的角色为美国所代替,日本一手促成的傀儡政权及支持过的小型反动政权所扮演的角色,在今天则由包括日本在内的几个更大一点的反动政权所接替了。

这一事实有助于确立反共等于反动的分析指标。的确,这样一来,作为一种思考方法很明快,说明起来干脆利落。世界在向共产主义迈进,由于革命形势越发紧迫,日本那样的处于中间位置的法西斯主义已起不了什么作用,于是变为由美帝国主义从正面来对抗共产主义阵营这样一种格局,这种说法也可以大致说得通,亦有很多有利于这种说法确立的证据。例如,不管哪个反共政权,若除掉其反共的招牌则没有共同的思想,因此,甚至美国欲将东南亚条约组织扩大到东亚全体的意图至今亦未能实现。

但是,说明的干脆利落也可以认为起因于指标的单纯,因此,若用别的单纯指标,即自由主义的原则来说明,当获得大致同样明快的解释。按照自由主义的原则来说,共产主义也好法西斯主义也好,都是极权主义的独裁,按照西欧的进步观念衡量乃是一种异端,因此也就是反动。于是反共政权的反动性可以用民主主义的不成熟来说明。反映这种思考方法的适当例子是,同样一个"不负责任的军国主义"的词语被使用在内容完全不同的"波茨坦宣言"和"日美安全保障条约"①里。反法西斯战争阶段的主要敌人,在新的阶段变成另外的对象,而关于敌人的定义,在思想上并没有发生变化。当然,接受"波茨坦宣言"的

---

① "波茨坦宣言"是一九四五年由美国、英国和中国在柏林郊外的波茨坦起草发表的对日宣言。该宣言要求日本无条件投降并彻底清除军国主义,解除武装,保障基本人权等。"日美安全保障条约"签署于一九五一年,由美国和日本在旧金山签署旧金山和约的同时缔结。由于旧金山和会是以美英为主的太平洋战争参与国与日本之间的单方面和谈,以共产党中国为首的亚洲战争受害国在战后并没有达成与日本的和解。"日美安保条约"规定了美军为了保障日本的安全继续驻留日本,并设立军事基地。在此条约里,日本变成了被保护对象,而假想敌变成了"极权主义"的苏联与中国。下文所说的在"波茨坦宣言"和"安保条约"签署人为同一负责人,亦指这一"共产主义和法西斯主义都是极权主义"的思维逻辑。

负责人同时也是"日美安全保障条约"的签字人,这种违反常识的勾当实在有些过分,但是,在强迫这样做的一方来看,其逻辑却是一贯的。

当下的反动,当然绕开意识形态是无法论述的。正如历史上的反动一样,能得到众人一致认可的讨论很是困难。假如过了一百年之后回头来看现在,或许可以辨明个中是非,可是我们不能中断思考一直等到百年之后。我认为,无论是坐等历史的审判还是任凭意识形态的摆布都是不负责任的态度。这种不负责任,与侵略者在宣布放弃侵略后不久,又马上跟人约定说咱们一起侵略吧这种不负责任是不相上下的。意识形态问题无法排除,也不应该排除,但也不能因此把它视为安身立命之物,意识形态是应该加以掌控的对象。我前面已经说过,今天进步的观念在很大程度上发生动摇,这是世界性的现象。其中一个原因便是意识形态不正当地左右着人们的思维。

对发生动摇的进步观念,是否能够重新设计?是否应该重新设计呢?如果这样做有利于作为事实的进步——人类幸福,我想就应该去做。但关于这一点我并没有十足的确信。我认为与其以历史为主线来思考进步与反动,不如以人为主线来思考进步与退步更好。当然,即使为了这个目标,尊重历史积累下来的进步因素,可能的话致力于再建信仰,这也是过渡性的必要步骤。如果连这种必要性也否定掉的话,那么,这与其说是思想的反动,不如说是对思想的放弃。

方法只有一个,那就是解放被意识形态所僵化了的进步这个观念,使之变得更加适应今天的事态。进步观念是历史地形成的东西,当然可以通过人们的努力而得到改变。怎么改变呢?由于将指标单纯化了,故意识形态上的评价发生了分裂,因此,确立有包容性的复数指标便成了唯一的拯救途径。如果不如此，我们将无法解除意识形态的武装。

有很多人提倡建立多元化的指标，作为其中的一个例子，这里介绍一下丸山真男的意见。这是他在载于创文社刊行的《现代史讲座》别卷的共同讨论《世界史中的现代》中的发言。参加讨论者除了丸山以外，还有上原专禄、竹山道雄、林健太郎、务台理作、铃木成高、都留重人（这只是第二分会的参加者）诸位。丸山真男说：

> 我想现在我们的讨论已经到了可以做总结的阶段，作为事实的世界史的倾向，不管意识形态如何不同，我们必须承认的指标到底是什么呢？我想大家会有各种各样的想法，但暂且可以说，下面三个因素是不能不承认的：第一是技术的进步，第二是大众的兴起，第三是亚洲民族主义，这些并行的现象不论站在什么意识形态的立场都是无法否定的，不管你喜欢还是不喜欢，这三个要素都不得不承认，我觉得这三个要素未必可以无所限定地作为进步而礼赞。即使是亚洲的民族主义中，亦有可能走向超国家主义的因素。不过至少有一点是清楚的，所谓这三种倾向，不管你喜欢不喜欢，总之作为事实是不能不承认的。如果这一点是可以肯定的，那么，无论对这三种社会的历史的倾向中的哪一种，如果政权试图把它回归过去或者阻止其发展，那么，这种权力即使兴隆一时最终也难以长久持续。以这三个标志来衡量现代意识形态，例如甘地主义以大众的兴起和亚洲的勃兴这两个契机为背景，显示了非常强大的力量，但不承认另一个因素，即技

术发展的不可避免性,而带有否定机械讴歌原始生产的倾向。在这一点上,不能不说有其政治上的局限。相反,欧洲的社会主义既容许技术的发达也承认大众的兴起,但因为长期以来的传统难以舍弃殖民地统治上的国家利益,故显示出难以正视亚洲民族主义的致命缺欠。英国的劳动党和法国的社会党情况便是如此。说到底,我们要讨论的是,究竟什么样的意识形态或者是权力,能够承认这三种事实的不可逆性格、肯定它们,同时又能够把握三者之间的平衡关系,不使其中的一方吞没其他方面,不断保持它们之间的均衡关系?(同书二〇九——二一〇页)

这段发言并没有得到哪个与会者的积极赞成或者反对,便转到其他话题上去了,不过参照讨论的整个过程来看,就从意识形态的僵化中解放出来,为此有必要承认价值的多元化这一点来说,我感到全体与会者的意见几乎是一致的。而关于丸山所选择的指标,乃是作为对到此为止的讨论所做的总结提出的,大家基本上没有异议,不过,虽然不是直接针对于此,还是出现了一些修正意见。对此,提议者本人亦很宽容,正如发言开头强调的"暂且"那样,是事先就准备了接受修正的余地的。所以,我不想针对这一提议进行讨论,只想就多元化地设定指标这一问题本身做些思考。

确实,我觉得这样做对整理进步观念的混乱状态是有效的,选择指标的方针也很实际。我甚至在提议者有意选择不带意识形态色彩的中性用语,以及把亚洲的民族主义作为独立的一项而提出这些地方,感受到了他的良苦用心。这种周到的考虑,在日本式进步主义横行的精神风土中,是特别重要的。因为,日本式进步主义不管它们的意识形态是左还是右,都把像背诵咒文一样背诵各自不同的特殊用语的能力集中运用于进步的指标。

如果把共产主义视为进步的唯一指标来选择,那么,对亚洲的民族主义很难进行独立评价。假如认为这是最终要走向共产主义的民族主义,那么,可以给予肯定性的评价,假如这是最终走向自由主义的民族主义,则只能给予否定性的评价。事实上,我们回顾一下至今为止的历史,也会看到评价始终摇摆于两个极端之间。有时把甘地和孙文视为反动,有时则视为民族英雄。这与其说是顺应情况的变化改变价值标准,不如说由于价值标准只有一个故只好论其一点不及其余。如果不承认亚洲的民族主义具有独立的价值,则难以突破这个难关,同时,为此不得不改变进步的指标。我们可以视中国共产党对矛盾论所做的理论发展为这种努力的表现。

还有一个难关。如果把共产主义视为进步的唯一指标,最终在逻辑上只有战争与革命之二者择一的选择,而今天在原理上战争已经成为不可能,因此革命在原理上也成了不可能之事。如前所述,不伴随反动的进步,在理论上和实际上都是不可能的。如果共产主义者空想着不伴随反革命的革命,那不过单是一种自我满足而已。

这样看来,指标的多样化,至少是这样的设想,对防止理论的荒芜是绝对必要的。在此,我只把共产主义的进步史观作为讨论的对象,是因为我认为在日本这是进步史观的代表,同样的情况,如果是单一指标的进步史观,恐怕都可以适用。

那么,丸山的建议可以完全接受吗?对此我多少有些疑问。这里,他所提出的三个指标(数量和内容都可以变更)是作为同质的数量上可以比较的东西来处理的。从他的关于并行现象的说法,相互可以取得平衡的看法里,可以察觉到这一点。由此,我们可以知道,这是引申欧洲进步的观念而得出的有意对应现状的折中方案。我认为亚洲的民族主义,或者其深处所流淌着的亚洲式情绪,乃是更为异质性的东西,不适合使用并行现象这种处理方式。这不是可以成为进步指标的东西,相反是更本源的,能够检验进步是可能的还是不可能的这样一种性质的东西。

这个建议中体现出来的丸山观点的弱点以及促使我想到的问题有两个。一个是从这样的设计中恐怕很难有革命的契机"现在性"地产生出来。在亚洲革命比起理论来更是一个实际进行着的事实。针对这种情况,如果不是包含革命契机的理论,这个理论将无法发挥实际作用。当然,如前所述,那种无意义地助长反动力量的共产主义进步观是无济于事的,但为了纠正这种弱点,反过来又认定渐进的进步才是唯一的进步,这也不能适合亚洲的现状。

另一个问题与这第一点相关联,即日本人之民族使命感是否因而被抛弃的问题,诚然,日本曾经是亚洲的反动巨头,而且培养小型反动势力,用自己的手制造了若干小反动。反动会带动反动。甚至越是小型的,反动化的倾向就越强烈。现在东亚反共政权的分布中,有相当一部分继承了日本的遗产。但是,如同前面已经论述的那样,日本的反动化在另一方面,即使不能说起了助长的作用,至少可以说充当了诱发亚洲民族运动的契机,这是千真万确的事实。由于情况不可笼统而论,故在朝鲜、中国、东南亚、印度乃至西亚之间是有差距的。总体说来,相隔距离越近憎恶感越深,因此同化力量越在发挥作用,相隔距离越远则亲密感增多的同时,缘分也就不够深厚。在这一意义的极限状态上看,日俄战争和大东亚战争的距离接近于零。据说战后,去缅甸旅行的日本人听缅甸人说日本"不是东西",于是慌慌张张地对发动战争表示谢罪,可是,对方其实是因为日本没有招呼自己去参加对英国的战争,才指责日本人"不是东西"的。这个逸闻正象征着日本在与亚洲民族主义的关系上所起作用的复杂性。

今天,多数日本人都感到兴无名之师发起非正义战争的耻辱。因是无义之战,故亲人之"英灵"无法得到拯救,因此自己也难得拯救。从战争中"什么也没学到"便可以转向进步,这只有"进步的文化人"可以做到,可是我无法做到。这无疑是一种新的反动化的思想温床。而且,只就国内条件来考虑的话,则激进化越发展反动化也越深化。参照前面所述有关反动的法则,不难看到这一点。在日本如果渐进的进步可以得到保证的话,丸山的命题在实践上会有效果,不过如上所述,猪木之说在这一点上是悲观的。

即使强调现在日本应该与亚洲的民族主义相结合,但无视昔日的民族使命感,将很难发现相结合的道路吧。日本人的民族使命观曾经与日本帝国主义的扩张政策结为一体不可分离。怎样才能区分开来?从哪里加以区分?如果不能区别开来,民族使命感就不会得到充实。那么,我们通过清理进步观念的混乱,确立起新的指标,能够达到这个目标吗?我感到怀疑。

讨论到这个程度,问题又回到了什么是进步、相应的什么是反动,这个最初的出发点上来了。而且,从亚洲的立场出发重新对此加以思考的必要性也呈现出来了。亚洲的进步是什么?将其视为与西欧的进步相同的东西是否合适?日本蹈袭西欧的进步而成了亚洲的反动势力。是否应该将此理解为在进步过程中转化为反动(自由主义者和共产主义者都持这种说法)？这样理解的话，民族使命感的一贯性将要丧失。如果要保持这种一贯性，只有两种选择：要么承认日本帝国主义的进步性（这正是法西斯主义者的想法），要么溯本求源，从根本上把对进步与反动的评价颠倒过来。除此之外，别无他法。选择哪一种呢？如果要我直截了当地说出结论来，我当然是选择后者的。

## 三

终于到了可以窥见问题的关键之处，然而，时间、篇幅和我的思考能力也达到了临界点。所以，下面我将不再做逻辑的展开，只就所要思考的几个问题点以提纲的形式开陈于此。

一，对于上引丸山的建议，如关于对甘地主义的评价问题，在讨论中上原专禄表述了有节制的反对意见，这对我很有启发。例如，对甘地主义的评价，他联系中国革命做了如下叙述：

>……比如说中共的革命。中共的革命，在理论上或许是马克思主义的，但在革命的行进氛围中却有着某种古老中国的传统精神气质存在。……接下来是印度的甘地主义。……的确，他们并没有致力于科学技术，不过，这是否只具有负面的意义呢？对于科学技术采取漠不关心的态度，这本身就没有积极的意义吗？我感到在甘地主义对科学技术嗤之以鼻之处，其实是颇有意味的。这种态度其实在印度教传统中是古已有之的氛围，这种氛围在大众中被重新唤起并且富有生命力地复活下去。要是按照近代主义的观点，这实在是不得要领的作法，但实际上它也同时具有

着非常伟大的力量吧。我不认为古老的东西可以原封不动地应用于现在，不过，如果说人类的危机意味着西欧近代走进了死胡同，那么，在与近代主义没有直接关涉的地方存在着的亚洲传统，难道不是可以在现代世界发挥积极的作用吗？甘地主义所具有的朴素的正义观，及中共革命行进中所展现出来的古朴人道主义，是可以给我们以启示的。（二二五页）

在日本的思想家中，上原是有意识从心理情绪方面来关注亚洲民族主义的，如他在讨论中曾这样感慨道："我尽管一直期望尽可能脱离西欧式的思考方法以获得思想的自由，可最终还是采用了西欧式的思考方式。"（一八九页，同样的感慨还见于《思想》杂志一九五七年五月号，历史专集的对谈中）在这次讨论中，他还透露了这样的想法："我无论如何不期望那种众人信服的唯一的思想体系，或者什么思想流行的发生。我想即使不搞那一套，也是可以行得通的。我总觉得，好像印度人或中国人具有这样的自信。"（二八二——二八三页）接下来，他对亚洲的民族主义做出规定时，提出了这样一个前提条件：

我们在思考"民族主义"这一词语的意义，思考它的实体和内容时，总是不自觉地发生一种倾向，即追随欧洲人在思考欧洲历史事实时所运用的方法。这种情况在其他地方也比比皆是，这实在是奇怪得很。我觉得这种奇怪现象，尤其突出地表现在对"民族主义"一词的使用方式上。为什么这么说呢？因为，在亚洲和非洲的"民族主义"中，本来存在着相对于欧洲的制度与文化，要获得主体性和自律性这样一种生活态度,可是偏偏又要像欧洲人那样来理解"民族主义"这一词语,这实在是一种反讽性质的自相矛盾。说到"民族主义",人们可能会认为,在亚洲或者非洲,真的存在一种"国家的"或者"民族的"东西,而针对欧洲的殖民主义强调着自己的存在。但是,这种理解方式是非常欧洲式的,在多数情况下并不符合亚洲或者非洲的实际情况。(七四——七五页)

这里所说的"民族主义",恐怕也是可以置换为"进步"的吧。

二,近代欧洲入侵亚洲,使古老的亚洲解体,从而在亚洲内部引起内发式变革,这一历史事实难以否定。在这种情况下,如果侵入者独占了代表进步的专利,那么对它的抵抗当然不得不以否定进步的形式出现,那么,这种抵抗能够被称为"反动"么?许多被视为亚洲存在着民族主义的证据的历史事件,难道没有从这样的疑问出发进行再评价的必要吗?例如,太平天国是以打倒清朝为目标的革命运动,可是从反面来说,这又是取代清朝而试图建立新王朝的复古运动。同样,一八五七年印度的印兵大起义曾经试图复兴莫卧儿王朝。而义和团的反动性格则是众所周知的。

三,这一点在意识形态斗争方面也是一样。比如,鲁迅与林语堂的费尔泼赖论争(鲁迅《论费尔泼赖应当缓行》,参见《鲁迅选集》第五卷,岩波书店版),反对费尔泼赖的鲁迅,就这一点而言,是反动的。

四,日本法西斯主义的源流可以追溯到黑龙会、玄洋社,最后追溯到西南战争的反革命巨头西乡隆盛。从进步的立场出发,西乡的意识形态作为一种反动将遭到否定(如诺曼《日本的士兵与农民》),但这又与国民感情相背驰。

五、冈仓天心所谓"西欧的光荣便是亚洲的屈辱",作为历史事实,毋宁说其悲惨的结果是"日本的光荣便是亚洲的屈辱"。尽管如此,冈仓天心的话乃具有超越他自己意图之真理性。

六、进步与反动是相互关联、相互转化的。马克思和列宁也强调过:进步针对具体的状况具有转化为反动的一面。但是,这恐怕与基督教的末世思想有关。而马克思和列宁未曾强调的反动可以转化为进步这一方面,难道不需要更加强调吗？这样做更适合于亚洲的情况。如果不这样,便不会产生对甘地的积极评价。这里,毛泽东的《矛盾论》可以作为参考,也有必要对康有为的内部转化说做进一步思考。

七、日本式的进步主义不仅与进步无关,与反动亦无缘。因此,由此难以产生出创造性的能量。

### 参考文献

《现代史讲座》别卷《战后日本的动向》中的共同讨论(一九五四年,创文社)

上原专禄著《世界的观点》(一九五七年,理论社)

猪木正道著《日本的方向——抵制反动》(一九五三年,创文社)

《现代亚洲史》第四卷《世界史中的亚洲》(一九五六年,大月书店)

《世界史中的亚洲——历史学研究会一九五三年度大会报告》(一九五三年,岩波书店)

罗津纲编《现代亚洲之展望》(日本太平洋问题调查会译,一九五三年,岩波书店)

丸山真男著《现代政治的思想与行动》下卷(一九五七年,未来社)

岛恭彦著《东洋社会与西欧思想》(一九四一年,生活社)

小岛祐马著《中国的革命思想》(一九五〇年,弘文堂)
诺曼著《日本的士兵与农民》(陆井三郎译,一九四七年,白日书院)
《亚洲政治经济年鉴》(一九五六年,国际日本协会)

一九五七年七月

# 给年轻朋友的信

## ——对历史学家的要求

我接受了以"对历史学家的要求"为题的约稿,可是仔细一想又想不出什么可以提的要求来。去年(一九五一)秋天,出席历史学研究会举办的和平恳谈会时,我确实向历史学家提出过要求。当时的记录刊登在《历史学研究》一五五号上。我提出的要求一共有三个。一个是用简明易懂的行文做出正确的表述,为此应该从思考方法开始进行变革。另一个是不要把历史的法则作为不证自明的东西、作为给定的前提,而要不断地对此加以怀疑;否则无法打动民众的感情心理。第三,这一点不是提出要求而是提出了一个疑问:为了变革而认识和为了认识而认识,难道不是完全不同的两回事吗?提出这个问题与我一向的观点相关——日本与中国近代化的方式不同,其影响及于两国的学术态度,也会产生很大的差异——我希望向历史学家征求对于我这个想法的意见。详细的内容和讨论的情况,请参见会议记录,这里不再重复了。今天,我又进一步做了思考,可是还是没有想到应该补充些什么。为了避免重复(虽然最终可能还要重复),我决计改变一下角度来谈。

最近,我听到了这样一个说法。这是从一个西洋史专业的历史学家那里间接听到的传闻,据说日本的史学——这里指西洋史——水准不亚于欧洲的学者。不过,从史料上来说,无论如何也没有可能赶上掌握着大量原始史料的所在国学者,所谓"不亚于",是就问题意识而言,是指在这一点上相当出色地与研究对象国的学者比肩。

听到这个说法时,我便觉得这是不可能的。我对历史学特别是西洋史的现状不甚了解,因此不知道其内部情况。说不定那样出色的研究确实存在也未可知。但是,就所见的一般刊物和从整体的学术现状推断,我怎么也无法相信单是这个西洋史学如此出类拔萃。我觉得,在问题意识上很出色这一想法本身,恐怕就是有问题的吧!当然,这是间接听到的传闻,我不是在直接确认对方感觉的基础上做出上述判断的。

这个说法还使我想起在别的场合听到的另一件事情。事情是这样的:日本的某个学术机关把自己出版的中国研究著作寄给中国学者,希望得到批评指正。中国学者的回复是这样的:这个研究很杰出,不加修改译成中文,当作中国人的著作去出版也完全行得通,而且会博得读者的赞赏吧。可是有一点搞不明白,今日的日本人为什么要写这样的书呢?

这是一个痛烈的讽刺。就是说,作为日本的中国研究完全不亚于中国国内的研究,如果用中文来写的话,不做改动也可以通行于中国的学术界。然而,这里没有一丝一毫基于当今日本人立场的问题意识!

把这件事情放到前面的那个说法里去考察,就会知道历史学家们引以自豪的日本史学问题意识的性质了。即这个问题意识也就是在西洋学术界被视为问题的那些问题意识,而不是从作为日本人,作为一个在现实生活中的人这样一个立场出发所产生的问题意识。因此,这样的问题意识根本没有汲取日本民众的喜怒哀乐,因为研究是在与民众毫不相干的层面上进行的。

是啊,学问与生活并非同样的事情。然而,从终极结果上说来,与生活不相联系的学问根本不存在,任何学问都是从我们应该怎样生存这一追问出发的。确实,学问与生活不能等同,不脱离直接的生活,学问自身的发展是不可能的。尽管如此,如果终极意义上的联系被忽略了的话,学问就会变成经院派的学术,那么学问也会堕落的。学问具有国际性,存在着世界共通的课题。但是,那共通的问题应该具有的性质,是可以还原到人类世界应该怎样生存这个问题上来的。学问的国际性并非意味着学问没有国籍,无国籍的学问对于世界性的学问而言,也是一种累赘吧。有自己的国籍又和生活联系在一起,这才能参加到世界共通的课题之讨论中去,才能为学问的发展作出贡献。难道不是这样吗?

可是,日本的学问,就整体而言,却是无国籍的,而且这种无国籍特性被误认为就是世界性。他们希望尽量赶上研究对象本国的学者之研究水平而得到褒奖,认为这才是学问的进步。这种情况不但是历史学,整个学问界都是如此,可以说前面偶尔碰到的历史学家意识中的弱点,乃是一个明显而突出的表现。

日本的史学在问题意识的把握上很出色,达到了欧洲的水准——说不定确实如此。然而,这是怎么回事呢?我想欧洲的学者一定会在做出高度评价的同时,反问——这对日本人有什么意义呢?

还有一件事,不是历史学界而是我的专业领域里的事情:从前在日本刊行过一本堂堂正正的中国文学研究的学术杂志。在杂志上正经的学术论文却是用汉文写的。鲁迅见状曾经发生了疑问:这文章打算让谁来读呢?

不用说,根本没有想让日本的大众读。那位学者的意识大概是想要让中国人承认:看吧,日本人也可以做出不亚于中国人的研究!此人大概觉得,让对方承认这一点不仅可以满足自己的个人野心,而且也是对日本的学术进步做了贡献。然而,这在主观上虽是善意,在客观上却丢掉了学术的精神。

可以这样概而言之,日本的学问是寄生性的,被殖民地化的,奴隶性的。所侍奉的主子虽然从中国变成了欧洲,给自己设定主子的性格却没有改变。对于日本史学界在问题意识之把握方面很优秀这一自我评价,我们就称它为没有意识到自己是奴隶的奴隶式思考吧。我在历史学研究会上,就是基于指出如上学问性格所导致的这种缺陷,向历史学家提出了三个要求的。

所以,我觉得这种学问的自我变革乃是当今的一个学术课题,而在历史学领域,或者以历史为线索,在努力完成这个自我变革的过程中揭示出问题来,才是历史学的课题。我对历史学家舍此别无所求。所幸在历史学家中间似乎也产生了自觉于此的趋势。石母田正①最近出版的《历史与民族的发现》等就是这方面显著的例子。其中的问题意识已经不再是无国籍的了,显而易见,那是志在摆脱奴隶状态时所倾吐的奴隶的苦闷。

(一九五二年四月)

---

① 石母田正(一九一二——一九八六年),日本当代历史学家,主要致力于研究日本古代和中世史,其代表作《中世世界的形成》在战后曾对日本历史学界发生了很大影响。著有《石母田正著作集》十六卷(岩波书店一九八八——一九九〇),《历史与民族的发现》为第十四卷。这是一本主题论文集,是著者在一九四七年至一九五三年之间发表的部分论文的集成,体现了一个历史学家以自己的工作方式介入当下社会思想课题的政治意识。在该书的各篇论文中,石母田正主要回应的是日本在战败后被美军占领的状况下如何建立自己的主体性这样一个社会性问题,并强调要建立属于日本民众的历史学。这部论文集对于战后的年轻一代产生了相当大的影响。——译注

# 国家的独立和理想

国家的独立,这是非常重大的问题。抽象地提出这个命题的话,大概谁也不会否定。

然而,所谓国家独立是什么?当今日本失掉了独立没有?如果失掉了,该怎样再恢复它?假如这样具体地、从实践的角度提出问题的话,则会因人而异得到不同的解释。这的确是一个复杂的问题。

仅就我个人的感觉而言,我觉得日本人一般而论,在理智上懂得国家失掉了独立,但在感情上,恐怕未必那么痛切地体会到这一点。

确实,这是我极为大胆的断言,恐怕会遭到很多人反对,我自己也没有掌握确实可靠的依据。我只是根据自我感觉,以及对周围的观察,说不出所以然地感觉到了这一点。明知国家失去了独立却唤不起悲伤的感情,至少没有唤起痛切的悲伤之感。这究竟是怎么回事?对我来说,这种理智与感情的背驰是难以否定的,因此打算以此为线索,按我自己的方式来思考一下独立这个问题。

何谓国家的独立?我在道理上懂得日本现在失掉了独立。那么,这个道理是什么呢?道理就在于日本处在被占领之下,主权受到了束缚。

若让法学家给独立国家下定义的话,一定会是很絮烦的,而我们只凭经验为据也会知道,现在的日本并非独立国家,这是毋庸置疑的。可是,为什么失掉了独立呢?回答自然是因为战争失败无条件投降了。这应该也是没有异议的吧。

然而,这种上下文中所涉及的独立不过是名义上形式上的独立而已。名义上的独立虽与实质上的独立并非毫无关系,因而对法律上政治上的独立加以思考并非没有必要,但是,如果仅仅拘泥于此,则有着仅止于专家们易于陷入的形式论的危险。国家独立不单是学术上的问题,也是国民的实践课题,因此我希望,即使是纯粹从法律上来思考,也不可以忘记,要时时与实践的观点相结合。

有人认为占领是暂时的措施,通过和谈,受到限制的主权会得到全面的恢复。虽然存在着两种不同的区分:即和谈就是这样一件事的"事实论",与和谈必须是那样一种情形的"理想论",但是,通过和谈(这并非意味着现在所进行的和谈)日本会重新恢复独立国家的地位,这一点则没有遭到质疑。这种认识目前占主导地位,而且在学问上说不定也是正确的,大概,是正确的吧。然而,我终竟不能仅仅满足于此。我总觉得这在学问上或许是正确的,但这正确性不是那种令人心悦诚服的、能够回应人们切实感受的正确性。我总是觉得,从形式上论证独立条件的国际法专家自不待言,就是众多的学者,也在与日本国民的哀乐不相干的所谓学术讲坛上,面对民众发出说教,而不是与民众休戚与共。我感到他们没有充分汲取民众的喜怒哀乐。

和谈的目的在于使日本作为独立国家自立于世界,使日本人担负起自己的责任来,自己管理日本这个国家。而在占领之下则无法面对世界自由地行动,还有,就国民自身而言,想到战争时代遗留下来的风气——日本人的自信和气力在不断丧失,我们便会懂得和谈是必须尽快实行的。

这是津田左右吉《有感于和谈》(载于《世界》一九五一年十月号)一文中的一段话。津田氏赞成在旧金山和约上签字,是于《世界》发表论说的少数赞成论者之一。他的立论是基于毕竟这是"和谈"这样一种事实论的基础之上的。而且在和谈如果成功则日本会重新成为独立国家,这样一种假设(在津田的主观上这不仅仅是假设的)之上,他甚至对由此日本人会恢复失掉了的"自信和气力"抱以极大的期待。津田氏的主观上之热烈的爱国心,即使连我也被打动了。

我感到这里清晰地展现了明治教养人所共通的一种心情。他们绝大多数正是以这样的心情而赞成旧金山和谈的。比如,在同一期杂志上,小泉信三就这样说道:"尽管目前的和谈有很多值得忧虑的地方,但也总比由美军占领为好,因此,我盼望着和谈的成功。"

他们的想法是这样的:不管怎样有缺欠的和谈,总要比占领为好。对这种思考方法,不管你怎样讲和谈的缺欠也无济于事,不管你如何指出名义上的和谈,其实不过是占领的继续罢了,他们也不会接受的!因为他们心仪于和谈这个名义。就是说,对他们来讲,占领便是屈辱。我总觉得,这种屈辱的心理正源于他们身为明治教养人这样一个事实。

和谈要以主权的彻底恢复为条件,用这种理想论来揭破他们的主张是容易的。事实上,《世界》十月号上发表意见的众多反对论者便站在这样的观点上。据我所见,提出反对意见者的思路,远比赞成派来得整然有序,可以说少数的赞成意见在所有的论点上都被驳斥得体无完肤。然而尽管如此,即使在争论中取得了胜利,我们还是几乎不可能深入到明治教养人的内心,使他们心悦诚服。我甚至感到,实际上明治教养人所代表的这种心情,恐怕已如磐石一般深深凝结在日本国民的内心深处了。

我认为针对这个问题,没有必要提到津田和小泉是意识形态上的反共分子这一问题。至少没有直接提起的必要。就是说,假使他们是意识形态上的共产主义者,在另一个意义上,他们也会要求占领军撤退的。如果认为津田等是反共主义者,故甘心把祖国置于反共阵营而赞成和谈,那则有点儿太残酷了。反对者或许会喜欢做出这样的评价,但那将不会是妥当的评价。他们在主观上终竟是爱国主义者。他们一意孤行所盼望的乃是日本的独立。我甚至感到,应该说在对失去独立感到痛苦,对占领感到屈辱这一点上,他们比普通人更为敏感。

所谓明治教养人,是指在日本免除了殖民地化的危险确立起主权国家地位的时期完成了人格形成的那一代人。那些得以与国民一起庆祝日清、日俄战争胜利的人们,是在连倡导独立自尊的福泽谕吉也会落下喜悦之泪的时候,即在作为民族国家的日本最兴旺的时期度过青春期的人们。他们把独立国家日本之万劫不毁的存在视为自明的事实,也是顺理成章的。故战败成了历史的错误。可以想象推动这次和谈的当事者当中,主观上具有善意的人们亦当抱有同样的心情吧。我们这一代年轻人,虽然没有直接体验到这种历史的恩泽,但通过强有力的国民教育不知不觉中也感染了那种国民之骄傲。和谈总比占领好,这种想法意外地有着强固的国民感情基础,因此国民作为一个整体虽然感到不安,心里却并不反对和谈。可以说,明治教养人出色地表达了这种国民感情的某些方面。

然而,不管怎么说,我们这一代人毕竟没有亲身体验到那种国民性的喜悦。我们没有受到兴盛期的市民精神(即使是虚假的)之培育,亲身所见所感却是其反面的衰落现象。我们懂事的时候所遇到的已是社会的不安,所直面的与其说是国民的统一,毋宁说是国民的分裂局面。通过教育所不断灌输的是国家意识,但因与现实的具体体验有着巨大的反差,故越灌输越让人感到虚假。这并非意味着教育没有效果,实际上是相当大的。正因为效果之大,那样疯狂的军事投机才得以动员起国民来。然而,教育是灌输的,故没能将国民之统一的现代国家以一种实际感觉在每个国民的心里培植起来,因此,无法期待国民的自愿行动,军事投机一旦失败,国民的连带感也就只能土崩瓦解了。

镌刻着明治教养人印记的这种对于独立的渴望,只表达了国民心情的一部分,却并未充盈着国民所有的喜怒哀乐。很难说他们所描画的独立国家的图景充分满足了国民的愿望。这可能在名义上是主权国家,但对无以行使主权的民众(于过去的经验预想将来也会当然如此)来说,名义上的主权与占领并没有什么大的区别。不用说,在另一方面存在着迄今为止的国家主义教育的影响,但即使这个影响也正在急遽地衰退下去。至少使明治教养人感动,而今又引起他们乡愁的那种激情,在今日的国民大众之间是无法看到的。

我知道,有一种观点认为,当今,所谓完整的民族国家这一理想已落后于时代了。也许如此吧,在学术上,这说不定是正确的观点。在两大阵营、世界政府等等已成为现实课题的今天,无论观察世界上哪个国家的状况,我们都无法否认,与当初民族国家形成时期相比,情况已经有了显著的变化。不过,在学术上虽然可能如此,但是当我们面临国家独立之恢复这一现实课题时,不管怎样变化,如果我们不高扬民族国家的理想,不去描绘这一基本的意象,我们便会什么事都无从着手。我并不反对明治教养人那种古朴的民族国家观念,即把对外拥有主权独立,对内坚持国民统一作为理想的态度。其实这正是今天我们所追求的。我只是觉得他们所揭示的理想图景与我们国民大众所求之间,实在是缺少一致性,而这个不一致,才是问题之所在。

与明治式的国家理想尖锐对立的,大概是共产主义者们提出的国家理想吧。但是,我觉得这种对立只是意识形态上的对立,因此两者所描绘的独立国家的图景并没有大的差距。他们都认为,占领一旦结束,独立就会自动地得到恢复。当然,共产主义者并不认为占领会以占领军的主动提议而告结束,也不认为名义上的和谈可以使占领结束,相反他们觉得名义上的和谈乃是占领的实质性继续而反对这次和谈。但是,假设通过某种力量关系,占领军撤退了,无疑他们会认为那便是独立了。然而,共产主义者所考虑的独立真的到来了,反共产主义者可能会认为那是别一种形式的占领。总之,在占领的结束就是独立的到来这一思考方式上,两者是相同的。

这样的思考方法即使如何地与现实政治相适合,也不具有伦理性。不管意识形态上有什么不同,这样的思考都难以汲取国民大众的喜怒哀乐,催生走向明天的人生希望。因为,这样的思考没能揭示出新的国家之理想,相反,那是一种蹂躏,是对于战败、对于伴随着战败而来的占领这一苦难然而却宝贵的体验进行的蹂躏。如果只是回到战前的状态便意味着独立,那么对于这样的独立有没有奋力追求的价值,多数的国民是不能不怀疑的。当然,许多人从朴素的民族主义心理出发或者处于利欲之心,确实怀抱期待恢复到战前的心理,而现实的政治对这种心理加以利用,是很有效的。但是,仅凭这一点是无法长期运作整个国家的。因为,比起利欲和民族本能来,民众所追求的是更深层的能够触动心灵的东西。

一如个人要有理想一样,一个国家也要有理想。如同没有理想不能称其为有独立的人格一样,国家没有理想亦不会是独立国家。当然,把个人与国家做简单的比附,在学问上恐怕有问题吧。不过,不管被学者怎么耻笑,在这个问题上我是绝对不打算让步的。国家要有理想,这在法律上如何姑且不论,但在文化上则必须是独立国家的根本条件。

明治教养人所提出的国家之理想,在今天是不能鼓动起我们来的。生于日本的"美好昔日"的明治教养人通过强调战败之错误,试图恢复曾经失掉的理想,而经过自身的流血获得战败体验的我们这一代是无法持续寻求那昔日之梦想的。"文化国家"这一御用口号没有展示出国家理想之所在,相反揭示了国家理想的缺失。另一方面,如果与这种意识形态针锋相对的共产主义者不能积极地提出新的国家之理想,那么也同样不会获得国民由衷的支持。

不论意识形态上的左与右,那种把占领军的撤退视为独立的唯一要求的思考方法,恐怕难得国民大众的同意。为什么呢?因为这种思考将手段和目的混为一谈。津田期待通过和谈以恢复日本人的"自信和气力",乃是本末倒置。因为"自信和气力"得到恢复时才有和谈的"成功"。假如占领军道德水准低下,像日本在中国所干的那样,做出用武力来践踏日本国民良知的行为,大概只有在那个时刻,对于占领之抵抗,才能作为目的、作为理想组织起来吧,然而,日本目前的现状并非如此。在每个局部,特别是物质方面尽管有一些摩擦,但是从整体上看,我们国民还没有受到本国政府曾经使我们遭受到的那般屈辱。对占领感到屈辱的明治教养人的心情没有得到国民无保留的支持,其原因也正在于此。因为,民众担心如果表示了支持,即使得到了名义上的独立,也会以独立为诱饵,使恶劣的权力再次蔓延。假如独立意味着恐怖政治,那么我们恐怕是不会选择这种独立的。

理想应该是自身内在地生长出来,而不是别人所给予的东西,每个国民的志向集合起来,理想才能成立。这样的理想,在今天还不能说已经成形,它还没有成为可以对象化加以认识的存在。不过,这理想虽然还形迹隐约但确实已然存在着,如果不相信这个理想的实际存在,那么,我们对于国家独立是无从谈起的。这个形迹隐约的理想是什么呢?我现在还无法正确地把它勾勒出来,但是它与明治教养人所抱有的独立国家的图景完全不同甚至相反,只有这一点是可以断言的。赋予这个理想以准确的形态,即是确定国家独立的方向。确定理想,并以此为目标努力奋斗的过程,才是真正意义上的独立。不管是共产主义者,还是其他意识形态信奉者,大概只有汲取国民的喜怒哀乐,赋予实际存在着的国民愿望以确实的表现形态,这时才能区别于意识形态这一他在形式,使国家的实质性独立目标具有伦理实践的意义。

今天,我们所需要做的是,国民大众齐心合力,为确立独立的目标而提出国家之理想。我们应当关怀的不是纠缠于法律的、政治性的独立之名义,而是支撑着这些名义的实质性的独立,我想,或许应该称其为文化的独立吧。明治以来,日本的国家形成之主流精神,只重视独立的外在形式,不去反省它的实际内涵,结果失败了。在国际政治中,被承认为是独立国,被称为是一等国,于是便得意洋洋起来,今天看起来,那并不是真正的独立。明治教养人今天可能还在把战前的日本视为独立国家的典范,然而,我不承认那是典范。那时的日本,看上去好像是按照自己的自我意志在行动,实际上并不然。不管是否有意识,总之,不过是被国际上的帝国主义所操纵,盲目地充当了帝国主义的炮灰而已。名义上独立而实际上乃是别人的奴隶。今日的被占领乃是顺理成章的结果,并非是因为战败才失掉独立的。我们这一代人,通过自己的切身体验懂得了这一点。

当然,现实政治是复杂的,世界越来越单一化,今天哪个国家都无法孤立地维护其自足性。但是,无法孤立地行事,与无法保持自主性并非是同一件事情。相反,只有保持自主性,坚持自己的判断和意志,才能在国际政治的风云变幻中游刃有余。难道不是这样吗?现实上世界政府是不存在的,文化的问题亦然。只有不同民族的文化来参与,通过其间的交流而创立世界文化,除了这一应有的世界文化形态之外,实体性的世界文化是不存在的。

如果没有自己的理想,没有自己固有的民族文化,即如果不是独立国家,那么,在世界上是没有发言资格的,这样的国家即使发言,也不会做出什么贡献的吧。希望成为这个意义上的独立国家,这是我们每个日本人所抱有的愿望。倘若不首先考虑把每个国民的愿望统一起来,并赋予其一定的表现形态,只从形式上考虑独立的手段,那是没有意义的。独立是要靠日本民族自己的力量来获取的,而且目标存在于将来。

明治教养人受环境的制约,把日本的模仿西欧发达国家偶尔获得成功视为不发达国家唯一的生存之路,这或许不难理解。对于他们来说,或者自己成为殖民地,或者不情愿被殖民便去建立殖民地,二者必择其一。他们坚信"富国强兵"的国家理想一定会得到国民的支持。确实,这个"富国强兵"的理想得到了一定的成功,日本成了东洋唯一的"独立国家"。至少在梦醒之前,日本人就是这么想的。

然而,梦醒了之后发现,这是何等虚幻可怜的梦想!今天,我们终于感到:同样是东洋的不发达国家而走了一条与日本相反道路的中国和印度,虽然没能获得形式上的独立,而反过来在实质上却把握到多么独立不羁的理想啊!比如,孙文在《民族主义》中这样写道:

> 中国对于世界究竟要负什么责任呢?现在世界列强所走的路是灭人国家的;如果中国强盛起来,也要去灭人国家,也去学列强的帝国主义,走相同的路,便是蹈他们的覆辙。所以我们要先决定一种政策,要济弱扶倾,才是尽我们民族的天职。我们对于弱小民族要扶持他,对于世界的列强要抵抗他。如果全国人民都立定这个志愿,中国民族才可以发达。若是不立定这个志愿,中国民族便没有希望。我们今日在没有发达之先,立定扶倾济弱的志愿,将来到了强盛时候,想到今日身受过了列强政治经济压迫的痛苦,将来弱小民族如果也受这种痛苦,我们便要把那些帝国主义来消灭,那才算是治国平天下。

我在战后重读《三民主义》时,被以前忽略了的这一节打动了。中国作为半殖民地国家(孙文认为中国成了多数国家的殖民地,其地位在殖民地之下,故自称次殖民地),在国际政治中,长期没有得到独立国家的待遇,但自己所把握的理想却是这样的高远。这不是真正的独立国家的标志又是什么呢?这是一种不求助于他力、坚持以自己的力量试图获得独立的态度。而且,这种作为独立国家之标志的理想,是正视自己国家的被殖民现实,从苦难中结合本民族的传统而打造出来的理想,故不需要通过教育的灌输,而是自然而然地成为国民实践的目标的。不管他人怎样指手画脚,只专注于通过主张正义来积蓄内在的"自信和气力"。今日中国之不可动摇的国际地位,作为这一实践的结果,是自然而然产生出来的。

在与中国条件完全不同的当今日本,模仿孙文是不可能的。但是,学习他的精神也是不可能的吗?不回避现实,在苦难中高扬面向将来的生存理想,中国国民的这种勇气和努力,与当下的我们真是无缘的吗?比任何事情都重要的,是我们日本人抛弃过去曾是一个独立国的幻想。无论如何痛苦,都必须咬紧牙关坚持到底,面对这个事实。日本独立的路,存在于将来。

(一九五二年一月)

# 第四部

我们的宪法感觉

近代的超克

## 我们的宪法感觉

我使用的"我们"这个词有"大多数国民"的意思,不过,请允许我先从自己讲起。

五月十九日的政变①(笑声、鼓掌),我觉得那正是一场政变。五·一九政变(鼓掌)这个说法恐怕是要写进历史的。在那个时刻,我觉得自己应该做些什么,于是五月二十一日我决意辞去东京都立大学教授的职务,并马上办了手续。辞职的理由,我写到是基于思想和良心。按照正规的程序应该怎样写我不知道,我只是根据自己的心情做了这样的表达。那之后,给朋友们发出了打招呼的信。这封信,比辞职信更进一步整理了自己的心情,表述了辞职的理由。大致的意思是这样的:作为公务员及教育工作者,在目前这种无视宪法的状况下,如果继续留在现在的岗位上,从要比一般国民更严格地负起尊重拥护宪法的义务这一立场来说,就是违背了自己的誓言,——就职的时候我立下了上述誓言,因此我打算辞职。作为我本人,坦率地说,做出此种决意之际,并不是事先考虑好了上述理由才做出决断的,而是

---

① 一九六〇年五月十九日,日本国会不顾国会议事堂外几万抗议群众昼夜持续的抗议,不顾国会内部的混乱和不同意见,在深夜强行通过了日美安全保障条约。这一利用权力所进行的违反国民意志的政府行为,被竹内好称为"政变",立刻获得了听众的认同。——译注

做出决断后,才考虑了这样做的理由。

我是这样一种类型的人,我的哲学是:首先采取行动,理由是行动之后才产生的东西。(鼓掌)说句老实话,那时真是坐立不安,觉得怎么做都不合适,心里只是在想:干什么呀?这帮混蛋!(鼓掌)其实是不应该以辞职这样的形式来抗议的。这一点我是心知肚明的,可那个时候真不知道自己应该干什么。作为表明自己重大决意的手段,从自己过去积累起来的教养以及个性中,自然产生了这样一个别无选择的做法,所以这个行为无疑是一个非常特殊的例子,而且这样做的意义,就是我自己也还不太清楚。(笑声)在今后的一生中,我想用自己的工作继续追究自己行动的意义。

不过,在这里我要说明一点:当宪法遭到无视时,具有遵守该宪法的义务,而且是被赋予很强义务的人,究竟应该做什么?当我无法作出有效判断的时候,就采取了那样的行动,这个后来加上去的理由在自己的脑海里得以浮现出来,其实是我参加宪法问题研究会以来,不断学习的结果。那天,仿佛是得到了神的启示一般,宪法这个词突然浮现到脑海中来了。其实,就职的时候写过尊重拥护宪法这样的誓言书,平常是不记得的。在异常的情况下一个人做出抉择的因素,往往是平常培养而沉潜于意识深处的东西,到了关键的时刻就会突然地浮现出来。这一次我获得了这样的体验。正像刚才鹈饲氏谈到的那样,对于十九日那种完全无视宪法、踩躏民主主义的少数掌权者的做法,那种暴力式的政变——我愿意这样称呼它——我们国民是不能容忍的。那以后,以国民运动的形式掀起了抗议运动,现在它仍在继续着。今天我并不想直接讨论这个运动本身,我只是想在与宪法相关的意义上,谈一个我在其后意识到的问题。

战后的新宪法①,对我们而言并没有什么亲近感,不知为什么总觉得很疏远。现在我们所拥有的这个宪法强调人类普遍的原理,是非常漂亮的。漂亮固然漂亮,就是有些辉煌耀眼,作为自己的宪法总觉得有些不好意思。换句话说,把它视为从我们自己的过去历史积累中产生出来的东西,这个新宪法实在太耀眼了。我总怀疑我们是不是那样了不起的人?——虽然这样说或许有点儿侮辱了大家,但是我这么想。不管怎么说,总之感到很羞耻。参加宪法问题研究会,越学习就越不能不感到羞耻。我们这个年代的人在旧宪法下接受教育完成了人格的形成。这里所说的旧宪法,不单指成文宪法,还指与教育敕语一体化的旧大日本帝国的国家原理或宪法精神。接受了此种教育的人,在宪法及教育敕语合为一体的压力之下,尽管在精神上受到强烈的束缚,但作为人而生存下去的愿望并没有因此泯灭;在那个框架之中,我们竭尽全力地试图从心底顽强地发出作为人的愿望,我们就是带着这种愿望生存过来的。我觉得被驱赶到那场战争中去的、喊着天皇陛下万岁而死去的那些士兵们也是一样,旧式教育确实把我们的忠诚集中于天皇,而实际上,他们并不是为了

---

① 战后的新宪法,是美国占领日本之后,在麦克阿瑟的直接授意下,由美国官员与专家直接参与制定的日本国宪法。该宪法不仅保留了日本的天皇制,而且同时引进了美国式民主主义制度,同时,也规定了日本国不得拥有军队,不得在国外使用军事力量,这就是著名的"宪法第九条"。对于在战争时期饱尝日本军国主义高压的日本人来说,新宪法的制定把过去被作为禁区的人道主义问题、国民权利问题等等作为法律合法化,这当然是政治生活中的一件大事;但是这些权利的获得依靠的不是日本人自己的力量,而是美国占领军的压力。这就使得带有浓烈进口色彩的新宪法难以与日本的本土经验发生关联。竹内好的这篇讲演,针对的正是这个问题。在当时,竹内好能够选择的思想武器非常有限,他不愿意直接套用西方的思路,又不能够在直观意义上挪用日本的传统政治制度,因此,这篇讲演里充满了他寻找思想武器的困惑与艰难。——译注

忠诚于天皇什么的,他们只是借这个形式表达了自己作为人希望自由的愿望,当然,因为没有别的表现手段,我觉得他们不得不以这种被扭曲了的形式来表达。所以,经历了那种扭曲的人格形成的我们这一代,至少是我自己,对现在这个宪法感到很疏远。虽然我并不认为过去的旧宪法是好东西,但我感到在旧宪法束缚下要彻底地喊出那个自己的呼声的姿态,有某种东西坚实地储藏在自己的身上。因此,我现在所采取的行动是非常旧式的。在战后成长起来的人看来,这是十分滑稽的。我们大学里,有人举着"竹内不要辞职,岸(信介)辞职"的标语牌游行,我也觉得真应该如此。(鼓掌)这是对的,可是实现不了。我们无法罢免那个蹂躏宪法的罪魁祸首总理大臣。所有的公务员都对国民负有责任,国民有选拔公务员的权利,同时也有罢免的权利。这一点写在宪法的第十五条里。可是,我们并不能实现罢免总理大臣这一国民的权利。在这种不能罢免的极端场合下怎么办才好?我们无从知道。像我这样的人,从旧宪法式的思维方式出发,便感到:干什么呀?这帮浑蛋!我想这种旧宪法式的感觉还深深植根于国民之中。这不是那种说扔掉就能扔掉的东西。而现在这个新宪法呢,人们都说那是被给予的或者是什么什么的,我觉得确实如此。单单从行文方式上看,也总感到这新宪法的翻译腔调很难适应。虽然是一部非常好的宪法,可还没有成为自己的东西,我便不断地为这种乖离的感觉所困扰着。所以,在这里我想讨论旧宪法之下的生存状态问题。旧宪法非常沉重,是那种被视为负面的、压抑人的东西,比起对权利的要求更重视自上而下地规定义务。不过,难道不能把在这个旧宪法下生活过来的人的力量,以变过去的负面作用为正面作用的方式,作为核心融会到现在新生的我们所拥有的这个新宪法中来吗？难道不能以这样的方式把历史和传统作为轴心，为现在这个新宪法注入活力吗？这是我在不断思考的问题，它溶入了我对五月十九日事件的抗议行动中，从而凝聚成一个决断。（鼓掌）

　　战后什么都变得自由了。有一种把宪法仅仅当作主张权利的手段，认为做什么都没有关系的倾向。坦率地说，我觉得这表明新宪法还没有成为我们的宪法。的确，由于过去受到太重的压抑，作为对过去的反动，主张权利的一面得到了强调，这也是不得已的。可是，我觉得实际上只有在权利的背后伴随着义务的时候，才会呈现作为权利的意义。如果丢掉了权利背后的义务，只主张权利本身，则结果很难从自己的内部自发地产生出不做不行的愿望来。这种状态大概来自下面这样的宪法感觉吧：这个宪法到底是从外部给予的东西，有些做给别人看的、虚张声势的味道，总好像跟自己有些距离。

　　比如考勤的问题。① 这几年来一直是一个争议非常多的问题，不光在教育界，它还被政治化，用以评定工作成绩。实际上对此我是反对的。我反对那种方式的考勤，不过作为教育工作者我想就是不搞工作考核，也必须要在自己的心中有考核自己工作成绩的原则。当然，如果是自上而下通过权力关系强加的话，就一定要反对。不过，比如在大学，有人一旦谋到一个职位，无论他怎么无能，直到退休为止都绝不会离开那个位置。结果成了学生的障碍，同僚的麻烦，人们敬而远之，那家伙怎么还不早点儿……还有几年才能退休呀？（笑声）这样叫人数叨着还

---

　　① 五十年代后期日本大学里出现的对于教育委员会自上而下地考评公务员的考勤制度的反对运动。这个问题后来波及到了更广的范围。作为对于一九六〇年反对安保运动的一个准备，"考勤斗争"是一个民主斗争的试演。

是死钉在那个位置上,作为教育工作者这是无法原谅的。作为公务员也是无法原谅的。(鼓掌)我觉得工作考核不应该是来自上面的命令,而应该是从自身——所谓自身不是指个人——应该从集体的内部创造出对工作及成绩进行评价的方法来,只有具有了这样的义务感才可以要求自己的权利。这样的例子不只是在工作考核方面,其他方面也有很多。工会运动之类的,也存在这样的倾向。

今天,以五月十九日为界,经过形式上的民主主义程序,独裁者诞生了,这对我们的历史来说,还是第一次碰到的事件,我感到不管成文宪法如何的漂亮,那不过是与官样文章同等的东西。(鼓掌)为了使现代这个宪法化为我们自己的东西,我觉得在与过去的旧宪法之间,不是像换和服那样脱了旧的换新的,我们必须在传统的连续性基础上,或者经过对传统的再解释,把新的宪法变为自己东西,在与过去的传统相连接的基础上,重新塑造新的宪法感觉。换言之,宪法或者说民主主义的民族化乃至主体化,或者内在化是绝对重要的,如果缺少这些程序,在目前这样的权力之下,我们只能甘做奴隶。如果我们想要成为自由的人,那么无论如何都要掌握这个宪法,使之内在化。换一个说法,我觉得同时也可以称之为民族化,我们说这是自己的东西,就意味着不是被给予的,而必须是自己创造出来的东西。(鼓掌)现在,举国上下掀起了国民抵抗运动,我相信,通过这个运动一定能建立起这种宪法感觉,而且,只有坚信这一点,才有作为日本人生存的意义。我感到这个斗争将经历相当长的时期。即使现在的岸(信介)会反省,这当然几乎是不可能的,假使有什么力量可以把岸打倒,也还会有第二个、第三个岸出现,只要今天的现状不改变,这几乎是必然的。我们必须彻底断绝产生那种人物，也就是产生独裁者的根源。（鼓掌）因此，无论政局怎么变化，政治家出来收拾，那就由他们收拾去吧。我们，至少日本的国民，绝不允许五月十九日成为既成事实，绝不容许独裁，绝不容许独裁者！这个斗争不管需要一年、十年，还是一生的时间，我们都必须进行到底。如果我这一生完成不了，我就要把它交给下一代。不管需要几代人的努力，我们都不会停止这场斗争。不如此，就不会有日本的独立，也不会有作为独立之基础的个人人格的独立。不如此，人们，一亿日本人，就会和战争时期相同，依旧沦为奴隶。我自身采取了那种非常的手段，今后在不断思考这样做的意义的过程中，在持续做自己专业领域的工作过程中，我决心继续参加这一国民的战斗行列。

我希望大家也能在各自的岗位上，在这场斗争中锻炼自己，通过锻炼自己，把国民锤炼成作为自由人群体的日本民族集合体。爱国这个词的使用曾一度受到警戒，可我还是觉得爱国是一件大事。当我们面对日本民族光荣的历史上不曾有过的、目前这种非常事态的时候，我们应该发挥日本人的全部力量来重写民族光荣的历史。我希望，在面向未来做出不耻于子孙不耻于日本人行动的这场斗争中，与大家一起携起手来，共同向前进。（鼓掌）

　　　　　　一九六〇年六月十二日　于保卫民主政治讲演会

# 近代的超克

## 一 关于问题的处理方法

所谓"近代的超克",是一个操控了战争时期日本知识人的流行语,或者说它相当于一个咒语。"近代的超克"与"大东亚战争"结为一体,发挥了一种象征符号的功能。因此,即使在当下——说"当下",指的是"大东亚战争"被改称为"太平洋战争"的现在——"近代的超克"依然缠绕着梦魇般的不祥记忆。只要是三十岁以上的知识分子,听到或说起"近代的超克"这个词语时,不可能不伴随着复杂的反应。

"近代的超克"这个知识人的词语大概可以与民众说法"壮士一去兮不复还"、"奢侈是敌"相对应。这里所谓的"民众说法"并非意味着民众创造的语言,而是指由统治者替民众制造,并为民众所消费之意。① 由于消费,民众当然得使用自己的智慧,

---

① "壮士一去兮不复还"是译者借用《史记》的歌词文体试图再现当时在日本民间流行的这一类口号的氛围。在战争时期,由官方制造和推广的很多口号取自日本古典名著,竹内好在此所举的例子即取自《万叶集》的歌谣体,如果不考虑潜台词和文体,原文的准确翻译应该是"不获全胜决不收兵",但是结合《万叶集》歌谣的时

可是他们的智慧无法凝结为词语,于是,他们除了在"壮士一去兮不复还"这样的表现里寄托自己的喜怒哀乐之外,别无自我表现的方法。"近代的超克"则纯粹是知识人为自我消费而生产出来的,这一点与"壮士一去兮不复还"大不相同,但这个词语缠绕着战争与法西斯主义的记忆,容易唤起复杂的反应,这一点则与前者是共通的。

狭义的"近代的超克",指杂志《文学界》一九四二年(昭和十七年)九、十月所载学术讨论会纪要。这个讨论会纪要于次年出版了单行本。①"近代的超克"一语因这次座谈会而流行起来,成为一个象征符号。

但是,作为象征符号而固定下来,并不等于座谈会主持人或参加者倡导或者推行了"近代的超克"。就是说,我们还不能断定座谈会当事人们有将"近代的超克"发展为一场思想运动的意图。这是我在当下基于事实做出的判断。座谈会出席者的思想倾向多种多样,既有日本主义者也有理性主义者,围绕"近代的超克"这一给定的题目,各执己见地进行了论述,但最终对于什么是"近代的超克"这个问题并没有给出明确的结论,只是停留于确认了相互之间思考方法差异的程度。

---

(接上页脚注)代背景考虑,这个说法的上下文在于强调日本人对于天皇的乡土亲情,以及出于这种感情而出征的心态。且原文语体为古日语。"奢侈是敌"的原文是现代日语,意在号召日本人节衣缩食支援战争。当时这类流行口号很多,比如还有"一滴汽油一滴血"的说法。竹内好相当准确地勾勒了在战争时期普通日本老百姓"消费"官制口号的复杂状态,特别是民间共有的传统文化被转化为对外侵略意识形态的微妙过程,暗示了国家与普通百姓在战争状态下的复杂互动关系。这与他在本文后半部分所分析的战争状态下日本国民并不是简单服从军国主义的命令,而是主动为民族共同体而战的问题直接呼应。——译注

① 该书一九四三年七月由创元社出版,全书三百页,初版六千册。——作者注

因此，仅从这次讨论会的记录中是无法抽取出"近代的超克"这一思想内容的。"近代的超克"，作为战争与法西斯的意识形态代表，人们每当涉及它的时候几乎习惯地要冠以"臭名昭著"的形容词，战后它一直被视为罪恶的标签；可是，今天重读一过却让我惊奇地感到：为什么它发挥了如此横暴的威力，却又不具有与其相称的思想内容？为何"近代的超克"那么声名狼藉？这理由无法从座谈会本身得到说明。

在同一个时期，与"近代的超克"并列，还有一个"臭名昭著"的座谈会。这个座谈会由师从西田几多郎、田边元的、人称"京都学派"的四位哲学家、历史学家举行，一九四一年至一九四二年分三次连载于《中央公论》杂志，后来取第一个座谈会的名称"世界史的立场与日本"为标题，也出版了单行本。① 而"世界史的立场"或曰"世界史的哲学"（这是座谈会中出现的词语，也是出席者之一高山岩男一本书的书名）的提法则与"近代的超克"一并在当时的知识圈中发挥了象征性的功能。通过阅读座谈会的发言及与会者的著作，我们可以相当清晰地抽取出"世界史的立场"或"世界史的哲学"的思想内容来。不仅如此，通过这个座谈会我们还可以抽取出一部分有关"近代的超克"的思想内容，因此，可以利用这个材料来补充说明"近代的超克"的内容。

"近代的超克"与"世界史的立场"作为思想有许多共通之处，作为运动（如果将此视为运动的话）亦有关联的地方，因为后一个座谈会的两位出席者也被邀请参加前一个座谈会。在对

---

① 该书一九四三年三月由中央公论社出版，全书四四三页，初版一万五千册。——作者注

于知识人协助战争一事进行弹劾之时，通常会并列地提到"近代的超克"和"世界史的立场"。就细部而言，两者之间确有差异，而其差异正是导致学术讨论会"近代的超克"失败的一个原因，但包括这个差异在内，两者都作为思想形成的功能具有相同的针对性，这一点是不容否定的。在广义上谈到"近代的超克"时，可以将两者综合起来思考。

"近代的超克"作为事件已经成为过去。但是，作为思想还没有成为历史。所谓作为思想还没有成为历史，一方面是指缠绕于此的记忆还是鲜活的，每遇到这个问题就会唤起怨恨或怀旧的情绪；另一方面是指"近代的超克"所提出的问题，其中有一些在今天又被提出来了，但由于是以与"近代的超克"无关或关系很暧昧的方式提出来的，因此人们在心理上对问题的提出本身难以认真接受。比如日本的近代化、日本在世界史上的地位等，这些问题是我们日本人面向未来为自己制定生存发展目标时不可缺少的认识现状之重要组成部分。由于未能理性地处理"近代的超克"，致使这些课题难以成为我们知性探索的对象。如有人就什么是日本的近代化发言时，关于其人其发言就会被说成"那是超克派"或"那与超克派接近"，"那不是超克派"等等，不是因与"近代的超克"的距离远近而被一句话打发了事，就是因担心被打发了事而在发言中带有感情上的弦外之音。而且，在这种情况下，每个人所思考的"近代的超克"的意义内涵并不确定，仿佛亡灵一般难以把握，正因如此，反倒使活着的人感到困扰。

例如一九五二年六月号《新日本文学》杂志所载文章便是一例，其中一位年轻人这样写道：

整整十年过去了。

《文学界》杂志刊出座谈会"现代日本的知识命运"①是在一月号上。这个长长的座谈会在序言里大谈"一种知性合作会议",我又重新阅读了一遍。然后,找出了十年前即昭和十七年(一九四二)十月号的《文学界》,那里刊载了题为"近代的超克"长篇座谈会纪要。而这个座谈会也有个大谈"文化综合会议"的序言。我不禁生了思古怀旧之情。十年前青年们贪婪地阅读着那期刊物,那是一个杂志读物几乎荡然无存的时代。第二年作为那个座谈会的结果,该杂志又刊出了"日本人的神与信仰"座谈会纪要。而《文化综合会议("知识合作会议"之误——引者注)近代的超克》单行本被堆积在当时空空荡荡的书店里时,日本全国的文科学生们已被送上了兵营、战场。学生们无疑会相信在欢送自己的"学生兵出征"的小旗与"近代的超克"这一冗长的座谈会之间没有任何联系。或者小林秀雄下面的一段话成了被套上军装的青年学生良心得到支撑的唯一支柱也说

---

① 特辑"现代日本的知识命运"占了《文学界》第六卷第一号(一九五二年一月)大约一半的篇幅(八十页)。内容分成三个部分:第一部分"政治·社会",第二部分"宗教·道德",第三部分"文学·艺术"。各部分的主持人(浦松佐美太郎、龟井胜一郎、中村光夫)写了"结语"。参加者除上述三人外还有伊藤整、猪熊弦一郎、长谷川才次、丹羽文雄、河上彻太郎、河盛好藏、吉川逸治、吉村公三郎、中野好夫、中山伊知郎、大冈升平、福田恒存、今日出海、阿部知二、宫城音弥、平林泰子、菅原卓,共二十人(也有同时参加两个部分讨论的,故有少数人名重复出现)。刊首以编辑部名义所写编者按曰:"和谈条约之成立,虽给予了独立的名义,然众所周知日本所处之地位极不安定。战争之危机依然未去,日本正立于重大的歧路之上。于国际国内两方面问题重重,而文学家对此有何见解与信念?不仅为了探讨现实状况,还为了追究明治以来日本人所备尝之种种悲剧,或认知上的混乱,即所谓'近代日本'之实体,并为预知与省思未来相互探讨,我们主办了这次座谈会。此乃一种知识合作会议。"——作者注

不定:"什么时候都有同样的东西,人类永远向同样的东西宣战——就是这个意义上的'同样'——贯通了这种同样性的人就是永恒的。"

我在此并不是要勉强把"现代日本的知识命运"与"近代的超克"拉到一起。可是,当我读到龟井胜一郎的"我们正生活在源于知识好奇心旺盛的独特的悲剧时代"的发言时,不由得产生了某种感觉,"现代日本的知识命运"座谈会出席者的面孔、发言方式、所提示的问题、所吐之言辞,似乎暗示着他们不过是以缅怀青春时期过失的心情记起了"近代的超克"而已。虽说假名的用法有了改变,可还是让人感到有仿佛在读"近代的超克",或其续篇的感觉。然而十年过去了,我还活着。但是,这十年间有多少青年、多少学生在被套上军装之后,或在战后悲惨的生活之下丧失了生命呢?(仁奈真《第十年——关于"现代日本的知识命运"》)

讨论"近代的超克"时,我感到受难者的怨恨是不能绕开的,如果绕开的话,将看不到历史真实,因此,我首先引用这段年轻一代的控诉。我认为,仁奈的怨恨是非常正当的,而且仁奈代表了众多人的呼声。同时,我又感到有必要向仁奈一代人说明,"近代的超克"本身并没有直接驱赶知识青年们赴死。如果不向他们说明,则年轻一代和我们这一代双方都会是不幸的。"近代的超克"根本就不曾有过那么大的力量。被迫出征战死的青年们确实热心地读过"近代的超克"乃至"世界史的立场"。而经过战败价值观颠倒过来之后,怨恨之情无法面向暴力本身发泄,而是面对着曾经是自己的精神支柱的那种东西以"反向的仇恨"的形式宣泄出来,这作为转向者的心理是很自然的。恰恰是这种"自然的心理反应",在下面的这个操作中被无视了:经历了十年的岁月,同一个杂志(虽然主持人强调其实质的不同)以同样的"知识合作会议"的招牌,同样的出席者来讨论同样的议题(仁奈是这样认为的),却对读者可能做出何种反映不加考虑。应该说,这实在是一种冷血的勾当。

这种情况可能源于下列三种原因:一个是没有把"近代的超克"之象征作用从思想中分离开来,另一个是因为觉得没有分离开来的必要,第三个则是不做分离使其暧昧不清,反倒对自己有利这样一种功利的或者思想的惰性。总之我们中间某种不负责任的态度是造成这种状况的根源。我认为,这种不负责任的态度在直接意义上是战败的后果,但其根子却深深隐藏在日本的思想及职业思想家的传统之中。完全有必要通过研究井上哲次郎和德富苏峰来抽取出这个传统的形态来,不过,这不是本文的研究课题。本文的课题是区别象征符号、思想、思想的使用者这三者的差异。被仁奈所控诉的人们,他们在主观上确信自己是受害者,这在某种意义上而言也是正确的。

在仁奈一方,也有夸张的地方和对记忆的美化。他所说的"杂志读物几乎荡然无存的时代"是不符合事实的。荡然无存是在两年之后。当然,对杂志的管制在这之前就开始了,没有新的杂志创刊而给了年轻的仁奈没有杂志的印象,这种记忆的误差本身也有它自身的意义。

小田切秀雄说:"我比仁奈年纪大些,故当时便对于'近代的超克'座谈会怀着强烈的鄙视感觉",小田切秀雄表达了这样的感觉后,当然可以对"近代的超克"给以"理论的"历史定位。他这样写道:

太平洋战争状态下举行的"近代的超克"讨论,成了军国主义支配体制的"总体战"之一个有机部分的"思想战"之一翼,是为了灭绝近代的民主主义思想体系及生活诸欲望而进行的宣传运动。与当时叫嚣"思想战"的更为粗暴的军国主义者(文坛中亦有不少这样的人物)的活动相比,以《文学界》同人为中心进行的这次讨论,虽显示了漂亮的知识外观,而本质上却与"思想战"的叫嚣是沿着同一条路线展开的,并因此产生了相当高妙的影响。日本浪漫派以批判"文明开化"和官僚主义的形式所展开的对资本主义文明之批判,也于这次讨论中在更广阔的视野下提了出来,进而在日本近代社会及其生活、文明、艺术等方面,其近代性的畸形发展和随之产生的弱点也受到了多角度的攻击,总之作为思想宣传运动所进行的讨论乃是拥护军国主义的天皇制国家,为其提供理论根据甚至容忍、服从战时体制的理由。(《关于"近代的超克"》,载《文学》一九五八年四月号)

小田切的这段定义,完成度真是高得很。不但首尾照应,而且所需的要素无一遗漏(在这段引文里没有涉及的"世界史的立场",稍后他在下文里也提到了),恰到好处地都安排停当了。如果这是历史考试的答卷,我真想给他满分。我这样的人是绝对答不出这么好的答卷的。

可以说小田切之说几乎是今天的通行说法。新日本文学会或日本文学协会的近代文学史家们的观点,细微处又当别论,在框架上和小田切没什么不同。"近代文学"系统的批评家们也大致一样。这里所谓的框架,是指确认"近代的超克"有其"抵抗"与"屈服"的两面,但最终是屈服,与军国主义"在本质上是同一条路线的"这样一种判断。这是文学史中对"近代的超克"的定位,在哲学史和思想史方面,"世界史的立场"取代"近代的超克",占有与此同样的地位。它得到的评价也是"显示了更为漂亮的知识外观,而本质上是同一条路线的"等。①

这种解释的特点在于,作为历史观,是追随潮流的历史观,作为思想论,是意识形态裁决法。历史在某种意义上总是以结果而论的,思想则常常作为意识形态而发挥其机能,我并不想说这样的解释不好。哪里是不好,我认为作为定义简直是很精彩的。正因为如此,我才引了在这里。

但是,我在这里要说的是,这种解释难以有说服力地否定为"近代的超克"平反的要求,对于那些小田切认为是"近代的超克"之现代版的对象,他的解释也同样难以奏效吧(这个问题将在后面论及)。

平反要求的一个例子是这样的:"我自己受到过这次座谈会的强烈影响,至今仍记忆犹新。而座谈会上提出的主题中正确的部分,毋宁说是那些到了今天,经历了战后的解放,依然要求我们做出认真回答的问题。正是在这个意义上,我自己未必能赞同一部分论述者只批判'近代的超克'所作尝试中负面影

---

① 主要文献有:

平野谦:"战时下的文学"(见《昭和文学史》上卷,一九五六年,角川文库。另,筑摩书房版《现代日本文学全集》别卷一《现代日本文学史》内容基本一样)

小田切秀雄・古林尚:"太平洋战争下的文学"(见《讲座日本近代文学史》第五卷,一九五七年,大月书店)

三枝康高:《日本浪漫派运动》,一九五九年,现代社(该书资料介绍详细)

吉田光:"第二次世界大战下的思想状况"(见《近代日本思想史》第三卷,一九五六年,青木书店)

竹内良知编《昭和思想史》中的"世界史的哲学"(一九五八年,ミネルヴァ书房)。——作者注

响的做法。"(佐古纯一郎"战争下的文学",载《解释与鉴赏》一九五八年一月号,转引自小田切论文①)

佐古正好是仁奈的反面,如果说后者的立场是一种怨恨的哲学,前者则是一种怀旧情绪。而在价值观上虽与小田切正相反,但在同为意识形态批评这一点上,佐古与小田切完全一致。不同的是,小田切认为意识形态与政治体制密不可分,或者意识形态是从体制自动流淌出来的东西。而与此相对,佐古则没有把体制问题放入思考的理路中来。就是说,虽然没有意识形态观念的自觉,但对"一些评论者只批判其负面影响的做法"提出责难,显然也是一种意识形态论的立场。

意识形态论的终极目的是使对方屈服而转到自己一边来,这是一种思想斗争。这里,小田切对于佐古的平反要求,一方面承认"的确如佐古所言,即使是在今天,'近代的超克'也有可以一般性通用的理论侧面",但另一方面又责难佐古的观点,认为该观点"仅仅把精力和组织讨论的工作集中在这样的侧面,从而把自己和读者引向'超克''近代',无条件地服从军国主义体制的方向上去"。在此,历史与现实被叠印在一起了。这是一种认为过去存在过的东西今天依然存在的论述方法,与佐古的"经过战后的解放至今"这一逻辑没有接触点。我对佐古所谓"战后的解放"是有疑问的,不过也并不像小田切那样认为"近代的超克"与"军国主义"密不可分。如果确有密不可分的关系,那么,当不足以称之为思想,也不会打动仁奈那些知识青年。

---

① 臼井吉见亦提出平反要求。见《近代能拯救人类吗?》(连载于《东京新闻》一九五七年九月十五至十八日)。——作者注

我觉得关于"近代的超克"的平反论与镇压论,就进行思想斗争而言是有价值的,事实上这种思想斗争正在进行,今后也会持续下去。但是,因为这里没有建立起对于事实的共通认识,故议论也只能悬在半空。这是很遗憾的。现在需要的是对事实做出判断。首先,要求平反论者与镇压论者一起就事实问题亮出底牌。

从思想中剥离出意识形态来,或者从意识形态中提取出思想来,实在是非常困难的,也许近乎于不可能。但是,如果不承认思想层面具有与体制有别的相对独立性,不甘愿直面困难将作为事实的思想分离出来,那么就无法从被尘封的思想中提取能量。就是说思想无以形成传统。这里所谓作为事实的思想,是指我们要进行下面这样的观察:某种思想以什么作为自己的课题,在具体的状况中是怎样解决该课题的,或者没有能够解决。如果"近代的超克"仅仅是过去的遗留之物,那么,不需要特意履行如此麻烦的程序,只要把它作为过去埋葬掉就可以了。然而,作为思想的"近代的超克",今天依然是现实的课题,包括小田切也承认"所谓新一轮的'近代的超克'论正开始在文明批评和文学论中传播",不仅如此,他还反思到这是"我们没有亲自对于过去加以努力清算而遭到的来自过去的报复"。因此,在过早地进行裁决之前,有必要再就事实做出一些分析,我想对此小田切也不会有异议吧。

## 二 "超克"传说本事

上文中我指出,作为思想的"近代的超克"仅从以此为题的学术讨论会里是很难抽取出来的,此外,作为思想的"近代的超克"与它作为一个象征符号也不能直接等同起来。不过,为了讨论这三者之间区别何在,还须以学术讨论会作为线索,除此别无良策。

如前所述,"近代的超克"分别载于杂志《文学界》一九四二年九月号和十月号。九月号载有西谷启治、诸井三郎、津村秀夫、吉满义彦的论文,十月号发表了龟井胜一郎、林房雄、三好达治、铃木成高、中村光夫的文章及座谈会的记录。其中三好和中村的文章是"会后写来的感想"(十月号编后记)。单行本《近代的超克》于次年即一九四三年七月出版,其时增加了下村寅次郎和菊池正士的论文,而杂志所载铃木的论文则被删除了,书后附有河上彻太郎所写《"近代的超克"结语》一文。座谈会出席者,除了会前提交论文者之外又增加了小林秀雄,共计十三人。据河上彻太郎《"近代的超克"结语》称:"这次会议从计划召开到公之于世,大约花了一年时间。今年(一九四二)初,龟井胜一郎君多次提出要以这种形式召开,他与我和小林秀雄君每次见面都谈到这一计划。到了五月份将要具体实行的时候,我们提出了人选,邀请诸位参加,而得到了全体应邀者的赞成(只有保田与重郎君会议召开时突然有事未能参加)。接着我们便邀请各位提交论文,并将这些论文印刷后发给出席者以资讨论。会议于七月二十三日二十四日举行,在当时的炎炎酷暑中,每天历时八个小时进行了讨论。"

参加者中,龟井、林、三好、中村、河上、小林为《文学界》同人,其余乃同人之外的应邀参加者。并非同人的有搞音乐的诸井,搞电影的津村,神学学者吉满,哲学家西谷、下村,历史学家铃木,科学家菊池,这种安排是充分注意到了专业学者搭配的,其中西谷和铃木又是座谈会"世界史的立场与日本"的参加者。

杂志《文学界》常常举办座谈会,而且所讨论的问题也不限于文学,还包括更为广泛的文化问题,这在早先就形成了习惯,因此,这个座谈会的举办,并非偶尔的、孤立的行为。不过,从文学圈外邀请来那么多学者,又要求每人提出论文,确属例外之举。同人中每逢座谈会必到的三木清没有参加,大概是因为当时三木应征参加军队的报道班去了国外的缘故。中岛健藏和阿部知二等也出于同样的理由没有到会。

不知出于什么理由,单行本中删去了铃木的论文。保田与重郎的"突然有事没能参加"也不知道是什么理由。我推测,铃木对座谈会中的讨论有不愉快之感,故拒绝发表自己的论文。保田未到会的直接原因不得而知,不过看当时保田的思想,我想他是不会认为这样的座谈会有什么意义的。这虽是两件小事,但是在我们从作为意识形态的"近代的超克"中抽取作为逻辑的"近代的超克"时,它们有可能成为参考资料。不过,铃木的不合作或许出于偶然,关于保田,其"日本浪漫派"的主张可以由龟井来代表(林房雄也可以代表一部分),所以说保田的参加与否并非重要,这种说法也可以成立,那么,这两件小事也许不能成为有积极意义的参考资料。

以上,我们考察了座谈会"近代的超克"之人员构成。接下来,我们有必要考察这种人员构成具有什么样的意义。我觉得讨论这个问题时必须要有一种事前的考虑,就是不能拘泥于具体实在的人名。如"近代的超克"代表战争与法西斯意识形态,而座谈会"近代的超克"代表作为意识形态的"近代的超克",接下来再把代表权分配给每个参加者这种自上而下直接贯通的思考方法,或者相反,把每个参加者的"思想"之集合视为由下而上可以直接提升到天皇制法西斯主义意识形态的思考方法,都不能对我们把握作为事实的思想有什么帮助。每个参加者的到会都是很偶然的,名字和其代表资格并不一致。我们可以来讨论具体的个人A或者B的思想,这种讨论也是必要的。但个别人的思想必须和"近代的超克"的思想区别开来。当我们把后者作为问题来处理时,必须注意排除掉具体的个人,使用具体人名的时候,也要限定其代表资格和范围,从而把个人的名字作为脱离本人实体的象征性的、思想的代名词来处理。

说心里话,我自己也认同怨恨的哲学。因此,仁奈真在前面那段引文之后将诸位思想家十年前与现在的发言相比较,而一律投以不信任的白手套,对于他的一些具体判断,我尽管有所保留,但作为处理思想问题的原则,我是赞成的,并在相当程度上对于小田切秀雄的弹劾也有共鸣(《关于"近代的超克"论》一文的后半部分)——我也很难摆脱思想属于个体这样一种信念。但是,即使为了使这样的具体批判产生有效性,也有必要履行一个思想的程序,那就是先将思想与肉体相分离,使它作为客观之物而存在;我的担心在于,如果不履行这样的程序,恐怕认识就会模糊,就会看不清敌人的本来面目。"近代的超克"最大的遗产价值,在我看来,不在于它是战争与法西斯主义的意识形态,而在于它并未得以充当法西斯主义意识形态,它以思想之形成为志向却以思想之丧失而告终。

与实际的人名拉开距离而观察座谈会的人员构成,我们可以发现这里有着三个思想要素,或者三个谱系的相互组合。如果以其基本定位的名称来称呼的话,它们便是"文学界"群体、"日本浪漫派"和"京都学派"。不用说,这里所谓的"京都学派"是指西谷和铃木,不过与其让此二人做代表,不如再加上没有出席会议的高山岩男和高坂正显,合其四人为一体将更为合适。关于"日本浪漫派",若从出席者中选择的话,当是龟井,但是他的代表性相对弱些,而把未出席会议的保田与重郎拉进来则比较妥当。小林秀雄除了初期以外始终是"文学界"的核心,但在这一时期,他实际上与"日本浪漫派"只隔一层纸,这一层纸的距离固然重要,不过从代表资格方面来说,比起"文学界"来,他更接近于"日本浪漫派"。那么,"文学界"群体的代表是谁呢?河上、小林都不够资格。我认为提出论文《对于"近代"之怀疑》而在会上没怎么发言的中村,在同人中略有代表资格。此外,还应该加上客串身份的、有分寸地坚持理性主义的立场不肯让步的下村。

这三派组合起来,作为思想之"近代的超克"便可以确立起来了,这是我的判断。在考察这三派的组合之前,首先让我们看看主持者的意图。河上在"结语"中这样写道:

> 此会议是否成功,我还不十分清楚。不过,这是在开战一年来知性颤栗之中召开的会议,这是不容隐蔽的事实。的确,我们知识人因为始终在知识活动的真正原动力之日本人的血和一直以来硬把它塞进体系里去的西欧知性之间相生相克,故即使在个人方面也无法心悦诚服。弥漫于会议全过程的那种异常的混乱和分歧的状态便源于此。这是鲜血淋漓的战斗之忠实的记录……
>
> 从大东亚战争开始之前,有关新日本精神之秩序的口号,便在大部分国民之间得到了同声齐唱。在这同声齐唱的背后,一切精神上的努力和力量被竭力掩盖了。……我们愤然崛起,为的是打破此种安逸的无力状态。……
>
> 数年以来,便有人指出我们各文化部门的相互隔绝,阂

读本书,当有很多人愈发加深此种感觉吧。词语用法、知识方法论、具体操作的发展阶段,无论取哪一点来看,都是不相一致的。我们仿佛是牢房中隔壁的同志相互叩打着墙壁而交谈。……这之间,"近代的超克"这唯一的指路灯,尽管有些朦胧,却穿透各个墙壁而同时映入我们的眼帘,这是何等的喜悦啊!

这里充分显示了组织这个学术讨论会的意图和对没有达到预期结果的自我反省与辩白。第一,太平洋战争的开始对河上等来说是一种震惊,即所谓"知性的颤栗"。这种"知性的颤栗"被解释为"西欧知性"与"日本人的血"之间的"相克"。第二,表露出要打破"新日本精神的秩序"在"大部分国民"当中仅仅被当作"口号"而"同声齐唱"的无力状态。第三,反映出为此而需要冲破专业知识分子之间"文化各部门相互隔绝"的墙壁的实践性要求。因此,在"文学界"同人之外广泛呼吁,设定了作为共同课题的"近代的超克"这一目标。

为什么选择了"近代的超克"这个题目呢?讨论会开始时河上做了这样的说明:

……实际上,"近代的超克"这个词语仿佛一个符牒一样,把这个词语抛出来,大概会有一种共通的感觉,马上被大家抓住吧,出于这种期待,我们才做了这个尝试。

我们,——如果允许我这样说的话——我们面对着从明治以来流入日本的时代趋势,未必走的是相同的生存道路。就是说,我们是从各种不同的角度,面对现代这一时势各自走过来的。从各种角度走过来,而特别是十二月八日以来，我们的感情仿佛获得了一个得以凝聚起来的合适的模子。这个模子，它实在无法用语言来表达，我用"近代的超克"来指称它，而大家若能反过来从这个模子出发，各自发现自己感情模式的特色和风格，同时听取他人的讲话，激发出关于自己的模式之各种各样的感想来，最终，日本的现代文化会获得一条可靠的自我表达线索，按照那个方式面对世界传达自身。若说这是一个目标，那么，这也就是我们的目标吧。

这里的十二月八日即一九四一年十二月八日，不用说是对英美宣战之日。直到一九四五年八月十五日为止，这一天乃是国家的神圣之日。不单是十二月，每月的八日都被称为"大诏奉戴日"，宣战的"诏书"刊载于报刊，有各种各样的活动。

"近代的超克"在河上的解释里，是"一个符牒一样的东西"。他并没有赋予"近代的超克"以内容。这只是一个"模子"，"无法用语言来表达"。但只要抛出这个符牒，就可以期待"共通感觉"被"马上抓住"。这个期待最终落空了。首先对于应该"超克"之"近代"的理解，个人的意见就各不相同，讨论到了最后，还是没有取得一致。而且，第一天学者们经院式的讨论原地打转地让人厌烦，第二天从文学家方面出现了不着边际的空论，最后带有感情色彩的交锋使讨论堕入混乱，散会时没有获得任何看上去像是结论的东西。主持者所追求的目标并没有达到。

中村光夫在提交的论文中指出："迄今为止，我国一般是把近代这一词语与西洋这一意义等而视之，如果按照这种思路，以西洋的没落与日本的觉醒的方式提出问题当然很简单。但是，假如想以这样粗杂的概念来把问题处理掉,则根本没有必要提出这些新的语词概念。为了否定西洋而借用西洋的概念,这本身已是一种短见的矛盾。因为以'近代的超克'一语来表述现代文化课题的,不是别人,恰恰是现代西欧的一部分思想家。"中村的论文是讨论会之后提出的,却自然而然成了对全体讨论的批判。虽然中村在讨论会上几乎没有阐述自己的观点。

"近代的超克"来自西洋,这一点铃木成高也是承认的。但他与中村不同,是从肯定的角度承认这一点的,他将这个问题拉回到"历史主义的克服"这一西方思想史原有的意义上来,试图把它作为一个课题。不过,在讨论会上也没有充分展开论述。而在自己大本营内部的"世界史的立场与日本"讨论会上,这个问题在配合默契的伙伴之间被尽兴地发挥了。

历史主义的克服或者发展阶段论的克服(两者可以做同等意义来理解)之外,"近代的超克"还有一层含义,这就是对文明开化的否定。在提交的论文中,林和龟井集中强调了这个侧面。但讨论中这个问题也没有得到充分的展开。座谈会第二天一开始,河上作为主持者提出了这个问题,但没有对内容加以说明;接力棒传了小林秀雄,他将话题引向了自己一贯坚持的历史否定论和机械否定论,铃木和下村出来应战,这中间还夹杂进了林和龟井不着边际的发言,这就是讨论的情形。将日本的近代规定为文明开化并作为整体否定对象的是"日本浪漫派",特别是保田与重郎。林和龟井只是吸收了这个思想流向,却不包含保田否定思维理性的观点,因此与西谷、吉满之间的议论无法对接。在反历史这一点上与保田接近的是小林,但在小林那里文明开化并没有成为问题。小林认为:"所谓近代性的克服是指西洋近代性的克服。没有对日本近代性之克服的道理。"而且,小林持有"近代人战胜近代的能量须来源于近代"这样一种难以摆脱的理性主义悖论逻辑,到底无法转向保田式"达致物体"的逻辑。就这样,文明开化只能在历史上相对地加以否定,或者将此置于议论之外,讨论中可能得到的成果也因此而被消解了。

　　结果,讨论到最后,各位参加者又回到了自己的出发点上去了。我们可以从所提交论文中随便找出两三个例子,比如西谷启治认为"一般所谓近代乃指西洋的东西","日本的近代性要素也是以明治维新以后移植过来的欧洲的东西为基础。"只是"文化的各个领域基本上是互不相通地输入进来",故为了将此统一起来,需要"宗教的立场",即"主体的'无'的立场",这个立场与作为"世界史的必然"的"大东亚建设"相一致:西谷回到这个基点上去了。下村寅次郎对近代的规定与西谷一样,但从"欧洲已非他者"的观点出发,近代未能得到否定,结果又回到了"近代之超克的方向应该通过认知新的精神观念来寻求方法"这一论点上去了。吉满义彦则回到了下面这一观点:"正如在上帝面前西洋也好东洋也好都是一种爱和真理的源泉一样,大概这本身便直接承担着实存性的课题。"津村秀夫回到了不得不否定科学这一原点:"在克服近代精神的同时,也有必要脱离现代精神。"林房雄则回到对"使我们大部分知识阶级成为忘掉我们的国家、忘掉我们的君主的租界人种"的那个近代文学的诅咒。龟井胜一郎提出"我们从接受'近代'这一西洋晚期文化之日起,精神深处就逐渐受到侵犯的文明生态"问题,回到下面的观点上来:"现在我们正在参与的这场战争,对外是为了歼灭英美势力,对内则要根治近代文明所带来的精神疾病。"

　　以上诸说对近代的解释不仅多种多样,而且包含了关于近代的肯定说和否定说,否定说中又有是否包括超越的契机之别,包括超越的契机之说中又有是否因为基于时间逻辑而强调超越契机之别。因此,即使不是河上,任何人来主持这个会议,最终都无法把这样分歧的意见统一起来。假如硬要尝试这样做,把座谈会整个结集起来,只能使"近代的超克"变得毫无内容。所谓"'近代的超克'这唯一的指路灯,虽然有些朦胧却穿透各个墙壁而同时映入我们的眼帘"这一评语,不过是主持者的自我安慰而已。

尽管如此,为什么这一座谈会能够触动仁奈、佐吉和其他一些知识青年呢?这大概是因为"近代的超克"里"有一种我们似乎明白又好像不得要领的暧昧之处的缘故"(中村光夫)。即在于这种暧昧之处所发挥出来的魔力,以及如果没有"文学界"的传统便难以结集起来的这种"知识合作"的最后光芒之故吧。事实上,自那以后直到战败为止,不管以什么形式出现的思想形成的尝试都没有发生过。"近代的超克"是无内容的,正因为如此,它才可以被随意地解读,才可以放大其间思想的痕迹以作为填补空虚感的线索。也正因为如此,它在另一方面又成了怨恨和憎恶的标的,由它自己播下了种子,导致了"超克"传说的诞生。

以武田麟太郎为核心创立于一九三三年十月的《文学界》,经历了经营上的多重辛苦,在不到两年的时间里,编辑主导权转到了小林秀雄的于里,又在文艺春秋出版社的后援之下发展为当时最有影响的文艺杂志,后来编辑责任由小林移交给河上,直到一九四四年停刊为止,在各阶段中的一些变迁正好对应着整个战争时期,因此,它宿命般地具有一种有趣的时代缩影性质,从中可以观察到知识人的抵抗与合作。① 对《文学界》的评价,

---

① 小田切进编《〈文学界〉详目》(见《立教大学日本文学》——三号,一九五九年七月合订本)中有总目录。——作者注

甚至具有左右昭和文学史评价的分量。在一九三六年四月号的"编辑后记"里出现过"日本之 n·r·f"（NRF 为法国文学杂志 La Nouvelle Revue Francaise 的缩写——译者）这样自负的词语，"知识合作会议"的几次筹划亦是对 NRF 的模仿，不过，在多大程度上获得了成功倒是很令人怀疑。河上彻太郎在《"近代的超克"结语》中这样写道："形式上与这次座谈会类似的会议，有十几年前由国际联盟知识合作委员会①主持召开的，以瓦雷里②为委员长的数次会议。其中可以看到，已经开始暴露出矛盾的凡尔赛条约，作为应急之策而对知识人进行的动员。……一流知识人尽其所有的知性而致力于从知性中驱逐肉体。……装出知识性的礼节，乍看起来很是丰盈，……实际上全体的合唱一片虚空。所以，他们绝望性的希望正被当今欧洲政局的实际状况所证实着。"这一段文字在今天看来，简直可以视为《文学界》的自我批判，悲惨过了头，反倒几乎变成了滑稽。

但是，要因此断言说"文学界"始终扮演了法西斯主义的急先锋角色，则与事实不符。对于中野重治把"日本浪漫派"与"文学界"放在一起来处理（《关于第二"文学界"、"日本浪漫派"等》，收《近代日本文学讲座》第四卷，河出书房，一九五二年），高见顺是反对的（《昭和文学盛衰史》二，文艺春秋社，一九五八年），即使考虑到中野始终拒绝"文学界"的邀请这一立场，我依然感到在此种情况下，高见顺的看法是正确的。

---

① 国际联盟是一九二〇年成立的国际性和平组织，知识合作委员会是附属于其下的咨询性机构。日本曾经是创立时期的常任理事国，后在一九三三年因满洲问题宣布退出国际联盟。——译注

② 瓦雷里（一八七一——一九四五年），法国著名诗人、思想家。一九三二年任国际联盟知识合作委员会委员长。——译注

是抵抗还是屈服，这必须参照具体的状况来观察，因此，我觉得今天怎么看都感到不成体统的"近代的超克"，仍然有些许可以拯救的余地。问题是这牵连到怎样解释河上所谓的"知性的颤栗"。抵抗也应有几个阶段，屈服亦然。仅根据"超克"的传说而舍弃其思想，将会导致把其中所包含的、今天有可能继承的课题也抛掉，这不利于传统的形成。我觉得在可能的范围内，批判地吸收遗产，作为思想的处理方法是正确的。

## 三 "十二月八日"的意味

在刊载《近代的超克》的《文学界》同年一月号卷首，河上彻太郎发表了题为《光荣之日》的文艺时评。作为了解所谓"开战一年间的知性颤栗"的意义的线索，让我引用开头的部分：

> 光荣的秋天终于来临了。
> 我们的帝国直至开战的堂堂正正的态度，时至今日才终于可以领悟的、政府方针政策及步骤的周密性，特别是一开战便传来的辉煌战果，都是令所有国民感到心中欢喜的事态。此时此刻乃一亿国民再生之日。而且，这心情并非外部强迫使然，如前所述，眼前所发生的一切促使我们自然而然于胸中升腾起这般感情。我们怀着这样的感情，守候在天皇陛下身边，我们时刻等待着被召唤，准备着尽卑微之力，化作盾牌保卫陛下。无论如何如无此等事态发生，我们难以感到这种心情的存在。
> 我并非是在绝望之下昂奋起来，才说出这般话的，我为

自己心底真实的明快之情而欢喜不已。太平洋的暗云这一词语,想来乃是符合长期以来腐朽之状态的词语。若说今日之开战此暗云终于云开雾散,或者有些言过其实亦未可知,不过在我的感情上,确实可以说是云开雾散。比之战争的纯净,混沌暗淡的和平真是昏浊而令人不快之物!

这篇文章据说是开战第二天写的(见作者后记)。我在这里并不是为了非难河上而找出这篇陈旧文章为证,为证实这一点,我将接着引用同期所发表的青野季吉《祈祷之强力——经堂褉记》一文开头的一节——青野也是在同样的状况下写了下面这些文字的:

向英美宣战的消息被公布了。这只能说是顺理成章的结果。我还记得战胜的捷报在胸中鸣响。这是何等巨大的构想和图景啊。突然美国英国变得渺小起来。如我们这样有着绝对可以信赖的皇军之国民多么幸福啊。而今,日本真是伟大的国家。

顺手再引一条,三好达治的《捷报传》系列之作十首中的一首:

未来无际,祓除红毛贼子,涤荡苍海①之污秽。

---

① 原文使用了古代日本对于大海的称呼。这里指太平洋。此一句歌词虽短,但有两个词汇含有神道教色彩,即"祓除"和"污秽"。此外,"未来无际"为佛教用语。这首和歌虽然没有直接歌颂天皇,但是暗含了天皇制社会的精神氛围。——译注

一边引用这些资料文章,我一边强烈地感到今天重现一九四一年至四二年间的知识气氛实在困难。不仅河上,就连青野①也在肆无忌惮地礼赞开战,这哪是什么"知性的颤栗",简直是知性的混乱,知性的彻底放弃。②为什么这种事情会在知识人当中大量出现呢?要对此加以说明实际上是困难的。

　　"比之战争的纯净,混沌暗淡的和平真是昏浊而令人不快之物!"这种表述显然与在臭名昭著的"近代的超克"中都显得特别惹眼的龟井胜一郎所提交的论文末尾"比之战争更可怕的是和平。……比之奴隶的和平我们更期待王者的战争"之说法相似。对战争的肯定与对和平的否定,两者是处在同一水平线上的。不过,这里也有微妙的不同,在龟井那里是一般性地比较战争与和平,而在河上那里则是站在一九四一年十二月八日这一时刻的特殊感觉上的比较,这一点从他的文章脉络中可以体会到。河上所谓"我绝非是在绝望之下昂奋起来……"的感想,其关键在于下文的"我为自己心底真实的明快之情而欢喜不已",故对"欢喜不已"心情由来的说明是在这句话的前半部分。因此,前半部分刻意进行了知识的粉饰。我们应该注意到,感想

―――――――

　　① 河上的思想立场基本上是自由主义的,但是青野季吉(一八九〇———九六一年)曾经是日本无产阶级文学初期的指导性理论家。青野的这个表态相对于他本该反政府的政治立场而言有些突兀,这是竹内好引用他的用意。——译注

　　② 竹内好这个对于"知性混乱"与"知性的自我放弃"的批判,与他本人执笔的《大东亚战争与吾等的决意》其实有些矛盾。他没有在此提到自己的那篇宣言,究竟该如何理解? 参照本书所收的该文可以看到,同样在太平洋战争爆发后感到高度振奋的竹内好,在他支持战争的宣言中始终保持了一个底线,这就是对于天皇制的距离。在竹内好的宣言中,战争的主体是"我们日本国民",而不是"天皇陛下"或者"皇军"。战争的方向虽然是"从东亚驱逐侵略者",但是却没有丝毫的日本神道教色彩。这个微妙的差别,或许可以用来解释为什么竹内好没有把自己同时置于批判反省的位置上。——译注

的关键"欢喜不已"与走向对一九四一年十二月八日这一特殊时刻的肯定战争相关联,而肯定特殊的战争接下去会发展为对一般战争的肯定。所以,这里河上与龟井的不同,不应当看成是两者思想的不同,而应该视为时间上推移变迁的表现。

河上那种对于十二月八日的体验并非例外,除了当日被以违反治安维持法为名进行"预防拘禁"①的少数者外,毋宁说人们普遍地抱有这样的心情。河上不仅代表着《文学界》,也代表了更为广泛的日本知识阶层。例如,当时杂志《文艺》编辑部的高杉一郎,对这一精神转折点做了这样的回忆:

> ……在日本对中国发动侵略战争的情况下,尽管我们的抵抗是惰性的和无力的,但总之一直抱有抵抗的意识。
>
> 可是,到了战争转向欧洲又再次折回到亚洲,日本于昭和十六年底终于闯入那绝望的太平洋战争时,我们一夜之间仿佛自我麻醉一般,丢掉了抵抗意识,被一种圣战意识牢牢操控。
>
> 十二月八日夜,我和既是同事又是文艺评论家的寺冈峰夫一起,在因灯火管制而一团漆黑的银座大街上,一边兴奋地大声说着话,一边走着。……
>
> 只有那天晚上我打消了喝酒的念头,径直回到地处阿佐谷的家里,从柜子的里头找出莫斯科出版的英文版《国际文学》里的一本。这是苏维埃俄国受到德军攻击时的专号,在 Will to Fight!! 的标题下,表达了所有苏维埃作家与

---

① 日本在"二战"时期实行的保安法之一,对于已经刑满应该释放的犯人,为了预防"犯罪可能"而继续拘禁的法律手段。当时被以违反治安维持法名义滥加逮捕的各种受害者,在太平洋战争爆发之后遭受到了此种不公正待遇。——译注

法西斯主义战斗到底的决心。还刊出了描写哥萨克士兵出阵情景的肖洛霍夫的短篇小说。

第二天早上,我带着这本杂志来到出版社,计划以同样的形式在《文艺》上组稿,给许多作家发出约稿信,希望他们以"战斗的意志"为题给杂志写稿。没有一个作家拒绝我的约稿,我对自己的编辑计划亦没有半点儿的怀疑。

这以后,我们的手便渐渐地龌龊了……(见《作为〈文艺〉的编辑》,载《文学》一九五八年四月号)

这里十分精彩地描述了由抵抗转向合作的曲折心理秘密。对苏维埃与德国之战,高杉内心是声援苏维埃的。这表明他理性上把对纳粹的厌恶与不容日本发动侵略中国的战争定位在同一层面上,暗中抵抗着不经宣战而挑起战争的伪善。而使他在心理上获得解放的是太平洋战争。或者是期盼着这种解放的心理促使他将太平洋战争理想化了。因此,他可以毫不感到矛盾地把因反法西斯战争而动员起来的苏联作家"战斗的意志",转用到苏联的敌人德国之"盟友"日本的"歼灭美英"之战上来。这种知识的倒错与嘲笑瓦雷里的河上彻太郎很相似。依理性的立场判断,依靠帝国主义无法打倒帝国主义乃是自明的道理。的确,在今天看来,可以说此种情况下的高杉拒绝了依据理性来判断。然而,实际上对高杉的约稿"没有一个作家拒绝"。[①] 促使河上做出对"我们帝国堂堂正正的态度"的赞美与让青野不

---

[①] 为存史实,特列举《文艺》一九四二年一月号特集"战斗的意志"作者名单如下:张赫宇、上田广、清水几太郎、火野苇平、秋山谦藏、水原秋樱子、津村秀夫、中河与一、岛木健作、本多显彰、富泽有为男、崔承喜、龟井胜一郎、保田与重郎、石川达三、丸山薰、斋藤史、浅野晃,插图作者为中村研一、小矶良平、野间仁根。——作者注

自觉地袒露出"日本真是伟大的国家"一语的,是在同样一条根上连在一起的。这的确不是理性,但在具体的状况之中,又不是单纯的非理性。这是一种选择:比之虚伪的战争更期待着真实的战争,也是一种在当时尚且是消极的战争肯定论:比起"混沌暗淡的和平"更要求"战争的纯粹"。

对于高杉的上述回忆,年轻一代批评家分析说:"这种经验谈伴随着沉重危机的到来,就连知识人亦自动投到了'圣战''八纮一宇'乃至'大东亚共荣圈'等的神话式象征中"(江藤淳《神话的克服》)。在同样经历了那个时代、与高杉有着相近体验的我看来,这种解释并没错,但不够充分。我认为,根本不是"自动投到""神话式象征中"的,毋宁说主观上一贯拒绝甚至讨厌神话,而同时就结果而言,又以多重曲折的形态被卷入神话之中,这样的看法大概更符合大多数知识人的情况吧。与其说我们是以大国沙文主义的狂热来迎接"十二月八日"这猛然一击的,不如说是把它作为更沉郁的东西来接受的。高见顺这样追忆当时的状况:"以'保有天佑……'开篇的宣战圣诏,其给予我们的无以名状的悲哀之感,今天仍记忆犹新。""这既不是来自自己心底潜藏着的反战、憎恶战争的心情,也非源于讴歌战争、欢迎开战的情绪。而是,日本这一存在本身所具有的难以名状的悲哀,一种将我的心诱向那种悲哀的无可言说的悲哀。"(见《昭和文学盛衰史》卷二,一九五八年,文艺春秋新社)

这段文字是高见顺在引用了大宅壮一"感到应该来临的终于来临了"的回忆,以及桑原武夫"我感到了不得的事件开始了。……直率地讲,我没有意识到日本干了非常恶劣的勾当。三天后英国战舰普林斯·威尔兹号被击沉时,现在想来很是奇怪,当时心情确是非常爽快的"之后,为表示同感而加上去的个人追忆。这里即使有事后的加工处理，原始材料亦当没有什么变化。我不能无条件地同意高见关于"日本这难以名状的悲哀"的非常"高见顺式"的咏叹，但是，"感到应该来临的终于来临了"的感觉，我在当时也是有的。

恐怕问题的关键在于怎样解释战争的性质。战争并不是在一九四一年十二月八日突然开始的，它很早以前就发生了并一直持续着。这场战争的起始既可以追溯到一九三七年，也可以追溯到一九三一年。而且，太平洋战争爆发之前，反对战争的势力还存在着。但是，在连续发展的过程中，战争性质在各个不同阶段都发生着变化，我们却没能有效地相应组织起反战势力的战线，总是落到战争时局变化的后面，就这样一直到了一九四一年，这是历史的事实。

被称为"支那事变"的战争状态乃是对中国的侵略战争，这几乎是包括《文学界》同人在内的当时所有知识人的共通观念。但是，这一认识逻辑并未强大到足以对抗作为民族使命观支柱之一的"生命线"论的程度。另一方面，从原则立场上否定侵略战争的共产主义则仅仅固守原则，缺乏对应实际状况的灵活性。一九三一年到一九四一年的十年间，正是"文学界"活跃的整个时期，伴随着战争与法西斯主义事态迂回曲折却持续着的深化，这使结集于"文学界"周围的最为活跃的中间派知识分子懂得了，状况的变化是怎样作为条件而左右着思想的。《文学界》记录了这样一种艰苦鏖战的状态。如果没有这样的背景，恐怕就不会有河上彻太郎在会议开头提起的"日本人的血"和"西洋知性的相克"这一"近代的超克"问题了。

在这一阶段里，"文学界"群体或由"文学界"群体所代表的知识分子，为什么没能组织起反战、反法西斯主义的斗争呢？虽然他们有着组织这种斗争的意图,却没能有效地实现,这中间的理由何在?对此,阿部知二曾给出一个解答。

> 说起来是很羞愧的,那时我虽然模模糊糊地感到厌恶法西斯主义,对战争抱有一种恐怖,但却没有思想上的力量对其进行历史分析并把握其真正内涵。例如,我感觉战争无论在怎样的社会,怎样的时代里都有可能发生,其发生几乎如自然灾害一样无法操控,——固然我并没有清晰地这样界定它,但总归是朝着那个方向去感觉的。我不过是一个没能看清楚抵抗法西斯主义和战争的力量之所在的自由主义者。(见《出路与退路》,载《文学》一九五八年四月号)

给出另一个解答的是龟井胜一郎。

> 日华事变(即"七·七事变")始于昭和十二年(一九三七)。这一年,"日本浪漫派"以自生自灭的形式消失了,……而我不久便成了"文学界"的同人,从这一年起我开始了对大和古寺的巡礼。
>
> 可是,今天回想起来,我觉得这里有一个重大的空白。这就是满洲事变已经发生多年,然而,我对于"中国"却仍处于几乎一无所知且毫无关心的状态。不仅仅是"中国",例如对亚洲整体,我也根本没有连带感情。从日清战争(即中日甲午战争)、日俄战争开始、经过大正时代的第一次世界大战培养起来的日本民族"优越感",也深深植根于我的内心里。
>
> 当时,我无论如何也没有想到,满洲事变、日华事变,对

于日本来说竟然会是致命的。当然,在今天想来,那时我在认识上犯了严重的、准确地说是致命的错误,就我当时的心情说来,我对中国的态度是非常傲慢的。同时,在"民族主义"复活的背景下,我加深了自己对日本古典和古寺的研究,并将其与反击一直以来的"西洋一边倒"倾向连在一起。这即是对于我们所接受的"欧洲近代"的怀疑以及超克的意志。(见《回想》,载《文学》一九五八年四月号)

这段话的末尾是对他自己提出"近代的超克"之议案的辩解,那么,我们顺便再来听听他涉及这个问题的说法吧:

> 对于当时的我来说,战争必须意味着对"近代化"了的日本之精神病态的抵抗和治愈。必定是克服上述各种危机的意志,必定包含了对本民族起死回生的愿望。战争就是民族再生的意愿,战争就是"近代的超克"。无数的阵亡者,其极端的行动乃作为一个实现了"纯粹性"而神圣化了的东西映现在我的眼里。
>
> 昭和十七年我们召开了"近代的超克"座谈会……其主题,说到底即是要阐明我们所讨论的"危机"之实质。不过,今天回想起来,连自己也感到惊异:"中国"不管在任何意义上都没有被视为问题。(见《现代史的课题》,中央公论社,一九五七年)

"近代的超克"之问题的提出是正确的,这个问题在今天也依然存在,这就是龟井现在的立场。而且在此基础上龟井主张,"近代的超克"对战争的肯定态度,在那个时刻是得到认可的。

如果否定"近代的超克",则在逻辑上必然地也要否定作为观念的(而非作为事实的)战争,因此,龟井如此主张,也可以说是顺理成章的。但是,这个看法得以成立的条件,是必须经历战后十年的岁月,因此,从另外的角度看,可以说这也是今天提出的新问题。而且,这个问题还与佐古和臼井对"近代的超克"之平反要求联系在一起,龟井的说法揭示了"近代的超克"问题无论如何必须包括对战争的再解释和再评价,否则将无法展开。龟井的这个揭示,就为佐古们的看法定位这一意义而言,是很重要的。

龟井排除了一般的战争观念,从战争中只抽取出对于中国(以及对于亚洲)的侵略战争这一侧面,而试图单就这一个侧面或者部分承担责任。仅就这一点来说,我愿意支持龟井的观点。大东亚战争既是对殖民地的侵略战争,同时亦是对帝国主义的战争。这两个方面事实上是一体化的,但在逻辑上必须加以区分。日本并没有试图侵略美国和英国。从荷兰夺回了殖民地,但并没有企图争夺荷兰本土。依靠帝国主义打倒帝国主义是不可能的,反过来说,帝国主义制裁帝国主义也同样是不可能的。要制裁帝国主义需要以某种普遍价值作为基准(例如,东京军事审判中使用的自由、正义、人道概念)。这样的普遍价值,在龟井的逻辑中是不被认可的。为什么呢?因为在龟井的逻辑里,包括了东方与西方的普遍价值是与传统断裂的,与传统断裂了的价值就是"文明开化",是无法成为"原典"的。

我认为这些讨论恐怕对今天再次从"近代的超克"出发也是有效的,并且也适合对于为什么直到一九四一年为止的十年间,抵抗的力量如此薄弱这一问题做出历史性的说明。但是,这个说明并不能使太平洋战争下"近代的超克"论合理化。因为太平洋战争中这两个侧面黏合在一起,而在那个阶段将这黏合在一起的两者剥离开来已经是不可能的了。或者不如说,我们经历了战后的东京军事审判①,从巴尔法官的少数派意见②那里,才知道有可能存在剥离这种黏合状态的逻辑思路,而"近代的超克"论中没有任何人提到这种逻辑。在今天的状况下,当我们对大东亚战争进行再评价时,龟井的观点很有参考价值,但就当时历史的具体发展状况而言,是不能以追溯的方式来利用龟井今天的观点的,这是我个人的看法。

---

① 东京军事审判,亦称远东国际军事审判,是一九四六至一九四八年,由当时的"反轴心国"组成的"远东国际军事法庭",在东京进行的针对日本 A 级战犯的军事审判。当时的 B 级以下战犯均在受害国各个国家分别举行,而最重要的战犯集中在东京接受审判。远东国际军事法庭由美国、英国、法国、中国(国民党政府代表)、加拿大、澳大利亚、荷兰、新西兰、苏联、印度、菲律宾等十一国代表组成。由于东京审判具有跨国性质并且唯一具有审理重要战犯的权力,故被视为"二战"之后远东战场的权威性军事审判。该审判提出了"对人道的犯罪"与"对和平的犯罪"两项新的国际法审判标准,无疑具有重要的意义,但是,由于这个审判是由美国一手操纵的,对于日本战争犯罪的审理也以太平洋战争为主。中国等亚洲受害国并未起到主导作用。这也在很大程度上削弱了这个审判的公正性。——译注

② 巴尔(一八八六——一九六七年),生于印度西孟加拉邦,毕业于加尔各答大学,一九四六至四八年出任东京审判印度法官代表。巴尔向法庭提交了长达二十五万字的英文判决书,被视为远东军事法庭中少数派的代表。巴尔判决书共分七个部分:第一部分从法律原理的角度对于东京审判的合法性问题进行了法理意义上的质疑,第二、三部分提出了从侵略战争的定义到关于证据使用的规则等等一系列法律程序的问题;第四到第六部分对于法庭的审理内容进行了质疑,第七部分提出,根据法律条文和起诉书的起诉内容本身,只能判定被告全部无罪。巴尔的少数意见在法庭上没有得到支持,因而没有影响审判的结局;而且巴尔的这个判决书,就结论本身而言,很难为受害国和日本进步人士所接受。但是除掉他主张日本战犯无罪这一程序性的结论之外,巴尔判决书涉及东京审判的一些核心问题。竹内好在此关注的是,巴尔在做出这些判断的时候,目的不在于保护日本的战犯,而在于维持国际法的普遍公正性,并且由此激烈地反对东京审判中强烈的西方单极化文明观。因为在巴尔看来,东京审判和纽伦堡审判一样,都带有为部分人制定法律的"私法"性格。国际法的公正性应该建立在对于普遍真理的追求上,它必须以文明多元论为基础。——译注

阿部所说的自由主义的脆弱性，特别是这种自由主义丧失了科学认识功能的现实状态，与龟井所说的对亚洲认识的肤浅，特别是对中国民族主义之毫无理解，两者是相互补充的关系，它们致使毁灭性的全面战争不可避免。站在知识人反省的立场上，指出这些理由，我认为是正确的。当然，无法断定当时若有此种认识则战争可以避免，但至少有可能在某种程度上挽救经过战争而导致的思想之荒废，至少，"近代的超克"论有可能避免那个四分五裂，毫无结果地被时局所摧毁的凄惨结局吧。

阿部和龟井的分析，一方面说明了抵抗的脆弱，同时还可以反过来说明战争理念的崩溃。大东亚战争的确具有双重结构，这双重结构导源于始自征韩论的近代日本战争传统。这个传统是什么呢？这就是一方面对东亚要求统领权，另一方面通过驱逐欧美而称霸世界，两者既是一种互补关系，同时又是一种相互矛盾的关系。因为，东亚统领权之理论根据不是别的，正是导源于先进国家对落后国家这样一种欧洲式原理，而亚洲殖民地解放运动在原理上与此相对立，故只好把日本的帝国主义作为例外特殊对待。同时，为使欧美承认日本为"亚洲的盟主"，不得不依据亚洲的原理，可是日本本身在亚洲政策上却放弃亚洲的原理，因此在现实当中并不存在连带的基础。一面强调亚洲，另一面又强调西欧，这种分而用之的勉为其难，造出不断的紧张，因而只能依靠无限地扩大战争，不断地拖延真正的解决，才能掩盖真正的问题所在。太平洋战争自然成了"永久战争"，这一命运乃是由传统所决定的。这传统便是"国体的精华"。

从原理上给一般战争以否定的只有绝对的和平主义。但是，绝对的和平主义缺乏对具体状况的对应能力。战争连续不断地发展,每个阶段性质都在发生变化,而且是在若干可能性的选择中发展。最终决战以对英美宣战开始,还是以对苏联宣战开始呢?直到一九四〇年前后这两种主张仍然势均力敌,最后的决定几乎可以说是偶然性的。评价反对战争的立场,要看它是在哪个阶段反对什么性质的战争。对"十二月八日"的开战持否定态度的人,亦有出于反共立场而作的否定,所以甚至有太平洋战争是共产党的谋略之说。如果最终决战是以对苏联宣战的形式开始的话,那么反过来,说不定这一派当时的"和平主义者"今天会被追究战争责任也未可知。

所以,不能仅就太平洋战争来思考整个战争的原因结果,乃至讨论战争责任问题。不过,从结果上来概括规定战争还是可能的,也是必要的。但是在这种情况下,我认为,因为给战争提供了理论依据从而使得知识活动本身受到无条件的责难,这是不正确的。这种责难是不负责任的。从今天的角度来看,"近代的超克"固然是一种滑稽,但在它内部,并非一切知性都停止了自己的判断,如果不是这样的话,它不可能具备被战争和法西斯主义意识形态所利用的能量。今天,我们如果对这个座谈会所呈现的混乱不加以整理,不汲取其中的意义的话,思想继承将无从谈起。这个"知识合作会议"怎样承受了战争的压力,具有怎样的主体性姿态和介入现实的意图,他们在这样的意图之下如何对战争做出解释,其意图在多大程度上得到了实现?就是说,近代日本的思想结构在他们那里是被怎样把握的?我们必须将这些作为问题来处理。"开战一年间的知性颤栗"这种说法一方面不能说没有显示虚张声势的姿态和生怕落伍的焦躁感,另一方面,也透露出一种解放与紧张的气氛,让人感到是一个"思想"的季节,它具有一种切实的效果,而这种效果是不能站在今天的立场仅加以丑化和嘲笑就能了事的。因此,我们有必要将战争的思想定位在一个极点上,然后在与这个极点的对应关系中,对"近代的超克"之构成要素的各个方面再做些分析。

## 四　总体战争[①]的思想

我抱有这样一种激进的想法:战争应该彻底地继续下去。

死亡已经在预料之中。我当时坚信,年少的自己将葬身于战火之中,当时我确信,这一结论是竭尽了自己未成熟的思考、判断、感情,所做出的彻底自省与分析的结果。理所当然,这是因为如果不能对死亡进行逻辑上的论辩,也就无法肯定它。我并没有感到死亡之可怕。

我根本没有想到反战和厌战作为思想是可以存在的。

我知道,旁观或者逃避作为一种态度,是以支撑这种态度的物质性特权的存在为前提的,因而对此几乎只是感到反感和蔑视。

战争如果失败,亚洲的殖民地将无法得到解放:对于这一天皇制法西斯主义口号,我曾经从自己的理解出发确信不疑。并认为如果战争失败了,那么战争中牺牲者之死也将是无意义的。(吉本隆明《高村光太郎》,一九五七年,饭塚书店)

---

[①] "总体战争"是日本在"二战"时期的一个口号,意思相当于中文的"全民皆兵、全民参战"。为了与中国在抗日战争时期的理念相区别,在此译为"总体战争"。——译注

我觉得这是十五年间战争时期所形成的一个精神类型，而且是一个优秀的类型。所谓优秀是指其知性的明晰程度。假如把战后出现的战争责任论的思考类型分为怨恨、憎恶、愤怒和轻视，那么，吉本隆明则代表愤怒这一类型。这种愤怒的哲学是这样形成的："我几乎在思想上从右翼恐怖分子那里受到了极大的影响，文学方面，则在下列人物的影响下度过了少年和青年时代的前半部分，他们是日本式近代主义者高村光太郎、空想社会主义者宫泽贤治、近代的——激进的法西斯主义者保田与重郎、庶民知识分子小林秀雄、横光利一、艺术至上主义者太宰治。"吉本对思想的理解是，所谓思想乃是"为实际行动提供根据"的东西。不能影响现实的则不是思想。"撇开成百个玩弄诗歌技巧的人，我特别执著于高村，并非因为他是诗人，而是因为他一生中从没有失去过脚踏实地的行动者风貌。"

在立足于这种思想观的吉本看来，战后"冒出了一代抵抗过战争的人，这让人惊诧万分。如果真有这样一代人，那么不管怎样也应该在战争期间遇到过或听说过的吧"。

我与吉本一样，也认为那种能够区别于"旁观或者逃避"的抵抗，并不曾以一代人或者某些群体的规模存在过。个人的抵抗也可以说是凤毛麟角。这里所说的抵抗是指从战争体系的内部变革战争体系的意图，以及制定实现这一意图的相应纲领的思想。这样的思想不仅在事实上没有出现过，其实，在逻辑上也是不可能存在的。因为，战争在现实中是总体战争，在理念上是永久战争。对此从总体上予以否定的，只有绝对和平主义和欲"把战争导向内乱"的共产主义，可是，前者在日本脆弱到不足以成为问题的程度，后者从结果上看处于某种机能丧失的状态。

总体战争中的抵抗哲学，不仅在战争期间找不到，就是战后也不曾有过。强调自己做出了抵抗的人，其理论根据或者在于与旁观或逃避在程度上的比较，或者是反向利用了特高警察或宪兵当时的印象，并非吉本意义上的思想。

　　太平洋战争的思想性格，现在还没有搞清楚。战后，出现了一些军事技术方面的研究，有关思想的研究还没有着手，除掉东京军事审判的记录之外，尚未见到较有规模的资料。尽管现在无法就这个大问题进行讨论，但是姑且为了论述的必要进行最低限度的规定，我想可以把体现了国家思想的开战诏书作为线索，把握一下大致的思想性格。以下所要引用的是有关过去三场大的战争所发的诏书，略去中间的正文，只取前后的套话部分。

　　　　保全天佑，践万世一系之皇统，大日本帝国皇帝示忠实勇武汝有众。/朕兹对清国宣战。朕之百僚有司宜体朕意，陆上海面对清国从事交战，以努力达成国家目的。苟不戾国际法限，各应权能于尽一切手段，必期无遗漏。/（中间省略）事既至兹，朕虽专以和平相终始，以于内外宣扬帝国之光荣，亦不得不宣战于公。依赖汝有众忠实勇武，速战速决以期永远和平，以期全帝国之光荣。

　　　　（日清战争，明治二十七年［一八九五］八月二日）

　　　　保全天佑，践万世一系之皇统，大日本帝国皇帝示忠实勇武汝有众。/朕兹对俄国宣战。朕之海陆军宜极尽全力从事与俄国交战。朕之百僚有司宜各率其职。应其权能以努力达成国家之目的。举凡于国际条规范围内,必期尽一切手段以保无误。(中间省略)事已至兹。依帝国和平交涉以谋求将来之保障,今日除谋求于旗鼓之间已无他法。朕依赖于汝有众之忠实勇武,速战速决以期永远和平,以期保全帝国之光荣。

(日俄战争,明治三十七年[一九〇五]二月十日)

保有天佑,践万世一系之皇统,大日本帝国天皇示诏于忠诚勇武汝有众。/朕兹对美国及英国宣战。朕之陆海将兵奋全力从事交战,朕之百僚有司励精奉公以尽职务,朕之庶众各个尽其本分,亿兆一心,举国家之总力以达成征战之目的,不可有误。/(中间省略)事既至此。帝国至今为自存自卫决然而起,于破除一切障碍之外别无他法。/皇祖皇宗神灵在上。朕信赖汝有众之忠诚勇武,期望汝等恢弘祖宗之伟业,速铲除祸根,确立东亚之永远和平,以保全帝国之光荣。

(大东亚战争,昭和十六年[一九四一]十二月八日。以上三段由引者改片假名为平假名,并断句加重点号)

在日清战争和日俄战争两个诏书之间已经有了一些差异,但这种差异很小。只是国家元首的意志被暧昧化,军队和"百官"被加以区别而已。可是,把这两个诏书合在一起,再与"大东亚战争"的诏书相比较,其间的差异就非常之大了。在关于"大东亚战争"的诏书里,第一,这里引人注目的是,不仅"百官",就连"黎民庶众"也被吸收进来置于"朕"之下。"亿兆一心"成为期待目标,举"国家之总力"这种总体战争的性格被规定了。第二,开战意志的主体既非元首亦非国家,而被明确规定为"皇祖皇宗之神灵",被解释为"弘扬祖宗之伟业"的战争。第三,诏书并没有表明要以遵守国际法规为条件。这可以理解为是因为已不必再顾虑强国的监视,自然漏掉了这一部分。另一方面,与对"自存自卫"之不必要(所有战争主观上都是一种自卫行为)的强调合起来考虑,也可以解释为"破除一切之障碍"中的"障碍"包括了现有的法律秩序。这是行动创造法律的思考方法。就是说,战争本身被目的化了。因此,第四,通观全文会感到有永久战争的理念存在。战争的终极目标是"确立东亚永久和平"而非普遍性和平。我们从中可以领会到这里包含着一种称霸世界的预设。①

总体战争、永久战争、"肇国"理想,此三者相互矛盾着却又结为一体,构成了战争思想体系的轮廓。我觉得大概可以这样概括战争期间各种思想的尝试:怎样解释这种官方的战争思想体系?怎样调整三个支柱之间的平衡?或者相反不做调整而扩大矛盾,或强调某一面抑制另一面?总之,以什么逻辑、向哪个方向去解释所给定的命题之复杂性,这是战争期间各种思想有可能为自己确定的课题,而各种思想之间的斗争也都以此为中心展开。各种思想都是在与官方思想的关联中确定自己位置的,在完全脱离官方思想的位置上进行思考是不可能的。当然,在官方思想下面提供了可以逃避的场所。但如果是不肯逃避的

---

① 宣战诏书草案于一九四一年十一月以后,曾作为"战争理由要点草案"在军大本营和内阁联络会议上多次进行讨论与推敲。(服部卓四郎《大东亚战争全史》卷一,一九五三年,鳟书房)。——作者注

思想主体，那么，他就不可能因为力图与官方思想划清界限而放弃影响现实的可能性。这是由总体战争的性格所决定的。因为在这种情况下，不但难以避免肉体的被征召，而且也难以逃脱精神内部被战争思想所占领的命运。

因此，为使思想成为创造性的思想，只能不辞艰险地火中取栗。不舍身就不会抓住和呈现真正的问题。"举国家之总力"而战的，不仅仅是一部分军国主义者，还有善良的绝大多数国民。认为国民只是服从了军国主义者的命令并不正确。国民为了民族共同体的命运才"举其总力"。今天，我们能够将作为象征的天皇、作为权力主体的国家和作为民族共同体的国民区别开来，这是战败的结果使然，却不能将这种区别类推到总体战争的那个阶段。这里存在着对于战争中的迎合、利用、追随，即放弃了思考追求形式的思想，与自主的、创造性的、对民众负责之思想进行甄别的困难。姑且不说那种被民众投以石块的、与状况相龃龉的预言者，在某种状况之中，抵抗与屈从几乎仅仅是一步之差。

世界史上今日之日本，在力量与能动性方面具有自己最大的独特性。战争本身亦变成了庞然大物，变得极其复杂。"纵深"关系由战场移到国家间关系上来，前线与后方已密不可分，针对敌人"谋略"的战斗已渗透到远离战场的国民日常生活的每时每刻之中。如果说日俄战争时期左千夫①的战

---

① 伊藤左千夫（一八六四——一九一三年），近代歌人、小说家。"左千夫的战争吟"是指左千夫在日俄战争时期写下的讴歌日本战胜俄国、赞颂日本皇国威力的诗歌。与同时代歌人很少写作战争诗歌的情况相比，左千夫的诗歌作品中所含这类吟唱战争的作品便显得异常显眼。左千夫的战争吟单纯明快，透明而具体。——译者

争吟,茂吉的《战场上的兄长》①等等,在今天听上去具有物语色彩,那么,目前的战争则庞大驳杂到如果只看局部便类似于散文的程度。因此,更要求一种高远的诗之构想和统一。恐怕正因此,昭和十六年之当今的战争吟,才形成了这种国民规模的汪洋恣肆吧。包括数种支那事变歌集、遗属歌集和歌人的战争诗歌,事变使国民得以以全民的规模展开歌喉。

这一段文字引自战争中代表性的抵抗书之一,中野重治的《斋藤茂吉笔记》②(一九四二年六月,筑摩书房)。其中所使用的语汇比起《近代的超克》来更接近于《世界史的哲学》,这与中野对总体战争现实把握的深度胜于《近代的超克》直接相关。中野也正是由于具有了这种现实把握的深度,才使得这本书得以成为抵抗之书。如果不深入战争,如果不深入直接参战的民

---

① 斋藤茂吉(一八八三——一九五三年),歌人、医生。他是相当于左千夫下一代的歌人,是左千夫所属"马醉木"流派的传人,曾写作长篇传记《伊藤左千夫》。茂吉也写作了有关战争的诗歌,但是除掉少数与左千夫的诗歌相似外,由于描写的战争不是日俄战争而是日本的"大东亚战争",呈现了左千夫诗作中不具备的紧迫性和不透明性,因而也多数比较抽象;但是《战场上的兄长》一诗,仍然具有某种与左千夫相似的透明性。中野所说"物语",指的就是这种透明性,它造成了战争与现实生活的距离感。——译注

② 中野重治(一九〇二——一九七九年),小说家、评论家、诗人。他的《斋藤茂吉笔记》写于日本侵华战争时期,是一部以斋藤茂吉作为线索的诗歌评论,巧妙地糅进了时代政治和社会变迁的基本问题,但全书又严格限定在诗歌技巧的讨论框架中。《战争吟》是该书第七节(筑摩书房版,一九六四年),在这一节中,中野非常敏锐地指出了"大东亚战争"与日俄战争的不同性格在于它的全民性。他指出,日俄战争对于左千夫而言是单纯的和透明的,恐怕对于当时的一般国民而言也是一样,因此日俄战争时期并没有产生多少关于战争的诗歌;但是昭和时期的战争所带来的全民参战局面却是日俄战争所不具备的,它消灭了战争与日常生活的距离,使每个人都卷入了战争。——译注

众生活,那么,无论在何种方向上努力,都无法组织起民众来。就是说,无法促成思想的形成。这是思想形成最基本的必要条件。因为战争吟吟诵了战争从而否定它,也正是否定了民众的生活。承认战争吟,但是却批判这战争吟依赖过去的战争观念、回避直视眼下行进中的战争本质(不是帝国主义战争这一观念)的态度,假手于把战争吟改变成适合于总体战争的战争吟,并由此改变战争的性质,在这样的决意中才存在着使抵抗得以成立的契机。① 在厕所里涂写"反对侵略战争",或使"干掉英机"②这样的双关语流行开来的,绝不是抵抗,而是抵抗的解体,是在把思想贬低到风俗的层面。

---

① 这一段费解的说法传达的是竹内好关于战争的基本思考:他认为,说日本的大东亚战争是帝国主义战争,仅仅是一种抽象观念,战争的"本质"远为具体,更牵扯了所有的国民。无论是斋藤茂吉还是中野重治,他们都在自己的"战争吟"中进入了这种"具体的本质",因此,他们看到了战争与普通国民"零距离"这样一个基本的事实,这种零距离促使他们除了加入战争并发出自己独特声音之外别无选择。中野重治曾加入日本共产党,在战争期间发生了"转向",竹内好认为,类似这样的政治不正确,恰恰体现了抵抗与屈从的"一步之差",而它的非观念性格,只能在了解民众在战争中的趋向后才能呈现。同时,把所谓"大东亚战争"与日俄战争和日清战争相比,竹内好通过比较三个宣战诏书,简洁地揭示了这场战争的复杂性:它作为"总体战争"卷入了全体日本国民,使得对抗只能发生在卷入战争的过程中而不是在它之外;同时,它在发展到太平洋战争阶段时无视国际法的姿态,在不择手段这一点上显示了前两次战争所没有的野蛮,但是同时,也暗示了"帝国主义反抗帝国主义"的模式对于单一文明标准的"国际法"的挑战。竹内好在"二战"的这种复杂结构中看到了"火中取栗"的可能,这就是在霸权与霸权的对抗关系中,重新反思"文明一元论"的欺骗性。竹内好所说的"承认战争吟,但是却批判这战争吟依赖过去的战争观念、回避直视眼下行进中的战争本质(不是帝国主义战争这一观念)的态度,假手于把战争吟改变成适合于总体战争的战争吟,并由此改变战争的性质",重点在于借助战争歌谣在不同战争中的不同性格来揭示战争的不同性质,并且进而强调这种揭示只能通过"假手"的方式得以完成。——译注

② 东条英机的名字"英机"与"英国飞机"谐音,故战争时期曾经有人利用政府允许公开倡导对抗英国的条件,用谐音的方式发泄对于日本法西斯政府的不满。——译注

对于总体战争、永久战争、"肇国"理想这三个支柱间的关系,从逻辑上进行了严整说明的功臣是京都学派,特别是由四位代表选手巧妙组织起来的"世界史的立场与日本"连续三次的座谈会。第一次座谈会"先于大东亚战争大诏十三日"(单行本中的"序言"部分)召开,发表于一九四二年一月号《中央公论》。单行本的序言说:"大东亚战争爆发的时候,正是座谈会的清样校对完成之时。我们带着难以言表的激动和忐忑,等候着严酷的世界史现实对我们的思索进行裁决。而面对这一艰巨的考验,尊贵的国体之精华越发得到宣扬,于海上于陆地皇军的威武风貌震动了世人的心。这本来是大御稜威力所致,同时也有赖于忠勇将士与一亿臣民之合作,我们深深铭感于皇国的鸿恩,同时对我们的议论没有偏离正鹄而暗暗感到自慰。"(出处同上)

这里多少有点儿与东条英机的口吻相仿佛,这一点姑且不论,他们自喜于"我们的议论没有偏离正鹄",当然并不过分。这第一次座谈会几乎预料到了开战,而且在某种程度上预测了此后展开的战争之性格。"前不久有人问到日本的历史哲学到底是怎样的东西?我觉得有些难以回答,稍做思考之后,觉得日本的历史哲学大体经历了三个阶段。最初是李凯尔特(Heinrich Rickert)的历史认识论广为流传的时代,而今已经成为过去的事了。接下来是试图从狄尔泰(Wilhelm Dilthey)的生之哲学或解释学来思考历史哲学的时代,这可以大体上称为第二阶段。然而现在更进一步达到了历史哲学必须是世界历史的哲学这样一种自觉,我想这就是第三阶段。那么,为什么是这样呢?我认为这是日本在世界史上现在的地位所使然。……如果讲到世界史上日本的使命是什么?……日本人必须用自己的头脑来思考。我想这正是在现代日本特别需要世界史的哲学之原因所在。"

"这一点我完全赞同。前不久……"如以上对话所显示,这个座谈会是在高品位的沙龙气氛中进行的,例如,有人提出这样的问题:"所谓世界历史的方向,从东洋来看和从西洋来看,还是很不同的吧?"则有人进一步就"欧洲人的危机意识与日本人的世界史意识"加以展开,接下来又有"近代的超克"论的一个原型理论:"在对抗欧洲这一日本乃至东亚意识中,实际上同时包含了日本自身内在地否定近世日本,即明治、大正时期的日本这样一种意识。"然后,话题又转向了"Moralision Energie"(道义之生命力)问题,出现了下面这样的说法:力与道义的结合方式,能够结合的方法,即所谓的 Staats Räson,仅仅依靠这两项本身是无法结合起来的,因此为了促使这两项的结合,需要作为媒介的道德能量等等。不久话题又回到了"创造新的世界性的日本文化"和"树立新的世界史之原理"上来,最后,座谈会以下面的论述而告结束:"永远肇国之事业","世界史乃罪恶之净化","人愤怒时,要以全身心愤怒。那是身心一致的愤怒。战争亦是如此。与天地同时愤怒,于是人类的灵魂将得到净化。战争构成世界历史的重要转折点,原因正在于此。所以,世界史即 Purgatorio(炼狱)。"

这个座谈会当时得到了很高的评价。所以又召开第二、第三次,分别题为"东亚共荣圈的伦理性与历史性"(四月号)和"总体战争的哲学"(次年一月号),登载于同一杂志上。这里不再详细介绍其内容。不过,为了观察他们是怎样给总体战争的理念提供理论根据的,我们再从第三次座谈会中引用一些代表性的发言吧。总体战争、永久战争、"永远肇国"被他们巧妙地结合起来,其巧妙之处真是值得佩服。

"历史大部分几乎都是由战争构成的,这是无可怀疑的事实"、"战争是历史之最有生命力的力量"、"总之近代到了走投无路的地方便有总体战争发生,即总体战争乃近代的超克"、"战争以发出宣战布告开始,其后通过和谈宣告战争结束,于是战后又重新建设原来那种和平的秩序,——我觉得这种对于战争的理解方式仍然占主导,但以这样的战争概念来思考当今这场战争……是极其危险的"、"战争绝不是一时的变态现象"、"战争不是以和谈恢复到原来的状态,而是创出新的东西来"、"所谓'总体战争'是不断改变一切的表现形态"、"从实证的角度看,战争被消除掉之类的情况是不可想象的"、"不仅如此,战争是一种必要的东西。战争便是永恒"、"战争本身即是合目的性之根据"、"正像永久和平论乃空虚的理念一样,永久战争论对人类的自然要求来说也是很难接受的。但是,我们要改变……战争这个概念本身,……扬弃战争与和平相互对立的观念,这就是所谓创造性的、建设性的战争新理念"、"站在与永久和平论同样的立场上,仅从相反的角度出发所倡导的战争赞美论,与永久和平论一样是错误的。要而言之,永久和平论也好永久战争论也好,都是站在和与战对立的层面上,以要战争还是要和平这样二者取一的立场来选择其中的一方,这是一种低级的思想。与此相对,如果达到了将战争作为一种本质性指导力量的境界,那么和与战的低级对立将会消失。……真正深远的和不是作为反对战争的和,而是真正大的和——'大和'。只有在这种情况下最初相对立的和与战才能'得其所在'"、"大东亚战争所显示出来的日本之主导性、主体性实际上在支那事变发生的老早之前就隐然存在着。在日俄战争中已经……""进而再追溯到明治维新的完成"、"明治维新以王政复古焕发出国体本来的光辉"、"神圣敕令预告了日本永久的繁荣"、"日本的国体乃是真理","今天的战争必胜"。

这真是漂亮的图式。对开战的诏敕给以如此完美说明的,通观整个战争时期都不曾有过可比肩者。东条英机、奥村喜和男(开战时的情报局副官),还有一年之后威重一时地弹劾"世界史的哲学"、使得京都学派若没有海军的庇护差点被一网打尽的皇道哲学一派,都未能给出如此完美的说明。

作为教义他们的说法是完美的。因其完美,发言在某种意义上成了战争将来发展的预言。即战争本身在"和与战这一低级的对立"层面上将变得难以处理,思想将陷入混乱,战争所要达成的目的也将会丧失。而"当为即事实,事实即当为","他力即自力,自力即他力"之"绝对行为即绝对无"的境界,则以因饥饿而虚脱的形态,呈现在亚洲的废墟上。

竹内良知评论说:

> "世界史的哲学"是从"主体性"立场上把作为帝国主义战争的第二次世界大战正当化了的学说,这是它得以成立的基础。
>
> "大东亚共荣圈"的思想包含着一个矛盾,即一方面强行推行帝国主义战争,一方面高呼摆脱帝国主义,"京都学派"则将二战这一事实上的帝国主义战争作为摆脱西欧帝国主义的"当为"加以把握,他们主张道:如果站在"主体性"的立场上将这个"当为"贯彻到底,则中日战争"乃与欧美所为一样是帝国主义之侵略战争,这种错误解释的""不透明性"就会消灭。于是,他们为了把这个"当为"与"事实"之间的矛盾做"毫无矛盾的思考",便从兰克(Leopold von Ranke)的"道义的能量"的思想中,提取出"道义的生

命力"这一概念……致力于遮蔽战争的侵略性格。这样，他们的"世界史的哲学"，其哲学概念虽神秘得煞有介事，其实乃"胜者为王"之浅薄的既成事实之辩护论，不过是日本帝国主义与天皇制法西斯主义的意识形态而已。(《昭和思想史》"总论")

作为意识形态批判，竹内良知的论述与小田切的"近代的超克"论一样，是完全正确的。只是这里的京都学派"致力于遮蔽战争的侵略性格"的说法，我觉得不符合事实。战争本身就是作为"遮蔽侵略性格的东西"而开始的。认为京都学派的教义能够"遮蔽战争的侵略性格"，那是对他们做了过高的评价。他们并没有创造出战争与法西斯主义的意识形态，只不过对官方思想做了演绎，或者只不过是进行了解释而已。京都学派的思想发挥了意识形态的作用，那是其他的要因所导致的，并不是因为他们的思想本身有力量影响现实。举例而言，假如第一次座谈会不是在开战前夜举行的，还会有那么大的反响吗？再比如，三个座谈会所一贯主张的，日本在东亚具有指导权这一理论，其根据为日本在亚洲是唯一一个实现了"近代"的国家。[①]但是，实际上在过去十年间，中国的民众在行动上是一直拒绝承认这样的日本为"盟主"的。在这个意义上，京都学派的主张只是一个空洞论调而已。如果没有发生对英美的战争，毫无疑问京都学派会多增添一个空话库存货而绝不会引起世间的关心。只不过碰巧遇上了开战，空洞论调才起死回生。所以，走在了开

---

① 这个逻辑在今天毫无改动地被日本的外交官僚及外交发言人之"日本文化论坛"一派的评论家所继承。参下一节。——作者注

战诏敕之前,是这个座谈会遇到了好时机,并非对于事实的解决发挥了什么作用。只不过日中事变的解决无限期拖延下来,这种无限期的拖延,事实上解除了京都学派做出证明的责任,如此而已。

对京都学派来说,教义是重要的,现实则不在话下。我觉得他们的教义甚至没有成为"既成事实的辩护"。在他们眼里事实根本就不存在。高山岩男说:"我一点都不认为我所确定的世界史根本理念有什么谬误。这是因为,我并没有思考那种会因为战争的有无或胜败而受到左右的理念。"("世界史的理念",载《理想》一九五一年六月号)我觉得这话说得符合事实。

日中事变无法得到解决,因此,为了把解决这件事无限期拖延下去,发动太平洋战争便成为拖延的手段。因此,战争当然不能不是永久战争。京都学派可以纸上谈兵说明永久战争,却无法解决它。那么依靠高呼"反战"或结集反对战争的势力以求解决吗?这大概可能吧。但是,处在总体战争之中,怎么结集这种反对势力呢?什么逻辑可以将战争转化为和平呢?如果只是在观念论上超越"和与战的低级对立",用"绝对无"的哲学大概可以做到吧,然而这不是问题所在。思想作为影响现实的力量,这种思想逻辑是什么?这个逻辑不仅在战争时期最终没有发现,在今天也依然没有发现。

虽然没有发现,但还是有人向着发现它的方向做了努力。把楔子打入战争的两重结构中,通过改变战争的性格有可能找到这个逻辑。龟井胜一郎的自我批判是在战后对这种可能性的发现,就是在战争时期,亦有亲自写过战争发展大要的正牌法西斯分子所发出的苦闷之声。

若是清朝末期抑或军阀时代的支那，恐怕南京陷落或者汉口、广州失守之时，支那早已败在我们的军门之下了吧。然虽且战且败，前后历时七年抗战而不衰。特别是目睹大东亚战争半年来的战果，日本武力之绝对的优势得到了他们的承认，然而，尽管最可依赖的英美援助几乎难以期待、毫无希望，但支那仍在不息抗战，这里，我等必须认识到在此四分之一世纪里支那所发生的非常之变化。如果日本仍将现在之支那与清朝末期抑或军阀时代的支那等同视之，则这种认识必须加以改变。

日支两国究竟要战到何时为止啊？这实在是全体国民的深深哀叹。

日本将陷入一边与本应为友人的支那作战，一边要与亚洲的强敌英美战斗的僵局。

自日德意三国同盟结成之时起，支那事变已成世界战争的一环，正因为如此，从各个方面开始提出了应该把它作为世界战争的环节予以解决的主张。这种主张一半正确一半错误。即支那事变不单是应在日支两国关系上来考虑的事情，事变背后有强大的第三国存在，这第三国以日本为敌，抱有称霸东亚的野心，施展了所有的招数，故根据事变的进展，最终必须要与此第三国，具体说就是英美决一死战，这一主张是正确的。而现在事变也真的发展到了对英美之战的地步。但是，因此而认为支那事变作为世界战争的一环，必须与对世界战争的处理一同来解决，这一意见乃是我等决不能首肯的。（大川周明《建设大东亚秩序》，一九四二年，第一书房）

源于佐藤信渊《混同秘策》①的日本传统国策——称霸世界的最终目标,而今正将土崩瓦解。在上面引文中,我们可以听到对这种国策之土崩瓦解的"痛恨无比"的叹息声。而与京都学派不同的是,在明确地自觉到行将破产这一点上,大川的话是以自己的方式负起现实责任的思想话语。

大川的叹息是针对一九四一年日中事变无法解决而发的,然而这个事变直到一九四五年也未解决,在一九五九年的今天依然没有解决,这是众所周知的。② 为什么没能解决呢?原因就在于太平洋战争的二重结构性格在没有得到认识的情况下就和这场战争一起被遗忘掉了,而溯本求源,则在于明治国家的二重结构性没有成为我们认识的对象。明治时代以来,日本一贯的基本国策在于实现完全的独立。在开国之际的安政年间③所签署的不平等条约之最终废除(关税自主权)拖到了明治四十四年。可是,另一方面日本又早在明治九年强使朝鲜接受不平等条约。向朝鲜和中国强要不平等条约,这与日本自身要求脱离不平等条约相关联。由此传统所形成的是"东亚共荣圈"的乌托邦思想,也因此,"大东亚战争"成了不可缺少的条件。但是,京都学派的"总体战争的哲学"在走向"绝对无"的毫无内容的同时,"东亚共荣圈"以至"大东亚共同宣言"(一

---

① 佐藤信渊(一七六九——一八五〇年),江户后期经济学者。曾研习本草学和兰学,致力于农政学和神道的研究。具有某种"国家社会主义"倾向。——译注

② 此处所说的"众所周知的"事实是,日本对华侵略战争的责任问题在战败(一九四五年)的时候被东京军事审判强调太平洋战争的做法所掩盖,而在一九五九年,由于日本战后并没有与中国签订和约,故仍然没有机会得到清算。——译注

③ 安政为江户末期孝明天皇朝的年号。一八五四——一八六〇年。安政五年(一八五八年)江户幕府与美国、荷兰、俄国、英国、法国缔结了不平等的通商条约,开放了箱馆等五处港口。直到明治四十四年(一九一一),日本才废除了这些缔约国的治外法权,收回了关税自主权。——译注

九四三年一月）也成了没有内容的华词丽句。而高见顺对开战诏书直觉到"悲惨的日本"这一文学家式的预感却是正确的。

大川以无法解决问题的方式提出了问题，但问题的提出本身并没有错。这个问题直到今天，仍作为课题摆在我们的面前。为了摆脱安政年间的不平等条约花了整整五十年时间。而且，其解决的办法并不正确。我们必须通过追溯历史，发现逻辑上的错误究竟发生在何处。在今天的问题状态下，"近代的超克"当会给我们提供解决的线索吧。

## 五　"日本浪漫派"的作用

如前所述，座谈会"近代的超克"是三个思想要素或三个谱系的纠合，但将三者统一起来的志向未竟，成了一场失败的尝试。我并且指出：三者乃"文学界"群体、京都学派以及"日本浪漫派"，"日本浪漫派"可以让保田与重郎来代表；我还提到"文学界"群体和"日本浪漫派"不能搅在一起处理。按照顺序，现在应该讨论最后一个思想要素"日本浪漫派"了，不过，这里我并不想演绎保田的思想来讨论日本浪漫派，而是想集中考察一下在"近代的超克"讨论中保田所起的作用。即通过保田带来的影响来考察保田的思想，这自然而然地会与探讨"近代的超克"之思想源流联系起来。

在进入正题之前，让我们再次重温今天的问题状况，由此来回溯历史会更易清理问题的走向。这里，我们再以本文开篇引用过的小田切秀雄的论文为线索。下面是挨着已引用过的那段文章的前面一段：

朝鲜战争结束后不久,竹内好著文指出:"包括马克思主义者在内的近代主义者们绕开了染满鲜血的民族主义。他们将自己规定为被害者,视民族主义的极端化发展为自己责任之外的事情。(中略)然而,摧毁了'日本浪漫派'的,并不是近代主义者们,而是来自外部的力量。"(竹内好《国民文学论》)这之后,通过中野重治、桥川文三等人,有关日本浪漫派的比较深入的讨论终于有了一些进展。特别是最近桥川的论述,开始显示出这方面的巨大发展。在这种情况下,按说关于"近代的超克"论也应该有所进展,却至今不见此方面的论述。……只有前不久江藤淳在《日本读卖新闻》上以批判山本健吉为中心,对新式的"近代的超克"论进行了出色的批判而引起人们的注目。另外,如下论述也自然地触及到这个问题:"近代的超克"论与日本浪漫派的立场及其发展明明有着密不可分的关系,可是最近对于日本浪漫派的再检讨却没有更多地注意到这个问题。实际上,新式"近代的超克"论的出现,是与近来的日本浪漫派式的思考方式或情绪的复活直接相关的,山本健吉在《古典与现代文学》一文中便具体地表现了这一点。即在"近代的超克"里最突出地呈现出来的是山本所谓由前现代的"共同的社会性"而构成的统一,当然,山本尚且将此限定在文学论的范围之内,并没有越出作为传统与创造之场域来加以提示的限度。如果他不得不对"共同的社会性"(共同的社会性这一词语本身要求做出具体的社会性规定)这一概念的社会性内涵做出进一步规定的话,那么,他除了像战争中保田与重郎和龟井胜一郎那样抬出天皇主义国家之外,还有可能抬出别的东西来吗?而且这个共同的社会性与现在的统治体制是怎样一种关系呢？反体制的要素在保田等人的初期思想里也是存在的。但是，为了成为反体制的力量，是要有实际上的必要条件的。我们必须在与这个条件的关系中弄清楚事情的真相。所谓浪漫派的危险乃是作为今天的新问题而出现的。

这里讲到很多事情，有的地方由于提出的问题本身混乱，不容易找到脉络；不过如果把它叙述的事实本身提取出来，则有下面几点：首先，"日本浪漫派"研究在最近"开始显示出巨大的发展"，但是"与日本浪漫派的立场及其发展有着密不可分关系"的"近代的超克"论却未能在与"日本浪漫派"相关的意义上得到应有的研究。指出这一点是正确的。的确，我在"国民文学"之后没有再做这方面的研究，桥川的研究（如连载于杂志《同时代》上的《日本浪漫派批判序说》和载于杂志《文学》一九五八年四月号的《日本浪漫派的诸问题》等），焦点完全集中于"日本浪漫派"，特别是其核心人物保田与重郎，并没有直接触及"近代的超克"这一问题。当然，桥川自有其可以辩解之处，就是说，就他的浪漫主义研究方法而言，"近代的超克"只是派生性的事件，并没有单独处理的必要。

第二，文章以山本健吉为例指出"近来的日本浪漫派式的思考方式或情绪的复活"，认为"这种现象取的是新式'近代的超克'论的方向"。我也觉得山本健吉的思想是反近代的。而在"思考方式或情绪"上反近代这一点上并非山本一人，唐木顺三、臼井吉见也是如此，还包括前面引用过的佐古纯一郎。文章作者大概还希望把我即竹内好也加到这里去。但是，我无法赞成小田切将这些人笼统地视为"日本浪漫派"的观点。这一点与如何看待"日本浪漫派"的本质这一现实的问题有关,简单说来,在"日本浪漫派"中分别包括了日本主义、复古倾向、对共同体的憧憬、对理性主义的怀疑等等要素,不过使"日本浪漫派"得以成之为日本浪漫派的最主要特色,却在于过激的浪漫主义,在这一点上以保田为代表的"日本浪漫派"与山本等人的反近代主义有着决定性的不同。

第三,小田切想定"共同的社会性"当然是"天皇主义国家",并在其中看到"浪漫派的危险"。这一点也是我所不能同意的。为什么"共同的社会性"一定要归结到"天皇主义国家"呢?归结到原始共产制、归结到人民公社就不行吗?如果说这就是历史的教训,那么,这种历史解释是错误的。我觉得,小田切还是仅仅在"反体制的要素"意义上肯定思想的功能,并基于这种意识形态一元论来反观历史,从而导致了"浪漫派的危险"这样一种被害妄想。

第四,小田切同感于江藤淳对山本健吉的批判。在此,我想顺便介绍一下小田切所推崇的江藤对山本的批判。江藤肯定了在古典鉴赏方面有着杰出感受性的山本健吉,同时批评他是"无视时间的变化,而以共同体意识的规范来划分各时代"的"性急的理论家",断定构成山本理论前提的现实认识是错误的:山本认为艾略特所谓的"传统"在现实上是不存在的,而"共同体"实际上并没有崩溃。进而江藤还提到《东京新闻》上臼井与加藤的论争,反对臼井吉见"现代无以拯救人类"的观点,而赞成加藤周一"现代化是必要的"看法。江藤认为大肆宣扬"'传统'或'共同体',难以避免前近代性的结果,而前近代性是培养法西斯的温床"。因此,"在当今日本,正如加藤周一所说的那样:较之'传统论',我们更需要人权宣言。"(《传统论与否

定近代的倾向》，收于《海盗之歌》，一九五八年，みすず书房）

"日本浪漫派"臭名昭著的程度与"近代的超克"不相上下，甚至超过了后者。"近代的超克"只是受到了来自战后复活起来的左翼的批判，而"日本浪漫派"则在那以前，从诞生之初开始便遭到了来自左翼和中间知识分子的批判。保田写道："从昭和九年（一九三五）前后开始，我便一个人与世间无数的恶意批判斗争着……""在这一点上，我不知道在近期的文坛中，还有谁像我这样处在非难和恶意中伤之中"（《关于文学立场的备忘录》，一九四〇年）。这个自述虽夹杂着他所特有的悲壮倾向和文坛情结，却也离事实相去不远。保田成为媒体的宠儿，其独特的非逻辑的美文开始走红，那是战争进展到相当程度之后的事情。

臭名固然是昭著了，而对它的研究却没有达到同样的程度：何谓"日本浪漫派"？他们究竟干了什么？小田切谈到的我所提出的问题要点是：日本浪漫派的功绩，在于他们要求不仅把阶级还要把民族这个范畴放到思考的理路中去。对此，中野重治一方面给以部分的肯定，一方面又对这一研究思路有所怀疑（中野重治《关于第二"文学界"·"日本浪漫派"等》），可是，这个问题尚未得到展开就与当时的"国民文学论"一起流产了。不过，包括后来桥川的研究在内，到目前为止的研究还是弄清楚了如下的几个问题：仅仅依靠创刊于一九三五年三月持续到三八年八月的杂志《日本浪漫派》[①]及其同人，无法涵盖"日本浪漫派"；毋宁说同人解散后才产生了思想上的影响力；同人之中，比起年长的龟井胜一郎和浅野晃来，保田与重郎更具有代表性，

---

[①] 三枝康高的《日本浪漫派运动》中载有总目录。——作者注

等等。保田代表说最早是杉浦明平提出的,桥川也认为"对于我们来说,所谓日本浪漫派,便是指保田与重郎。龟井胜一郎、芳贺檀等在我们少年的心目中不过是某种暧昧的文学化新闻记者而已,浅野晃以下的人则根本不曾引起我们的注意。保田正是在所谓与'日本浪漫派'完全无关的情况下得到我们的阅读……"(见《同时代》五月号)这里所谓的"我们"大概是在一代人这样的意义上使用的吧。

就是说,反过来这样考虑可能更合适:保田与重郎代表了某个时代的某种思潮,因为保田是其倡导者,故那个思潮才被称为"日本浪漫派"。而某个时代指的就是战争时期。

"日本浪漫派"之难以理解,原因大概在于它冠以浪漫主义的名称。"日本浪漫派"并非一般的浪漫主义。我觉得与一般的浪漫主义相混同所导致的误解,在很大程度上造成了今天评价"日本浪漫派",以及评价"近代的超克"时的混乱。桥川提出,作为"日本浪漫派"的构成要素,有马克思主义、国学和德国浪漫派。这种分析建立在对于"决定昭和精神史的基本体验类型"的分析假说之上,这个假说认为,昭和精神史的基本体验由共产主义—无产阶级运动、转向,和"日本浪漫派"的等价对置构成,就桥川的方法论来说,这种分析自然是正确的。我的想法与桥川的说法不同,虽然还谈不上是什么假说,我认为把生田长江[①]看作"日本浪漫派"的直系祖先,做一点状况的对比,说不定

---

[①] 生田长江(一八八二——一九三六年),日本现代批评家。特别活跃于明治、大正时代。他与既成文坛一贯保持距离,因此具有独特的批评视角。生田既反感于日本自然主义文学的平板化,又不认同白桦派人道主义的空想性格。他早年翻译尼采并且倾心于尼采的"贵族式个人主义",晚年转向宗教。代表作有六部《评论集》以及《释迦牟尼传》等等。竹内好把生田视为日本浪漫派的始祖,当与生田的种种反文坛个人主义倾向有关。——译注

有助于理解与"近代的超克"有关的"日本浪漫派"的问题。还有，我感到要直截了当把握"日本浪漫派"的审美意识，与其说依据江藤淳所评并非"人间话语"而是"自然之声"(《神话的克服》)的保田文体，不如看栋方志功①的版画更为合适。

为了探讨"日本浪漫派"是怎么回事、究竟干了些什么，视日本浪漫派为敌人的那些人的观点当可作为参考。

那时候再没有比保田与重郎更受到期待的人物了。他的登场使宏大的喜剧主角凑齐了。

应该说保田与重郎正是一个天才的人物，傻瓜芳贺檀不用说了，就是那恶劣党徒浅野晃和龟井胜一郎也到底难与保田比肩。

剽窃的名人，空白的思想之下天生的造谣惑众之徒——请看那无以复加的装腔作势煽情美文——作为厚颜无耻的典型，他正是日本帝国主义最深刻的代言人。

但是，他的最大功绩不在于通过篡改尼采或折口信夫的思想而每年出版十几本著作，以那种使人烦恼的怪诞的美文煽动青年走向战争，而在于像搞经济学的难波田春夫等人那样，作为思想侦探以狗一般的敏感嗅出他人作品中的赤色味道而报告给参谋本部的某课。他称自己为"草莽之臣"，原因大概就在于本来是间谍的他如狐狸一般头顶草叶幻化为文学家的吧。(《保田与重郎》，一九四六年)

他们("文学界"群体——引用者注)被保田与重郎那

---

① 栋方志功(一九〇三——一九七五年)，现代日本版画家，画风奔放，且具有很强的日本乡土倾向。曾获得日本文化勋章。——译注

种无耻的帝国主义战争之代言人所压倒,如果保持沉默还算好,然而他们却对保田如圣书一般顶礼膜拜,到处礼赞。小林秀雄、河上彻太郎、舟桥圣一等等不惜为保田大发赞词,这使我们瞠目结舌。(《文化斗争的自我反省与课题》,一九四六年,收自费版《黑暗时代的纪念》一书)

关于保田究竟干了些什么,杉浦明平的看法如上所述。杉浦属于"我奔赴战场的时候,正是战斗刚刚结束、伴随大鼓与喇叭之噪音荒野上野兽大军在凯旋行进之际"的那一代。上述引文中所谓"间谍"之说,并没有提供确切的证据,这是一件无法提出确切证据的事情,大概是凭借印象猜测一类的吧。如果考虑到这篇文章写作的时代气氛,或者不应该在此引用也说不定。无论从保田性格的某种软弱(桥川所谓的没有勇气)来看,还是从思想文章之非实践性格来推测,我都觉得"间谍"之说有些可疑,不过,这些特性同时也未尝不可视为他成为间谍的资格,所以我无法提出反驳的证据来。

以上是将保田视为最大敌人来处理的看法。另一方面,曾经站在"人民文库"立场上,与"日本浪漫派"有过激烈论争的高见顺则这样写道:今天"保田与重郎具有的反俗精神","战后不久,战争中仿佛神一般的保田与重郎被视同于战犯的时候,我曾指出这个保田与重郎在日本现代批评史上是仅次于小林秀雄的人物。我只想保护他所有的'精神之瑰宝'免受恶俗的、政论性的弹劾。我是坚信他那特有的'精神之瑰宝'的"(《昭和文学盛衰史》)。这对立的意见之间保持着一种奇妙的平衡。

让杉浦惊叹不已的,是"文学界"逐渐染上了"日本浪漫派"的色彩。对于这个情况的原委,河上彻太郎在战后从某种交替史观出发这样说明道:"观察最近思想界的动向,粗略地说来可以概括为,大正时代以后,打倒自由主义的基本上是左翼,而取代左翼的是理性本位派,进而压倒这个理性本位派的则是日本主义。"至于对日本主义的抵抗之软弱无力,河上彻太郎辩解说:"我没有采取有形状的对立抵抗行动,而是故意尝试投身其中而经受锻炼"(《停战的思想》,收入《战后的虚实》,一九四七年,文学界社)。对于同样的情况,阿部知二则作为文学界同人从内部回顾说:"《文学界》逐渐染上了日本浪漫派的色彩,这不能只归咎于来自外部的压力摧毁了同人们抵抗的努力。当然,外部的压力不是没有,可是,同时在内部,也有一种逐渐强大起来的与日本浪漫派思想同调的倾向。比如在同人会议等等场合,越来越多的人认为作为评论家的保田与重郎干得最漂亮,而否定他的意见却逐渐消失了"(《后退之路与前进之路》,载一九五八年四月号《文学》)。

"剽窃的名人"、"空白思想之下天生的造谣惑众之徒"、"厚颜无耻的典型"与"精神之瑰宝",这看上去针锋相对的评价,实则一个事物的两面。其差异概来自如何看待一九四五年八月十五这一历史时刻,是视其为日本帝国灭亡的一面,还是视其为日本国再生的一面?如此而已。保田既是"生就的造谣惑众之徒",同时亦是"精神之瑰宝"。如果不是"造谣之徒"也就不会成为"精神之瑰宝"。这正是所谓的日本精神本身。保田是一个无法限定的存在,一个无法从中逃脱的日本式普遍主义的终极典型。"空白的思想"即是他的思想,如果不空白,就无法成为不死之身。正因为要把保田作为可限定的、实在的东西来把握,不仅杉浦,而且"文学界"的知性判断也失败了。

保田所发挥的思想性作用在于通过破坏所有范畴而灭绝一

切思想。在这一点上，他比将范畴从属于概念之随意性的京都学派更进一步。他倡导对文明开化的全盘否定，而他所谓的文明开化不是一个思潮、一种流行、一种逻辑，但却既是一个思潮也是一种流行又是一种逻辑，就是说，是全部的近代日本。因此，这否定对象之中当然也包括了他自己。他的自我是难以确立的。为什么呢？因为一旦确立，他自己将被相对化而发生与他者的关系。故他的方法是无限地扩大自我，由此将自我下降为零。在这一点上他超越了小林秀雄。他虽主张绝对攘夷，然而这绝对攘夷却仅仅是作为相对攘夷的反命题被提出的，亦即是他所谓"情势论"的反命题，并没有具体的对应物，故攘夷内容无限扩大化从而无内容化。京都学派的教义学，不管怎么巧妙地把战争与国体拉扯到一起给出解释，从保田的观点上看来，都不过是应该破除的情势论之变种而已。保田的判断不采取确定性的语言形式，看上去非常强烈的自我张扬，实际上却是一种自我缺席。他的文章没有主语。看似主语的东西乃是他思维内部的另一个自我。所以，读他的文章总有一种被玩弄了的感觉，让人感到这是一个"厚颜无耻的典型"。而实际上保田是一个胆小鬼。

  有人说在某一方面，我写的东西大有顾影自怜的色彩。这恐怕是因为我的作品多为急就章的缘故吧，但另一方面，我想这也起因于我如何考量批评这东西。我觉得使人感动的札记作为札记本身也不是没有传达于读者的价值，不过，之所以给人以这样的印象其更根本的理由在于我思考批评这东西时的思考方法。（《近来我的文学之立场》，一九四〇年）

人们似乎认为思想战是当今崭新的思考方法,这种认识丝毫没有什么不好的地方,称呼它是什么都未尝不可,我以前曾写到,在这样的时代里,希望人们能精读那册《馱戎慨言》,我介绍那本书的文章发表于月刊杂志上时,正巧赶上那个月发布了宣战布告。关于所谓思想战,今天人们在什么范围内来思考它姑且不论,我一直想要思考的是国学这一人们所思考的范围和深度。(《攘夷的思想》,一九四二年。原文照录,重点号为引者所加)

这样的文章或许是天籁或者地声,但绝对不是人的语言。正可谓"皇祖皇宗之神灵"的昭告。甚至连"朕"都不是,那是巫。正因为是巫,才成了作为最后登场之"宏大的喜剧"精心预留到终场的"受到期待"的角色。保田精彩地扮演了这个角色。他通过摧毁一切思想的范畴与价值,解除了所有思想主体所应有的责任,为思想之大政翼赞会化①铺平了道路。思想战并不是问题。关于思想战的"思考"才是问题。战争不是问题,战争"观"才是问题。桥川指出,战争后期"保田写了《游戏与文艺》的悠长(?)②文章"(《文学》一九五八年四月号)。在保田那里,战争只是浮游着的幻影,而非实有的存在。他甚至"没有思考过因战争的有无或胜败而受到左右的理念"。这种逻辑,当然与战败并非问题,"国体的护持"才是问题的逻辑连在一起的。

---

① 大政翼赞会一九四〇年十月在当时执政的近卫内阁授意下组织起来的国民组织。近卫苦于当时的政党政治不仅无法操控军部的军事统治权,反倒不断被军部所干扰,因此试图通过解散政党推行新体制运动而建立变相的"全民政党",以促使全体国民实践臣道,克己奉公,从而建立"统帅与政务的调和",实现"高度国防的国家"。——译注

② 问号为原文所加,译文照录。——译注

保田乃是思想上的近卫文麿。①

"文学界"自然没能阻止得了保田以"国体"自我膨胀的方式对自己所进行的渗透。因为,在"文学界"的知性活动中,并不能够创造出可以与"国体之精华"相抗衡的普遍者。小林秀雄已经走到了从事实那里剥夺一切意义的地步,但却没能再向前迈出下一步。他只有等待保田这个"巫"来宣告对思想解除武装。而巫也确实出现了,与"知性颤栗"这一击同时出现了。

> 我是作为政治上无知无学的一个普通国民默默地对待事变的。对此,我现在没有任何的后悔。大的事变结束以后,肯定出现这样的议论:要是那时怎样怎样的话,事变当不会发生吧,事变不会弄到这个地步吧,诸如此类。此乃人们对必然这个东西的复仇,不会有实际结果的复仇。这场大战是发源于一部分人的野心和无知的吗?或者只要是没有这些人的无知和野心,战争就可以避免吗?我无论如何无法相信这种给人以安慰的历史观。我认为所谓历史必然性这个东西远为可怕。我因为无知无学故不打算做反省什么的。那些脑子灵巧的家伙倒是应该多多做些反省吧。(《近代文学》一九四六年二月号座谈会上小林秀雄的发言)

这在当时被评价为是小林秀雄的改变姿态,而实际上并非

---

① 近卫文麿(一八九一——一九四五年),保皇派政治家,在一九三七、一九四〇、一九四一年三次组织短命内阁,推行天皇制下的政治体制。一九四五年二月,曾上书提议为了"维护国体",避免因军队内部有共产主义倾向的势力发动革命,尽快结束战争。近卫的政治主张缺少对于现实国际局势的基本判断,也缺少对于国内政治势力的客观估计,把"维护国体"置于一切政治目标之上,包括"大政翼赞会"和新体制运动在内,他的决策经常引发他最不希望看到的结局。近卫于战败后自杀。——译注

如此,这乃是"败军之将"坦诚的心境自白。"国体观念……是只能存活于我们对自己国家历史之爱情中的观念。"(《历史与文学》,一九四一年)他也只能够把话说到这个地步而已。

概括地说,"近代的超克"是思想形成之最后的尝试,而且是一次失败的尝试。所谓思想形成,是指在他们的出发点上还多少有一些要扭转总体战争逻辑的意图,所谓失败,是指结果上他们是以思想的毁灭而告终的。作为思想的"近代的超克",由"文学界"群体、京都学派、"日本浪漫派"这三个要素纠结而成。在马克思主义受到挫折之后,"文学界"成了中间知识分子最活跃的活动舞台。作为延缓寿命的策略,"文学界"出于保护自己免受"日本浪漫派"国体思想侵蚀的目的,同时出于利用国体思想的目的,而做出了最后之知性挣扎,这个挣扎的样本便是"近代的超克"。"文学界"群体并非真的相信京都学派的教义学,可是,这个教义学作为官方思想的祖述却是无法轻视的。于是在这里,他们尝试做出了从主体性的内部出发将其化为思想的努力。因此,他们感到"日本浪漫派"的末世思想是值得利用的。可以认为,在"近代的超克"思想中,"日本浪漫派"不是因复古的侧面而是由于末世论的侧面而发挥了作用。当他们不是把"永久战争"的理念作为教义,而是在思想主体的责任层面将它作为行动的自由来重新解释的时候,末世论是不可或缺的,而"文学界"的知性中则无法推导出末世论之契机来。为此,他们只好借用"日本浪漫派"的力量,这正是所谓的以毒攻毒。也因此,演出了"近代的超克"这场闹剧。

"近代的超克"是所谓日本近代史中难以逾越之难关的凝缩。复古与维新,尊王与攘夷,锁国与开国,国粹与文明开化,东洋与西洋,这些在传统的基本轴线中所包含的对抗关系,到了总体战争的阶段,面对解释永久战争的理念这个思想课题的逼迫,而一举爆发出来的,便是"近代的超克"的讨论。所以说,在这个时刻提出此问题是正确的,也为此赢得了知识人的关心。而其结果不很漂亮则另有理由在。即战争的二重性格没有得到清楚的划分,就是说,难关并没有作为难关而成为认识的对象,因此,他们没能创造出足以转化利用保田思想之破坏力的强健的思想主体。结果,难得地呈现出来的难关云消雾散,"近代的超克"仅仅成了官方战争思想的解说。而这个难关的消解则为战后的虚脱和日本的殖民地化准备了思想基础。

> 我们对这个座谈会(指"近代的超克"——引者)具有的多样性意义还没有充分的理解。但是,至少值得注意的是,这个讨论的基本框架并不是由参加讨论的日本主义者们,而是由当时最优秀的欧化"近代主义"理论家们支撑的。可以说,此乃近代主义者们为了承认自己的败北而举行的座谈会。
>
> 我想唤起人们的注意,我们的"神话"在昭和十七年(一九四二)七月获得了决定性的胜利,其后它一次也没有被日本人挫败过。可是,与此同时,不得不承认了自己决定性失败的欧化近代主义者们,总体上说,从那以后也不曾依靠自己的力量重振旗鼓。(江藤淳《神话的克服》)

我觉得这一观点将状况的变化片面化了,失之于过度单纯。在我看来,"欧化的近代主义者们"并没有"承认自己的决定性失败"。因为,他们虽然抬出了"近代的超克"这个招牌,但并没有实行实际的思想斗争。他们不可能有失败感。而没有失败感正是今天的问题之所在。即由于战败而导致了那个本应面对的难关的消解,使思想的荒废状态原封不动地冻结起来了。在此状况下,思想的创造性功能根本没有可能产生。如果要尝试使思想恢复其创造性的话,就得解冻这个荒废状态,再次将这个需要跨越的难关置于思想课题中来。为此,我们至少要返回到大川周明失语的状况中去,即使在今天也必须要解决那个无法解决的"日华事变"。如果投入到战争中去的所有资源都仅仅是浪费,都是无法继承的,那么,立足于传统形成思想也就不会成为可能。今天的日本,问题不在于为"神话"所支配,而在于没能克服那个"神话"的虚假知性,并非"依靠自己力量"重振了旗鼓。现今,"近代主义者"也好"日本主义者"也好,已经合为一体,正额手相庆着"今日之日本乃真的文明开化之日本","实在荣幸感激不已"(福泽谕吉《自传》),这样一种天下太平的文明开化时代不是就要到来了吗?日本文化论坛所编《日本文化的传统与变迁》①便是一个佐证。强调日本对亚洲的主导权与"超克"西洋近代,这一在原理上相互背反的国民使命观,在这本书里,通过将日本与西欧画上等号的观念性操作,以单纯而明快地留下前者而抛弃后者的方式,解决了这个背反的问题。然而这不过是对于传统的背弃,并不是真正的解决。在他们那里,难关是不存在的。"我们乃于心中谢绝亚细亚东方恶友"(福泽谕吉"脱亚论")。这一派新的文明开化论者认为,福泽犯了事实认

---

① 围绕竹山道雄所作论文"日本文化的位置",由十七位参加者于一九五七年夏进行了两天的讨论。次年五月新潮社出版了该书。除竹山道雄外,参加者为高柳贤三、木村健康、高坂正显、铃木成高、西谷启治、平林泰子、林健太郎、关嘉彦、大平善梧、河北伦明、唐木顺三、石井良助、直井武夫、帕新、塞迪斯悌卡、罗根德鲁夫。——作者注

识的错误,日本本来并非属于亚洲。理所当然地,使福泽苦心思虑、肝胆欲碎的"国家之独立",在这种论述里变成了毫无意义的东西,甚至明治维新以来的历史也将不再对今天具有意义。具有讽刺意味的是,当年"日本浪漫派"对思想的破坏,在今天就这样以相反的方式又一次得逞了。

一九五九年十一月

# 译后记

　　本书得以与中国读者见面,要特别感谢《竹内好全集》十七卷的主要编辑人饭仓照平先生、竹内好的长女夫妇本多裕子女士和本多雄二先生、筑摩书房的编辑总务课长河野德子女士。饭仓先生不仅在最初选择篇目的时候就提供了宝贵的建议,而且在筹划本书翻译过程中还在资料、信息方面提供了无私的援助。裕子女士以她特有的温厚关怀着我们的翻译工作,在精神上给予我们极大的激励。河野女士在版权问题上提供了有效的帮助,使得我们得以顺利地完成了这项工作。在此,我要代表译者向这几位日本友人表示诚挚的谢意。他们渴盼中国读者了解竹内好的强烈愿望,使得本书的翻译工作不仅仅是我们几个译者的工作,它也必须承载日本友人的期待。尽管能力有限,我在此仍然真心地希望,这本书能够在某种程度上回报他们的厚意。

　　本书的翻译工作是由三人合作承担的。李冬木先生独立承担了《鲁迅》的翻译,并且在全书统稿的时候负责了版面的调整工作。我承担了《大东亚战争与吾等的决意》和《〈中国文学〉的废刊与我》两篇的翻译。赵京华先生提供了其余八篇的译文初稿。全书统稿工作由我承担,故译文质量的责任在我。翻译竹内好是一个艰难的工作,为了在中文语境里面再现他特有的文体风格,耗费了我们远远超过翻译内容本身的时间和精力,然而对于这个译文集的质量,我们仍然是不满意的。限于时间与能力,我们只能把这个不完美的译本献给读者,期待它能够为中国的思想界开启新的思路,引发新的讨论,并在此过程中得到有关译文本身的批评。

本书根据版权规定,所有译文均以筑摩书房一九八○年至一九八二年出版的《竹内好全集》中相应篇目为底本,因此,需要特别说明的是,《鲁迅》共有五个版本:一,一九四四年日本评论社初版;二,一九四六年日本评论社改订版;三,一九五二年创元文库版;四,一九五六年河出书房文库版;五,一九六一年未来社版。在收入《全集》的时候,采用的是未来社一九六一年版,并同时参阅了其他四个版本。本译本中的竹内好"作者注",并非一九四四年初版之注释,而是分别于一九五二年与一九六一年由作者补写的,换言之,是竹内好在后来的历史时期内针对读者的阅读状况进行的说明。在收入《全集》修订后的版本中,把初版时的"支那"全部改为"中国",并把"支那事变"全部改为"日华事变"。这个改动最初发生在一九四六年日本评论社出版修订版的时候,对此,《全集》"解题"的注释中指出了当时这些改动出于出版社的意图,并且强调了出版社已经排版之后不希望竹内好改动;但是没有说明竹内好本人的态度。饭仓先生为此特别提醒我注意《全集》十五卷中《复员日记》一九四六年九月二十日所记:"他们告诉我在校订之际,'支那'全部被改为'中国',我提出抗议但是他们说校订已经结束,所以拒绝了我的要求,我毫无办法。"(四二七页)并叮嘱我,一定要在译本中注明这一点。在一九九四年讲谈社出版文库本《鲁迅》的时候,曾经特意根据著作权所有者的意图把文中的"中国"改为"支那"。关于竹内好的这个意图,本书译序中已经涉及过,在此从略。我们在翻译时考虑到,虽然竹内好提出过抗议,但那是在一九四六年具体的历史情境之下发生的抗议,而并不是他一生的原则;因为他在其后的几个版本面世的时候,仍然可以完成这个改动,但是他并没有那样做。所以我们决定还是遵从《全集》的用词方式,译为"中国"。而在《大东亚战争与吾等的决意》等篇中,也遵从《全集》的方式保留了"支那"乃至"支那事变"的用词方式,以再现当时的时代氛围。此外,《何谓近代》也遵从了《全集》的样式,不仅保留了一九五一年由作者本人添加的小标题,而且也没有采用《中国的近代与日本的近代》这一初版时的标题。

孙　歌<br>二〇〇四年二月